# PRZYMIERZE
# KASANDRY

# Wstęp

THE NEW YORK TIMES
Wtorek, 25 maja 1999
Dział D: Nauka
Strona: D-3
Autor: dr Lawrence K. Altman

Ospa prawdziwa, ta prastara choroba, została całkowicie wytrzebiona przed dwudziestoma laty. Jej wirus przebywa teraz w bloku śmierci, zamrożony w dwóch pilnie strzeżonych laboratoriach w Stanach Zjednoczonych i w Rosji…

Wczoraj, przy poparciu Rosji oraz rządów innych krajów, WHO, Światowa Organizacja Zdrowia, po raz kolejny odroczyła jego egzekucję…

Badania naukowe z wykorzystaniem wirusa mogą przyczynić się do stworzenia leków przeciwko ospie prawdziwej oraz do poprawienia skuteczności istniejących już szczepionek. Lekarstwa te i szczepionki pozostaną bezużyteczne, chyba że rząd jakiegoś bandyckiego państwa postanowi otworzyć tajne magazyny i przeprowadzić terrorystyczny atak biologiczny, czego nie uważa się już za rzecz zupełnie nieprawdopodobną.

Na prośbę Światowej Organizacji Zdrowia rosyjscy i amerykańscy naukowcy sporządzili zapis całego kodu DNA wirusa ospy prawdziwej. WHO uważa, że dane te stworzą wystarczającą bazę wyjściową do dalszych badań i porównań

# ROBERT LUDLUM

## OTWIERA TAJNE ARCHIWA

# PRZYMIERZE KASANDRY

## ROBERT LUDLUM & PHILIP SHELBY

TAJNE ARCHIWA NR 2

**Przekład**
**JAN KRAŚKO**

AMBER

Tytuł oryginału
THE CASSANDRA COMPACT

Redaktorzy serii
MAŁGORZATA CEBO-FONIOK
ZBIGNIEW FONIOK

Redakcja techniczna
ANDRZEJ WITKOWSKI

Korekta
EDYTA DOMAŃSKA
RENATA KUK

Ilustracja na okładce
BOB WARNER/via THOMAS SCHLÜCK GmbH

Opracowanie graficzne okładki
STUDIO GRAFICZNE WYDAWNICTWA AMBER

Skład
WYDAWNICTWO AMBER

Wydawnictwo Amber zaprasza na stronę Internetu
http://www.amber.sm.pl

ISBN 83-241-0142-X

z kodami genetycznymi wirusów wykorzystanych do ataku przez terrorystów...

Jednak niektórzy naukowcy podważają ten pogląd, twierdząc, że na podstawie samego kodu nie da się określić stopnia podatności wirusa na szczepionkę.

Mówiąc o nieprzewidywalnych rezultatach tych badań, dr Fauci z Krajowego Instytutu Alergii i Chorób Zakaźnych stwierdził: „Być może nigdy nie wyjmiecie wirusa z lodówki, ale przynajmniej go macie".

# Rozdział 1

**D**ozorca poruszył się niespokojnie, słysząc chrzęst żwiru pod oponami samochodu. Niebo było już prawie ciemne, a on właśnie zaparzył kawę i nie chciało mu się wstawać. Ale przeważyła ciekawość. Odwiedzający Alexandrię rzadko kiedy trafiali na cmentarz na Ivy Hill; to historyczne miasto nad Potomakiem oferowało żyjącym szereg innych, o wiele bardziej kolorowych atrakcji i rozrywek. Jeśli zaś chodzi o miejscowych, niewielu z nich przychodziło tu w środku tygodnia, a jeszcze mniej późnym wieczorem, gdy niebo smagały strugi kwietniowego deszczu.

Wyjrzawszy przez okno stróżówki, zobaczył, że z nierzucającego się w oczy samochodu wysiada jakiś mężczyzna. Policja? Przybysz miał czterdzieści parę lat, był wysoki, dobrze zbudowany i ubrany stosownie do pogody w wodoodporną kurtkę i ciemne spodnie. Na nogach miał ciężkie buty.

Odszedł od samochodu i rozejrzał się. Nie, to nie policjant, pomyślał dozorca. Raczej wojskowy. Otworzył drzwi i wyszedłszy pod zadaszenie, patrzył, jak mężczyzna spogląda na bramę cmentarza, nie zważając na moczący mu włosy deszcz.

Może wracał tu pierwszy raz? Za pierwszym razem wszyscy się jakby wahali, nie chcąc ponownie oglądać miejsca kojarzącego się z bólem, smutkiem i stratą. Spojrzał na jego lewą rękę: przybysz nie nosił obrączki. Wdowiec? Próbował sobie przypomnieć, czy chowano tu ostatnio jakąś młodą kobietę.

– Dzień dobry.

Dozorca aż drgnął. Jak na tak rosłego mężczyznę, nieznajomy miał głos łagodny i miękki i pozdrowił go niczym brzuchomówca.

– Witam. Jak chce pan iść na groby, mogę pożyczyć parasol.

– Chętnie skorzystam, dziękuję – odrzekł mężczyzna, lecz nie drgnął z miejsca.

Dozorca sięgnął za drzwi, do stojaka zrobionego ze starej konewki. Chwycił parasol za rączkę i ruszył w stronę przybysza, patrząc na jego pociągłą twarz i zdumiewająco ciemnoniebieskie oczy.

– Nazywam się Barnes. Jestem tu dozorcą. Jak powie mi pan, kogo pan szuka, zaoszczędzi pan sobie błądzenia.

– Sophii Russell.

– Russell, powiada pan? Nie kojarzę. Ale zaraz sprawdzę. Chwileczkę.

– Szkoda fatygi. Trafię.

– Muszę wpisać pana do księgi gości.

Mężczyzna rozłożył parasol.

– Jon Smith. Doktor Jon Smith. Znam drogę. Dziękuję.

I jakby załamał mu się głos. Dozorca podniósł rękę, żeby go zawołać, lecz przybysz ruszył już przed siebie długim, płynnym, żołnierskim krokiem i wkrótce zniknął za szarą zasłoną deszczu.

Dozorca patrzył za nim. Na jego plecach zatańczyło coś ostrego i zimnego i zadrżał. Wszedł do stróżówki, zamknął drzwi i mocno zatrzasnął zasuwę.

Z szuflady biurka wyjął księgę gości, otworzył ją na bieżącej dacie, po czym starannie wpisał nazwisko przybysza oraz godzinę odwiedzin. A potem, pod wpływem nagłego impulsu, otworzył księgę na samym końcu, gdzie w porządku alfabetycznym spisano nazwiska zmarłych leżących na jego cmentarzu.

Russell… Sophia Russell. Jest: kwatera dwunasta, rząd siedemnasty. Pochowana… dokładnie rok temu!

Pośród nazwisk żałobników wpisanych do księgi widniało nazwisko doktora Jona Smitha.

W takim razie dlaczego nie przyniósł kwiatów?


Idąc alejką przecinającą Ivy Hill, Smith cieszył się z deszczu. Deszcz był niczym całun przesłaniający wspomnienia wciąż bolesne i palące, wspomnienia, które towarzyszyły mu wszędzie przez cały rok, szepcząc do niego nocą, szydząc z jego łez, zmuszając go do ponownego przeżywania tamtych strasznych chwil.

Widzi zimny biały pokój w szpitalu Amerykańskiego Instytutu Chorób Zakaźnych we Frederick w Marylandzie. Patrzy na Sophię, swoją ukochaną, przyszłą żonę, która wije się pod namiotem tlenowym, walcząc o każdy oddech. On stoi, jest tuż-tuż, mimo to nie jest w stanie jej pomóc. Wrzeszczy na lekarzy i od ścian odbija się szydercze echo jego głosu. Nie wiedzą, co jej jest. Oni też są bezradni.

Nagle Sophia wydaje przeraźliwy krzyk – Smith wciąż słyszy go w nocnych koszmarach i modli się, by wreszcie umilkł. Jej wygięty w agonalny łuk kręgosłup wygina się jeszcze bardziej, pod niewyobrażalnie ostrym kątem, leje się z niej pot, jakby ciało chciało wydalić z siebie toksynę. Jej twarz płonie. Sophia na chwilę nieruchomieje, na chwilę zamiera. A potem opada na łóżko. Z jej nosa i ust leje się krew. Z piersi dobywa się agonalne rzężenie, a potem ciche westchnienie, gdy dusza, nareszcie wolna, opuszcza umęczone ciało...

Smith zadrżał i szybko się rozejrzał. Nie zdawał sobie sprawy, że przystanął. W parasol wciąż bębnił deszcz, lecz zdawało się, że pada teraz w zwolnionym tempie. Słyszał uderzenie każdej rozpryskującej się na plastiku kropli.

Nie wiedział, jak długo tam stał niczym porzucony i zapomniany posąg, ani co kazało mu w końcu zrobić kolejny krok. Nie wiedział też, jak trafił na ścieżkę prowadzącą do grobu, ani jak się przed tym grobem znalazł.

## SOPHIA RUSSELL
### Już pod opieką Pana

Pochylił się i czubkami palców przesunął po gładkiej krawędzi różowobiałego marmuru.

– Wiem, powinienem był przyjść wcześniej – szepnął. – Ale nie potrafiłem. Myślałem, że jeśli tu przyjdę, będę musiał przyznać, że straciłem cię na zawsze. Nie mogłem tego zrobić... aż do dzisiaj.

Program Hades. Tak nazwano koszmar, który mi cię zabrał, Sophio. Nie widziałaś twarzy tych, którzy go rozpętali; Bóg ci tego zaoszczędził. Ale wiedz, że wszyscy zapłacili za swoje zbrodnie.

Ja też zasmakowałem zemsty, kochanie, i myślałem, że przyniesie mi to spokój. Nie przyniosło. Przez wiele miesięcy pytałem siebie, jak znaleźć ukojenie i zawsze nasuwała mi się jedna i ta sama odpowiedź.

Wyjął z kieszeni małe puzderko. Otworzył wieczko i spojrzał na sześciokaratowy brylant w platynowej oprawie, który kupił u Van Cleefa & Arpela w Londynie. Ślubny pierścionek: zamierzał go wsunąć na palec kobiecie, która miała zostać jego żoną.

Przykucnął i wepchnął go w miękką ziemię u stóp nagrobka.

– Kocham cię, Sophio. Zawsze będę cię kochał. Twoje serce jest wciąż światłością mojego życia. Ale nadeszła pora, żebym poszedł dalej. Nie wiem dokąd i nie wiem, jak tam zajdę. Ale muszę iść.

Przytknął palce do ust i dotknął nimi zimnego kamienia.

– Niech Bóg cię błogosławi i zawsze ma w swej opiece.

Podniósł parasol i cofnął się o krok, patrząc na marmurowy nagrobek tak intensywnie, jakby chciał, żeby widok ten wrył mu się w pamięć do końca życia. Nagle usłyszał za sobą odgłos cichych kroków i szybko się odwrócił.

Wysoka kobieta z czarną parasolką miała trzydzieści kilka lat i jaskraworude ułożone w szpic włosy. Jej nos i policzki były upstrzone piegami. Szmaragdowe jak tropikalne morze oczy rozszerzyły się, gdy zobaczyła, że to on.

– Jon? Jon Smith?

– Megan?

Megan Olson szybko podeszła bliżej i uścisnęła go za ramię.

– To naprawdę ty? Boże, widzieliśmy się...

– Bardzo dawno temu.

Megan zerknęła na grób Sophii.

– Przepraszam. Nie wiedziałam, że ktoś tu będzie. Nie chciałam ci przeszkadzać.

– Nie szkodzi. Już skończyłem.

– Jesteśmy tu chyba z tego samego powodu – szepnęła.

Zaprowadziła go pod rozłożysty dąb i uważnie mu się przyjrzała. Zmarszczka i bruzdy zdobiące jego twarz jeszcze bardziej się pogłębiły, przybyło też sporo nowych. Nie potrafiła nawet sobie wyobrazić, ile musiał przez ten rok wycierpieć.

– Przykro mi, że ją straciłeś – powiedziała. – Żałuję, że nie mogłam powiedzieć ci tego wcześniej. – Zawahała się. – Żałuję, że nie było mnie przy tobie, gdy kogoś potrzebowałeś.

– Dzwoniłem, ale wyjechałaś – odrzekł. – Praca...

Megan ze smutkiem skinęła głową.

– Tak, praca – odrzekła wymijająco.

Sophia Russell i Megan Olson dorastały w Santa Barbara. Chodziły do tej samej szkoły, poszły na ten sam uniwersytet. Po college'u ich drogi się rozeszły. Sophia zrobiła doktorat z biologii komórkowej i molekularnej i rozpoczęła pracę w Amerykańskim Wojskowym Instytucie Chorób Zakaźnych. Megan po magisterium z biochemii dostała etat w Narodowych Instytutach Zdrowia, jednak już trzy lata później przeniosła się do wydziału badań medycznych WHO. Sophia dostawała pocztówki z całego świata i wklejała je do albumu, żeby na bieżąco śledzić losy swojej wiecznie podróżującej przyjaciółki. A teraz, zupełnie bez ostrzeżenia, Megan wróciła.

– NASA – rzuciła, odpowiadając na nieme pytanie Jona. – Zmęczyło mnie cygańskie życie. Zgłosiłam się i przyjęli mnie do szkoły kandydatów. Teraz jestem pierwszą dublerką w najbliższym locie.

Smith nie potrafił ukryć zdumienia.

– Sophia zawsze mówiła, że nigdy nie wiadomo, czego można się po tobie spodziewać. Gratulacje.

Megan uśmiechnęła się blado.

10

– Dzięki. Chyba nikt z nas nie wie, na co nas stać. Ciągle pracujesz w instytucie?

– W sumie to nie wiem, co ze sobą zrobić – odparł. Nie skłamał, choć nie powiedział też całej prawdy. Zmienił temat. – Będziesz teraz w Waszyngtonie? Moglibyśmy pogadać.

Pokręciła głową.

– Chciałabym, ale jeszcze dziś wieczorem muszę wracać do Houston. Ale nie chcę tracić z tobą kontaktu, Jon. Wciąż mieszkasz w Thurmont?

– Nie, sprzedałem dom. Za dużo wspomnień.

Na odwrocie wizytówki zapisał jej swój adres w Bethseda, wraz z numerem telefonu, pod którym aktualnie figurował.

– Odezwij się – powiedział, podając jej wizytówkę.

– Na pewno – odrzekła. – Uważaj na siebie.

– Ty też. Cieszę się, że się spotkaliśmy. I powodzenia na promie.

Patrzyła za nim, jak wychodzi spod dębu i znika w deszczu.

„W sumie to nie wiem, co ze sobą zrobić…"

Przecież zawsze miał w życiu jakiś cel, zawsze kroczył wytyczoną drogą. Podchodząc do grobu Sophii, zastanawiała się nad jego tajemniczą odpowiedzią, a w jej parasolkę bębniły krople deszczu.

# Rozdział 2

**P**entagon zatrudnia ponad dwadzieścia pięć tysięcy pracowników – wojskowych i cywilnych – oferując im pomieszczenia w unikalnej budowli o powierzchni niemal trzystu sześćdziesięciu tysięcy metrów kwadratowych. Ktoś, kto szuka bezpieczeństwa, anonimowości, dostępu do najbardziej wyrafinowanych systemów łączności oraz kontaktu z waszyngtońskimi ośrodkami władzy, nie mógłby znaleźć lepszej pracy.

Wydział zaopatrzeniowo-leasingowy zajmuje maleńką część biur w bloku E. Jak wskazuje jego nazwa, zatrudnieni tu urzędnicy zajmują się nabywaniem, zarządzaniem oraz nadzorowaniem wszystkich budynków i terenów wojskowych, od magazynów w St Louis poczynając, na olbrzymich poligonach w pustynnej Nevadzie kończąc. Ze względu na zdecydowanie przyziemny charakter pracy ludzie ci są bardziej cywilami niż wojskowymi. Przychodzą do biura o dziewiątej rano, sumiennie pracują i o piątej idą do domu. Światowe wydarzenia, które przykuwają ich kolegów do biurka na wiele dni, nie mają na nich żadnego wpływu. Większości z nich bardzo to odpowiada.

Odpowiadało to również Nathanielowi Fredrickowi Kleinowi, chociaż z zupełnie innych powodów. Jego biuro mieściło się na samym końcu korytarza, wciśnięte między drzwi oznaczone napisem ELEKTRYK I KONSERWATOR. Z tym że nie pracowali za nimi ani elektrycy, ani konserwatorzy i nie można ich było otworzyć nawet najbardziej skomplikowanym kluczem elektronicznym. Pomieszczenia te stanowiły część tajnego gabinetu Nathaniela Fredricka Kleina.

Zamiast tabliczki z nazwiskiem na jego drzwiach wisiała jedynie tabliczka z wewnętrzną pentagońską sygnaturą: 2E377. Nieliczni współpracownicy, którzy mieli okazję zobaczyć go na własne oczy, powiedzieliby, że Klein ma sześćdziesiąt kilka lat i że jest mężczyzną średniego wzrostu o nijakim, nierzucającym się w oczy wyglądzie, jeśli nie liczyć dość długiego nosa i okularów w drucianej oprawie. Mogliby dodać, że nosi tradycyjne, nieco wymięte garnitury i że gdy mijają go w korytarzu, zwykle posyła im lekki uśmiech. Niewykluczone, że słyszeli również, iż czasami wzywają go na naradę w Połączonym Kolegium Szefów Sztabów lub na przesłuchanie w tej czy innej komisji senackiej. Ale to łączyło się z funkcją, którą sprawował. Mogli też również wiedzieć, że Klein odpowiada za nadzór nad obiektami i terenami, które Pentagon posiadał lub dzierżawił w różnych zakątkach świata. Tłumaczyłoby to fakt, że rzadko kiedy go widywano. Szczerze mówiąc, czasem trudno było powiedzieć, kim Nathaniel Klein w ogóle jest i czym się tak naprawdę zajmuje.

O ósmej wieczorem wciąż siedział za biurkiem w swoim skromnym gabinecie, identycznym jak pozostałe gabinety w tym skrzydle gmachu. Jego ściany zdobiło zaledwie kilka osobistych drobiazgów: oprawione w ramki druki, przedstawiające świat widziany oczyma szesnastowiecznych kartografów, starodawny globus na podstawce i wielkie, również oprawione w ramy zdjęcie Ziemi z pokładu promu kosmicznego.

Chociaż niewielu o tym wiedziało, jego zainteresowanie sprawami globalnymi miało bezpośredni związek z tym, na czym polegała jego właściwa praca: Nathaniel Klein był oczami i uszami prezydenta Stanów Zjednoczonych. Ze swojego niepozornego gabinetu kierował mocno zdecentralizowaną organizacją znaną jako Jedynka. Powołana po koszmarze Programu Hades, organizacja ta miała służyć wyłącznie prezydentowi, być jego systemem wczesnego ostrzegania oraz tajną bronią odwetową.

Ponieważ Jedynka pracowała poza strukturami biurokracji wojskowej i wywiadowczej oraz poza nadzorem Kongresu, nie miała formalnych struktur organizacyjnych ani oficjalnej siedziby. Zamiast pracowników etatowych Klein zatrudniał tak zwanych agentów mobilnych, uznanych ekspertów, którzy dzięki splotowi okoliczności czy też z własnej woli znaleźli się poza nawiasem społeczeństwa. Większość z nich – choć na pewno nie wszyscy –

była kiedyś związana z wojskiem: mimo licznych wyróżnień i odznaczeń ludzie ci dusili się w armii, dlatego postanowili opuścić jej szeregi. Inni przyszli do Jedynki z cywila: byli śledczymi – stanowymi i federalnymi – lingwistami, którzy płynnie władali sześcioma językami, lub lekarzami, którzy podróżując po całym świecie, przywykli do najcięższych warunków. Najlepsi z nich, jak na przykład pułkownik Jon Smith, byli przedstawicielami zarówno świata wojskowego, jak i cywilnego.

Cechowało ich także coś, co dyskwalifikowało wielu innych kandydatów, z którymi rozmawiał Klein: ludzie ci należeli wyłącznie do siebie. Wiedli życie bez zobowiązań, mieli nieliczną rodzinę – lub nie mieli jej wcale – oraz nieposzlakowaną reputację zawodową. Były to cechy wprost bezcenne w przypadku kogoś, kogo wysyłano z niebezpieczną misją tysiące kilometrów od domu.

Klein zamknął raport, który właśnie czytał, zdjął okulary i przetarł zmęczone oczy. Chciałby już być w domu, gdzie powitałby go jego cocker spaniel Buck, gdzie z przyjemnością wypiłby szklaneczkę przedniej whisky i gdzie odgrzałby sobie kolację, którą zostawiła mu w duchówce gospodyni. Już miał wstać, gdy otworzyły się drzwi łączące gabinet z sąsiednim pomieszczeniem.

– Nathaniel?

W progu stała szczupła zadbana kobieta, kilka lat młodsza od niego. Jasnooka, o uczesanych w kok, siwiejących już blond włosach, miała na sobie tradycyjny granatowy kostium, dyskretnie ozdobiony sznurem pereł i filigranową złotą bransoletkę.

– Meggie? Myślałem, że już wyszłaś.

Meggie Templeton była jego asystentką już w czasach, gdy pracował w Agencji Bezpieczeństwa Narodowego, gdzie służyła mu wiernie przez dziesięć lat.

– Kiedy to ostatni raz wyszłam przed tobą? – spytała, unosząc starannie wyregulowane brwi. – Dobrze, że zostałam i dzisiaj. Chodź. Lepiej na to spójrz.

Przeszli do sąsiedniego pokoju, w którym urządzono duże centrum komputerowe. Stały tam trzy monitory oraz szereg serwerów i jednostek pamięci wyposażonych w najnowocześniejsze, najbardziej wyrafinowane programy. Klein przystanął z boku, podziwiając zręczność i wprawę, z jaką Meggie pisała na klawiaturze. Przypominała pianistkę, koncertującą wirtuozkę.

Oprócz prezydenta Stanów Zjednoczonych była jedyną osobą znającą wszystkie tajemnice Jedynki. Wiedząc, że będzie potrzebował zaufanego współpracownika, Klein bardzo nalegał, żeby ją wprowadzono. Znał Meggie z Agencji Bezpieczeństwa Narodowego, poza tym przez ponad dwadzieścia lat pracowała w kierownictwie CIA. Jednak najważniejsze było to, że należała do rodziny. Poślubił jej siostrę Judith, kobietę, którą przed laty odebrał mu rak. Meggie też przeżyła osobistą tragedię: jej mąż, tajny agent CIA, nie wrócił do domu z zagranicznej misji. Los sprawił, że z rodziny został jej tylko on, a jemu ona.

Skończywszy pisać, postukała w monitor wypielęgnowanym paznokciem.

## WEKTOR SZEŚĆ

Te dwa słowa pulsowały pośrodku ekranu niczym światła na pustym skrzyżowaniu wiejskich dróg. Klein poczuł, że jeżą mu się włosy na przedramionach. Dobrze wiedział, kim jest Wektor Sześć; widział jego twarz tak wyraźnie, jakby człowiek ten stał tuż obok niego. Wektor Sześć: kod alarmowy, kod wysyłany do centrali tylko w obliczu największego zagrożenia.

– Wczytać meldunek? – spytała cicho Meggie.

– Tak, poproszę.

Meggie musnęła palcami kilka klawiszy i ekran monitora wypełniły niezrozumiałe symbole, cyfry i litery. Jej palce zatańczyły po innych klawiszach, uruchamiając programy deszyfrujące, i kilka sekund później ujrzeli tekst meldunku.

```
DINER – PROX FIXE – 8 EURO
SPECIALITÉS: FRUITS DE MER
SPECIALISTÉS DU BAR: BELLINI
FERMÉ ENTRE 2-4 HEURES
```

Nawet gdyby ktoś zdołał tę wiadomość rozszyfrować, jedynym wynikiem jego pracy byłoby myląco niewinne menu francuskiej restauracji. Klein ustalił ten kod podczas ostatniego osobistego spotkania z Wektorem Sześć. Kod nie miał nic wspólnego z francuską kuchnią. Była to ostatnia deska ratunku, prośba o natychmiastową ewakuację.

Klein nie wahał się ani chwili.

– Pisz – rzucił. – *Reservations pour deux*.

Palce Meggie ponownie zatańczyły na klawiaturze, wystukując zaszyfrowaną odpowiedź. Elektroniczny przekaz odbił się od dwóch wojskowych satelitów i trafił na ziemię. Klein nie wiedział, gdzie w tej chwili jest Wektor Sześć, wiedział jednak, że jeśli tylko ma dostęp do laptopa, który od niego dostał, jest w stanie odbierać i rozszyfrowywać wiadomości, a także na nie odpowiadać.

No! Szybciej! Mów coś!

Zerknął na czas nadania: prośbę o natychmiastową ewakuację wysłano przed ośmioma godzinami. Jak to możliwe?

Różnica czasu! Wektor Sześć działał osiem stref czasowych na wschód od Waszyngtonu. Klein zerknął na zegarek: w rzeczywistości przekaz nadano zaledwie przed dwiema minutami.

Na ekranie monitora rozbłysnął napis:
RESERVATIONS CONFIRMÉES.
Gdy ekran zgasł, Klein wypuścił powietrze. Wektor Sześć pozostał w sieci tylko tak długo, jak było to absolutnie konieczne. Nawiązano kontakt, zaproponowano, zaakceptowano i zweryfikowano tryb postępowania. Wektor Sześć użył tego kanału komunikacyjnego po raz pierwszy i ostatni.

Gdy Meggie przerwała łączność, Klein usiadł na jedynym w pomieszczeniu krześle, zastanawiając się, jakież to niezwykłe okoliczności mogły zmusić Wektora Sześć do nawiązania kontaktu z centralą.

W przeciwieństwie do CIA oraz innych agencji wywiadowczych, Jedynka nie prowadziła zagranicznej sieci agenturalnej. Mimo to Klein miał kilku współpracowników działających poza terytorium Stanów Zjednoczonych. Niektórych zwerbował, pracując w Agencji Bezpieczeństwa Narodowego, przypadkowa znajomość z innymi zaś przekształciła się w układ oparty na wzajemnym zaufaniu i obopólnych korzyściach.

Stanowili bardzo różnorodną grupę: egipski lekarz, którego pacjentami była rządowa elita kraju, przedsiębiorca z New Delhi, który sprzedawał swojemu rządowi komputery i usługi komputerowe, malajski bankier, specjalista od ukrywania, przelewania i wyprowadzania pieniędzy z kont w dowolnym kraju świata. Ludzie ci się nie znali. Nie łączyło ich nic poza przyjaźnią z Kleinem i notebookiem, którym ten obdarował każdego z nich. Traktowali go jak biznesmena średniego szczebla, choć przeczuwali, że jest kimś znacznie ważniejszym. Zgodzili się być jego oczami i uszami nie tylko z przyjaźni i przekonania, że mają do czynienia z pracownikiem wpływowej agencji rządowej, ale i dlatego, że wierzyli, iż Klein pomoże im, gdyby ojczyzna stała się nagle krajem dla nich niebezpiecznym.

Wektor Sześć był jednym z nich.

– Nate?

Klein zerknął na Meggie.

– Komu to zlecić? – spytała.

Dobre pytanie...

Podróżując za granicę, zawsze używał legitymacji służbowej pracownika Pentagonu. Ilekroć musiał nawiązać kontakt z agentem, nawiązywał go w miejscu publicznym i bezpiecznym. Najlepszym rozwiązaniem było spotkanie podczas przyjęcia w ambasadzie amerykańskiej. Sęk w tym, że Wektor Sześć do ambasady miał daleko. Że Wektor Sześć uciekał.

– Smithowi – odrzekł w końcu. – Zadzwoń do niego.


Gdy odezwał się nachalny dzwonek telefonu, śnił o Sophii. Widział, jak siedzą we dwoje nad brzegiem rzeki, w cieniu olbrzymich trójkątnych struktur.

W oddali majaczyły gmachy wielkiego miasta. Było gorąco, pachniało olejkiem różanym i Sophią. Kair... Siedzieli pod piramidami w Gizie pod Kairem.

Linia specjalna...

Usiadł na sofie, na której zasnął w ubraniu po powrocie z cmentarza. Za siekanymi deszczem oknami zawodził wiatr, pędząc po niebie ciężkie, ołowiane chmury. Jako były internista i chirurg polowy nauczył się budzić szybko i od razu odzyskiwać pełną czujność. Umiejętność ta przydawała mu się w czasach, gdy pracował w Amerykańskim Wojskowym Instytucie Chorób Zakaźnych, kiedy to po długich godzinach żmudnej pracy miewał na sen ledwie kilka z trudem wykradzionych minut. Przydawała mu się wtedy, przydawała i teraz.

Zerknął na prawy dolny róg ekranu monitora: dochodziła dziewiąta. Spał dwie godziny. Emocjonalnie wykończony, wciąż mając przed sobą obraz Sophii, wrócił do domu, odgrzał sobie trochę zupy, wyciągnął się na sofie i wsłuchał w szum deszczu. Nie miał zamiaru zasypiać, ale cieszył się, że zasnął. Tylko jeden człowiek mógł dzwonić do niego, korzystając z tej linii. Zaś wiadomość, którą chciał mu przekazać, mogła oznaczać początek niekończącego się dnia.

– Dobry wieczór, panie dyrektorze – powiedział.

– Dobry wieczór, Jon. Mam nadzieję, że nie przeszkadzam w kolacji.

– Nie, już jadłem.

– W takim razie kiedy mógłbyś przyjechać do bazy lotniczej Andrews?

Smith wziął głęboki oddech. Klein był człowiekiem spokojnym i rzeczowym, rzadko kiedy raptownym i oschłym.

Co oznaczało, że nadciągają kłopoty. Że nadciągają bardzo szybko.

– Za czterdzieści pięć minut, panie dyrektorze.

– Świetnie. Aha, i spakuj się. Tak na kilka dni. – Klein przerwał połączenie.

Smith spojrzał na głuchą słuchawkę.

– Tak jest – mruknął.

Rutynę miał we krwi, tak że prawie nie zdawał sobie sprawy z tego, co robi. Trzy minuty na prysznic i golenie. Dwie minuty na ubranie się. Kolejne dwie minuty na przejrzenie zawartości czekającej w szafie torby i na wrzucenie do niej paru dodatkowych drobiazgów. Wychodząc, włączył alarm. Wyprowadziwszy na dwór samochód, włączył alarm także w garażu.

Padał deszcz, dlatego jazda do bazy trwała dłużej niż zwykle. Minął główną bramę i przystanął przed bramą dla zaopatrzenia. Okryty peleryną wartownik obejrzał jego zalaminowaną legitymację, sprawdził nazwisko na liście osób upoważnionych i pozwolił mu wjechać.

Smith bywał w bazie Andrews na tyle często, że nie musiał pytać go o drogę. Bez trudu znalazł hangar, w którym stało kilka pasażerskich samolotów odrzutowych, czekających na kogoś z generalicji lub z rządu. Zaparkował w wyznaczonym miejscu z dala od dróg kołowania, wyjął z bagażnika torbę i rozbryzgując kałuże, szybko ruszył w stronę wejścia.

– Dobry wieczór, Jon – powitał go Klein. – Paskudny wieczór. Pewnie będzie jeszcze gorzej.

Smith postawił torbę.

– Tak, ale tylko dla tych z marynarki.

Dowcip był z brodą, lecz tym razem Klein nawet się nie uśmiechnął.

– Przykro mi, że musiałem wyciągnąć cię z domu w taką pogodę. Ale coś nam wypadło. Chodź.

Smith rozejrzał się, podchodząc z nim do automatu z kawą. W hangarze stały cztery gulfstreamy, ale nie kręcił się przy nich ani jeden mechanik. Klein musiał ich odprawić, żeby nikt im nie przeszkadzał.

– Tankują maszynę z dodatkowymi zbiornikami – powiedział dyrektor, zerkając na zegarek. – Za dziesięć minut powinni skończyć.

Podał Smithowi kubek gorącej czarnej kawy i spojrzał mu w twarz.

– Jon, to ewakuacja. Stąd ten pośpiech.

I konieczność zaangażowania agenta, pomyślał Smith.

„Ewakuacja" – służył kiedyś w wojsku i dobrze ten termin znał. Chodziło o jak najszybsze wydostanie kogoś z niebezpiecznego miejsca, wyciągnięcie go z tarapatów, co zwykle wiązało się z poważnym niebezpieczeństwem i wymagało dokładnego zgrania w czasie.

Jednak wiedział też, że tego rodzaju sprawy załatwiają specjaliści, wojskowi i cywilni.

Gdy to powiedział, Klein odrzekł:

– To wyjątkowy przypadek. Nie chcę mieszać w to innych agencji, przynajmniej na razie. Poza tym znam tego człowieka. Ty też.

Smith aż drgnął.

– Słucham?

– Człowiekiem, którego masz spotkać i ewakuować, jest Jurij Danko.

– Danko...

Oczami wyobraźni ujrzał wielkiego jak niedźwiedź Rosjanina, kilka lat starszego niż on, jego łagodną, okrągłą jak księżyc twarz, zrytą dziobami po wietrznej ospie. Jurij Danko, syn donieckiego górnika, urodzony z niedowładem nogi, był pułkownikiem w wojskowym wydziale medyczno-dochodzeniowym.

Smith nie mógł otrząsnąć się ze zdumienia. Wiedział, że zanim podpisał zobowiązanie do zachowania tajemnicy i rozpoczął służbę w Jedynce, został dokładnie prześwietlony przez Kleina. Oznaczało to, że Klein wie, iż dobrze Jurija znał. Ale nigdy dotąd nie wspomniał, że łączy go z nim jakiś układ.

– Czy Danko jest...

– Naszym agentem? Nie. A ty nie możesz mu zdradzić, gdzie służysz. Ot, wysyłam mu na pomoc przyjaciela, to wszystko.

Wszystko? Jon bardzo w to wątpił. Klein nigdy nie mówił wszystkiego. Ale jednego był pewien: dyrektor nie naraziłby na niebezpieczeństwo agenta, nie mówiąc mu tego, co konieczne.

– Podczas naszego ostatniego spotkania – kontynuował Klein – ustaliliśmy prosty kod, którego Danko miał użyć tylko w sytuacji nadzwyczajnej. Tym kodem było restauracyjne menu. Cena, osiem euro, to data, ósmy kwietnia, a więc pojutrze. Według czasu europejskiego już jutro. Specjalnością restauracji są owoce morze, co oznacza, że Danko przybędzie drogą morską. Bellini to koktajl, który wymyślono w barze U Harry'ego w Wenecji. Między czternastą i szesnastą restauracja jest zamknięta i właśnie wtedy musisz nawiązać z nim kontakt. – Klein umilkł. – Kod jest prosty, ale bardzo skuteczny – dodał po chwili. – Nawet gdyby ktoś przechwycił i rozszyfrował przekaz, zwykłe menu na nic by mu się nie przydało.

– Danko ma przypłynąć dopiero za dwadzieścia cztery godziny – zauważył Smith. – Skąd ta panika?

– Stąd, że on spanikował pierwszy – odparł wyraźnie zaniepokojony Klein. – Może dotrzeć do Wenecji przed czasem, może się spóźnić. Jeśli dotrze przed czasem, nie chcę, żeby się tam plątał.

Jon skinął głową i upił łyk kawy.

– Rozumiem – powiedział. – A teraz pytanie za sześćdziesiąt cztery tysiące dolarów: dlaczego ucieka?

– Tylko on może na to odpowiedzieć. Wierz mi, bardzo chcę z nim porozmawiać. Danko piastuje wyjątkowe stanowisko. Nigdy nie naraziłby się na ryzyko, chyba że…

Smith uniósł brew.

– Chyba że?

– Chyba że groziłaby mu jakaś wpadka. – Klein odstawił kubek. – Nie wiem na pewno, ale myślę, że Danko coś dla nas ma. Jeśli tak, musiał uznać, że powinienem to coś zobaczyć.

Ponad ramieniem Jona zerknął na sierżanta żandarmerii, który wszedł do hangaru.

– Samolot gotowy do startu – zameldował dziarsko żołnierz.

Klein trącił Smitha w łokieć i ruszyli do drzwi.

– Leć do Wenecji – rzucił cicho. – Ewakuuj go i dowiedz się, co przywiózł. I zrób to szybko, Jon.

– Tak jest. Na miejscu będę czegoś potrzebował…

Wyszli na dwór i Smith nie musiał już zniżać głosu. Deszcz skutecznie zagłuszał słowa. Gdyby nie to, że Klein skinął głową, nikt by nie poznał, że w ogóle rozmawiają.

# Rozdział 3

Wielkanoc jest w Kościele katolickim czasem pielgrzymek i odwiedzin. Zamyka się urzędy i szkoły, pociągi i hotele są przepełnione, a mieszkańcy świętych miast Starego Świata przygotowują się na inwazję obcych.

Wenecja to jeden z najpopularniejszych celów podróży dla tych, którzy pragną połączyć sacrum i profanum. Serenissima oferuje im wybór kościołów i katedr bogaty na tyle, że bez trudu zaspokaja wymagania nawet najbardziej bogobojnych pielgrzymów. Jest jednocześnie tysiącletnim placem zabaw, którego wąskie zaułki i brukowane uliczki dają schronienie szerokiemu wachlarzowi ziemskich uciech.

Punktualnie o trzynastej czterdzieści pięć, tak samo jak przez dwa wcześniejsze dni, Jon wszedł między rzędy stolików przed Florian Café na Piazza San Marco. Zawsze wybierał ten sam stolik w pobliżu niewielkiego podwyższenia, na którym stał fortepian. Kilka minut później przychodził pianista i już od czternastej, co pół godziny ponad gwarem ulicy i stukotem butów setek turystów rozbrzmiewała muzyka Bacha i Mozarta.

Do Jona spiesznie podszedł kelner, który obsługiwał go od dwóch dni. Amerykanin – gość mówił po włosku, lecz biorąc pod uwagę jego silny akcent, mógł być tylko Amerykaninem – był dobrym klientem, czyli takim, który nie zważając na złą obsługę, zostawiał hojne napiwki. Zawsze miał na sobie elegancki, ciemnoszary garnitur i robione na obstalunek buty, musiał więc być zamożnym biznesmenem, który załatwiwszy to, co kazano mu załatwić, postanowił pozwiedzać miasto na koszt firmy.

Smith uśmiechnął się do niego, jak zwykle zamówił kawę i prosciutto affumicatio, po czym rozłożył „International Herald Tribune", by pogrążyć się w lekturze działu gospodarczego.

Popołudniowa przekąska znalazła się na stoliku w chwili, gdy rozbrzmiały pierwsze akordy koncertu Bacha. Jon wrzucił do filiżanki dwie kostki cukru i zaczął niespiesznie mieszać kawę. Ponownie rozłożywszy gazetę, zlustrował wzrokiem przestrzeń między stolikiem i Pałacem Dożów.

Wiecznie zatłoczony plac Świętego Marka był idealnym miejscem na nawiązanie kontaktu i przechwycenie uciekiniera. Sęk w tym, że uciekinier był już dwa dni spóźniony. Jon zastanawiał się, czy Jurij Danko w ogóle zdołał przekroczyć granice Rosji.

Poznał go, pracując w Amerykańskim Wojskowym Instytucie Chorób Zakaźnych: Danko był jego odpowiednikiem w wydziale rozpoznania medycznego rosyjskiej armii. Spotkali się w pałacowych wnętrzach Victoria-Jungfrau Grand Hotelu pod Bernem. Odbyło się tam nieoficjalne spotkanie przedstawicieli obu krajów, na którym poinformowano się wzajemnie o postępach w stopniowym odstępowaniu od realizacji programów zbrojeń biologicznych. Spotkanie było uzupełnieniem formalnej kontroli przeprowadzonej przez międzynarodowych inspektorów.

Smith nigdy nie werbował agentów. Jednak, tak samo jak wszyscy pozostali członkowie amerykańskiej delegacji, on też przeszedł krótkie przeszkolenie w CIA, na którym poinstruowano go, jak reagować, gdyby Rosjanie próbowali nawiązać z nim kontakt. Już podczas pierwszych dni konferencji stwierdził, że nie wiedzieć czemu, najczęściej rozmawia właśnie z Danką, i choć zawsze czujny i ostrożny, wkrótce polubił tego wysokiego, niedźwiedziowatego Rosjanina. Danko nie ukrywał, że jest patriotą. Ale, jak sam powiedział Jonowi, praca była dla niego bardzo ważna, ponieważ nie chciał, żeby jego dzieci żyły ze świadomością, że jakiś szaleniec może użyć broni biologicznej w akcie terroru czy zemsty.

Smith doskonale zdawał sobie sprawę, że tego rodzaju scenariusz jest nie tylko prawdopodobny, ale i całkowicie realny. Rosja przeżywała zmiany, zmagała się z wewnętrznym kryzysem i niepewnością. Jednocześnie wciąż dysponowała olbrzymimi zapasami broni biologicznej, przechowywanej w rdzewiejących pojemnikach pod niezbyt sumiennym nadzorem badaczy, naukowców i wojskowych, którzy za swoją nędzną pensję nie byli w stanie wyżywić najbliższej rodziny. Pokusa, żeby sprzedać coś na lewo, była dla nich pokusą przemożną.

Smith i Danko zaczęli spotykać się po codziennych obradach i zanim nadeszła pora wyjazdu, nawiązali przyjaźń opartą na wzajemnym szacunku i zaufaniu.

W ciągu kolejnych dwóch lat kilka razy spotkali się ponownie – w Sankt Petersburgu, w Atlancie, Paryżu i Hongkongu – za każdym razem z okazji oficjalnej konferencji. Jednak Jon zauważył, że podczas każdego kolejnego spotkania Jurij Danko jest coraz bardziej spięty i zafrasowany. Chociaż nie pił alkoholu, bywało, że wspominał o dwulicowości swoich wojskowych przełożonych. Rosja, mówił, narusza traktaty zawarte ze Stanami Zjednoczonymi i innymi krajami świata. Sprytnie udaje, że redukuje programy zbrojeń biologicznych, tymczasem jeszcze bardziej przyspiesza ich realizację. Co gorsza, rosyjscy naukowcy i technicy coraz częściej znikają tylko po to, żeby pojawić się w Chinach, Indiach czy Iraku, gdzie dysponowali nieograniczonymi funduszami i gdzie istniało wielkie zapotrzebowanie na ich usługi.

Jon był dobrym znawcą ludzkiej natury. Pod koniec jednego z bolesnych wynurzeń Rosjanina powiedział:

– Możemy popracować nad tym razem, Jurij. Jeśli tylko zechcesz.

Danko zareagował jak pacjent, który w końcu zrzucił z barków grzeszny ciężar. Zgodził się dostarczyć Smithowi informacji, które, jego zdaniem, powinny znaleźć się w posiadaniu rządu Stanów Zjednoczonych. Miał tylko dwa zastrzeżenia. Po pierwsze, żadnych rozmów z przedstawicielami amerykańskiego wywiadu: będzie kontaktował się wyłącznie z Jonem. Po drugie, chciał, żeby Jon dał mu słowo, że w razie wpadki zaopiekuje się jego rodziną.

– Nie będzie żadnej wpadki, Jurij – odrzekł Jon. – Nic ci się nie stanie. Umrzesz we własnym łóżku, otoczony wnukami.

Wspominał te słowa, obserwując tłumy wylewające się z Pałacu Dożów. Wtedy wypowiedział je szczerze. Ale teraz Jurij był dwadzieścia cztery godziny spóźniony i smakowały jak popiół.

Nigdy nie wspomniałeś o Kleinie, pomyślał. Nigdy nie wspomniałeś, że z nim też nawiązałeś kontakt. Dlaczego, Jurij? Dlaczego? Czyżby Klein był twoim ukrytym asem?

Do nabrzeża przed lwami dobiła gondola i łódź, z której wysiedli kolejni turyści. Inni wychodzili z bazyliki, z oczami szklistymi od jej obezwładniającego przepychu. Smith obserwował ich wszystkich: trzymające się za ręce młode pary, ojców i matki pilnujące rozpierzchających się dzieci, wycieczkowiczów stojących kręgiem wokół przewodników, którzy przekrzykiwali się nawzajem w kilkunastu językach. Gazetę trzymał na wysokości oczu, nieustannie błądząc wzrokiem ponad winietą i lustrując twarze w poszukiwaniu tej jednej, tej wyjątkowej.

Gdzie jesteś? Co takiego odkryłeś? Narażasz życie: czy tajemnica, którą chcesz nam zdradzić, jest tego warta?

Pytania te nie dawały mu spokoju. Ponieważ Danko zerwał łączność, nie było na nie odpowiedzi. Według Kleina miał przejść przez pogrążoną w wojnie Jugosławię, ukrywając się i wędrując poprzez chaos i nędzę aż do wybrzeża. Tam zamierzał znaleźć jakiś statek i przepłynąć nim Adriatyk.

Wystarczy, że tu dotrzesz, a będziesz bezpieczny.

Na weneckim lotnisku imienia Marco Polo czekał odrzutowy gulfstream, na wybrzeżu przed pałacem Prigionich cumowała szybka motorówka. Jurij mógł się na niej znaleźć trzy minuty po nawiązaniu kontaktu. Godzinę później byliby już w powietrzu.

Gdzie jesteś?

Sięgając po filiżankę, dostrzegł coś kątem oka: wielkiego, potężnie zbudowanego mężczyznę na skraju grupy turystów. Mógł do niej należeć lub też nie. Był w nylonowej kurtce i baseballowej czapce, a jego twarz ginęła pod gęstą brodą i dużymi, okalającymi głowę ciemnymi okularami. Miał w sobie coś intrygującego.

Jon obserwował go przez chwilę i nagle zobaczył to, co chciał zobaczyć: mężczyzna lekko utykał. Jurij Danko urodził się z krótszą nogą i kulał nawet w specjalnym koturnowym bucie.

Smith poprawił się na krześle i podniósł gazetę tak, żeby wygodniej śledzić jego ruchy. Rosjanin umiejętnie wykorzystywał kamuflaż, jaki zape

grupa turystów, kręcąc się na jej skraju na tyle blisko, że można by go wziąć za jednego z nich, jednocześnie na tyle daleko, żeby nie zwracać na siebie uwagi przewodnika.

Turyści odwrócili się tyłem do bazyliki i powoli ruszyli w stronę Pałacu Dożów. Niecałą minutę później zrównali się z pierwszym rzędem stolików i krzeseł przed Florian Café. Kilku z nich odłączyło się od grupy, zmierzając do małego baru przekąskowego po sąsiedzku. Smith ani drgnął, gdy wesoło gawędząc, mijali jego stolik. Podniósł głowę dopiero wtedy, gdy przechodził koło niego Jurij.

– To krzesło jest wolne.

Danko musiał rozpoznać jego głos, gdyż natychmiast się odwrócił.

– Jon?

– To ja, Jurij, siadaj.

Oszołomiony Rosjanin osunął się na krzesło.

– Ale Klein… To on cię przysłał? Pracujesz dla…

– Nie tutaj, Jurij. Ale tak, przyjechałem po ciebie.

Kręcąc głową, Danko machnął do przechodzącego kelnera i zamówił kawę. Potem wyjął papierosy i zapalił. Miał wychudzoną twarz i mocno zapadnięte policzki, czego nie zdołała ukryć nawet broda. Gdy zmagał się z zapalniczką, drżały mu palce.

– Wciąż nie mogę uwierzyć, że to ty.

– Jurij…

– Wszystko w porządku, Jon. Nikt za mną nie szedł. Jestem czysty. – Danko odchylił się na krześle i spojrzał na pianistę. – Cudowna, prawda? Ta muzyka…

– Jurij, dobrze się czujesz?

Danko kiwnął głową.

– Teraz już tak. Niełatwo było tu dotrzeć, ale…

Urwał, bo kelner przyniósł kawę.

– W Jugosławii było bardzo ciężko. Serbowie dostają paranoi. Miałem ukraiński paszport, ale nawet mnie dokładnie sprawdzali.

W głowie Jona kłębiły się setki pytań, mimo to próbował skoncentrować się na tym, co musiał zaraz zrobić.

– Jurij, czy chcesz mi coś powiedzieć albo dać? – spytał. – Już tu, teraz.

Ale Danko jakby go nie słyszał. Jego uwagę przykuło dwóch karabinierów, którzy szli powoli między turystami z pistoletami maszynowymi przewieszonymi przez pierś.

– Mnóstwo policji – wymamrotał.

– Są święta – odrzekł Smith. – Wysłali dodatkowe patrole. Jurij…

– Muszę powiedzieć to Kleinowi. – Rosjanin nachylił się ku niemu. – Oni chcą… To nie do wiary. Jon. To czysty obłęd!

– Czego chcą? – spytał Smith, z trudem panując nad głosem. – I o kim ty mówisz?

Danko rozejrzał się nerwowo.

– Załatwiłeś co trzeba? Możesz mnie stąd wydostać?

– W każdej chwili.

Sięgając do kieszeni po portfel, Jon spostrzegł, że karabinierzy wchodzą między stoliki. Jeden z nich roześmiał się wesoło, jakby kolega opowiedział mu jakiś dowcip, po czym machnął ręką w stronę baru z przekąskami.

Smith odliczył należność, przykrył banknoty talerzykiem i już miał odsunąć krzesło, gdy nagle cały świat eksplodował.

– Jon!

Krzyk Rosjanina utonął w ogłuszającej serii oddanych z bliska wystrzałów. Minąwszy ich stolik, karabinierzy odwrócili się z plującymi ołowiem pistoletami w rękach. Wystrzelone z dwóch luf pociski rozorały mu ciało, pchnęły go na krzesło i wraz z krzesłem przewróciły na chodnik.

W chwili, gdy rozpętało się piekło, Jon rzucił się w stronę podwyższenia. Wokół niego kule siekały kamień i drewno. Pianista popełnił fatalny błąd, próbując wstać, i przecięły go na pół. Sekundy wlokły się tak, jakby nagle zalał je miód. Jon nie mógł uwierzyć, że zabójcy nie uciekają, że robią swoje ze śmiertelną bezkarnością. Wiedział tylko jedno, to, że lśniąca czernią rama fortepianu i jego potwornie wyszczerbione białe klawisze ratują mu życie, pochłaniając serie wojskowych pocisków.

Zabójcy byli zawodowcami; dobrze wiedzieli, kiedy skończy im się czas. Rzuciwszy broń, przykucnęli za przewróconym stolikiem i ściągnęli mundury. Pod spodem mieli szarobrązowe wiatrówki. Z kieszeni wyjęli rybackie czapki. Wykorzystując panikę, która wybuchła wśród przechodniów, wstali i puścili się pędem w stronę Florian Café. Dopadłszy drzwi, jeden z nich krzyknął:

– *Assassini!* Wszystkich zabijają! Na miłość boską, wezwijcie policję!

Smith podniósł głowę i zobaczył, jak giną w tłumie rozwrzeszczanych gości. Potem spojrzał na Jurija leżącego na plecach z poszatkowaną kulami piersią i z jego gardła dobył się zwierzęcy warkot. Zeskoczył z podwyższenia, przepchnął się do kawiarni i porwany przez tłum, tylnym wyjściem wypadł na biegnący za kawiarnią zaułek. Ciężko dysząc, spojrzał w lewo i w prawo. Po lewej stronie, już prawie za rogiem domu, mignęły mu dwie szarobrązowe wiatrówki.

Zabójcy dobrze znali teren. Przecięli dwie kręte uliczki i dotarli do wąskiego kanału, gdzie czekała przywiązana do pachołka gondola. Jeden wskoczył do niej i chwycił wiosło, drugi odwiązał linę. Kilka sekund później już płynęli.

Ten, który wiosłował, zapalił papierosa.

– Prosta robota – powiedział.

– Za dwadzieścia tysięcy dolarów aż za prosta – odrzekł jego kolega. – Ale nie zabiliśmy tego drugiego. Szwajcar powiedział wyraźnie: zlikwidować cel i każdego, kto z nim będzie.

– *Basta!* Kontrakt został zrealizowany. Jeśli ten bankier chce...

Przerwał mu okrzyk wioślarza:

– A niech to diabli!

Jego wspólnik odwrócił się, spojrzał w stronę, w którą tamten wskazywał, i na widok towarzysza ofiary z placu Świętego Marka, pędzącego brzegiem kanału, rozdziawił usta.

– *Figlio di putana!* Zastrzel go!

Wioślarz wyjął wielkokalibrowy pistolet.

– Z przyjemnością.

Smith zobaczył, jak tamten podnosi rękę, zobaczył, jak broń chyboce, rozkołysana gwałtownymi przechyłami gondoli. Zdawał sobie sprawę, że ściganie uzbrojonych morderców bez choćby noża do obrony jest czystym szaleństwem. Ale widok martwego Jurija dodawał mu sił. Był niecałe dziewięć metrów od nich i wciąż się zbliżał, gdyż wioślarz nie mógł oddać strzału.

Sześć metrów.

– Tommaso...

Wioślarz Tommaso wolałby, żeby wspólnik zamknął gębę. Widział, że tamten jest coraz bliżej, ale co z tego? Ten wariat na pewno nie miał broni, w przeciwnym razie na pewno by jej użył.

I wówczas zobaczył coś innego, coś częściowo ukrytego pod pokładem gondoli: kawałek baterii, kolorowe kable... Takiej samej baterii i takich samych kabli wielokrotnie używał.

Jego krzyk utonął w eksplozji i w kuli ognia, która pochłonęła łódź, wyrzucając ją dziewięć metrów w górę. Przez kilka chwil nad kanałem stała chmura czarnego gryzącego dymu. Ciśnięty o ceglaną ścianę fabryki szkła i oślepiony rozbłyskiem wybuchu, Jon nie widział nic, czując jedynie zapach płonącego drewna i swąd zwęglonych ciał, których szczątki spadały z nieba niczym deszcz.


Pośród przerażenia i lękliwej niepewności, która ogarnęła plac Świętego Marka, mężczyzna ukryty za kolumną podtrzymującą jednego z granitowych lwów zachował niezwykły spokój. Na pierwszy rzut oka mógł mieć pięćdziesiąt kilka lat, lecz niewykluczone, że postarzały go wąsy i kozia bródka. Był w sportowej kurtce z żółtą kokardką w klapie i we wzorzystym krawacie. W oczach postronnego obserwatora mógł uchodzić za wystrojonego gogusia, za profesora uniwersytetu albo za dystyngowanego emeryta.

Z tym że bardzo szybko się poruszał. Na placu rozbrzmiewało jeszcze echo wystrzałów, a on już pędził za uciekającymi zabójcami. Musiał dokonać wyboru: biec za nimi i za Amerykaninem, który ich ścigał, czy podejść do postrzelonego człowieka. Nie wahał się ani chwili.

– *Dottore!* Przepuśćcie mnie! Jestem lekarzem!

Słysząc, że doskonale mówi po włosku, wystraszeni turyści natychmiast się rozstąpili, tak że już kilka sekund później klęczał przy poszatkowanym kulami ciele Jurija Danki. Jeden rzut oka wystarczył, by stwierdzić, że pomóc mógł mu już tylko Bóg. Mimo to mężczyzna przytknął dwa palce do jego szyi, jakby chciał wyczuć puls, drugą rękę zaś wsunął mu do kieszeni.

Ludzie zaczynali powoli wstawać i rozglądać się na wszystkie strony. Niektórzy patrzyli na niego. Kilkoro ruszyło w jego stronę. Wiedział, że mimo oszołomienia zasypią go pytaniami, których wolałby raczej uniknąć.

– Hej, ty tam! – krzyknął do młodego mężczyzny, który wyglądał na studenta. – Chodź tu i pomóż mi. – Chwycił go za ramię i zmusił do przytrzymania ręki martwego Rosjanina. – A teraz ściśnij... Ściśnij, mówię!

– Ale on nie żyje! – zaprotestował student.

– Kretyn! – warknął lekarz. – On żyje, ale jeśli nie poczuje, że ktoś trzyma go za rękę, na pewno umrze!

– A pan?

– Muszę sprowadzić pomoc. Ty zostań.

Szybko przepchnął się przez tłum gapiów stojących wokół zabitego. Nie dbał o to, że tamci na niego patrzą. Nawet w najbardziej sprzyjających okolicznościach większość świadków była zwykle niewiarygodna. W tych na pewno nie będą w stanie go opisać, a jeśli nawet opiszą, to niedokładnie.

Usłyszał zawodzenie pierwszych syren. Wiedział, że za kilka minut na placu zaroi się od karabinierów, którzy natychmiast go otoczą i zatrzymają wszystkich potencjalnych świadków. Przesłuchania potrwałyby wiele dni, a on wpadłby w ich sieć. Nie mógł sobie na to pozwolić.

Niepostrzeżenie skręcił na Most Westchnień, przeszedł na drugą stronę kanału, minął rząd straganów z upominkami i podkoszulkami i wkrótce wślizgnął się do holu hotelu Danieli.

– Pan doktor Humboldt – powitał go konsjerż. – Dzień dobry.

– Dzień dobry – odrzekł mężczyzna, który nie był ani doktorem, ani Humboldtem. Nazywał się Peter Howell, ale pod tym nazwiskiem znali go tylko nieliczni.

Howell nie zdziwił się, że wiadomość o masakrze na placu Świętego Marka jeszcze tu nie dotarła. Mury tego czternastowiecznego pałacu zbudowanego dla doży Dandola skutecznie filtrowały wszystko to, co działo się poza ich obrębem.

Skręcił w lewo, wszedł do wspaniałego salonu i ruszył do małego narożnego baru. Zamówił brandy i gdy barman odwrócił się do niego plecami, na chwilę zamknął oczy. Widział w życiu wiele trupów, często inicjował akty przemocy i na własnej skórze odczuwał ich skutki. Ale to bezduszne, dokonane z zimną krwią morderstwo na placu Świętego Marka przyprawiło go o mdłości.

Wypił brandy jednym haustem. Gdy alkohol zmieszał się z krwią i nieco go odprężył, sięgnął do kieszeni kurtki.

Minęły dziesiątki lat, odkąd uczono go fachu kieszonkowca. Musnąwszy palcami kartkę, którą wyjął z kieszeni martwego Rosjanina, ucieszył się, że nie wyszedł z wprawy.

Przeczytał zdanie raz, potem drugi raz. Chociaż wiedział, że to bzdura, wciąż miał nadzieję, że kartka zdradzi mu, dlaczego Danko musiał zginąć. I kto rozkazał go zabić. Ale z tekstu zrozumiał tylko jedno słowo: „Bioaparat".

Złożył kartkę i schował ją do kieszeni. Dopił resztkę brandy i poprosił o dolewkę.

– Wszystko w porządku, *signore*? – spytał troskliwie barman, sięgając po butelkę.

– Tak, dziękuję.

– Jeśli tylko mógłbym w czymś pomóc, chętnie służę.

Wycofał się pod lodowatym wzrokiem Howella.

Ty mi nie pomożesz, stary. To nie ciebie teraz potrzebuję.


Otworzywszy oczy, ujrzał nad sobą kilka groteskowo zniekształconych twarzy. Z trudem dźwignął głowę i stwierdził, że utknął w zagłębieniu drzwi sklepu z maskami i kostiumami. Chwiejnie wstał, odruchowo sprawdzając, czy nie jest ranny. Kości miał całe, ale piekła go twarz. Przesunął ręką po policzkach i spojrzał na palce. Były zakrwawione.

Przynajmniej żyję.

Nie mógł tego powiedzieć o zabójcach z gondoli. Eksplozja, która zniszczyła łódź, przeniosła ich obu do wieczności. Nie wiedział, kim byli. Nawet gdyby policja znalazła i przesłuchała świadków, ci okazaliby się bezwartościowi: zawodowcy, mistrzowie charakteryzacji, bardzo często występowali w przebraniu.

Myśl o policji kazała mu się stamtąd ruszyć. Obchodzono Wielkanoc i sklepy nad kanałem były zamknięte. W pobliżu nie dostrzegł ani jednego człowieka. Ale złowieszcze wycie syren powoli narastało. Nie ulegało wątpliwości, że policja skojarzy masakrę na placu Świętego Marka z wybuchem na kanale. Świadkowie zeznają, że zabójcy uciekli w tym kierunku.

I szybko mnie znajdą… Ci sami świadkowie powiedzą, że rozmawiałem z Danką.

Policja natychmiast spytałaby, co go z nim łączyło, po co się spotkali, o czym rozmawiali. Gdyby zaś odkryli, że jest amerykańskim wojskowym, przepuściliby go przez magiel. Mimo to nie powiedziałby im nic, co mogłoby wyjaśnić powody strzelaniny.

Podniósłszy się, otarł twarz i otrzepał garnitur. Zrobił kilka ostrożnych kroków, a potem najszybciej jak umiał, doszedł do końca chodnika. Przeciął most i schronił się pod cienistym zadaszeniem *sequero*, zakładu budowy gondoli. Pokonał kilka skrzyżowań, pół ulicy dalej wszedł do małego kościoła i prześlizgnąwszy się przez jego mroczne wnętrze, wyszedł tylnymi drzwiami. Kilka minut później był już na promenadzie biegnącej wzdłuż Canale Grande, w tłumie ludzi przelewających się nieustannie jego brzegiem.

Plac Świętego Marka był już obstawiony. Posępni karabinierzy z gotowymi do strzału pistoletami maszynowymi utworzyli żywą barierę między granitowymi lwami. Europejczycy, zwłaszcza Włosi, doskonale wiedzieli, jak zachowywać się po czymś, co wyglądało na klasyczny atak terrorystyczny: patrząc prosto przed siebie, szybko mijali miejsce zamachu, by zniknąć w najbliższej uliczce. Podobnie zrobił i on.

Przeszedł na drugą stronę Mostu Westchnień, pchnął obrotowe drzwi hotelu Danieli i ruszył prosto do męskiej toalety. Spryskał twarz zimną wodą i powoli wrócił mu normalny oddech. Spojrzał w lustro nad umywalką, ale widział jedynie ciało Jurija drgające pod gradem kul. Słyszał wrzask przechodniów, krzyk zabójców, gdy zauważyli, że ich ściga. A potem ponownie dobiegł go grzmot potwornej eksplozji, który obrócił ich w nicość…

A wszystko to w mieście uchodzącym za jedno z najbezpieczniejszych w Europie. Na miłość boską, co ten Jurij tu przywiózł? Czym sprowokował ich do morderstwa?

Odczekał chwilę, wreszcie wyszedł z łazienki. Salon był pusty, nie licząc Howella siedzącego przy stoliku za wysoką marmurową kolumną. Jon bez słowa wziął pękaty kieliszek brandy i jednym haustem osuszył jego zawartość. Zdawało się, że Howell dobrze go rozumie.

— Już się niepokoiłem — powiedział. — Pobiegłeś za nimi, tak?

— Mieli gondolę – odrzekł Smith. – Pewnie chcieli wtopić się w otoczenie. Na gondolę nikt nie zwraca uwagi. Ale…

— Ale?

— Ale zleceniodawcy im nie ufali. Naszpikowali łódź plastikiem C-4, a ładunek podłączyli do zapalnika czasowego.

— Nieźle huknęło. Słychać było aż na placu.

Jon nachylił się w jego stronę.

— Co z Danką?

— Niestety, postarali się – odrzekł Howell. – Przykro mi, Jon. Dotarłem do niego najszybciej, jak umiałem, ale…

– Miałeś mnie ubezpieczać i ubezpieczałeś. Nic więcej nie mogłeś zrobić. Jurij powiedział, że jest czysty i mu uwierzyłem. Był zdenerwowany, ale nie dlatego, że ktoś go śledził. Chodziło o coś innego. Znalazłeś coś przy nim?

Howell podał mu kawałek papieru, kartkę wydartą z taniego notatnika. Podał i uważnie mu się przyjrzał.

– Co? – spytał Jon.

– Nie chciałem być niedyskretny. Poza tym mój rosyjski wymaga porządnego szlifu. Ale wpadło mi w oko jedno słowo. – Umilkł. – Naprawdę nie wiesz, co Danko mógł tu przywieźć?

Smith powiódł wzrokiem po ręcznie napisanym tekście i równie szybko jak Howell wyłowił z niego to samo słowo: „Bioaparat". Rosyjski ośrodek badawczy, gdzie projektowano i wytwarzano broń biologiczną. Danko często o nim wspominał, lecz twierdził, że nigdy tam nie pracował. A może jednak pracował? Może go tam skierowano? Czyżby odkrył coś tak potwornego, że uznał, iż jedynym sposobem ratunku jest wywiezienie tego z kraju?

Howell uważnie obserwował jego twarz.

– Mnie też to przeraża – powiedział. – Chcesz mi coś powiedzieć, Jon?

Smith spojrzał na małomównego Anglika. Peter Howell spędził pół życia w brytyjskim wojsku i wywiadzie, najpierw w oddziałach specjalnych sił lotniczych, potem w MI-6. Ten śmiertelnie niebezpieczny kameleon, którego dokonań nigdy publicznie nie rozgłaszano, przeszedł już na „emeryturę", chociaż tak naprawdę nie rozstał się z zawodem. Ludzi z jego doświadczeniem zawsze ktoś potrzebował, a ci, którym na tym doświadczeniu zależało – zarówno osoby prywatne, jak i przedstawiciele wielu rządów – wiedzieli, gdzie go szukać. Howell mógł przebierać w zleceniach, ale zawsze kierował się żelazną zasadą: najpierw przyjaciele. Bardzo pomógł Smithowi w ściganiu autorów Programu Hades i bez chwili namysłu opuścił swój dom w High Sierra w Kalifornii, gdy ten poprosił go o pomoc w Wenecji.

Bywało, że Jon dusił się w uprzęży, którą założył mu Klein. Nie mógł na przykład powiedzieć Howellowi ani słowa o Jedynce, tego, że w ogóle istnieje, że od dawna w niej służy. Wiedział, że Peter coś podejrzewa. Ale jako profesjonalista Anglik zawsze zachowywał te podejrzenia dla siebie.

– To może być coś dużego – odrzekł cicho, patrząc mu prosto w oczy. – Muszę wracać do Stanów i dowiedzieć się czegoś o tych z gondoli. Kim byli i, co ważniejsze, dla kogo pracowali.

Howell przyglądał mu się w zadumie.

– Już ci mówiłem, nawet najmniejsza wzmianka o Bioaparacie przyprawia mnie o bezsenność. Mam w Wenecji kilku przyjaciół. Zobaczę, co się da zrobić. – Zrobił pauzę. – Twój przyjaciel, ten Jurij, miał rodzinę?

Jonowi stanęło przed oczami zdjęcie ładnej ciemnowłosej kobiety z dzieckiem, które kiedyś pokazał mu Danko.

– Tak, miał.

– W takim razie jedź i rób, co musisz. W razie czego wiem, gdzie cię szukać. A to tak na wszelki wypadek. Adres domu pod Waszyngtonem, w którym czasami bywam. Jest naszpikowany czujnikami, alarmami i Bóg wie czym jeszcze. Nigdy nie wiadomo, kiedy zechcesz pobyć trochę sam.

# Rozdział 4

Ośrodek treningowo-szkoleniowy NASA na przedmieściach Houston składa się między innymi z czterech gigantycznych hangarów, każdy wielkości boiska do gry w piłkę nożną. Teren wokół ośrodka patroluje żandarmeria, a za wysokim ogrodzeniem roi się od czujników ruchu i kamer systemu bezpieczeństwa.

Hangar oznaczony symbolem G-3 mieścił pełnowymiarowy prom kosmiczny najnowszej generacji. Zbudowany na wzór symulatora lotniczego, używanego do szkolenia pilotów cywilnych, umożliwiał załodze zdobycie doświadczenia, z którego miała skorzystać w przestrzeni kosmicznej.

Megan Olson była w długim tunelu łączącym pokład mieszkalny z komorą ładunkową. Ubrana w luźne spodnie i obszerny podkoszulek, „pływała" w częściowej grawitacji łagodnie niczym spadające piórko.

– Chyba za dobrze się tam bawisz – zaskrzeczało w słuchawkach.

Megan przytrzymała się jednego z gumowych uchwytów wbudowanych w ścianę tunelu i spojrzała w obiektyw kamery śledzącej jej poczynania. Związane w kucyk rude włosy spłynęły jej na twarz, więc je odgarnęła.

– Mam z tego największą frajdę – odrzekła ze śmiechem. – Jakbym nurkowała, tyle że nie ma tu ryb.

Podpłynęła do monitora i ujrzała twarz doktora Dylana Reeda, szefa programu biomedycznego NASA.

– Drzwi do laboratorium otworzą się za dziesięć sekund – ostrzegł ją Reed.

– Już idę.

Pod kątem czterdziestu pięciu stopni spłynęła w dół, do okrągłego luku. Gdy tylko dotknęła uchwytu, usłyszała cichy syk sprężonego powietrza odblokowującego stalowe bolce. Naparła na drzwi, a te otworzyły się lekko i bezgłośnie.

– Jestem w środku.

Opadła na podłogę i poczuła, jak podeszwy jej butów przywierają do zaopatrzonego w rzepy materiału. Teraz mogła zachować jako taką równowagę.

Zamknęła drzwi, wystukała kod na klawiaturze komputera i dobiegł ją trzask stalowych bolców.

Ogarnęła wzrokiem strefę roboczą kosmicznego laboratorium, którą podzielono na kilkanaście modułów. Każdy z nich był wielkości pakamery na szczotki, każdy zaprojektowano pod kątem innych funkcji i eksperymentów. Ostrożnie ruszyła przed siebie przejściem tak wąskim, że z trudem się w nim mieściła i minąwszy po drodze zespół urządzeń punktu krytycznego oraz SPE, czyli moduł, w którym przeprowadzano eksperymenty fizjologiczne, wreszcie dotarła do Bioracku.

Podobnie jak pozostałe moduły Biorack miał tytanową obudowę przypominającą kształtem szyb wentylacyjny. Szeroki na metr dwadzieścia i wysoki na dwa metry dziesięć, miał ukośnie ścięty przód, który nachylał się ku badaczowi pod kątem trzydziestu stopni. Tego rodzaju konstrukcja była konieczna, ponieważ całe laboratorium tkwiło w wielkiej cylindrycznej rurze.

– Dzisiaj mamy chińszczyznę – rzucił wesoło Reed. – Wybierz coś z kolumny A i coś z kolumny B.

Megan usadowiła się w Bioracku i pstryknęła przełącznikiem. Najpierw ożył stojący najwyżej zamrażalnik. Potem chłodziarka, inkubator A, komora badawcza z rękawicami, wreszcie inkubator B. Megan zerknęła na konsoletę i na lampki agregatu mrugające na wysokości kolan. Biorack albo Bernie, jak nazwano jej moduł, pracował bez zarzutu.

Sprawdziła wykaz eksperymentów, które miała przeprowadzić. Rzeczywiście, tego dnia dano jej do wyboru prawdziwą chińszczyznę.

– Zacznę od grypy, a potem przyprawię ją… chorobą legionistów.

Reed zachichotał.

– Bardzo apetyczne. Włączę zegar, kiedy tylko włożysz rękawiczki.

Komora badawcza była wielkości pudełka do butów i wystawała z Bioracku na dwadzieścia pięć centymetrów. Zbudowana na wzór o wiele większych komór, używanych w większości laboratoriów, była całkowicie hermetyczna i bezpieczna, lecz w przeciwieństwie do swych ziemskich kuzynek, została zaprojektowana do prac w mikrograwitacji. Dzięki temu Megan i jej koledzy naukowcy mogli badać organizmy w warunkach niedostępnych w jakimkolwiek innym środowisku.

Megan włożyła ręce w grube gumowe rękawice tkwiące wewnątrz komory. Uszczelniała je trzycentymetrowa warstwa masywnej gumy, metalu i kefleksu, grubego, nietłukącego się szkła, tak więc do skażenia nie doszłoby nawet wówczas, gdyby ktoś przypadkowo rozlał w komorze jakąś substancję.

I dobrze, pomyślała. Zwłaszcza że czeka na mnie choroba legionistów.

Chociaż rękawice sprawiały wrażenie grubych i niewygodnych w użyciu, były bardzo poręczne. Megan musnęła palcem ekran wbudowanej w komorę konsolety i wprowadziła trzycyfrowy kod. Niemal natychmiast wysunęła się jedna z pięćdziesięciu tacek wielkości tacki dysku kompaktowego. Jednak zamiast płyty spoczywał na niej okrągły szklany pojemnik o średnicy siedmiu i pół centymetra i głębokości sześciu milimetrów. Nawet bez mikroskopu widać w nim było zielonoszary płyn: zarazki choroby legionistów.

Doświadczenie naukowe i praca w laboratoriach biochemicznych wykształciły w niej głęboki respekt dla kultur, z którymi pracowała. Nawet w najbezpieczniejszych warunkach nigdy nie zapominała, z czym ma do czynienia. Bardzo ostrożnie przeniosła szklany pojemnik na podstawkę, po czym zdjęła wieczko, odsłaniając bakterie.

W słuchawkach ponownie zabrzmiał głos Reeda:

– Zegar włączony. Pamiętaj, że w częściowej grawitacji na każde doświadczenie masz tylko trzydzieści minut. Na promie nie będziesz musiała się spieszyć.

Megan doceniała jego profesjonalizm. Reed nigdy nie rozpraszał badaczy, zagadując ich w trakcie eksperymentu. Wiedziała, że od chwili otwarcia pojemnika z bakteriami pozostawi ją samej sobie.

Wyregulowała zamontowany na komorze mikroskop i wzięła głęboki oddech. Spojrzała na próbkę. Z bakteriami choroby legionistów pracowała już wielokrotnie, dlatego patrzyła na nie jak na starego przyjaciela.

– No dobrze, koledzy – powiedziała na głos. – Ważycie teraz o wiele mniej. Zobaczymy, jak tam z waszą potencją.

Włączyła kamerę i przystąpiła do pracy.


Dwie godziny później wróciła na pokład mieszkalny, gdzie mieściły się koje, magazyny żywności, łazienki i przeróżne składziki. Stamtąd weszła drabiną na opustoszały teraz pokład pilotażowy i przystanęła przy interkomie.

– Dobra, wypuść mnie.

Odruchowo napięła mięśnie, czekając, aż wyrówna się ciśnienie. Spędziła na promie prawie pół dnia i czuła się tak, jakby ważyła dwa razy więcej niż zwykle. Ciągle nie mogła do tego przywyknąć. Zawsze musiała sobie powtarzać, że waży tylko pięćdziesiąt cztery kilogramy i że nie ma na ciele prawie ani grama tłuszczu.

Ciśnienie się wyrównało, otworzył się luk. Gdy wyszła na platformę i uderzył ją silny podmuch klimatyzowanego powietrza, przepocony podkoszulek przylgnął jej do skóry. Pierwsza myśl po każdym treningu na promie była zawsze taka sama: Dzięki Bogu, że mogę wziąć prawdziwy prysznic. Na pokładzie ćwiczyła kąpiele ręcznikowe.

Jeśli tylko polecisz, na pewno je polubisz, pomyślała.

– Świetnie sobie poradziłaś – powitał ją Dylan Reed, wysoki, dystyngowany mężczyzna pod pięćdziesiątkę.

– Masz wydruki? – spytała.

– Komputery już pracują.

– Robimy legionistów już trzeci raz. Założę się o kolację w Sherlocku, że wyniki będą takie same jak poprzednio: bakterie rozmnażają się jak szalone nawet w warunkach częściowej grawitacji. Wyobraź sobie, jak zareagują na jej brak.

Reed wybuchnął śmiechem.

– Naprawdę myślisz, że bym się z tobą założył?

Weszli do windy i zjechali na dół. Megan wysiadła i przystanęła, żeby popatrzeć na majestatyczny prom tonący w blasku tysiąca świateł.

– Pewnie tak samo wygląda tam, na orbicie – powiedziała cicho.

– Pewnego dnia wybierzesz się na kosmiczny spacer i przekonasz się na własne oczy – odrzekł Reed.

Megan zniżyła głos.

– Tak, pewnego dnia...

Jako dublerka doskonale wiedziała, że jej szanse na uczestnictwo w najbliższym locie są równe zeru. Prom miał wystartować już za siedem dni, a załoga Reeda była w znakomitej formie. Któryś z nich musiałby dosłownie złamać nogę, żeby mogła zająć jego miejsce.

– Kosmiczny spacer może zaczekać – powiedziała, gdy ruszyli w stronę kwater mieszkalnych. – Teraz marzę tylko o gorącym prysznicu.

– Omal nie zapomniałem – odrzekł Reed. – Jest tu ktoś, kogo chyba znasz.

Megan zmarszczyła czoło.

– Nikogo nie oczekiwałam.

– To Jon Smith. Niedawno przyjechał.


Dwie godziny po tym, gdy koła odrzutowego gulfstreama oderwały się od pasa startowego lotniska w Wenecji, z kabiny wyszedł pilot z wiadomością.

– Będzie odpowiedź? – spytał.

Smith pokręcił głową.

– Nie.

– Zmiana kursu z Andrews do Houston da nam dwie godziny czasu. Może pan się trochę przespać.

Jon podziękował mu i zmusił się do zjedzenia zimnego mięsa i owoców z kuchni. Wiadomość od Kleina była krótka i zwięzła. Ze względu na krwawe wydarzenia w Wenecji i na osobę Jurija Danki, żądał natychmiastowego raportu. Chciał też być blisko prezydenta – główny lokator Białego Domu poleciał do Houston, żeby poprzeć nowy program kosmiczny – na wypadek, gdyby musiał mu bezzwłocznie przekazać informacje dostarczone przez Jona.

Po posiłku Smith przygotował się do spotkania. Nakreślił też plan działania i sprecyzował argumenty. Zanim się spostrzegł, w dole zamajaczyła Zatoka Meksykańska: samolot podchodził do lądowania na lotnisku NASA.

Ujrzał olbrzymie tereny ośrodka i przypomniała mu się Megan. Myśl o przyjaciółce Sophii przywiodła uśmiech na jego usta i nagle zapragnął zobaczyć ją ponownie. W ciągu ostatnich dwudziestu czterech godzin widział tyle krwi i śmierci, że chciał zaznać spokoju, choćby tylko na chwilę.

Pilot skierował samolot do strefy bezpieczeństwa, gdzie stał Air Force One. U stóp schodów powitał Smitha uzbrojony sierżant żandarmerii, który zawiózł go do pawilonu dla zwiedzających. W oddali widać było ławy wypełnione pracownikami NASA, którzy słuchali prezydenckiego przemówienia. Jon wątpił, żeby był wśród nich Klein: szef wolał nie zwracać na siebie uwagi.

Sierżant wprowadził go do małego pomieszczenia z dala od sal wystawowych. Pokój miał nagie ściany i stało w nim jedynie wojskowe biurko oraz kilka krzeseł. Klein wyłączył komputer i wyszedł mu na spotkanie.

– Dzięki Bogu, że żyjesz.

– Dziękuję, panie dyrektorze. Proszę mi wierzyć, że ja też jestem mu bardzo wdzięczny.

Klein nieustannie go zaskakiwał. Smith gotów był już przysiąc, że w jego żyłach płynie lodowata woda, tymczasem proszę: szef okazywał szczere zatroskanie i niepokój o agenta, którego wysłał na niebezpieczną misję.

– Prezydent odlatuje za niecałą godzinę. Opowiadaj. Muszę zdecydować, czy zameldować mu o tym, czy nie.

I zauważywszy, że Jon rozgląda się czujnie po pokoju, szybko dodał:

– Ci z Secret Service nie znaleźli tu żadnych pluskiew. Możesz mówić.

Krok po kroku, Smith zdał mu szczegółową relację z tego, co wydarzyło się na placu Świętego Marka od chwili, gdy w tłumie przechodniów dostrzegł Jurija Dankę. Gdy opisywał strzelaninę, Klein aż drgnął, a gdy wspomniał o Bioaparacie, wyraźnie oszołomiony szef pokręcił głową.

– Powiedział coś przed śmiercią?

– Nie zdążył. Ale miał przy sobie to. – Jon podał mu kartkę z odręcznym tekstem Rosjanina.

*Pracownicy Bioaparatu nie są w stanie przejść z fazy pierwszej do drugiej. Nie chodzi o pieniądze, tylko o brak odpowiedniego sprzętu. Mimo to krążą pogłoski, że faza druga zostanie zainicjowana, choć nie tutaj. Nie później niż 4.09 odjedzie stąd kurier z przesyłką.*

Klein zerknął na Smitha.

– Jaki kurier? Mężczyzna czy kobieta? I dla kogo pracuje? Te niedomówienia i dwuznaczniki doprowadzają mnie do szału! I co to są fazy?

– Zwykle odnoszą się do wirusów – wyjaśnił Jon. – Ja też chciałbym wiedzieć, co ten kurier stamtąd wywiezie. I dokąd pojedzie.

Klein podszedł do okna, skąd roztaczał się doskonały widok na skład paliwa.

– To bez sensu. Po co Danko uciekał, skoro miał tylko to, co miał?

– Właśnie, ja też się nad tym zastanawiałem. Proszę rozważyć następujący scenariusz: Danko pracuje w Bioaparacie i przechwytuje informację o kurierze. Zaczyna w tym grzebać i dokopuje się głębiej, niż powinien. Wzbudza czyjeś podejrzenia i musi uciekać. Ale nie ma czasu albo odwagi, żeby spisać to, czego się dowiedział. Jeśli nawet wiedział, kim jest kurier, jeśli znał zawartość przesyłki i namiary adresata, już nigdy nam tego nie powie.

– Nie mogę uwierzyć, że zginął na próżno – powiedział cicho Klein.

– A ja nie chcę w to uwierzyć – odparł żarliwie Jon. – Myślę, że chciał się z panem skontaktować, ponieważ przesyłka ma trafić do nas.

– Chcesz powiedzieć, że ktoś spróbuje wwieźć do Stanów Zjednoczonych rosyjską broń biologiczną?

– Zważywszy okoliczności, to bardzo prawdopodobne. Bo co mogłoby go tak przerazić?

Klein ścisnął palcami nasadę nosa.

– W takim razie muszę poinformować prezydenta. Nawet jeśli to tylko podejrzenia. Trzeba podjąć odpowiednie kroki. – Umilkł. – Problem w tym, jak się obronić? Przecież nie wiemy, czego szukamy. Danko nie zostawił nam żadnych wskazówek.

Słysząc te słowa, Jon nagle drgnął.

– Niekoniecznie – odrzekł. – Mogę? – Ruchem głowy wskazał leżący na biurku notebook marki Dell.

Zalogował się do bazy danych Amerykańskiego Wojskowego Instytutu Chorób Zakaźnych i pokonawszy szereg zabezpieczeń, wszedł do biblioteki, największego, najbardziej wszechstronnego kompendium wiedzy o broni biologicznej w świecie. Wystukał słowa „faza pierwsza" i „faza druga", po czym polecił komputerowi wyszukać nazwy wszystkich wirusów charakteryzujących się dwoma etapami rozwoju.

Na ekranie wyświetliła się lista złożona z trzynastu pozycji. Wówczas Jon porównał ją z listą wirusów badanych, modyfikowanych i przechowywanych w magazynach rosyjskiego Bioaparatu.

– Marburg albo Ebola – mruknął Klein, spoglądając mu przez ramię. – Jedne z najbardziej śmiercionośnych wirusów w świecie.

– Faza druga sugeruje rekonfigurację, łączenie genów albo jakąś inną formę modyfikacji – myślał głośno Smith. – Wirusów Eboli, Marburga i wielu innych chorób zakaźnych nie można „spreparować". Istnieją tylko w naturze, no i oczywiście w laboratoriach wytwarzających broń biologiczną. W ich przypadku chodziłoby raczej o skonstruowanie efektywnego systemu przenoszenia i rozpraszania zarazków.

Nagle głośno zaczerpnął powietrza.

– Ale to… To spreparować można. Wiemy, że Rosjanie bawią się z tym wirusem od wielu lat, próbując stworzyć jego bardziej złośliwą odmianę. Mieli te laboratoria zamknąć, ale…

Klein słuchał go ze wzrokiem wbitym w biały ekran komputera, na którym niczym trupie główki migały czarne litery układające się w dwa słowa: OSPA PRAWDZIWA.


Słowo „wirus" pochodzi od łacińskiego słowa oznaczającego truciznę. Wirusy są tak maleńkie, że o ich istnieniu dowiedziano się dopiero pod koniec XIX wieku, gdy Dmitrij Iwanowski, rosyjski mikrobiolog, natknął się na nie, badając przyczyny epidemii wśród roślin tytoniu.

Wirus ospy prawdziwej należy do rodziny tak zwanych poxvirusów. Najwcześniejsza wzmianka o wywołanej przez niego epidemii pochodzi z Chin, z roku 1122 p.n.e. Od tamtego czasu ospa prawdziwa – oraz jej najcięższa postać, ospa czarna – wielokrotnie odmieniała naszą historię, dziesiątkując populację osiemnastowiecznej Europy i pierwotnych ludów obu Ameryk.

*Variola major* atakuje system oddechowy. Okres inkubacji trwa od pięciu do dziesięciu dni, po czym występuje wysoka gorączka, wymioty, ból głowy i sztywność stawów. Po tygodniu pojawia się wysypka, początkowo jedynie miejscowa, lecz szybko rozprzestrzeniająca się na całe ciało i przekształcająca się w pęcherzyki. Pęcherzyki ulegają zropieniu, zasychają i odpadają, pozostawiając blizny, które są ośrodkami inkubacyjnymi dla kolejnej fali wirusów. Śmierć następuje po dwóch, trzech tygodniach od zarażenia, a w przypadku ospy czerwonej lub czarnej nawet w ciągu kilku dni.

Pierwszą próbę medycznego ataku na wirusa podjęto dopiero w 1796 roku. Angielski lekarz Edward Jenner odkrył, że dojarki, które zaraziły się od krów łagodną odmianą wirusa, są odporne na ospę prawdziwą. Pobrawszy próbki wirusa z ich ran, Jenner zaszczepił małego chłopca, w wyniku czego chłopiec ten przeżył epidemię. Edward Jenner nazwał swoje lekarstwo *vaccinia*, czyli wakcyną.

Ostatni znany przypadek ospy prawdziwej wykryto i wyleczono w Somalii w roku 1977. W maju 1980 Światowa Organizacja Zdrowia ogłosiła, że wirus ospy prawdziwej został całkowicie wytrzebiony. Rozkazała również przerwać programy szczepień ochronnych, ponieważ nie istniała żadna potrzeba narażania ludzi na związane ze szczepieniem niebezpieczeństwo.

Od tego właśnie roku – 1980 – na świecie istnieją jedynie dwa ośrodki, w których przechowuje się *Variola major*: Centrum Kontroli Chorób Zakaźnych w Atlancie oraz Instytut Wirusologii imienia Iwanowskiego w Moskwie. Próbki wirusa przechowywane w Moskwie przewieziono następnie do Bioaparatu, ośrodka badawczego mieszczącego się we Władymirze, mieście leżącym trzysta pięćdziesiąt kilometrów na południowy wschód od Moskwy.

Zgodnie z międzynarodowym traktatem podpisanym zarówno przez Stany Zjednoczone, jak i Rosję, próbki te muszą być zmagazynowane w pilnie strzeżonych laboratoriach podlegających międzynarodowej inspekcji. Pod nieobecność obserwatorów ze Światowej Organizacji Zdrowia nie wolno przeprowadzać na nich żadnych doświadczeń.

Tak przynajmniej wygląda to w teorii.

– W teorii mieli być przy tym obserwatorzy. – Smith zerknął na Kleina. – Obaj wiemy, jak było naprawdę.

Klein głośno prychnął.

– Rosjanie wcisnęli tym z WHO kit o supernowoczesnym ośrodku we Władymirze, a ci głupcy pozwolili im przenieść tam wirusa. Nie zdawali sobie sprawy, że inspektorom udostępniono tylko część pomieszczeń Bioaparatu: tę, którą chciano im udostępnić.

Klein nie mijał się z prawdą. Dzięki zeznaniom uciekinierów i doniesieniom ze źródeł miejscowych, z biegiem lat Stany Zjednoczone zdołały stworzyć pełny obraz tego, co tak naprawdę działo się w kompleksie Bioaparatu. Międzynarodowi inspektorzy widzieli jedynie czubek góry lodowej: magazyny do przechowywania wirusów, których parametry techniczne oficjalnie zaaprobowano. Ale były tam również inne budynki – budynki, które pozorując laboratoria pracujące dla potrzeb rolnictwa, pozostały ukryte przed światem. Klein dysponował wystarczającą ilością dowodów, żeby powiadomić Światową Organizację Zdrowia i zażądać dokładnej inspekcji kompleksu. Lecz w grę wchodziła polityka. Obecna administracja nie chciała antagonizować Rosji, której groził powrót do rządów komunistycznych. Poza tym niektórzy inspektorzy WHO nie chcieli dać wiary przedstawionym przez Amerykanów dowodom. Nie można też było polegać na ich dyskrecji. Amerykańskie agencje wywiadowcze bały się o życie tych, którzy dostarczyli im informacji, uważając, że gdyby Rosjanie dowiedzieli się, jakimi danymi dysponuje Zachód, wszczęliby wewnętrzne śledztwo i zneutralizowali informatorów.

– Nie mam wyboru – mruknął Klein. – Muszę zawiadomić prezydenta…

– Co może doprowadzić do rozmów na szczeblu rządowym – zauważył Smith. – Nasuwa się pytanie: czy ufamy Rosjanom na tyle, żeby powierzyć im zadanie wytropienia przecieku i kuriera? Wiemy, że przesyłkę nada ktoś z Boaparatu, ale nie wiemy, kim ten człowiek jest, jaką ma rangę, kto wydaje mu rozkazy. Jest całkiem prawdopodobne, że nie chodzi tu o naukowca czy badacza, który chce się szybko wzbogacić, dostarczając wirusa do Nowego Jorku. To może sięgać wyżej, może nawet Kremla.

– Rozumiem. Chcesz powiedzieć, że rozmawiając z rosyjskim premierem, prezydent mógłby zdradzić coś nie temu, komu trzeba. Zgoda, ale czy mamy inne wyjście?

Przedstawienie planu działania obmyślonego podczas lotu zajęło Smithowi trzy minuty. Klein miał bardzo sceptyczną minę i Jon szykował się już do odparcia ataku, lecz szef znowu go zaskoczył.

– Zgoda – powiedział. – To jedyny plan, który możemy zrealizować natychmiast, coś, co może się powieść. Ale prezydent nie da nam dużo czasu. Jeśli nie dostarczysz mu szybko konkretnych argumentów, pójdzie na całego i przyprze Rosjan do muru. Nie będzie miał wyboru.

Smith wziął głęboki oddech.

– Poproszę o dwa dni. Będę się meldował co dwanaście godzin. Jeśli spóźnię się więcej niż godzinę, prawdopodobnie nie odezwę się już wcale.

Klein pokręcił głową.

– To straszliwe ryzyko, Jon. Nie znoszę wysyłać ludzi na akcję, zdając się wyłącznie na modlitwę i opiekę Najwyższego.

– W tej chwili nic innego nam nie pozostaje – odrzekł posępnie Smith. – Może mu pan powiedzieć coś jeszcze. Szczepionkę przeciwko ospie prawdziwej przestaliśmy produkować wiele lat temu. W Amerykańskim Wojskowym Instytucie Chorób Zakaźnych mamy teraz tylko trzysta tysięcy ampułek zarezerwowanych wyłącznie dla wojska. Nie bylibyśmy w stanie zaszczepić nawet ułamka ludności cywilnej. – Westchnął. – Jest jeszcze gorszy scenariusz: jeśli ktoś chce wykraść wirusa ospy, ponieważ w Rosji nie ma aparatury umożliwiającej jego modyfikację, oznacza to, że ten ktoś spróbuje wwieźć go do Stanów, ponieważ my taką aparaturę mamy. Jeżeli tak, jeśli ich celem jest nie tylko stworzenie zmutowanego wirusa, ale i jego celowe rozproszenie, jesteśmy bezbronni. Moglibyśmy wyprodukować miliony szczepionek, ale żadna z nich by go nie zabiła.

Klein patrzył mu prosto w oczy. Mówił głosem niskim i chrapliwym.

– Jedź i dowiedz się, co ci Rosjanie chcą rozpętać. I dowiedz się tego jak najszybciej!

# Rozdział 5

Postukując obcasami o wypolerowaną betonową podłogę, przy wtórze głośnego echa odbijającego się od ścian, Megan przeszła przez gigantyczny hangar i znalazła się na dworze. Chociaż mieszkała w Houston prawie od dwóch miesięcy, wciąż nie mogła przywyknąć do tutejszego klimatu. Był dopiero kwiecień, a powietrze zgęstniało już od wilgoci. Cieszyła się, że nie będzie trenować latem.

Wciśnięty między hangary G-3 i G-4, stał pawilon dla zwiedzających. Megan minęła flotyllę autobusów, które wwoziły gości na teren kompleksu, i weszła do przestronnego atrium. Na dźwigarach zwisał z sufitu pomniejszony o połowę model promu kosmicznego. Prześlizgnąwszy się między gromadkami dzieci, które oglądały go z wytrzeszczonymi oczami, ruszyła w stronę stanowiska ochrony wewnętrznej. Nazwiska wszystkich odwiedzających – oraz cel ich wizyty – były zarejestrowane w komputerze. Zastanawiała się właśnie, gdzie znajdzie Jona, gdy nagle mignął jej pod modelem promu.

– Jon!

Nie spodziewając się, że ktoś go tu rozpozna, zaskoczony Smith odwrócił się ze zmarszczonym czołem, lecz widząc Megan, natychmiast się uśmiechnął.

– Megan… Tak się cieszę.

Megan podeszła bliżej i uścisnęła mu rękę

– Wyglądasz tak, jakbyś był tu służbowo. Jesteś taki poważny i w ogóle… Tylko nie mów mi, że nie zamierzałeś ze mną pogadać.

Smith lekko się zawahał. Owszem, myślał o niej, ale zupełnie się nie spodziewał, że na nią wpadnie.

– Nie wiedziałbym, gdzie cię szukać – odrzekł zgodnie z prawdą.

– Ty? – droczyła się z nim Megan. – Taki zaradny mężczyzna? Co tu robisz? Przyleciałeś z prezydentem?

– Chciałbym. Nie, coś mi wypadło, miałem tu nieplanowane spotkanie.

– Aha. I pewnie już uciekasz. Masz przynajmniej czas na drinka albo kawę?

Chociaż Jon chciał jak najszybciej wrócić do Waszyngtonu, doszedł do wniosku, że lepiej nie wzbudzać podejrzeń, zwłaszcza że Megan kupiła jego mętne wyjaśnienia.

– Chętnie – odrzekł i dodał: – Szukałaś mnie czy to tylko moja wyobraźnia?

– Tak, szukałam. – Ruszyli w stronę wind. – Twój znajomy, Dylan Reed, powiedział mi, że przyleciałeś.

– Dylan… Rozumiem.

– Skąd go znasz?

– Pracowaliśmy razem, kiedy NASA i Amerykański Instytut Chorób Zakaźnych wdrażały program kosmicznych badań biochemicznych. To było jakiś czas temu. Potem już go nie widziałem.

No właśnie: skąd, u diabła, wiedział, że tu jestem? On albo ktokolwiek inny.

Ponieważ loty w przestrzeni powietrznej nad kompleksem NASA były zabronione, pilot gulfstreama musiał przekazać kontrolerom naziemnym listę załogi i pasażerów, ci zaś wprowadzili ją zapewne do komputerów ochrony wewnętrznej. Jednak lista ta powinna była pozostać tajna – chyba że ktoś na bieżąco śledził wszystkie przyloty.

Megan wsunęła kartę do czytnika przeszklonej windy i pojechali do restauracji dla personelu. Wysiedli, weszli do środka i minęli rząd olbrzymich okien, z których roztaczał się panoramiczny widok na kompleks szkoleniowy. Megan nie mogła powstrzymać uśmiechu, widząc, jak po pasie startowym sunie olbrzymi KC-135, samolot-cysterna, maszyna specjalnie zmodyfikowana i przystosowana do potrzeb NASA.

– Miłe wspomnienia? – zagadnął Smith.

– Miłe, ale dopiero teraz – odrzekła ze śmiechem Megan. – W tej stotrzydziestcepiątce przeprowadza się doświadczenia i testuje sprzęt z naszych promów. Samolot wspina się po paraboli i przy przeciążeniu dwóch g gwałtownie opada, a wówczas w jego ładowni wytwarza się stan nieważkości. Trwa dwadzieścia, trzydzieści sekund i kiedy leciałam pierwszy raz, nie wiedziałam, że zmniejszona grawitacja ma tak wielki wpływ na funkcjonowanie ludzkiego organizmu. Właśnie wtedy odkryłam, po co trzymają tam potężny zapas torebek na wymiociny.

– I dlaczego nazywają go Wymiotną Kometą – dodał Jon.

– Ty też nim latałeś? – spytała zaskoczona Megan.

– Broń Boże.

Usiedli przy oknie. Megan zamówiła piwo, ale Smith, który miał niebawem ponownie wsiąść do gulfstreama, poprosił o sok pomarańczowy. Gdy kelnerka przyniosła drinki, podniósł szklankę jak do toastu.

– Obyś sięgnęła gwiazd.

Megan spojrzała mu w oczy.

– Obym.

– Wiem, że ci się uda.

Podnieśli wzrok. Przy stoliku stał Dylan Reed.

– Jon, kopę lat! Czekałem na kogoś i zobaczyłem w komputerze twoje nazwisko.

Mocno uścisnęli sobie ręce i Smith zaprosił go do stolika.

– Ciągle pracujesz w instytucie? – spytał Reed.

– Jeszcze pracuję. A ty? Jak długo tu siedzisz? Trzy lata?

– Już cztery.

– Lecisz? W tej misji?

– Nie dałem się przepędzić – odparł z uśmiechem Reed. – Mam szmergla na punkcie promów.

Jon ponownie wzniósł toast:

– Za udany lot.

Wypili i Reed spojrzał na Megan.

– Jak żeście się poznali? – spytał. – Nigdy mi nie mówiłaś.

Megan przestała się uśmiechać.

– Sophia Russell była moją przyjaciółką z lat dziecinnych.

– Przepraszam. Słyszałem, co się stało. Bardzo mi przykro, Jon.

Słuchając, jak wymieniają spostrzeżenia na temat porannych eksperymentów w symulatorze, Smith nie omieszkał zauważyć, że Reed darzy Megan wielką czułością. Zastanawiał się nawet, czy nie łączy ich coś więcej niż tylko układy zawodowe.

Nawet jeśli tak, to nie twoja sprawa.

Słońce paliło go w kark. Mimochodem przesunął się tak, że w szybie widział teraz odbicie wnętrza niemal całej restauracji. Przy stanowisku kelnerek dostrzegł otyłego mężczyznę średniego wzrostu. Miał około czterdziestki i zupełnie łysą, błyszczącą w świetle głowę. Nawet z tej odległości dostrzegł, że facet gapi się na niego z lekko otwartymi ustami.

– Dylan?

Zrobił gest w stronę stanowiska kelnerek. Ruch ręki wystarczył, żeby łysielec spróbował się za nie schować. Bezskutecznie.

– Czekasz na kogoś?

Reed zerknął przez ramię.

– Tak. To Adam Treloar, lekarz, szef naszego zespołu medycznego. – Pomachał mu ręką. – Adam!

Treloar podszedł do nich niechętnie, powłócząc nogami jak wystraszone dziecko.

– Adam, to jest doktor Jon Smith z Wojskowego Instytutu Chorób Zakaźnych

– Miło mi – powiedział Jon.

– Mnie również – wymamrotał Treloar ze śladami brytyjskiego akcentu w głosie.

– Czy myśmy się już nie spotkali? – spytał Jon.

Nie wiedzieć czemu, słysząc to zwykłe pytanie, Treloar wybałuszył swoje jajowate oczy.

– Nie, chyba nie – odparł. – Na pewno bym pamiętał. – I spiesznie zwrócił się do Reeda: – Musimy omówić wyniki ostatnich badań. I trzeba koniecznie umówić się ze Stonem.

Reed pokręcił głową.

– Im bliżej startu, tym większe zamieszanie – rzucił przepraszająco. – Wybacz, Jon, muszę lecieć. Cieszę się, że cię spotkałem. Nie traćmy siebie z oczu, dobrze?

– Jasne.

– Megan, widzimy się o trzeciej w laboratorium.

Odeszli i usiedli przy stoliku w niszy na drugim końcu restauracji.

– Ten facet jest trochę dziwny – zauważył Smith. Zwłaszcza że chciał omawiać wyniki badań, nie mając przy sobie żadnych dokumentów.

– Adam? – odrzekła Megan. – Tak, trochę. Jako lekarz jest jednym z najlepszych. Dylan wykradł go z Bauer-Zermatt. Ale masz rację, to ekscentryk.

Jon wzruszył ramionami.

– Opowiedz mi o Dylanie. Jak ci się z nim pracuje? Pamiętam, że zawsze był bardzo pedantyczny i ściśle przestrzegał przepisów.

– Fakt, ma klapki na oczach. Jest bardzo skupiony na pracy, ale nieustannie zmusza mnie do myślenia, do większego wysiłku, stawia nowe wyzwania.

– Cieszę się, że lubisz z nim pracować. – Jon spojrzał na zegarek. – Muszę lecieć.

Wstali.

– Ja też – odrzekła Megan.

Gdy wysiedli z windy, dotknęła jego ramienia.

– Miło cię było widzieć, Jon.

– Ciebie też, Megan. Kiedy będziesz w Waszyngtonie, postawię ci drinka. Teraz moja kolej.

Posłała mu uśmiech.

– Trzymam cię za słowo.


– Nie gap się na nich!

Adam Treloar aż drgnął, zaskoczony surowością głosu Reeda. Nie mógł uwierzyć, że ten zawsze uśmiechnięty Dylan może być tak zimny.

Kątem oka obserwował, jak Jon Smith i Megan Olson idą do windy. Usłyszał ciche ping! i gdy wreszcie rozsunęły się drzwi, głośno wypuścił powietrze. Sięgnął po serwetkę, żeby otrzeć twarz i łysinę.

– Wiesz, kto to jest? – spytał chrapliwie.

– Wiem – odparł spokojnie Reed. – Znam go od lat.

Odsunął się i przywarł plecami do oparcia, byle dalej od kwaśnego smrodu, który zdawał się podążać za Treloarem, gdziekolwiek ten szedł. Nie obchodziło go, że był to gest jawnie niegrzeczny; nigdy nie ukrywał, że darzy Treloara głęboką pogardą.

– Jak wiesz, kto to jest, to powiedz, co on tu robi – warknął lekarz. – On był z Danką w Wenecji!

Ręka Reeda wystrzeliła przed siebie niczym szarżująca kobra, chwyciła Treloara za nadgarstek i mocno ucisnęła delikatny nerw. Anglik przewrócił oczami, rozdziawił usta i głośno sapnął.

– Co wiesz o Wenecji? – syknął cicho Reed.

– Podsłuchałem, jak... jak o tym rozmawiałeś – wykrztusił Treloar.

– W takim razie zapomnij o tym, jasne? – rzucił jedwabistym głosem Reed. – Wenecja to nie twoja sprawa. Ani Wenecja, ani Smith.

Puścił jego rękę i z rozkoszą dostrzegł wyraz bólu w oczach lekarza.

– Najpierw był w Wenecji, teraz jest tutaj – wymamrotał Treloar. – Jesteś bardzo pewny siebie.

– Wierz mi, on nic nie wie. Niczego na nas nie ma. Danko zginął, zanim zdążył cokolwiek powiedzieć. Poza tym istnieje proste wytłumaczenie jego podróży do Wenecji. Znał tego Rosjanina z różnych konferencji. Pewnie byli kumplami. Kiedy Danko postanowił zwiać, zaufał mu i poprosił go o pomoc. Nie ma w tym nic skomplikowanego ani groźnego.

– Więc myślisz, że mogę lecieć? Że to bezpieczne?

– Jak najbardziej – zapewnił go Reed. – Wiesz co? Zamówmy jeszcze jednego drinka i obgadajmy wszystkie szczegóły.


Odczekawszy kilka godzin, Peter Howell wyszedł z hotelu i udał się nad Rio del San Moise, gdzie zabójców Rosjanina spotkała ognista śmierć. Zgodnie z jego oczekiwaniami na miejscu wybuchu czuwała jedynie garstka karabinierów, którzy pilnowali, żeby turyści nie wchodzili na ogrodzony teren.

Człowiek, którego spodziewał się tu spotkać, badał właśnie zwęglone szczątki gondoli. Płetwonurkowie wciąż przeczesywali dno kanału w poszukiwaniu dalszych dowodów.

Drogę zagrodził mu jeden z karabinierów.

– Chciałbym porozmawiać z inspektorem Dionettim – powiedział Anglik płynną włoszczyzną.

Karabinier podszedł do niskiego eleganckiego mężczyzny, który przyglądając się kawałkowi sczerniałego drewna, gładził swoją kozią bródkę.

Marco Dionetti, inspektor Polizia Statale, podniósł wzrok i szybko zamrugał, rozpoznawszy Howella. Zdjął gumowe rękawiczki, z klapy szytego na miarę garnituru strzepnął niewidzialny pyłek, podszedł do niego i objął go jak Włoch Włocha.

– Pietro! Jak miło cię widzieć. – Otaksował go uważnym spojrzeniem. – I mam nadzieję, że niczym mi tej przyjemności nie zepsujesz.

– Ja też się cieszę, Marco.

W połowie lat osiemdziesiątych, a więc w złotym okresie terroryzmu, oddelegowany przez SAS Howell współpracował z wysokimi rangą włoskimi policjantami w kilku sprawach związanych z uprowadzeniem brytyjskich obywateli. Jednym z ludzi, których z biegiem czasu zaczął szczerze podziwiać i szanować, był cichy, lecz twardy jak stal arystokrata nazwiskiem Marco Dionetti, wówczas wschodząca gwiazda Statale. Od tamtych czasów utrzymywali ze sobą kontakt. Inspektor zawsze nalegał, żeby będąc w Wenecji, Howell mieszkał w jego odziedziczonym po przodkach pałacu.

– No i proszę! – droczył się z nim teraz. – Jesteś w Serenissima, ale ani do mnie nie zadzwoniłeś, ani nie pozwoliłeś, żebym mógł cię ugościć. Gdzie się zatrzymałeś? Pewnie w Danieli, co?

– Przepraszam, Marco. Przyjechałem zaledwie wczoraj i miałem tu urwanie głowy.

Dionetti spojrzał ponad jego ramieniem na szczątki gondoli rozrzucone po wybrzeżu.

– Urwanie głowy? Typowo angielskie niedomówienie. Mogę mieć tę śmiałość i spytać, czy wiesz coś o tym zamachu?

– Możesz, i chętnie ci wszystko opowiem. Ale nie tutaj.

Dionetti głośno zagwizdał. Niemal w tej samej chwili do nadbrzeżnych schodów dobiła policyjna motorówka.

– Porozmawiamy po drodze.

– Po drodze dokąd?

– Doprawdy, Pietro! Płyniemy do Questury. Zachowałbym się jak ostatni prostak, oczekując odpowiedzi i nie odpowiadając na twoje pytania.

Stanęli na rufie. Łódź przecięła Rio del San Moise i wpłynęła do Canale Grande.

– Powiedz mi, Pietro – zagadnął inspektor ponad stukotem dieslowskiego silnika. – Wiesz coś o koszmarze, który nawiedził nasze piękne miasto?

– Nie prowadzę tu żadnej operacji – zapewnił go Howell. – Ale w incydent ten był zamieszany mój przyjaciel.

– Ów tajemniczy dżentelmen z Piazza San Marco? – spytał Dionetti. – Ten, którego widziano z ofiarą zamachu? Który ścigał zabójców i zniknął?

– Ten sam.

Inspektor wydał teatralne westchnienie.

– Pietro, powiedz mi, że nie ma to nic wspólnego z terroryzmem.

– Nie, nie ma.

– Przy zabitym znaleźliśmy ukraiński paszport i niewiele więcej. Wygląda na to, że człowiek ten miał za sobą ciężką podróż. Czy Włochy powinny wykazać zaniepokojenie powodami, dla których tu przybył?

– Absolutnie. Był tu tylko przejazdem.

Dionetti patrzył na rzeczny ruch, na wodne taksówki, autobusy, śmieciarki i eleganckie gondole kołyszące się na falach wzbudzanych przez większe łodzie. Canale Grande był główną arterią komunikacyjną jego ukochanej Wenecji i uważnie wsłuchiwał się w jego puls.

– Nie chcę tu kłopotów, Pietro.

– To pomóż mi – odparł Howell – a dopilnuję, żeby zniknęły. – Umilkł. – Znacie już nazwiska zabójców? Wiecie, jak ich zamordowano?

– Zginęli od bomby – odrzekł beznamiętnie Dionetti. – Od ładunku potężniejszego, niż było trzeba. Ktoś chciał, żeby dosłownie wyparowali. Ale mu się nie udało. Znaleźliśmy wystarczająco dużo śladów, żeby ich zidentyfikować. Zakładając oczywiście, że figurują w naszych kartotekach. Niebawem się dowiemy.

Motorówka zwolniła, wpływając do Rio di Ca Gazoni i powoli dobiła do nabrzeża przed Questurą, siedzibą Polizia Statale.

Minąwszy uzbrojonych wartowników, weszli do siedemnastowiecznego pałacyku.

– Niegdyś dom dumnej rodziny – rzucił przez ramię Dionetti. – Skonfiskowany za podatki. Rząd przejął go i zrobił tu elegancki posterunek. – Pokręcił głową.

Szerokim korytarzem doszli do pomieszczenia, które musiało być niegdyś eleganckim salonem. Za oknami szarzał leżący odłogiem ogród.

Dionetti stanął za biurkiem i postukał w klawisze komputera. Zamruczała drukarka.

– Bracia Rocca – powiedział, podając mu wydruk. – Tommaso i Luigi.

Howell przyjrzał się w zadumie zdjęciom dwóch hardych mężczyzn około trzydziestki.

– Sycylijczycy?

– Tak. Najemnicy. Od dawna podejrzewaliśmy, że to oni zastrzelili prokuratora w Palermo i sędziego w Rzymie.

– Są drodzy?

– Bardzo. Dlaczego pytasz?

– Bo ludzi takich jak oni mógłby wynająć tylko ktoś, kto ma duże pieniądze i dojścia. To zawodowcy. Nie muszą się nigdzie ogłaszać.

– Ale po co mieliby zabijać ukraińskiego chłopa? Jeśli tylko był to ukraiński chłop…

– Nie wiem – odrzekł szczerze Howell. – Ale muszę się dowiedzieć. Skąd pochodzą?

– Z Palermo. Tam się urodzili.

Howell kiwnął głową.

– A ten materiał wybuchowy?

Dionetti wrócił do komputera.

– Tak… Według wstępnych danych z laboratorium sądowego, użyto C-12. Mniej więcej pół kilograma C-12.

Howell zmrużył oczy.

– C-12? Jesteś pewien?

Inspektor wzruszył ramionami.

– O ile pamiętasz, mamy znakomicie wyposażone laboratorium. Przyjąłbym te dane bez żadnych zastrzeżeń.

– Ja też – mruknął w zadumie Howell.

Tylko skąd dwóch sycylijskich zabójców wytrzasnęło pół kilograma najnowszego materiału wybuchowego, używanego wyłącznie przez armię Stanów Zjednoczonych?

Marco Dionetti mieszkał w szesnastowiecznym, trzypiętrowym pałacu, wznoszącym się nad Canale Grande o rzut kamieniem od Akademii. Ze ścian wielkiej jadalni, w której dominował kominek ozdobiony rzeźbami Moretta, spoglądały na gości twarze jego przodków namalowane przez renesansowych mistrzów.

Peter Howell przełknął ostatni kęs seppioline i odchylił się na krześle, żeby wiekowy służący mógł zabrać talerz.

– Miecznik był jak zwykle doskonały – powiedział. – Pogratuluj Marii.

– Dziękuję, nie omieszkam – odrzekł Dionetti, sięgając do tacy z bussolai. Wziął cynamonowe ciasteczko i zamyślony, zaczął je powoli skubać. – Pietro, rozumiem, że masz powody do zachowania dyskrecji. Ale ja też mam przełożonych, przed którymi odpowiadam. Ten Ukrainiec. Naprawdę nie możesz nic mi o nim powiedzieć?

– Miałem tylko osłaniać mojego przyjaciela – odrzekł Howell. – Nic nie wskazywało na to, że dojdzie do rozlewu krwi.

Inspektor zetknął czubki palców.

– Mógłbym założyć, że bracia Rocca się pomylili, że zaatakowali nie tego, kogo trzeba. Że ofiarą zamachu miał być człowiek, który uciekł z placu...

– Nie wyjaśniłoby to, dlaczego ktoś wysadził ich w powietrze – zauważył Howell.

Dionetti lekceważąco machnął ręką.

– Mieli mnóstwo wrogów. Któryś z nich mógł ich w końcu dopaść, prawda?

Howell dopił kawę.

– Marco, zrób tak, jak będzie ci wygodniej. Nie chcę być niegrzeczny, ale muszę złapać samolot do Palermo.

– Moja łódź jest do twojej dyspozycji – odrzekł inspektor, odprowadzając go do drzwi. – Jeśli dowiemy się czegoś więcej, dam ci znać. Ale obiecaj, że kiedy pozałatwiasz swoje sprawy, wpadniesz do mnie w drodze do domu. Pójdziemy do La Fenice.

– Z przyjemnością – odparł z uśmiechem Howell. – I dziękuję za pomoc.

Dionetti patrzył, jak Anglik schodzi z nabrzeża do motorówki. Gdy łódź odbiła i wpłynęła do Canale Grande, podniósł rękę i pomachał mu na pożegnanie. Przestał się uśmiechać dopiero wtedy, gdy zyskał całkowitą pewność, że Howell go nie widzi.

– Szkoda, że nie powiedziałeś mi nic więcej, stary druhu – szepnął. – Może zdołałbym uratować ci życie.

# Rozdział 6

**D**wanaście tysięcy osiemset kilometrów na zachód, na hawajskiej wyspie Oahu, w promieniach gorącego, tropikalnego słońca tonęło Pearl Harbor. Tuż za bramami portu wznosiły się gmachy administracyjne marynarki wojennej oraz jej kwatera główna. Tego ranka do Gmachu Nimitza wstęp mieli tylko upoważnieni. Zarówno przed wejściem, jak i w jego długich chłodnych korytarzach krążyli uzbrojeni żołnierze wojsk lądowych, którzy czuwali również przed drzwiami do sali odpraw.

Sala odpraw była wielkości sali gimnastycznej i mogła pomieścić trzysta osób. Tego dnia gościła jedynie trzydziestu wojskowych, którzy zajęli kilka pierwszych rzędów przed podium z trybuną. Liczne medale i baretki zdobiące ich pierś tłumaczyły konieczność zachowania nadzwyczajnych środków ostrożności. Reprezentowali wszystkie rodzaje wojsk, byli starszymi oficerami pacyficznego teatru działań wojennych, odpowiedzialnymi za bezpieczeństwo obszaru rozciągającego się od wybrzeży San Diego aż po Cieśninę Tajwańską w Azji Południowo-Wschodniej. Każdy z nich był sprawdzonym w boju weteranem, każdy z nich brał udział w niejednym konflikcie wojennym. Ludzie ci nie mieli cierpliwości do polityków ani teoretyków, których nie znosili i uważali za głupców. Polegali jedynie na instynkcie i doświadczeniu i szanowali tylko tych, którzy sprawdzili się w walce. I właśnie dlatego z taką uwagą wpatrywali się teraz w przemawiającego do nich człowieka, generała Franka Richardsona, weterana wojny wietnamskiej i wojny w Zatoce oraz bohatera wielu misji wojennych, o których Amerykanie zdążyli już zapomnieć. Lecz nie zapomnieli o nich zebrani w sali ludzie. Dla nich generał Richardson, przedstawiciel armii w Połączonym Kolegium Szefów Sztabów, był prawdziwym wojownikiem. Kiedy miał coś do powiedzenia, wszyscy go słuchali.

Richardson zacisnął ręce na krawędzi pulpitu. Wysoki i atletycznie zbudowany, był w równie świetnej formie fizycznej, jak za czasów West Point, kiedy to grywał w amerykański futbol. Ze swymi stalowoszarymi, ostrzyżonymi na jeża włosami, mocno zarysowaną szczęką i zimnymi zielonymi oczami byłby marzeniem każdego speca od reklamy, ale on pogardzał dosłownie wszystkimi z wyjątkiem tych, którzy przelewali krew za ojczyznę.

– A więc podsumujmy, panowie – rzucił, spoglądając na publiczność. – To nie Rosjanie mnie martwią. Zwykle jest tak, że trudno powiedzieć, kto w tym przeklętym kraju rządzi, politycy czy mafia. Bez tablicy wyników graczy nie rozpoznasz.

Umilkł, rozkoszując się wybuchem śmiechu wywołanym przez ten niewinny żart.

– Matka Rosja wyszła do kibla – kontynuował – czego nie da się powiedzieć o Chińczykach. Przedstawiciele poprzednich administracji tak bardzo chcieli pójść z nimi do łóżka, że nie dostrzegli ich prawdziwych zamiarów. Sprzedaliśmy im najbardziej zaawansowane technologie komputerowe i satelitarne, nie zdając sobie sprawy, że zdążyli już poznać nasze najpilniej strzeżone tajemnice atomowe i zinfiltrować nasze zakłady nuklearne. Los Alamos było dla nich krótkim wypadem do sklepu.

Powtarzałem to administracji poprzedniej, powtarzam obecnej: Chin nie da się okiełznać szantażem atomowym.

Przeniósł wzrok na koniec sali, gdzie, z rękami skrzyżowanymi na piersi, o ścianę opierał się jasnowłosy cywil po czterdziestce. Cywil niepostrzeżenie pokręcił głową i generał ugryzł się w język.

– Ale i Chiny – kontynuował – nie zaszantażują nas kartą atomową, nie mają szans. Sęk w tym, że dysponują czymś jeszcze: bronią biologiczno--chemiczną. Wystarczy, że wpuszczą wirusa do naszych wielkich miast i centrów dowodzenia i presto! Wybuchnie chaos. A oni wszystkiego się wyprą i świat im uwierzy.

Dlatego rzeczą absolutnie nadrzędną jest, żeby podlegające wam służby, lądowe, powietrzne, a zwłaszcza wywiadowcze, zebrały jak najwięcej informacji na temat chińskiego programu zbrojeń biochemicznych. Bitew następnej wojny nie będziemy rozstrzygać ani na lądzie, ani na morzu, przynajmniej początkowo. Ich losy rozstrzygną się w laboratoriach, gdzie liczbę żołnierzy wroga przelicza się na miliardy batalionów, które można umieścić na czubku szpilki. Wroga tego zlikwidować będziemy mogli dopiero wówczas, gdy dowiemy się, gdzie te bataliony powstają, czym się je karmi i jak rozprasza.

Zrobił pauzę.

– Panowie, dziękuję za uwagę i za to, że zechcieliście poświęcić mi swój czas.

Stojący z tyłu sali mężczyzna nie klaskał wraz z resztą. Nie drgnął z miejsca, gdy oficerowie otoczyli generała, żeby pogratulować mu wystąpienia i zasypać gradem pytań. Anthony Price, szef Agencji Bezpieczeństwa Narodowego, nigdy nie komentował przemówień publicznie.

Gdy wojskowi się rozeszli, Richardson ruszył w jego stronę niczym napuszony kogut.

– Boże, jak ja tych facetów kocham! Wciąż bije od nich smród wojny. Czujesz?

– Czuję tylko to, że omal się nie wysypałeś – odparł oschle Price. – Gdybym nie zwrócił ci uwagi, wyłożyłbyś kawę na ławę.

Richardson zmiażdżył go spojrzeniem.

– Więcej wiary, więcej wiary, człowieku. – Pchnął drzwi. – Chodź. Jesteśmy spóźnieni.

Wyszli pod bezchmurne, błękitne niebo i ruszyli przed siebie wysypaną żwirem ścieżką, biegnącą wokół audytorium.

– Pewnego dnia politycy to zrozumieją – rzucił posępnie generał. – Pewnego dnia to do nich dotrze. Jak mogą normalnie rządzić, skoro muszą rządzić pod publiczkę? Wspomnij, że chcesz zmagazynować zapasy wąglika czy Eboli, i poległeś. Czysty kretynizm.

– Nie powiedziałeś nic nowego, Frank – odrzekł Price. – Na pewno pamiętasz, że naszym największym problemem jest kwestia weryfikacji. Uzgodniliśmy z Rosjanami, że nad zapasami broni biochemicznej mają czuwać międzynarodowi inspektorzy. Nasze laboratoria, nasze instytuty naukowo-badawcze, nasze fabryki i systemy przenoszenia: pokazaliśmy im wszystko. Tak więc politycy nie muszą niczego „rozumieć". Według nich problem broni biochemicznej już nie istnieje.

– Do chwili, kiedy broń ta zacznie wyżerać im tyłek – odparł jadowicie Richardson. – Wtedy podniosą wrzask: A gdzie jest nasza? A gdzie jest nasza?

– A wówczas powiesz im, gdzie się podziała. Z małą pomocą naszego dobrego doktora Bauera.

– Dzięki Bogu, że ludzie tacy jak on chodzą jeszcze po ziemi – wycedził generał przez zaciśnięte zęby.

Za audytorium było małe okrągłe lądowisko. Z leniwie wirującymi śmigłami czekał na nim cywilny helikopter. Pilot zobaczył swoich pasażerów i zaczął rozgrzewać turbiny.

Price już miał wsiąść, lecz Richardson go powstrzymał.

– Ta sprawa w Wenecji – rzucił ponad narastającym jękiem silników. – Przesraliśmy?

Price pokręcił głową.

– Kontrakt zrealizowano zgodnie z planem, ale zaszły nieprzewidziane okoliczności. Niebawem dowiem się czegoś więcej.

Generał mruknął coś pod nosem, wsiadł do kabiny i przypiął się pasami do fotela. Szanował Price'a i Bauera, ale obaj byli cywilami. Tylko żołnierz wie, co to są „nieprzewidziane okoliczności".

Widok Wielkiej Wyspy zawsze go poruszał. W oddali majaczyło soczystozielone wybrzeże Kona, upstrzone luksusowymi hotelami, które stały tam niczym gigantyczne liniowce, w głębi wyspy zaś rozlewały się czarne połacie zakrzepłej lawy, tworząc posępny, iście księżycowy krajobraz. Pośrodku tego pustkowia tryskała fontanna życia: wulkan Kilauea z kraterem rozjarzonym czerwoną magmą sączącą się z jądra ziemi. Wulkan drzemał, lecz Richardson widział go podczas erupcji. Akt tworzenia, kształtowania nowych form geologicznych, to widok nie do zapomnienia.

Gdy śmigłowiec zatoczył łuk nad skrajem płaszcza lawy, ukazało się coś, co było kiedyś Fortem Howard. W tym zajmującym kilkadziesiąt tysięcy metrów kwadratowych kompleksie mieścił się wówczas główny ośrodek badań medycznych armii Stanów Zjednoczonych, specjalizujący się w wytwarzaniu nowych leków na choroby tropikalne, w tym leków na trąd. Przed kilkoma laty generał Richardson puścił koła w ruch i doprowadził do jego zamknięcia. Zmówił się z pewnym oportunistycznym senatorem z Hawajów i – dzięki zakulisowej pomocy przyjaciół – przepchnął przez Kongres jego horrendalnie kosztowny projekt, którego celem było zbudowanie nowego ośrodka medycznego na wyspie Oahu. W zamian za przysługę senator, członek senackiej Komisji Aprowizacyjnej Sił Zbrojnych, zaaprobował pomysł generała, żeby Fort Howard zamknąć i sprzedać prywatnemu inwestorowi.

Richardson miał już na niego kupca: biochemiczną firmę Bauer-Zermatt A.G. z siedzibą w Zurychu. Za dwieście tysięcy akcji, które zdeponowano w sejfie senatora, ten skutecznie dopilnował, żeby komisja odrzuciła oferty innych uczestników przetargu.

– Przeleć nad ośrodkiem – warknął do słuchawki generał.

Śmigłowiec pochylił się na burtę i przed oczami Richardsona roztoczył się panoramiczny widok na cały kompleks. Nawet z tej wysokości widać było, że trzymetrowej wysokości ogrodzenie, zakończone zwojami drutu kolczastego, jest nowe i mocne. Cztery obsadzone żołnierzami wartownie, przy każdej wartowni kilka wojskowych samochodów… Całkiem niezły efekt.

Sam kompleks był zadziwiająco opustoszały. Pod tropikalnym słońcem stały cylindryczne blaszane składziki, koszary i magazyny, a wokół nich nie działo się dosłownie nic. Tylko stary, odmalowany już budynek dowództwa, przed którym parkowało kilka dżipów, robił wrażenie używanego. Efekt ogólny był wprost doskonały: zamknięty ośrodek wojskowy, dostępny jedynie dla kilkunastu miejscowych, którzy obsługiwali pracującą tam, bardzo nieliczną ekipę.

Nie ma to jak dobry, zwodniczy kamuflaż, w rzeczywistości bowiem to, co było niegdyś Fortem Howard, leżało trzy piętra pod ziemią.

– Mamy pozwolenie na lądowanie, panie generale – zameldował pilot.

Richardson po raz ostatni spojrzał w okno i dostrzegł na ziemi maleńki jak zabawka cień śmigłowca.

– Dobra, siadajmy – odrzekł.

Był niskim, muskularnym mężczyzną o srebrzystych, zaczesanych do góry włosach. Miał sześćdziesiąt kilka lat i nosił starannie wypielęgnowaną bródkę. Stał sztywno wyprostowany, z szeroko rozstawionymi nogami i splecionymi na plecach rękami – oficer minionych wojen.

Doktor Karl Bauer patrzył, jak śmigłowiec powoli opada i jak niepewnie zawisa nad trawiastym lądowiskiem, by wreszcie dotknąć kołami ziemi. Wiedział, że goście zadadzą mu wiele trudnych pytań. Łopaty wirników obracały się coraz wolniej i wolniej, a on dokonywał uważnego przeglądu tego, co zamierzał im powiedzieć. Herr Doktor nie lubił się przed nikim tłumaczyć, ani nikogo przepraszać.

Od ponad stu lat firma założona przez jego pradziadka przewodziła czołówce najnowocześniejszych firm biologiczno-chemicznych w świecie. Bauer-Zermatt A.G. była właścicielką setek patentów, które po dziś dzień przysparzały jej olbrzymich dochodów. Pracujący w niej naukowcy i badacze wynaleźli pigułki i mikstury, które trafiły niemal do wszystkich domów w świecie, jednocześnie wypuścili na rynek szereg leków, które zdobyły dla firmy wiele międzynarodowych nagród za działalność humanitarną.

Jednak chociaż Bauer-Zermatt przekazywała krajom Trzeciego Świata tony lekarstw i szczepionek, miała swoją ciemną stronę, o której nigdy nie wspominały ani elegancko wydane broszury, ani jej znakomicie opłacani specjaliści od reklamy. Podczas pierwszej wojny światowej firma opracowała wyjątkowo zjadliwą odmianę gazu musztardowego, która skazała na powolną śmierć tysiące alianckich żołnierzy. Ćwierć wieku później zaopatrywała niemieckie fabryki w chemikalia do produkcji gazu używanego w komorach śmierci w Europie Wschodniej i uważnie nadzorowała nieludzkie eksperymenty doktora Josefa Mengelego oraz innych nazistowskich lekarzy. Po wojnie hitlerowskich oprawców oraz ich wspólników skazano i powieszono, tymczasem Bauer-Zermatt A.G. dyskretnie zniknęła za szwajcarskim płaszczykiem anonimowości, po cichu korzystając z niemieckich osiągnięć naukowych. Jej właściciele i dyrektorzy konsekwentnie nie przyjmowali do wiadomości tego, co może stać się z ich produktami z chwilą, gdy opuszczą alpejskie granice.

W drugiej połowie dwudziestego wieku doktor Karl Bauer nie tylko zdołał utrzymać firmę w czołówce firm zajmujących się legalnymi badaniami farmakologicznymi, ale i poszerzył jej tajny program badań nad bronią biochemiczną. Jak szarańcza wędrował tam, gdzie pola były najżyźniejsze: do Libii Kadafiego, do Iraku Husajna, do państewek w Afryce, w których panował plemienny dyktat, do państw południowo-wschodniej Azji, gdzie królowały nepotyczne reżimy. Zabierał ze sobą najlepszych naukowców oraz najnowocześniejszy sprzęt; w zamian za to obsypywano go pieniędzmi, które za jednym naciśnięciem komputerowego klawisza trafiały do podziemnych skarbców w Zurychu.

Jednocześnie utrzymywał i rozszerzał kontakty z wojskowymi, zarówno amerykańskimi, jak i rosyjskimi. Jako wnikliwy znawca globalnej sytuacji politycznej, przewidział rozpad Związku Radzieckiego i nieuchronny upadek nowej Rosji zmagającej się z trudami młodej demokracji. Łowił tam, gdzie zlewały się strumienie amerykańskiej dominacji i rosyjskiej desperacji.

Teraz wyszedł na spotkanie swoich gości.

– Panowie.

Trzej mężczyźni uścisnęli sobie ręce i równym krokiem ruszyli w stronę piętrowego kolonialnego budynku. Po obu stronach przestronnego, wyłożonego drewnem holu znajdowały się biura, w których starannie dobrani przez Bauera pracownicy doglądali wszelkich spraw administracyjnych. Nieco dalej ciągnął się szereg ciasnych pokoików, gdzie asystenci naukowców wprowadzali do komputerów dane z przeprowadzonych w laboratoriach eksperymentów. Na samym końcu holu były dwie windy. Jedną ukryto za drzwiami, które dawały się otworzyć jedynie elektronicznym kluczem. Zbudowana przez firmę Hitachi, była szybkobieżnym dźwigiem osobowym łączącym podziemne laboratoria z kwaterą dowódczą. Druga winda przypominała piękną, wykutą z brązu klatkę dla ptaków. Mężczyźni wsiedli do niej i kilka sekund później znaleźli się w prywatnym gabinecie Bauera, który zajmował całe piętro budynku.

Z powodzeniem mógł uchodzić za gabinet kolonialnego gubernatora z dziewiętnastego wieku. Na drewnianych podłogach leżały wschodnie dywany, przy ścianach stały rzeźby z wysp południowego Pacyfiku i wypełnione książkami mahoniowe półki. Duże, masywne biurko stało przy wielkim oknie, z którego roztaczał się widok na cały kompleks, na omywane oceanem skały i na połacie czarnej lawy w oddali.

– Widzę, że wprowadził pan tu kilka ulepszeń – zauważył oschle Richardson.

– Potem oprowadzę panów po kwaterach dla personelu i pomieszczeniach rekreacyjnych – odrzekł Bauer. – Żyjemy tu jak na morskiej platformie wiertniczej: moi ludzie wyjeżdżają tylko raz w miesiącu i tylko na trzy dni. A rozrywka, jaką im zapewniam, jest warta każdych pieniędzy.

– Te urlopy… – spytał Richardson. – Pańscy ludzie wyjeżdżają sami?

Bauer roześmiał się cicho.

– Nie, panie generale. Wywozimy ich do ekskluzywnego ośrodka wypoczynkowego. Pilnujemy ich, ale nie zdają sobie z tego sprawy.

– Z jednej złotej klatki do drugiej – mruknął Price.

Bauer wzruszył ramionami.

– Jak dotąd nikt nie narzeka.

– Nie dziwię się. Przy takich zarobkach…

Bauer podszedł do bogato zaopatrzonego barku.

– Drinka?

Richardson i Price poprosili o świeży sok ananasowy z lodem i rozdrobnionymi owocami. Bauer pijał tylko wodę mineralną.

Gdy usiedli, zajął miejsce za biurkiem.

– Panowie, pozwólcie, że zrekapituluję. Projekt, któremu poświęciliśmy pięć lat życia, niebawem wyda owoce. Jak wiecie, za administracji Clintona odroczono całkowitą likwidację wirusa ospy prawdziwej, który miał zostać zniszczony w 1999 roku. Na świecie są obecnie tylko dwa ośrodki, w których się go przechowuje: Ośrodek Chorób Zakaźnych w Atlancie i Bioaparat w centralnej Rosji. Głównym założeniem naszego planu było to, że zdołamy uzyskać próbkę wirusa. Próby wykradzenia wirusa z Ośrodka Chorób Zakaźnych skończyły się fiaskiem; po prostu mają tam zbyt dobre zabezpieczenia. W przeciwieństwie do zabezpieczeń, jakimi dysponują w Bioaparacie. Wykorzystując fakt, że Rosjanie są narodem biednym, udało mi się coś zorganizować. Panowie, z przyjemnością zawiadamiam panów, że za kilka dni przybędzie tu kurier z bardzo specjalną przesyłką.

– Wierzy im pan? – spytał Richardson. – Dają jakieś gwarancje?

– Naturalnie. Gdyby, co mało prawdopodobne, kurier nie skontaktował się z naszymi ludźmi, nie otrzymają drugiej części zapłaty. – Bauer powiódł językiem po swoich małych zębach. – Będą też inne, bardziej bolesne konsekwencje. Zapewniam panów, że Rosjanie doskonale zdają sobie z tego sprawę.

– Ale wyniknął pewien problem, prawda? – wypalił Richardson. – Wenecja.

Zamiast odpowiedzi Bauer wsunął do komputera płytkę DVD. Niebieski ekran monitora wypełnił się rozmazanymi kształtami, lecz już po chwili pojawił się na nim zadziwiająco wyraźny obraz placu Świętego Marka.

– Film ten nakręcił włoski dziennikarz, który wybrał się na spacer z rodziną – wyjaśnił Bauer.

– Jest tylko jedna kopia? – spytał szybko Price.

– Tak. Moi ludzie natychmiast się z nim skontaktowali. Nie tylko nie wyda już ani centa na wykształcenie dzieci, ale i będzie mógł przejść na emeryturę. O ile wiem, już chyba przeszedł.

Bauer wskazał ekran.

– Mężczyzna po prawej stronie to Jurij Danko. Rosjanin, wysokiej rangi oficer wojskowego wydziału medycznego.

– A ten po lewej to Jon Smith – dodał Price i zerknął na Richardsona. – Frank i ja znamy go z Programu Hades. Przedtem pracował w Amerykańskim Wojskowym Instytucie Chorób Zakaźnych. Krążyły plotki, że ma wtyczkę w rosyjskim Wydziale Rozpoznania Medycznego. Zażądaliśmy wyjaśnień, ale odmówił. Twierdzi, że nikogo tam nie zna.

– Teraz już widzicie, kto był jego informatorem – kontynuował Bauer. – Jurij Danko. Miesiąc temu otrzymałem meldunek, że w ramach rotacji personelu Danko został przeniesiony do Bioaparatu i że zaczął tam węszyć. Nagle, tuż przed odlotem naszego kuriera, zniknął. Uciekł, ale tak bardzo się spieszył, że pozostawił za sobą wiele śladów. Rosjanie znaleźli je i natychmiast mnie powiadomili.

– I właśnie wtedy dał pan zlecenie tym cynglom – wtrącił Richardson. – Powinien był pan wynająć kogoś lepszego.

– To specjaliści najwyższej klasy – odparł zimno Bauer. – Wielokrotnie korzystałem z ich usług i nigdy nie uskarżałem się na rezultaty.

– Ale tym razem nawalili.

– Lepiej by było zlikwidować go w Europie Wschodniej – przyznał Bauer. – Ale nie mieliśmy wyboru. Danko przemieszczał się bardzo szybko i skutecznie zacierał za sobą ślady. Dlatego najlepszym miejscem była Wenecja. Gdy doniesiono mi, że Danko nawiązał z kimś kontakt, od razu wiedziałem, że będziemy musieli zlikwidować i tego człowieka.

– Ale żeście go nie zlikwidowali – powiedział Price.

– To był błąd, ale go naprawimy – odparł Bauer. – Nie mieliśmy pojęcia, z kim może się spotkać. Najważniejsze, że Danko, który tak wytrwale węszył w Bioaparacie, już nie żyje. To, co wiedział, umarło wraz z nim.

– Chyba, że zdążył powiedzieć coś Smithowi – wtrącił Richardson.

– Proszę uważnie obejrzeć film – zaproponował Bauer. – I sprawdzić czas.

Puścił film jeszcze raz. Richardson i Price w skupieniu wpatrywali się w ekran monitora. Rzeź na placu Świętego Marka trwała ledwie kilka sekund.

– Jeszcze raz – poprosił Price.

Tym razem generał i szef Agencji Bezpieczeństwa Narodowego skoncentrowali się na samym spotkaniu Rosjanina ze Smithem. Richardson wyjął stoper i włączył go, śledząc ruchy rąk Danki. Było oczywiste, że nie zdążyli nic sobie przekazać.

– Ma pan rację – powiedział Price. – Danko przychodzi, siada, zamawia kawę, zaczynają rozmawiać…

Bauer wręczył im po kartce papieru.

– Spisywał to specjalista, ekspert od czytania z ruchu warg. Towarzyska rozmowa, nic więcej.

Richardson przejrzał tekst.

– Na to wygląda: Danko nie zdążył nic powiedzieć. Ale może pan być pewny, że Smith nie zwinie namiotu i nie zniknie w mroku nocy. Będzie kopał dalej, głębiej. – Generał potarł policzek. – Kto wie, ilu Rosjan ten facet zna.

– Zdaję sobie z tego sprawę – odrzekł Bauer. – Proszę mi wierzyć, że nie lekceważę doktora Smitha. Między innymi dlatego właśnie zaprosiłem panów na spotkanie. Żebyśmy mogli ustalić, co z nim zrobić.

Price, który przesuwał film klatka po klatce, nagle znieruchomiał.

– Ten facet, ten dobry samarytanin – rzucił, wskazując ekran. – Wygląda znajomo...

– Według moich źródeł, przedstawił się jako włoski lekarz.

– Policja go przesłuchała?

– Nie. Zniknął w tłumie.

– Bo co? – spytał Richardson. – Coś nie tak?

Odezwała się komórka. Price otworzył ją, przedstawił się, spojrzał na nich i przytknął palec do ust.

– Witam, panie inspektorze. Cieszę się, że pan dzwoni. Mam do pana kilka pytań w związku z człowiekiem, który towarzyszył zabitemu z placu Świętego Marka...

Siedząc w swoim eleganckim, wypełnionym książkami gabinecie, Dionetti spoglądał w zadumie na etruskie popiersie.

– Miałem się odezwać, gdyby ktoś zaczął wypytywać o braci Rocca.

– No i?

– Odwiedził mnie stary przyjaciel, Peter Howell, były żołnierz SAS...

– Wiem, kim on jest – przerwał mu Price. – Czego chciał?

Dionetti opisał mu przebieg spotkania z Anglikiem i dodał:

– Żałuję, że nie zdołałem wyciągnąć z niego nic więcej. Ale gdybym zadał mu za dużo pytań...

– Co pan mu powiedział?

Inspektor oblizał usta.

– Spytał mnie, czy zidentyfikowaliśmy zwłoki. Powiedziałem, że tak, że to bracia Rocca. Nie miałem wyboru. Howell zna tu mnóstwo ludzi. Gdybym ja mu nie powiedział, powiedzieliby mu inni.

– Co jeszcze?

– Widział rezultaty wybuchu...

– I powiedział mu pan, że to C-12?

– A co mogłem zrobić? Howell był żołnierzem, zna się na tym. Niech pan posłucha, Antonio. Peter wybiera się do Palermo, do rodzinnego miasta braci Rocca. Podróżuje sam, będzie łatwym celem.

Price zmarszczył czoło.

– Dobrze – odparł po chwili namysłu. – Ale jeśli się z panem skontaktuje, chcę o tym wiedzieć.

Schowawszy komórkę, spojrzał na ekran monitora.

– To Peter Howell – wyjaśnił, po czym streścił im rozmowę z Dionettim i pokrótce omówił przebieg kariery zawodowej Anglika.

– Co taki człowiek mógłby tam robić ze Smithem? – spytał Bauer.

– Ubezpieczał go – mruknął ponuro Richardson. – Smith nie jest głupi. Nie poszedłby na spotkanie sam. – Spojrzał na Price'a. – Ten Dionetti za dużo gada. Można mu zaufać?

– Dopóki mu płacimy, na pewno nas nie zawiedzie. Jest o krok od bankructwa. Wystarczy, że zakręcimy kurek i pięćset lat rodzinnej tradycji szlag trafi. O tak! – Strzelił palcami. – Poza tym ma rację: Howell dowiedziałby się wszystkiego tak czy inaczej. I o braciach Rocca, i o C-12.

– Wygląda na to, że mamy na karku nie tylko Smitha – zauważył Bauer.

– Fakt – zgodził się z nim Richardson. – Ale Palermo to niebezpieczne miasto nawet dla człowieka takiego, jak Peter Howell.

# Rozdział 7

Wróciwszy z Houston, prosto z Andrews Jon pojechał do Bethesda. Wziął prysznic, spakował się na tygodniową podróż i zamówił samochód na lotnisko Dullesa.

Właśnie włączał domowy alarm, gdy zadzwonił telefon. Specjalna linia.

– Jon? Mówi Klein. Załatwiłeś co trzeba?

– Zarezerwowałem bilet na samolot do Moskwy. Odlatuję za trzy godziny.

– To dobrze. Rozmawiałem z prezydentem. Dał Jedynce zielone światło. Mamy działać tak, jak uznamy to za stosowne, byle szybko.

– Rozumiem.

– Mam dla ciebie kilka użytecznych informacji… – Przekazawszy mu szczegóły, dodał: – I jeszcze jedno: Randi Russell. Wiem, że się między wami nie układa, ale wierzę, że nie przeszkodzi ci to w pracy.

Jon z trudem poskromił gniew. Takt nie należał do mocnych stron Kleina.

– Będę się meldował co dwanaście godzin, panie dyrektorze.

– W takim razie powodzenia. Mam nadzieję, że Rosjanie jakoś z tym sobie poradzą.

Gdy L-1011 przebił z łoskotem nocne niebo, Smith rozsiadł się w wygodnym fotelu w pierwszej klasie. Jadł niewiele i przespał prawie całą drogę do Londynu. Uzupełniwszy paliwo, samolot kontynuował lot na wschód i wczesnym rankiem wylądował na lotnisku Szeremietiewo. Jon podróżował z wojskowymi dokumentami, dlatego bez kłopotów przeszedł przez odprawę celną i paszportową. Czterdzieści minut później wysiadł z taksówki przed hotelem Sheraton niedaleko Placu Czerwonego.

Wywiesił na drzwiach tabliczkę z napisem Nie przeszkadzać, zmył z siebie podróżny brud, położył się spać i przespał cztery godziny. Jak większość żołnierzy do mistrzostwa opanował sztukę wypoczywania, gdy jest ku temu okazja.

Kilka minut po dwunastej wyszedł na dwór, gdzie królowała chłodna moskiewska wiosna i sześć ulic dalej przystanął pod arkadami dziewiętnastowiecznego gmachu. W mieszczących się tam sklepach można było kupić dosłownie wszystko, od futer i perfum poczynając, na słynnych błękitnych brylantach z Syberii kończąc. Jon mijał zamożnie wyglądających klientów, zastanawiając się, którzy z nich należą do elity rosyjskich biznesmenów, a którzy są po prostu kryminalistami. W nowej Rosji trudno było ich rozróżnić.

Na końcu arkad dostrzegł tablicę ze złoconym napisem po angielsku i rosyjsku: BAY DIGITAL CORPORATION. Adres, który podał mu Klein.

Przez wielkie okno zobaczył recepcję, a za nią rząd stanowisk komputerowych, nowoczesnych jak te na Wall Street. Kręcili się przy nich elegancko ubrani młodzi ludzie, lecz jego uwagę natychmiast przykuła pewna wysoka kobieta. Miała trzydzieści kilka lat, krótko ostrzyżone jasnozłote włosy i ten sam prosty nos, te same mocno zarysowane policzki i ciemne oczy kobiety, którą kochał. Nos, policzki i oczy… Sophii.

Wziął głęboki oddech i wszedł do środka. Już miał podejść do recepcji, gdy nagle złotowłosa kobieta podniosła wzrok. Przez chwilę nie mógł oddychać. Przez chwilę czuł się tak, jakby Sophia nagle ożyła.

– Jon?

Randi Russell nie mogła ukryć zaskoczenia, co natychmiast zwróciło uwagę jej kolegów i koleżanek. Spiesznie podeszła bliżej.

– Porozmawiajmy w biurze – powiedziała, starając się mówić oschle i urzędowo.

Weszli do małego, lecz ładnie urządzonego gabinetu, w którym wisiały oprawione w ramki akwarele z widokami wybrzeża w Santa Barbara. Randi zamknęła drzwi i otaksowała go spojrzeniem.

– Nie wierzę – powiedziała, kręcąc głową. – Kiedy? Jak?

– Miło cię widzieć, Randy – zaczął cicho Jon. – Przepraszam, że przychodzę bez uprzedzenia, ale o wyjeździe dowiedziałem się w ostatniej chwili.

Randi zmrużyła oczy.

– U ciebie nic nie dzieje się w ostatniej chwili. Skąd wiedziałeś, gdzie mnie szukać?

Po tragedii, jaką był dla wszystkich Program Hades, Randi została przeniesiona do Moskwy jako agentka operacyjna CIA. Mimo to długo trwało, zanim Klein zdołał rozszyfrować jej przykrywkę i zdobyć odpowiednie namiary.

Jon rozejrzał się po gabinecie.

– Można tu bezpiecznie rozmawiać?

Randi wskazała urządzenie, które przypominało wyglądem odtwarzacz DVD.

– Nasz najnowszy wykrywacz. Poza tym codziennie tu „odkurzamy".
Jon kiwnął głową.

– Dobrze. Po pierwsze, wiedziałem, że jesteś w Moskwie, ale nie wiedziałem, gdzie mieszkasz i pracujesz. Znaleźli cię moi przyjaciele. Po drugie, potrzebuję twojej pomocy. Zginął człowiek, dobry człowiek, i chcę się dowiedzieć dlaczego.

Randi słuchała go i myślała. Kłamstwo wyczuwała na kilometr nawet wtedy, gdy kłamali profesjonaliści, ludzie, którzy musieli kłamać zawodowo. Instynkt podszeptywał jej, że Smith mówi prawdę, może nie całą, ale prawdę.

– No i? – rzuciła.

Jon powiedział jej, kim był Danko i dokładnie opisał przebieg spotkania w Wenecji. Nie pominął krwawych szczegółów masakry na placu Świętego Marka. Przemoc nie była jej obca.

– Jesteś pewien, że nie polowali i na ciebie? – spytała, gdy skończył.

– Gdybym był głównym celem, już bym nie żył – odrzekł posępnie Jon. – Chcieli zabić Jurija i zaczęli strzelać do mnie dopiero wtedy, gdy upewnili się, że nie żyje.

Randi pokręciła głową.

– Ocalony przez fortepian. Boże. Nie mogę uwierzyć, że goniłeś ich nieuzbrojony. Miałeś szczęście, że ktoś dopadł ich przed tobą. – Wzięła głęboki oddech. – Czego ty chcesz, Jon? Pomścić przyjaciela czy dostać się do Bioaparatu?

– Jurij poświęcił życie, żeby przekazać mi jakąś tajemnicę. Jeśli ją odkryję, dowiem się, kto go zamordował. Ale bez względu na to, kim ten ktoś jest, myślę, że ma coś wspólnego z Bioaparatem.

– Dobrze, ale czego ode mnie chcesz?

– Twoich najlepszych kontaktów w Rosji, namiarów na ludzi u władzy, ludzi, którym ufasz.

Randi popatrzyła na akwarele.

– Oleg Kirow, generał-major Federalnej Służby Bezpieczeństwa. Sądząc z twojego opisu, jest bardzo podobny do Danki. To realista, godny zaufania patriota. No i jego numer dwa: Lara Telegin. Bardzo błyskotliwa, wyrobiona politycznie, znakomita agentka.

– Spotkałem Kirowa, kiedy pracowałem w instytucie – odrzekł Smith. – Ale nie znam go na tyle, żeby nagle do niego zadzwonić. Możesz nas umówić?

– Oczywiście. Ale Kirow będzie chciał wiedzieć, czy jesteś tu oficjalnie, czy nie. Ja zresztą też.

– Nie pracuję ani w Wojskowym Instytucie Chorób Zakaźnych, ani w żadnej agencji wywiadowczej. Mówię prawdę.

Posłała mu cierpkie spojrzenie.

– Powiedzmy. – Chciał zaprotestować, ale go powstrzymała. – Przestań, wiem, jak to wszystko działa. Kirow też.

– Dzięki. To dla mnie bardzo ważne, wierz mi.

Machnęła ręką i w gabinecie zapadła krępująca cisza.

– Muszę ci coś powiedzieć – odezwał się w końcu Smith. – Coś osobistego…

Opisał jej wyprawę na grób Sophii i wyznał, że wreszcie zdołał pogodzić się z jej śmiercią.

– Po pogrzebie – dodał – czułem, że powinniśmy porozmawiać. Ale nie porozmawialiśmy. Ty odeszłaś w jedną stronę, ja w drugą.

– Wiem. Ale wtedy podświadomie winiłam cię za to, co się stało. Długo trwało, zanim to sobie przemyślałam.

– I wciąż mnie winisz?

– Nie. Nie mogłeś jej pomóc. Nie wiedziałeś o Tremoncie i jego mordercach, nie wiedziałeś, że Sophia im zagrażała.

– Cieszę się. Musiałem to od ciebie usłyszeć.

Randi popatrzyła na oprawione w ramki zdjęcie jej i siostry w Santa Barbara. Chociaż od horroru Programu Hades minął ponad rok, nie mogła sobie wybaczyć, że nie było jej przy Sophii, gdy ta najbardziej jej potrzebowała. Gdy Sophia umierała na szpitalnym łóżku, ona była tysiące kilometrów stamtąd, w Iraku, gdzie pomagała członkom ruchu oporu w walce z reżimem Saddama Husajna. Okoliczności jej śmierci poznała dopiero wiele tygodni później, gdy Jon zmaterializował się w Bagdadzie niczym mroczny dżin.

Pośród zgliszcz smutku zdołała odnaleźć nienaruszone naczynie, do którego mogła się przytulić. Lecz jej uczucia do Smitha pozostały ambiwalentne. Tak, cieszyła się, że był z siostrą w ostatnich chwilach jej życia, że nie umierała w samotności. Mimo to, gdy z biegiem czasu wplątała się w pajęczynę Programu Hades, coraz częściej zadawała sobie pytanie, czy nie mógł zapobiec jej morderstwu. Ta niepewność doprowadzała ją do szaleństwa. Wiedziała, że bardzo Sophię kochał, że nigdy świadomie nie naraziłby jej na niebezpieczeństwo. Mimo to, stojąc nad jej grobem, uważała, że mógłby ją w jakiś sposób ocalić.

Szybko odpędziła tę ostatnią posępną myśl.

– Załatwienie spotkania trochę potrwa – powiedziała. – Chcesz spotkać się gdzieś na drinku?

– Bardzo chętnie.

Umówili się w Sheratonie, po południu, gdy Randi skończy pracę.

– Bay Digital – spytał. – Co to właściwie jest? I czym się tu zajmujesz?

Posłała mu uśmiech.

– Chcesz powiedzieć, że twoi przyjaciele tego nie wiedzieli? Szok, prawdziwy szok. Tak się przypadkiem składa, że jestem kierowniczką moskiewskiej filii bogatej spółki kapitałowej, która inwestuje w obiecujące rosyjskie firmy technologiczne.

– Z tym, że kapitał nie pochodzi ani od prywatnych inwestorów, ani z transakcji terminowych – dodał Smith.

– Jak jest, tak jest, ale przed każdym, kto ma pieniądze, stoją tu otworem wszystkie drzwi. Mam kontakty na Kremlu, w wojsku i w rosyjskiej mafii.

– Zawsze mówiłem, że obracasz się w podejrzanych kręgach. Czy istnieje w tym kraju coś, co można nazwać nowoczesną technologią?

– O tak, możesz mi wierzyć. Rosjanie nie mają naszego sprzętu, ale jeśli tylko im go dać, błyszczą jak brylanty. – Dotknęła jego ramienia. – Cieszę się, że cię widzę, Jon, bez względu na to, po co tu naprawdę przyjechałeś. Potrzebujesz czegoś już teraz?

Jonowi stanęło przed oczami zdjęcie żony i dziecka Jurija Danki.

– Powiedz, co Rosjanie przynoszą kobiecie, która właśnie straciła męża i jeszcze o tym nie wie?

# Rozdział 8

Osiódmej trzydzieści sześć czasu miejscowego doktor Adam Treloar wsiadł na pokład samolotu British Airways, by odbyć lot nad biegunem i wylądować na londyńskim lotnisku Heathrow. Tam zaprowadzono go do poczekalni, gdzie, jako pasażer pierwszej klasy, skorzystał z usług masażystki. Po szybkim prysznicu odebrał świeżo wyprasowany garnitur i udał się do wyjścia numer 68, prowadzącego na pokład innego samolotu British Airways, który leciał do Moskwy. Dwadzieścia osiem godzin od startu w Houston Adam Treloar bez kłopotu przeszedł przez rosyjską odprawę celną i paszportową.

Cały czas trzymał się ściśle harmonogramu, który opracowali z Reedem. Wysiadłszy z taksówki przed nowym hotelem Nikko – miał stamtąd piękny widok na Kreml po drugiej stronie rzeki – zameldował się w recepcji, po czym dał portierowi suty napiwek za wniesienie walizek do pokoju. Zaraz potem wyszedł i zatrzymał kolejną taksówkę, którą pojechał na cmentarz przy Prospekcie Michalczuka. Staruszka sprzedająca przy bramie kwiaty oniemiała ze zdumienia, gdy wręczył jej dwadzieścia dolarów za bukiet przywiędłych stokrotek i słoneczników. Kupiwszy kwiaty, ruszył w stronę względnie nowych grobów pod kępą brzóz i złożył je u stóp dużego prawosławnego krzyża, upamiętniającego miejsce ostatniego spoczynku jego matki, Heleny Światosławy Treloar z domu Bunin.

Gdy starał się o posadę szefa zespołu medycznego, funkcjonariusze FBI badający jego przeszłość skrupulatnie odnotowali fakt, że Helena Światosława Bunin urodziła się w Rosji. Ale nie, żadnego alarmu nie wszczęto. Współzawodnicząc z sektorem prywatnym w walce o medyczne talenty, dyrekcja NASA z radością powitała wybitnego eksperta, który przyszedł do agencji po piętnastu latach pracy w Bauer-Zermatt A.G. Nikt nie pytał go, dlaczego zrezygnował z wysokiego stanowiska w tak prestiżowej firmie, ani dlaczego zgodził się na dwudziestoprocentową obniżkę zarobków. Jego nienaganne dokumenty i wspaniałe referencje zostały przekazane FBI z prośbą o szybką weryfikację.

Wraz z końcem zimnej wojny podróż do Rosji stała się łatwiejsza niż kiedykolwiek. Tysiące Amerykanów odwiedzało krewnych, których, w wielu przypadkach, znali jedynie z fotografii. Adam Treloar też pojechał odwiedzić matkę, która po rozwodzie wróciła do rodzinnej Moskwy. Przez kolejne trzy lata odwiedzał ją co roku. Przylatywał na wiosnę, zawsze na tydzień.

Przed dwoma laty poinformował zwierzchników z NASA, że Helena Światosława Treloar choruje nieuleczalnie na raka. Ci wzięli to pod uwagę i pozwolili mu wziąć tyle urlopu, ile tylko będzie potrzebował. Kochający syn zwiększył liczbę wizyt do trzech w roku. A potem, ostatniej jesieni, gdy matka w końcu umarła, pojechał do Moskwy na cały miesiąc, żeby pozałatwiać jej sprawy.

Był absolutnie pewien, że FBI śledzi każdy jego krok. Ale wiedział też, że, jak każda biurokratyczna machina, nie zrobi nic, dopóki będzie postrzegało w jego wizytach regularny rytm i wzór, a on prawie nigdy tego wzoru nie naruszał. Stworzył go i wykształcił z biegiem lat i zmieniał tylko wówczas, gdy miał ku temu ważne powody. Ponieważ matka zmarła dokładnie przed sześcioma miesiącami, byłoby wielce podejrzane, gdyby nie pojechał na jej grób.

W drodze do hotelu uważnie przeanalizował swoje poczynania. Kierowca taksówki z lotniska, portier, staruszka przed cmentarną bramą – wszyscy oni na pewno zapamiętali jego hojne napiwki. Gdyby ktoś chciał go sprawdzić, wzór byłby aż nadto widoczny. Teraz rzeczą naturalną było, że przed powrotem do domu zechce przez kilka dni odpocząć. Z tym że miał w planie coś więcej niż tylko zwiedzanie Moskwy.

Wróciwszy do pokoju, położył się i zasnął. Gdy się obudził, nad miastem zapadła już ciemność. Wziął prysznic, ogolił się, włożył świeży garnitur, otulił się ciepłym płaszczem i zniknął w mroku nocy.

Nieproszone myśli naszły go już kilka kroków dalej. Dręczyły go i drażniły, ale nigdy nie mógł się od nich całkowicie uwolnić. Dlatego uległ im i tym razem, oddychając szybko i płytko, dopóki całkowicie nim nie zawładnęły.

Adam Treloar wierzył, że jest naznaczony jak Kain. Że ciąży na nim klątwa potwornych żądz, których nie potrafi opanować, i od których nie jest w stanie uciec. Właśnie przez te niepohamowane żądze musiał zaprzedać swoją karierę naukową.

Kiedyś, w innym życiu, był gwiazdą wydziału wirusologii firmy Bauer-Zermatt, badaczem cieszącym się szacunkiem kolegów i pochlebczą admiracją podwładnych. Schlebiał mu zwłaszcza jeden z nich, przymilny młodzieniec o ciemnych, migdałowych oczach, chłopiec tak piękny, że Treloar nie mógł się mu oprzeć. Jednak młodzian ten okazał się cuchnącym kozłem, przynętą na sznurku jednej z rywalizujących z Bauer-Zermatt firm. Kozioł miał skusić naiwnego zalotnika, skompromitować go i zmusić do uległości.

Treloar nie dostrzegł pułapki – widział jedynie pięknego młodzieńca. Ale później, gdy odwiedziło go kilku mężczyzn z nagranymi w trakcie amorów taśmami, zobaczył aż za dużo. Ponieważ grał w tym filmie główną rolę, złożyli mu wyrachowaną propozycję: albo go wydadzą, albo pójdzie na współpracę. Bauer-Zermatt była firmą prywatną, dlatego wszyscy jej pracownicy musieli podpisywać precyzyjnie sformułowany kontrakt, zawierający również klauzulę obyczajową; jego prześladowcy nie omieszkali mu o tym przypomnieć w trakcie pokazu. Uświadomili mu, że ma jedynie dwa wyjścia: albo będzie przekazywał im informacje na temat prowadzonych w firmie badań, albo upublicznią taśmy. Oczywiście na samym upublicznieniu rzecz by się nie skończyła. Przylgnęłoby do niego miano dewianta. A po „reklamie", jaką by sobie zapewnił, po zarzutach – w tym na pewno kryminalnych – jakie zostałyby mu postawione, na próżno szukałby pracy w środowisku naukowym.

Dali mu czterdzieści osiem godzin na dokonanie wyboru. Dwadzieścia cztery godziny Treloar po prostu zmarnował, nic nie robiąc. A potem, spojrzawszy w przyszłość i nic w niej nie zobaczywszy, zdał sobie sprawę, że szantażyści przedobrzyli: postawili go w sytuacji, w której nie mając nic do stracenia, mógł tylko walczyć.

Ponieważ pełnił w firmie kierowniczą funkcję, bez trudu załatwił sobie spotkanie z samym Karlem Bauerem. W jego eleganckim gabinecie w Zurychu wyznał mu swoje grzechy, opowiedział o szantażystach i przyrzekł, że postara się to jakoś naprawić.

Ku jego zdziwieniu Bauer zdawał się nieporuszony tragedią, która dotknęła jego zbłąkanego pracownika. Wysłuchał go bez słowa, a potem kazał mu przyjść nazajutrz rano.

Do dziś dnia Treloar nie miał pojęcia, co się wówczas stało. Gdy następnego dnia rano przyszedł do Bauera, ten oznajmił, że szantażyści już się nie odezwą. Że dowody jego grzeszków już nie istnieją. Że nie będzie żadnych konsekwencji. Nigdy.

Ale Treloar musiał mu się za to odwdzięczyć. Bauer poinformował go, że w zamian za uratowanie kariery zawodowej, pan doktor będzie musiał opuścić szeregi pracowników firmy. Z NASA nadejdzie oferta pracy, a on ją przyjmie. Kolegom powie, że skorzystał z możliwości przeprowadzenia badań, jakich nie mógłby przeprowadzić w Bauer-Zermatt. Po przyjeździe do NASA odda się do dyspozycji doktora Dylana Reeda. Reed będzie jego przewodnikiem i mentorem, a on miał bez pytania wykonywać jego polecenia.

Przypomniał mu się zimny, wyrachowany głos Bauera, którym ogłaszał swój wyrok. Przypomniał mu się błysk gniewu i rozbawienia w jego oczach, gdy Treloar spytał go nieśmiało, jakie badania będzie tam przeprowadzał.

– Pańska praca ma podrzędne znaczenie – odparł Bauer. – Interesują mnie nie badania, a pańskie związki z Rosją, pańska matka. Myślę, że często ją będzie pan odwiedzał.

Skręcając z jasno oświetlonego placu Gorkiego w ciemną ulicę prowadzącą do dzielnicy Sadowaja, Treloar pochylił się i skulił pod naporem wiatru. Bary były tu podlejsze, bezdomni i pijacy bardziej agresywni. Ale on był w tej części miasta nie pierwszy raz, dlatego się nie bał.

Ulicę dalej zobaczył znajomy neon, migające litery układające się w napis: Krokodyl. Chwilę później załomotał do grubych drzwi i zaczekał, aż otworzy się judasz. Łypnęła na niego para podejrzliwych czarnych oczu, trzasnęła zasuwa, otworzyły się drzwi. Wchodząc, dał olbrzymiemu mongolskiemu wykidajle dwadzieścia dolarów za wstęp.

Zrzucając płaszcz, poczuł, jak ostatnie złe myśli ulatują w świetle gorących świateł i jazgocie ogłuszającej muzyki. Odwróciły się ku niemu głowy, oczy otaksowały spojrzeniem zagraniczny garnitur. Wirujące tancerki wpadały na niego bardziej celowo niż przez przypadek. Kierownik lokalu, stwór chudy i podobny do szczura, podbiegł do drzwi, żeby powitać amerykańskiego gościa. Kilka sekund później podano mu kieliszek wódki i skrajem parkietu zaprowadzono go do odosobnionego pomieszczenia, w którym stały pluszowe sofy i otomany.

Treloar westchnął, opadając na miękkie poduszki. Od wódki, która rozgrzała mu wnętrzności, zaswędziały go czubki palców.

– Przyprowadzić? – spytał szeptem szczur.

Uszczęśliwiony Treloar skinął głową. Żeby skrócić czas oczekiwania, zamknął oczy i uległ ryczącej muzyce. Poruszył się dopiero wtedy, gdy coś miękkiego musnęło mu policzek.

Stało przed nim dwóch jasnowłosych chłopców o pięknych, błękitnych oczach i nieskazitelnej cerze. Mogli mieć nie więcej jak dziesięć lat.

– Bliźniacy?

Szczur kiwnął głową.

– Co więcej, prawiczki.

Treloar aż jęknął.

– Ale są bardzo drodzy.

– Nieważne – wychrypiał Treloar. – Przynieś nam zakuski. I coś do picia dla moich aniołków.

Poklepał leżące obok poduszki.

– Chodźcie tu, aniołki. Dajcie mi przedsmak nieba...


Sześć kilometrów od Krokodyla, na placu Dzierżyńskiego, strzelają w niebo trzy wieżowce. Do początku lat dziewięćdziesiątych mieściła się tam siedziba KGB; po demokratyzacji kraju cały kompleks przejęła nowo utworzona Federalna Służba Bezpieczeństwa.

Generał-major Oleg Kirow stał przy oknie na piętnastym piętrze i z założonymi do tyłu rękami spoglądał na nocną Moskwę.

– Przyjdzie tu pewien Amerykanin – wymamrotał.

– Co mówisz, *dusza*?

Kirow usłyszał odgłos kroków na parkiecie, poczuł na piersi dotyk szczupłych palców i wciągnął do płuc powietrze przesycone ciepłym zapachem słodkich perfum. Odwrócił się, wziął ją w ramiona i zachłannie pocałował. Odpowiedziała pocałunkiem jeszcze namiętniejszym i żarliwszym, muskając językiem czubek jego języka, sunąc rękami do paska spodni, a potem niżej, coraz niżej...

Kirow cofnął się, patrząc w te prowokujące zielone oczy – oczy, które tak bardzo go dręczyły.

– Chciałbym – powiedział cicho.

Porucznik Lara Telegin, jego adiutantka, podparła się pod boki i uważnie przyjrzała kochankowi. Nawet w brązowym wojskowym mundurze wyglądała jak zbiegła z pokazu modelka.

Odęła wargi.

– Obiecałeś zabrać mnie dzisiaj na kolację.

Kirow nie mógł powstrzymać się od uśmiechu. Lara Telegin ukończyła z wyróżnieniem Wojskową Akademię imienia Frunzego. Była wyśmienitą snajperką; te same ręce, które go teraz pieściły, w ciągu kilku sekund mogły odebrać mu życie. Potrafiła być zarówno bezwstydna i prowokacyjna, jak i profesjonalnie doskonała.

Kirow westchnął. Dwie kobiety w jednym ciele. Czasami miał wątpliwości, która z nich jest prawdziwa, ale już dawno temu postanowił, że będzie cieszył się i jedną, i drugą, dopóki zechcą z nim pozostać. Lara miała trzydzieści lat i dopiero zaczynała swoją karierę. Pewnego dnia awansuje, przejdzie na wyższe stanowisko służbowe, by w końcu otrzymać samodzielne stanowisko dowódcze. On był od niej starszy, i to aż o dwadzieścia lat, i zdawał sobie sprawę, że z kochanka stanie się wkrótce jej dziadkiem albo – jak mawiają Amerykanie – „rabinem" doglądającym interesów swej faworyty.

– Nie mówiłeś mi nic o żadnym Amerykaninie – zauważyła trzeźwo i treściwie. – Jaki Amerykanin? Który? Dużo ich tu.

– Nie mówiłem, bo przez cały dzień cię nie było i sam musiałem przekładać te przeklęte papiery – mruknął Kirow, podając jej komputerowy wydruk.

– Doktor Jon Smith – przeczytała. – Mógłby wymyślić coś mniej pospolitego... – Zmarszczyła czoło. – Z Wojskowego Instytutu Chorób Zakaźnych?

– Ten Smith pospolity nie jest – odparł oschle Kirow. – Poznałem go, kiedy służył w Fort Derick.

– Służył? Już nie służy?

– Według Randi Russell wciąż pracuje w instytucie, ale od jakiegoś czasu jest na bezterminowym urlopie.

– Randi Russell... – Lara zawiesiła głos.

Kirow posłał jej uśmiech.

– Nie musisz być uszczypliwa.

– Jestem uszczypliwa tylko wtedy, kiedy mam ku temu dobre powody – odrzekła cierpko Lara. – A więc pani Russell toruje drogę panu Smithowi, który, jak tu piszą, był narzeczonym jej siostry...

Generał-major kiwnął głową.

– Była jedną z ofiar Programu Hades.

– I ta Russell, która, jak oboje podejrzewamy, pracuje dla CIA, zechce za niego poręczyć? Prowadzą u nas jakąś operację? Co się tu dzieje, *dusza*?

– Myślę, że Amerykanie mają jakiś problem – odrzekł Kirow znużonym głosem. – Albo jesteśmy w to zamieszani, albo potrzebują naszej pomocy. Tak czy inaczej, wkrótce się tego dowiemy. Spotkamy się z nim dziś wieczorem.


Późnym popołudniem Jon Smith wyszedł z bloku przy ulicy Markowa i postawiwszy kołnierz, żeby osłonić się przed wiatrem, spojrzał na ponurą betonową fasadę wieżowca. Gdzieś tam, za anonimowymi oknami na dziewiętnastym piętrze, Katrina Danko dopełniała właśnie rozdzierającego serce obowiązku, zawiadamiając swoją sześcioletnią córkę Olgę, że już nigdy nie zobaczy ojca.

Zadania takie jak to bolały Jona jak nic innego. Podobnie jak inne matki i żony, Katrina domyśliła się, po co przyszedł, gdy tylko otworzyła mu drzwi. Lecz była kobietą z żelaza. Powstrzymując łzy, spytała go tylko, jak Jurij umarł i czy nie cierpiał. Jon powiedział jej tyle, ile mógł, i dodał, że zwłoki jej męża zostaną przewiezione do Moskwy, gdy tylko zezwoli na to wenecka policja.

– Dużo o panu mówił – szepnęła Katrina. – Mówił, że dobry z pana człowiek. Widzę, że to prawda.

– Żałuję, że nie mogę powiedzieć nic więcej – odrzekł szczerze Jon.

– Co by mi z tego przyszło? Wiem, jaką miał pracę. Te wszystkie tajemnice, te sekrety, to milczenie... Ale robił to, bo kochał swój kraj. I był dumny, że może mu służyć. Chciałabym tylko, żeby jego śmierć nie poszła na marne.

– Mogę pani obiecać, że nie pójdzie.

Wrócił do hotelu i przez godzinę siedział pogrążony w zadumie. Widok rodziny Jurija sprawił, że jego misja nabrała osobistego charakteru. Oczywiście wiedział, że zrobi wszystko, by zabezpieczyć jego żonę i córkę na przyszłość. Ale wiedział też, że to nie wystarczy. Teraz bardziej niż kiedykolwiek przedtem pragnął schwytać morderców Jurija i dowiedzieć się, dlaczego go zabili. Chciał móc spojrzeć wdowie w oczy i powiedzieć: nie, człowiek, którego pani kochała, nie zginął na próżno.

O zmroku zszedł do baru. Randi już na niego czekała.

– Jesteś blady – powiedziała szybko. – Dobrze się czujesz?

– Nic mi nie będzie. Dzięki, że przyszłaś.

Zamówili po kieliszku pieprzówki i talerz rosyjskich zakusek, marynowanych grzybów, śledzia oraz innych przystawek. Gdy kelnerka odeszła, Randi wzniosła toast:

– Za nieobecnych przyjaciół.

– Za nieobecnych przyjaciół – powtórzył jak echo Jon.

– Rozmawiałam z Kirowem. – Randi streściła mu przebieg rozmowy i zerknęła na zegarek. – Zaraz będziesz musiał iść. Mogę zrobić dla ciebie coś jeszcze?

Smith odliczył pieniądze i położył je na stoliku.

– Najpierw zobaczymy, jak przebiegnie spotkanie.

Randi wsunęła mu do ręki wizytówkę.

– Mój adres i numer telefonu, tak na wszelki wypadek. Masz bezpieczną komórkę?

Smith poklepał się po kieszeni.

– Cyfrowo kodowaną, najnowszy model. – Podał jej numer.

– Jon, jeśli dowiesz się czegoś, co mogłabym wykorzystać... – Zawiesiła głos.

Smith ścisnął ją za rękę.

– Rozumiem.


Był w Moskwie kilka razy, ale jak dotąd nie miał okazji odwiedzić placu Dzierżyńskiego, dlatego gdy wszedł do przestronnego holu gmachu numer 3, przypomniały mu się wszystkie opowieści z okresu zimnej wojny. Że ścian biła bezduszna obojętność, której nie mogła usunąć nawet warstwa świeżej farby. Odbijające się od lakierowanych podłóg echo brzmiało jak odgłos kroków ludzi skazanych, kobiet i mężczyzn, których od narodzin komunizmu wleczono tędy do podziemnych sal przesłuchań. Jon zastanawiał się, jak radzą sobie z ich duchami ci, którzy tu teraz pracują. Czy w ogóle wiedzieli o ich istnieniu? A może pospiesznie zapomnieli o przeszłości ze strachu, że ożyje i wróci do nich niczym golem?

Młodszy oficer zaprowadził go do windy. Gdy winda ruszyła, Jon odświeżył w pamięci szczegóły kariery zawodowej generała-majora Kirowa i jego zastępczyni Lary Telegin, ponownie analizując informacje, które przekazała mu Randi.

Wyglądało na to, że Kirow jest wojskowym, który potrafi połączyć przeszłość z przyszłością. Wychowany w reżimie komunistycznym, odznaczył się walecznością w Afganistanie, w tym rosyjskim Wietnamie. Potem zaryzykował i przystał do reformatorów. Gdy młoda demokracja nieco okrzepła, zwierzchnicy nagrodzili go stanowiskiem w nowo utworzonej Federalnej Służbie Bezpieczeństwa. Reformatorzy chcieli zniszczyć stare KGB i wyzbyć się ze swoich szeregów wszystkich twardogłowych. Jedynymi ludźmi, którym mogli powierzyć tego rodzaju zadanie, byli żołnierze tacy jak on, sprawdzeni w boju i całkowicie oddani nowej Rosji.

Jeśli Kirow był mostem spinającym przeszłość z przyszłością, Lara Telegin była tej przyszłości najlepszą nadzieją. Wykształcona w Rosji i Anglii, reprezentowała nowy typ technokratki, kobiety władającej kilkoma językami, mającej postępowe poglądy i wiedzę, dzięki której znała się na Internecie i windowsach lepiej niż większość mieszkańców Zachodu.

Ale, jak podkreśliła Randi, w kwestii bezpieczeństwa narodowego Rosjanie wciąż byli skryci i podejrzliwi. Mogli pić z kimś całą noc, zabawiać go opowieściami o swoich najintymniejszych czy najbardziej kompromitujących przeżyciach, ale wystarczyło zadać im nieodpowiednie pytanie na nieodpowiedni temat i natychmiast się obrażali, tracąc zaufanie do rozmówcy.

Bioaparat to właśnie jeden z takich tematów, pomyślał Jon, wchodząc do gabinetu generała. Jeśli Kirow źle mnie zrozumie, jutro rano będę już w drodze do domu.

– Doktor Smith! Witam!

Głos generała-majora zadudnił w całym gabinecie. Kirow wyszedł zza biurka i uścisnął mu rękę. Był wysokim, krzepkim mężczyzną o szerokiej piersi, gęstych srebrzystych włosach i twarzy, która mogłaby widnieć na rzymskich monetach.

– Jakże się cieszę – powiedział. – Ostatnim razem widzieliśmy się chyba... w Genewie. Pięć lat temu, prawda?

– Tak, panie generale.

– Pozwoli pan przedstawić sobie moją adiutantkę, porucznik Larę Telegin.

– Miło mi, panie doktorze – powiedziała Lara, otaksowując go aż nadto życzliwym spojrzeniem.

– Cała przyjemność po mojej stronie – odrzekł Smith i pomyślał, że ta ciemnooka i kruczowłosa kobieta mogłaby być pierwowzorem kusicielki z kart dziewiętnastowiecznego rosyjskiego romansu, syreną wabiącą mężczyzn ku zgubie.

Kirow wskazał barek.

– Napije się pan czegoś?

– Nie, dziękuję.

– W takim razie cóż, pozostaje mi tylko spytać, z czym pan do nas przychodzi.

Jon zerknął na Larę Telegin.

– Z całym szacunkiem, pani porucznik, ale to sprawa wysoce poufna.

– Nie uraził mnie pan, doktorze – odrzekła beznamiętnie Lara – ale pragnę pana poinformować, że mam dostęp do materiałów oznaczonych klauzulą COSMIC, a więc takich, które trafiłyby u was na biurko samego prezydenta. Poza tym rozumiem, że nie jest pan tu oficjalnie. Prawda?

– Darzę panią porucznik całkowitym zaufaniem – dodał Kirow. – Może pan mówić, doktorze.

– Świetnie – odrzekł Smith. – Zakładam, że nasza rozmowa nie jest monitorowana i że nie ma tu żadnych urządzeń podsłuchowych.

– To oczywiste – zapewnił go generał.

– Bioaparat – rzucił Jon.

To pojedyncze słowo wywołało reakcje, jakich się spodziewał: szok i wyraźny niepokój.

– A dokładniej? – spytał cicho Kirow.

– Panie generale, mam powody przypuszczać, że doszło tam do naruszenia systemu bezpieczeństwa. Jeśli nawet jeszcze niczego nie skradziono, do kradzieży dojdzie już niebawem. Próbki wirusów, które tam przechowujecie…

– To niedorzeczne! – warknęła Lara Telegin. – Bioaparat dysponuje jednym z najbardziej zaawansowanych systemów zabezpieczeń w świecie. Już nieraz słyszeliśmy podobne zarzuty. Zachód ma nas za małe niegrzeczne dzieci bawiące się niebezpiecznymi zabawkami. To obraźliwe i…

– Laro.

Kirow powiedział to cicho i spokojnie, ale twardo i dobitnie.

– Proszę wybaczyć, panie doktorze. Pani porucznik nie lubi, kiedy wy, mieszkańcy Zachodu, jesteście protekcjonalni i paternalistyczni. A czasami tacy bywacie, prawda?

– Panie generale, nie przyszedłem tu krytykować wasz system bezpieczeństwa. Nie przeleciałbym kilku tysięcy kilometrów, gdybym nie uważał, że macie poważny problem. I gdybym nie był pewny, że zechce mnie pan przynajmniej wysłuchać.

– Dobrze. W takim razie proszę nam opowiedzieć o tym… „naszym" problemie.

Smith zebrał myśli i wziął głęboki oddech.

– Najbardziej prawdopodobnym celem jest wirus ospy prawdziwej.

Kirow pobladł.

– To szaleństwo! Nikt przy zdrowych zmysłach by tego nie ukradł!

– Nikt przy zdrowych zmysłach nie ukradłby niczego, co tam przechowujecie, mimo to mamy informacje, że plan jest już gotowy.

– Kto jest pańskim informatorem? – wtrąciła Lara Telegin. – To on czy ona? Jest wiarygodny?

– Bardzo wiarygodny, pani porucznik.

– Mógłby go pan nam przedstawić, żebyśmy mogli to zweryfikować?

– On nie żyje – odrzekł Smith, z trudem panując nad głosem.

– Bardzo wygodne – zauważyła.

Jon spojrzał na Kirowa.

– Panie generale, proszę mnie wysłuchać. Nie twierdzę, że zamieszany jest w to wasz rząd. Kradzież została zorganizowana przez kogoś, kogo jeszcze nie znamy. Ale bez względu na to, kim ten ktoś jest, wykradzenie z Bioaparatu próbki wirusa wymaga pomocy ludzi, którzy tam pracują.

– Rozumiem – powiedział Kirow. – Sugeruje pan, że chodzi o kogoś z personelu naukowego lub nadzorczego.

– Może to być każdy, kto ma dostęp do wirusa. Nie osądzam pańskich ludzi ani nie krytykuję waszego systemu bezpieczeństwa. Wiem, że większość tamtejszych pracowników jest równie lojalna, jak ludzie zatrudnieni w naszych ośrodkach. Mówię tylko, że macie problem, który, jeśli wirus zostanie wykradziony, stanie się naszym problemem, a może nawet problemem ogólnoświatowym.

Kirow zapalił papierosa.

– Pokonał pan kawał drogi, żeby mi to powiedzieć… Ale myślę, że nie przyjechał pan tu bez jakiegoś planu. Prawda?

– Trzeba zamknąć Bioaparat – odparł Smith. – Natychmiast. Otoczyć go szczelnym kordonem. Nikt nie wchodzi, nikt nie wychodzi. Rano osobiście przeprowadzi pan kontrolę i sprawdzi, czy niczego nie skradziono. Jeśli okaże się, że nie brakuje żadnej próbki, jesteśmy bezpieczni i będzie pan mógł szukać swojego kreta.

– A pan, doktorze? Gdzie pan wtedy będzie?

– Prosiłbym o przyznanie mi statusu obserwatora.

– A jeśli okaże się, że zapasy wirusa są nietknięte? – rzuciła szyderczo Lara Telegin. – Nie uwierzy pan nam na słowo?

– Tu nie chodzi o brak zaufania, pani porucznik – odrzekł Jon. – Gdybyśmy to my byli w tej sytuacji, nie chciałaby pani pojechać do naszego ośrodka i sprawdzić tego osobiście?

– Nie poruszyliśmy jeszcze sprawy pańskiego informatora – przypomniał mu Kirow. – Proszę mnie dobrze zrozumieć, doktorze. Pańska prośba zmusza mnie do natychmiastowej rozmowy z prezydentem. Wierzę panu i oczywiście mogę za pana poręczyć. Ale muszę mieć dobry powód, żeby o tej porze wyrwać go z łóżka. Gdybym znał nazwisko informatora, mógłbym go sprawdzić, a to wzmocniłoby pańskie argumenty.

Smith odwrócił głowę. Wiedział, że do tego dojdzie, że w zamian za wstawiennictwo Kirowa będzie musiał zdradzić nazwisko Jurija.

– Ten człowiek ma rodzinę – odrzekł w końcu. – Muszę mieć pańskie słowo, że ludzie ci nie zostaną ukarani i że jeśli zechcą wyjechać z kraju, wasz rząd im to umożliwi. – Kirow chciał coś powiedzieć, lecz Jon powstrzymał go gestem ręki. – On nie był zdrajcą, panie generale. Był patriotą. Zwrócił się do mnie tylko dlatego, że nie wiedział, jak daleko sięga ten spisek. Poświęcił wszystko, żeby nikt nie obwinił Rosji za to, co może się stać.

– Rozumiem – odparł Kirow. – Ma pan moje słowo, że jego rodzinie nie stanie się krzywda. Co więcej, jedyną osobą, z którą zamierzam o tym rozmawiać, jest prezydent Potrenko. Chyba, że sugeruje pan, że on też jest w to zamieszany.

– Nie, nie przypuszczam – odrzekł Smith.

– W takim razie zgoda. Laro, zadzwoń do oficera dyżurnego na Kremlu. Powiedz mu, że to pilne i że już tam jadę.

Spojrzał na Smitha.

– A teraz poproszę jego nazwisko.


– Widzę, że bardzo mu ufasz – powiedziała Lara Telegin, gdy szli przez podziemny garaż. – Może aż za bardzo. Jeśli kłamie albo, co gorsza, jest prowokatorem, będziesz musiał odpowiedzieć na kilka bardzo kłopotliwych pytań.

Kirow zasalutował kierowcy i odsunął się, żeby mogła wsiąść.

– Na kilka kłopotliwych pytań? – powtórzył, zatrzaskując drzwi. – To wszystko?

Lara spojrzała na przepierzenie oddzielające przednie siedzenia od tylnych, sprawdzając, czy jest całkowicie podniesione. Szkolono ją w wywiadzie, miała to we krwi.

– Wiesz, o czym mówię. Jak na wojskowego, masz niezwykle postępowe poglądy. Przysporzyły ci wielu wrogów.

– Jeśli przez „postępowe poglądy" rozumiesz to, że chcę, aby Rosja wkroczyła w dwudziesty pierwszy wiek, to przyznaję się do winy. I jeśli będę musiał zaryzykować, żeby poglądy te wyparły przekonania neandertalczyków, którzy z chęcią narzuciliby nam stary, zbankrutowany system polityczny, to na pewno zaryzykuję.

Samochód wypadł na szeroki bulwar biegnący wzdłuż placu Dzierżyńskiego i generał przytrzymał się uchwytu na drzwiach.

– Posłuchaj, Laro. Ludzie tacy jak Smith nie rzucają słów na wiatr. Zapewniam cię, to nie jest podpucha. Ktoś z amerykańskiego rządu, ktoś bardzo wysoko postawiony, uznał, że informacja ta jest na tyle ważna, żeby wysłać go do Moskwy. Rozumiesz? To, co pozwolono mu zrobić, co kazano mu zrobić, świadczy o tym, że Amerykanie temu zbiegowi wierzą.

– Mają komu – rzuciła zgryźliwie Lara. – Wierzyć zdrajcy.

Sprawdzenie, że Jurij Danko zaginął i że nie wiadomo, gdzie przebywa, zajęło jej tylko dwadzieścia minut. Ale najgorsze w tym wszystkim było to, że ci przeklęci Amerykanie wiedzieli, że ta szuja nie żyje!

– Danko zdradził tylko pozornie – odparł generał. – Nie dostrzegasz dylematu, przed którym stanął? Co by się stało, gdyby poszedł do swego przełożonego, albo nawet gdzieś wyżej, i gdyby okazało się, że ludzie ci należą do spisku? Zlikwidowaliby go i nic byśmy nie wiedzieli.

Spojrzał na latarnie migające za kuloodporną szybą i cicho dodał:

- Wierz mi, mam nadzieję, że Amerykanie się mylą. Niczego nie pragnąłbym bardziej, jak udowodnić Smithowi, że wystawiono go do wiatru, że wirus jest bezpieczny. Ale dopóki tego nie sprawdzę, muszę mu ufać. Rozumiesz to, *dusza*?

Ścisnęła go za rękę.

– Lepiej niż myślisz – odrzekła. – Ostatecznie kształcę się u samego mistrza.

Wielka limuzyna przejechała przez bramę w Baszcie Spasskiej i zatrzymała się przed wartownią, gdzie sprawdzano dokumenty. Kilka minut później zaprowadzono ich do części Kremla, w której mieściły się prywatne apartamenty prezydenta i jego gabinet.

– Lepiej poczekam tutaj – powiedziała Lara, przystając w wielkim, zwieńczonym kopułą holu zbudowanym przez Piotra Wielkiego. – Mają do mnie przedzwonić, gdyby dowiedzieli się czegoś więcej o tym Dance.

– Na pewno przedzwonią, a Smith też nam coś jeszcze powie. Chodź. Nadeszła pora, żebyś zaczęła widywać naszych cywilnych zwierzchników.

Z trudem ukrywając lęk i zaskoczenie, Lara ruszyła za oficerem dyżurnym. Szerokimi, podwójnymi schodami weszli na górę, a tam wprowadzono ich do elegancko urządzonej biblioteki. Przy trzaskającym ogniu siedział okutany szlafrokiem mężczyzna o patrycjuszowskiej twarzy.

– Olegu Iwanowiczu, jestem już stary, a ty wyrywasz mnie ze snu. Obyś miał dobre powody.

Wiktor Potrenko wstał i uścisnął mu rękę.

– Panie prezydencie, pozwoli pan, że przedstawię panu moją adiutantkę, porucznik Larę Telegin – powiedział Kirow.

– Porucznik Telegin… – wymruczał Potrenko. – Słyszałem o pani wiele dobrego. Proszę usiąść.

Larze wydawało się, że przytrzymał jej rękę o kilka sekund za długo. Może plotki, że siedemdziesięciopięcioletni prezydent gustuje w młodych kobietach, zwłaszcza w baletnicach, były jednak prawdziwe.

– No dobrze – kontynuował, gdy usiedli. – Więc o co chodzi z tym Bioaparatem?

Kirow streścił mu przebieg rozmowy ze Smithem.

– Uważam, że powinniśmy potraktować to bardzo poważnie – zakończył.

– Doprawdy? – zadumał się prezydent. – Pani porucznik, a pani co o tym sądzi?

Lara Telegin zrozumiała, że to, co zaraz powie, może zaważyć na losach jej kariery wojskowej. Ale wiedziała też, że siedzący przed nią mężczyźni są mistrzami w wychwytywaniu niuansów i niedomówień, że każde kłamstwo czy dwuznaczność dostrzegą szybciej niż jastrząb dostrzega zająca.

– Boję się, że będę musiała odegrać rolę adwokata diabła, panie prezydencie – odrzekła i przedstawiła swoje zastrzeżenia co do wiarygodności Smitha.

– Dobrze powiedziane – pochwalił ją Potrenko i spojrzał na Kirowa. – Nie strać jej, Olegu Iwanowiczu. Hmmm… Więc co robimy? Z jednej strony, na fałszywym alarmie Amerykanie nic by nie zyskali. Z drugiej… Hmm, ta bolesna świadomość, że do kradzieży na taką skalę mogłoby dojść tuż przed naszym nosem, że nic byśmy o tym nie wiedzieli.

Potrenko wstał i podszedł do granitowego kominka, żeby ogrzać ręce. Długo milczał.

– Pod Władymirem jest ośrodek szkoleniowy naszych sił specjalnych, prawda?

– Tak, panie prezydencie.

– Proszę zadzwonić do dowódcy i zarządzić natychmiastową kwarantannę Bioaparatu. A pani poleci tam z doktorem Smithem o świcie. Jeśli doszło do kradzieży, natychmiast mnie powiadomicie. Tak czy inaczej, chcę mieć dokładny raport z przedsięwziętych przez was kroków.

– Rozkaz, panie prezydencie.

– Oleg?

– Słucham.

– Jeśli zginął choćby gram tego wirusa, natychmiast powiadom nasze służby biologiczne. A potem aresztuj każdego, kogo zastaniesz w ośrodku.

# Rozdział 9

Wylądowawszy w Neapolu, Peter Howell pojechał taksówką do portu, gdzie wsiadł na pokład wodolotu udającego się w półgodzinną podróż przez Cieśninę Mesyńską. Usiadł i przez wielkie okna kabiny patrzył, jak powoli wyrasta za nimi Sycylia, najpierw kratery Etny, a potem samo Palermo u podnóża wapiennej Monte Pellegrino, która na poziomie morza przechodziła w płaskowyż.

Zasiedlona przez Greków, najeżdżana przez Rzymian, Arabów, Normanów i Hiszpanów, Sycylia od wieków była przystankiem dla wędrownych żołnierzy i najemników. Jako jeden z nich, Howell bywał na wyspie i jako turysta, i jako wojownik. Wysiadłszy na brzeg, poszedł do centrum miasta, do Quattro Centri, czyli Czterech Rogów. Tam wynajął pokój w małym *penzione*, gdzie kiedyś już mieszkał. Pensjonat, choć oddalony od turystycznych szlaków, znajdował się kilka minut marszu od miejsc, które Howell musiał odwiedzić.

Jak miał to w zwyczaju, najpierw przeprowadził krótki rekonesans. Zgodnie z przewidywaniami, od jego ostatniej wizyty na wyspie nic się tu nie zmieniło i mapa, którą miał w głowie, służyła mu doskonale. Wróciwszy do pensjonatu, położył się spać. Spał do wczesnego wieczora, a potem poszedł do Albergherii, dzielnicy wąskich uliczek, pełnych zakładów rzemieślniczych.

Sycylia słynie z wytwórców noży i jakości ich wyrobów, dlatego bez żadnego problemu nabył pięknie wykończony sztylet o dwudziestopięciocentymetrowym ostrzu w solidnej skórzanej pochwie. Ponieważ miał już broń, mógł spokojnie udać się do dzielnicy portowej, gdzie roiło się od podejrzanych tawern i hotelików, o których – ze zrozumiałych względów – nie wspominały żadne przewodniki.

Wiedział, że tawerna nazywa się La Pretoria, chociaż na jej kamiennych ścianach nie wisiała żadna tabliczka czy szyld. W środku była duża zatłoczona sala z pokrytą trocinami podłogą i grubymi belkami na suficie. Przy długich stołach siedzieli rybacy, stoczniowcy, mechanicy i marynarze, pijąc grappę, piwo i mocne sycylijskie wino. Howell był w sztruksowych spodniach i starym rybackim swetrze, dlatego nie rzucał się w oczy. Kupił w barze dwa kieliszki grappy i zaniósł je na koniec jednego ze stołów.

Siedzący naprzeciwko niego mężczyzna, niski i krzepki, miał nieogoloną, wychłostaną morskim wiatrem twarz. Jego zimne szare oczy spoglądały na Howella spoza chmury papierosowego dymu.

– Peter – wychrypiał. – Cóż za niespodzianka.

Howell podniósł kieliszek jak do toastu.

– *Salute*, Franco.

Franco Grimaldi – niegdyś żołnierz francuskiej Legii Cudzoziemskiej, a teraz zawodowy przemytnik – odłożył papierosa i sięgnął po kieliszek. Musiał odłożyć papierosa, ponieważ miał tylko prawą rękę; lewą stracił od miecza tunezyjskiego buntownika.

Wypili i Grimaldi ponownie wetknął papieros do ust.

– A więc? Cóż cię tu sprowadza, stary druhu?

– Bracia Rocca.

Mięsiste usta Grimaldiego ułożyły się w coś, co mogłoby uchodzić za uśmiech.

– Słyszałem, że nie poszło im w tej Wenecji. – Zmrużył oczy i obrzucił Howella przebiegłym spojrzeniem. – A ty chyba prosto stamtąd, co?

– Bracia Rocca wykonali kontrakt, a potem ktoś ich załatwił – odparł Howell głosem twardym i beznamiętnym. – Chcę się dowiedzieć kto.

Grimaldi wzruszył ramionami.

– W ich sprawy lepiej nie wtykać nosa, nawet jeśli już nie żyją.

Howell przesunął po stole zwitek amerykańskich dolarów.

– Muszę, Franco.

Sycylijczyk przykrył pieniądze dłonią i ukrył je jak sztukmistrz.

– Podobno dostali specjalną robotę – szepnął, osłaniając dłonią usta i przytrzymując nią papieros.

– Szczegóły, Franco, szczegóły.

– Nie znam. Zwykle z niczym się nie kryli, zwłaszcza po kilku kieliszkach. Ale o tym nie chcieli gadać.

– A ty wiesz o tej robocie, bo...

Grimaldi wyszczerzył zęby w uśmiechu.

– Bo sypiam z ich siostrą, a ona prowadzi im dom. Wie o wszystkim, co się tam dzieje. Łatwo się podnieca i uwielbia plotkować.

– Myślisz, że wykorzystując swój nieodparty czar, zdołasz coś z niej wyciągnąć?

Grimaldi uśmiechnął się jeszcze szerzej.

– To będzie trudne, ale cóż, dla przyjaciela... Maria, tak jej na imię, pewnie jeszcze nie wie, że bracia nie żyją. Powiem jej o tym i pozwolę wypłakać się na moim ramieniu. Nie ma to jak smutek i żal. Będzie gadała i gadała.

Howell podał mu nazwę pensjonatu, w którym się zatrzymał.

– Zadzwonię – obiecał Grimaldi. – Spotkamy się tam, gdzie zwykle.

Patrząc, jak przemytnik idzie między stołami do drzwi, Howell zauważył dwóch mężczyzn siedzących przy małym stoliku przy barze. Byli ubrani jak miejscowi, ale ich prawdziwą tożsamość zdradziła potężna postura i krótko ostrzyżone włosy. Żołnierze.

Howell wiedział, że pod Palermo jest wielka amerykańska baza wojskowa. Gdy służył w SAS, on i jego koledzy z oddziału wykorzystywali ją jako punkt tranzytowy w ramach operacji łączonych ze słynnymi SEALS, oddziałami specjalnymi amerykańskiej marynarki wojennej. Ze względów bezpieczeństwa większość personelu prawie nigdy nie opuszczała bazy. Jeśli już wychodzili, to zwykle grupowo, po sześciu, ośmiu, a nawet dziesięciu, i odwiedzali tylko popularne kluby i restauracje. Tych dwóch osiłków nie powinno tu w ogóle być, chyba że...

C-12.

Materiał wybuchowy, którego użyto do zlikwidowania braci Rocca, wyprodukowano w Stanach. Był pilnie strzeżony, lecz z pewnością dostępny w jednej z największych amerykańskich baz w południowej Europie.

Czyżby mocodawca braci Rocca – i osobnik, który wynajął ich, żeby zamordowali Jurija Dankę – podłożył też bombę pod pokładem ich gondoli?

Wstając, Howell ponownie zerknął na Amerykanów.

A może od samego początku była to typowo wojskowa robota?


Tuż przed północą do jego drzwi zapukał zaspany portier, żeby poprosić go do telefonu. Był zdziwiony, że Howell jest całkowicie ubrany i gotowy do wyjścia.

Anglik powiedział kilka słów do słuchawki, dał mu napiwek i zniknął w srebrzystym mroku nocy. Księżyc stał wysoko, oświetlając zamknięte okiennice sklepów na Vuccira. Howell przeciął pusty rynek i skręcił w Piazza Bellini, by kilka minut później wyjść na Via Vittorio Emannuele, główną ulicę miasta. Tuż przed Corso Calatofini skręcił w prawo i znalazł się sto metrów od celu wyprawy.

Nad Via Pindemonte dominuje Convento dei Cappuccini, klasztor kapucynów. Zbudowano go według najlepszych wzorów architektury średniowiecznej, lecz jego największą atrakcją są ogromne podziemia. W otaczających *convento* katakumbach pochowano ponad osiem tysięcy osób, zarówno świeckich, jak i duchownych. Ich zakonserwowane chemikaliami ciała – ubrane w stroje, których dostarczyli przed śmiercią sami zainteresowani – spoczywają w labiryncie korytarzy, w wydrążonych w kamieniu niszach. Te, dla których nie starczyło miejsca w zimnych, ociekających wodą ścianach, ułożono w szklanych trumnach, trumny zaś ustawiono jedna na drugiej, w sięgające sufitu sterty.

Choć otwarte dla zwiedzających za dnia, katakumby są od wieków ulubioną kryjówką wszelkiej maści przemytników. Jest tam kilkanaście wejść i wyjść, lecz Peter Howell, który dokładnie przestudiował plan podziemi, znał je wszystkie na pamięć.

Podchodząc do bramy wbudowanej w przypominające parkan ogrodzenie wokół klasztoru, usłyszał cichy gwizd. Z ciemności wychynął Grimaldi, lecz on udał, że go nie widzi i odwrócił głowę dopiero wtedy, gdy przemytnik znalazł się kilka kroków od niego. W czarnych oczach Sycylijczyka igrały migotliwe refleksy księżycowego światła.

– No i? Czego się dowiedziałeś?

– Czegoś, dla czego warto było zwlec się z łóżka – odparł Grimaldi. – Znam nazwisko człowieka, który wynajął braci Rocca. Facet się boi. Myśli, że teraz jego kolej. Chce pieniędzy, żeby stąd uciec i ukryć się na lądzie.

– Pieniądze to nie problem. Gdzie on jest?

Grimaldi dał mu znak ruchem głowy. Ruszyli wzdłuż żelaznego parkanu i wkrótce weszli w cień wysokich murów klasztoru. Przemytnik zwolnił, a potem przykucnął przy niskiej furtce w ogrodzeniu. Jego ruchliwe palce zaczęły gmerać przy zamku, gdy wtem Howell dostrzegł coś, co przyprawiło go o dreszcz.

Furtka była otwarta!

Spłynął na niego jak zjawa. Gdy tylko Grimaldi pchnął furtkę, zadał mu cios w skroń, cios, który miał ogłuszyć, nie zabić. Przemytnik wydał ciche westchnienie i nieprzytomny runął na ziemię.

Anglik nie czekał. Wślizgnąwszy się za parkan, korytarzem między dwoma wysokimi żywopłotami ruszył w stronę wejścia do katakumb. Niczego nie zauważył, co oznaczało, że…

Pułapkę zastawiono nie tutaj, tylko tam, za ogrodzeniem!

Odwracając się na pięcie, usłyszał skrzypnięcie otwieranej furty. Pędziły ku niemu dwa czarne cienie. Blask księżyca na ułamek sekundy oświetlił ich twarze i Howell rozpoznał żołnierzy z tawerny.

W jego ręku błysnął sztylet. Anglik ani nie drgnął. Stał w miejscu do ostatniej chwili, a potem, gdy pierwszy żołnierz był tuż-tuż, niczym matador na arenie zrobił szybki zwód, dźgając go jednocześnie w brzuch.

Nie czekał, aż tamten upadnie. Wykonał błyskawiczny zwód w prawo i skoczył w lewo, lecz manewr ten nie zwiódł drugiego zabójcy. Usłyszał przytłumione puf! i wstrzymał oddech, gdy pocisk wystrzelony z zaopatrzonego w tłumik pistoletu omal nie musnął mu skroni. Wówczas padł na ziemię i obiema nogami zadał tamtemu silny cios w kolano.

Natychmiast chwycił jego broń, lecz zanim zdołał wycelować, zobaczył, że Grimaldi chwiejnie wstaje, a kula przeznaczona dla żołnierza przebiła jego gardło. Sycylijczyk upadł i już się nie podniósł. Ponieważ żołnierz uciekł, Howell wetknął pistolet za pas, podbiegł do Grimaldiego i zaciągnął go do wejścia do katakumb. Zgodnie z przewidywaniami drzwi stały otworem.

Kilka minut później był już w labiryncie podziemnych korytarzy. Światło znalezionej lampy oświetlało jego nocną zdobycz: Grimaldiego, który leżał przy wielkiej, betonowej, otwartej już studni, i rannego, zakrwawionego żołnierza, który siedział, opierając się o jej wystający z ziemi kręg.

– Nazwisko.

Żołnierz oddychał ciężko i chrapliwie. Twarz poszarzała mu z upływu krwi. Powoli podniósł głowę.

– Pierdol się.

– Obszukałem cię – powiedział Howell. – Nie masz ani portfela, ani dokumentów, ani nawet metki na koszuli. Zabezpieczają się tak tylko ci, którzy mają coś do ukrycia. No więc? Co ukrywasz?

Żołnierz chciał splunąć mu w twarz, lecz Anglik był na to za szybki. Wstał i zepchnął ciężką pokrywę z betonowego kręgu. Potem chwycił żołnierza za klapy kurtki i podniósł go z ziemi.

– Tu zawsze są nocni stróże – syknął. – Zabiliście ich? Czy tam wrzuciliście ciała?

Pchnął Amerykanina na betonowy krąg, tak że jego głowa i tułów znalazły się w studni.

– I tam zamierzaliście wrzucić mnie?

Żołnierz przeraźliwie krzyknął. Howell przytrzymał go za kołnierz i zepchnął jeszcze głębiej w mroczną czeluść. Piętnaście metrów niżej burzyło się czarne lustro cuchnącej wody, upstrzone małymi, czerwonymi, ruchliwymi kropeczkami.

– Szczury – powiedział Anglik. – Wody jest sporo, nie zabijesz się. Ale one zabiją cię na pewno. I to powoli, bardzo powoli... – Jednym szarpnięciem wydostał go ze studni.

Żołnierz oblizał usta.

– Nie zrobiłbyś tego...

Howell uniósł brwi.

– Jesteś ranny – odrzekł. – Twój przyjaciel zwiał. Odpowiedz na kilka pytań, a obiecuję, że nie będziesz cierpiał. Posłuchaj.

Pchnął Amerykanina na ziemię i dźwignął bezwładne ciało Grimaldiego. Zaniósł je do studni i bez chwili wahania wrzucił w smrodliwą otchłań. Sekundę później dobiegł ich głośny plusk i piskliwy jazgot setek szczurów rzucających się na ofiarę.

Przerażony żołnierz przewrócił oczami.

– Nazwisko?

– Nichols. Travis Nichols. Starszy sierżant sztabowy. Tamten to Patrick Drake.

– Oddziały specjalne?

Nichols jęknął i skinął głową.

– Kto was na mnie nasłał?

Amerykanin odwrócił wzrok.

– Nie mogę...

Howell chwycił go za klapy i przyciągnął do siebie.

– Posłuchaj. Nawet gdybyś przeżył, byłbyś dla tamtych tylko kulą u nogi, której musieliby się jak najszybciej pozbyć. Zwłaszcza gdyby odkryli, że przeżyłem. Masz tylko jedno wyjście: powiedzieć mi prawdę. Powiesz i zrobię dla ciebie, co zechcesz.

Nichols opadł na betonowy kręg. Na jego ustach wykwitły krwawe bąble powietrza.

– Drake i ja należymy do oddziału specjalnego. Takiego od mokrej roboty. Dzwonili do nas, do mnie albo do niego. Niby pomyłka, ale tak naprawdę to był cynk. Szliśmy wtedy na pocztę i otwieraliśmy skrytkę. W skrytce czekały rozkazy.

– Na piśmie? – spytał z powątpiewaniem Howell.

– Na rozpuszczalnym papierze. Tylko nazwisko albo adres. Potem ktoś się do nas zgłaszał i podawał nam szczegóły.

– Tym razem zgłosił się Grimaldi. Jakie mieliście rozkazy?

– Zabić cię i pozbyć się zwłok.

– Dlaczego?

Nichols obrzucił go półprzytomnym spojrzeniem.

– Robimy w tej samej branży – odparł. – Dobrze wiesz, że nikt nie mówi nam dlaczego.

– Kim jest ten „nikt"?

– Rozkazy mogły nadejść z kilkunastu źródeł, z Pentagonu, z centrali wywiadu wojskowego we Frankfurcie, z Agencji Bezpieczeństwa Narodowego, i tak dalej. Możesz sobie wybrać. Ale zawsze chodziło o mokrą robotę, więc musiał to być ktoś wysoko postawiony. Możesz mnie tam wrzucić, ale i tak nie podam ci nazwiska. Wiesz, jak to działa.

Howell wiedział.

– Dionetti. Mówi ci to coś?

Nichols pokręcił głową. Miał szkliste oczy.

O tym, że Howell wyjeżdża do Palermo, nie wiedział nikt oprócz Marco Dionettiego, człowieka, który otworzył dla niego drzwi swojego domu, oferując mu dozgonną przyjaźń. Nikt oprócz włoskiego inspektora, z którym Anglik zamierzał odbyć krótką pogawędkę.

– Jak mieliście zameldować, że wypełniliście zadanie?

– Mieliśmy zostawić wiadomość w innej skrytce pocztowej, nie później niż jutro w południe. Skrytka numer 67. Ktoś ją chyba... O Chryste, jak boli...

Howell zbliżył twarz do ust Amerykanina. Musiał dowiedzieć się czegoś jeszcze i modlił się, żeby żołnierz zdążył mu to powiedzieć. Wytężył słuch. Nichols poruszył wargami, zdradzając mu swoją najcenniejszą tajemnicę. Potem z jego ust dobyło się agonalne rzężenie.

Nie tykając lampy, Anglik przez chwilę odpoczywał, próbując wziąć się w garść. Potem dźwignął zwłoki, wrzucił je do studni i żeby nie słyszeć pisku szczurów, szybko zakrył otwór ciężką pokrywą.

# Rozdział 10

Na pierwszy rzut oka kompleks Bioaparatu można by wziąć za mały uniwersytecki kampus. Pokryte dachówką budynki z czerwonej cegły miały na biało pomalowane drzwi i okna, a biegnące między nimi ścieżki wyłożono płaskimi kamiennymi płytami. W świetle starodawnych latarni na trawie błyszczały krople rosy. Na kilku czworokątnych placykach ustawiono kamienne ławy i betonowe stoły, przy których pracownicy mogli zjeść lunch albo zagrać w szachy.

Widok był nieco mniej sielankowy za dnia, gdy w oczy rzucały się zwoje drutu kolczastego, wieńczące prawie czterometrowej wysokości ogrodzenie. Zarówno w dzień, jak i w nocy widać też było wojskowe patrole, które krążyły wokół kompleksu z bronią maszynową i z psami. W niektórych budynkach system zabezpieczeń był jeszcze bardziej rozbudowany i wyrafinowany.

Nie szczędzono pieniędzy, żeby kompleks wyglądał tak, jak wyglądał. Nie bez powodu: Bioaparat podlegał kontroli międzynarodowych inspektorów, specjalistów od broni biologicznej. Psycholodzy zasugerowali architektom, że z budynków oraz ich otoczenia powinno emanować ciepło i poczucie braku zagrożenia, ale że jednocześnie powinny wzbudzać pewien respekt. Przestudiowano wiele projektów i w końcu postanowiono zbudować coś w stylu uniwersyteckiego kampusu. Psychologowie twierdzili, że większość inspektorów była kiedyś pracownikami wyższych uczelni. Że poczują się dobrze w otoczeniu, z którego biła atmosfera całkowicie legalnych, nieszkodliwych badań naukowych. Że odprężeni i zrelaksowani, zamiast bawić się w medycznych detektywów, łatwo dadzą sobą pokierować.

Mieli rację: międzynarodowe zespoły inspektorów, które odwiedziły Bioaparat, były pod wrażeniem. Zaimponowała im zarówno panująca tu atmosfera, jak i supernowoczesne wyposażenie laboratoryjne. Iluzję wzmacniało poczucie swojskości. Niemal cały sprzęt pochodził z Zachodu: amerykańskie mikroskopy, francuskie piece i probówki, niemieckie reaktory, japońskie kadzie fermentacyjne. Sprzęt ten kojarzył się inspektorom z konkretnymi badaniami, głównie z badaniami nad *Brucella melintensis*, bakterią pasożytującą na bydle, oraz nad kazeiną stymulującą wzrost niektórych nasion. Ogólnego efektu dopełniały tuziny techników i naukowców krążących po sterylnych laboratoriach w nieskazitelnie czystych białych fartuchach. Zwiedzeni poczuciem porządku i efektywności, inspektorzy przechodzili do budynku numer 103 i brali za dobrą monetę wszystko to, co tam zobaczyli.

Budynek numer 103 stał w Strefie Drugiej i zbudowano go na wzór rosyjskiej matrioszki. Gdyby zdjąć dach, ujrzelibyśmy szereg mieszczących się jedno w drugim pomieszczeń. Te najbardziej zewnętrzne zajmowali pracownicy administracyjni i personel służby bezpieczeństwa odpowiedzialny za przechowywanie wirusa ospy prawdziwej. Kolejny rząd pomieszczeń, tak zwana strefa gorąca, zawierał klatki dla zwierząt, laboratoria specjalnie zaprojektowane do pracy z patogenami oraz gigantyczne, szesnastotonowe kadzie fermentacyjne. W pomieszczeniu znajdującym się w samym środku tej pudełkowatej struktury, w samym jej jądrze, stała nie tylko przypominająca skarbiec chłodnia, w której przechowywano wirusa ospy prawdziwej, ale i rzędy błyszczących nierdzewną stalą wirówek oraz młynów. Tam przeprowadzano doświadczenia, których celem było poznanie tajemnic *Variola major*. Charakter tych doświadczeń, czas ich trwania, ilość zużytego materiału i wyniki wprowadzano do komputera, do którego dostęp mieli jedynie międzynarodowi inspektorzy. Tego rodzaju środki bezpieczeństwa były niezbędne, jeśli chciano uniknąć nielegalnego wykorzystania wirusa do eksperymentów takich, jak replikacja czy scalanie genów.

Inspektorzy nie dopatrzyli się żadnych uchybień i oficjalnie zaaprobowali prowadzone tam badania. Ich raport wychwalał rosyjskich naukowców za wytrwałe próby ustalenia, czy wirus ospy prawdziwej może być kluczem do odkrycia leków na nękające ludzkość choroby. W końcu, po sprawdzeniu skomplikowanego systemu zabezpieczeń – żeby do minimum ograniczyć obecność ludzi, polegał wyłącznie na rozbudowanym nadzorze elektronicznym – podpisali dokument stwierdzający, że budynek numer 103 spełnia wszelkie wymogi bezpieczeństwa. Ostatecznie wirus tam był, nie brakowało ani grama.

Według księgi raportów oficera dyżurnego, prezydent Potrenko zatelefonował do dowództwa jednostki specjalnej stacjonującej pod Władymirem dokładnie trzy minuty po pierwszej w nocy. Sześć minut później zastępca oficera dyżurnego zapukał do drzwi domu pułkownika Krawczenki. O pierwszej trzydzieści dziewięć Krawczenko był już w swoim gabinecie, gdzie wysłuchał szczegółowych rozkazów prezydenta, który polecił mu otoczyć Bioaparat szczelnym kordonem wojska i odciąć go od świata zewnętrznego.

Niski, krępy Krawczenko był weteranem wojen w Afganistanie i w Czeczenii; uczestniczył też w wielu innych konfliktach zbrojnych, w których walczyła jego jednostka. Ranny w boju, został zwolniony z czynnej służby i odesłany do Władymiru, gdzie miał szkolić rekrutów. Wysłuchawszy prezydenta, doszedł do wniosku, że Potrenko nie mógł wybrać lepszego momentu: w bazie stacjonowało trzystu żołnierzy, którzy właśnie ukończyli szkolenie. Dysponując taką ilością wojska, mógłby otoczyć całe miasto, nie wspominając już o kompleksie Bioaparatu.

Odpowiadał na pytania szybko i zwięźle. Zapewnił prezydenta, że w ciągu godziny może wyprowadzić ludzi z koszar i rozstawić ich na stanowiskach, nie alarmując ani pracowników ośrodka, ani mieszkańców miasta.

– Panie prezydencie – spytał – co mam robić, jeśli ktoś z Bioaparatu zechce przebić się przez kordon?

– Dajcie mu jedno ostrzeżenie, pułkowniku. Tylko jedno. Jeśli będzie próbował stawiać opór albo uciekać, pozwalam wam użyć wszelkich środków, żeby go zatrzymać. Wszelkich, łącznie z użyciem broni palnej. Chyba nie muszę panu tłumaczyć dlaczego.

– Nie, panie prezydencie.

Krawczenko wiedział – i to aż za dobrze – że w supertajnych magazynach Bioaparatu spoczywają iście diabelskie mikstury. Widział wojnę biologiczną w Afganistanie: jej potworne skutki wryły mu się w pamięć jak wytrawione kwasem.

– Pragnę pana zapewnić, że rozkaz zostanie wykonany.

– Proszę do mnie zadzwonić, kiedy tylko dotrzecie na miejsce.


Gdy pułkownik Krawczenko i prezydent Potrenko kończyli rozmowę, porucznik Grigorij Jardeni ze służby bezpieczeństwa Bioaparatu przebywał w budynku numer 103. Właśnie obserwował ekrany rzędu monitorów, gdy w jego kieszeni zadźwięczała komórka.

Głos był elektronicznie zniekształcony i brzmiał jak zduszony szept.

– Zrób to teraz. I przygotuj się na wariant numer dwa. Zrozumiałeś?

– Tak, zrozumiałem – wykrztusił z trudem Jardeni. – Wariant numer dwa.

Siedział chwilę bez ruchu, sparaliżowany konsekwencjami tego, co usłyszał. Przez tyle nocy wyobrażał sobie tę chwilę, a teraz, gdy wreszcie nadeszła, zdawało mu się, że śni.

Czekałeś na to całe życie. Dalej, na co czekasz!

W Strefie Pierwszej i Drugiej zamontowano sześćdziesiąt kamer telewizyjnych podłączonych do magnetowidów, magnetowidy zaś umieszczono w ogniotrwałych, wyposażonych w czasowy zamek kasetach, które przełożeni Jardeniego otwierali dopiero pod koniec służby. W żaden inny sposób nie można było się do nich dostać. Porucznik już dawno temu zrozumiał, że ma tylko jedno wyjście.

Wysoki – mierzył ponad metr osiemdziesiąt – dobrze zbudowany, o kędzierzawych blond włosach i ostrych rysach twarzy, był ulubieńcem klienteli Małego Smutnego Chłopca, kabaretu z męskim striptizem we Władymirze. We wtorki i czwartki on i kilku innych oficerów z Bioaparatu nacierali oliwką swe umięśnione ciała, po czym kręcili biodrami przed tłumem rozwrzeszczanych kobiet. W parę godzin zarabiali więcej niż przez miesiąc służby dla kraju.

Ale Jardeni miał większe ambicje. Był fanatycznym wielbicielem filmów akcji i Arnolda Schwarzeneggera, choć uważał, że aktor zaczyna się już trochę starzeć. Uważał też, że nie ma powodu, żeby ktoś z jego wyglądem, to znaczy z wyglądem Jardeniego, nie mógł Arnolda zastąpić. Słyszał również, że Hollywood jest mekką przystojnych, ambitnych twardzieli.

Od trzech lat snuł plany ucieczki na Zachód. Sęk w tym, że, podobnie jak tysiące innych Rosjan, nie miał pieniędzy, nie tylko na zapłacenie wysokiego podatku emigracyjnego, ale i na życie za granicą. Widział zdjęcia z Bel-Air. Nie miał zamiaru przyjeżdżać do Los Angeles bez centa przy duszy i mieszkać w rosyjskim getcie.

Spojrzał na zegar nad biurkiem, wstał i obciągnął napięty na piersi mundur. Dochodziła pierwsza, pora, gdy sen jest najgłębszy i gdy śpiący jest najbardziej bezbronny. Nie licząc czuwających na zewnątrz żołnierzy i psów, Bioaparat też spał.

Jardeni jeszcze raz powtórzył sobie plan działania – od dawna znał go na pamięć – wziął się w garść i otworzył drzwi. Idąc do Strefy Pierwszej, myślał o człowieku, który nawiązał z nim kontakt przed prawie rokiem. Spotkali się w Małym Smutnym Chłopcu i początkowo myślał, że facet jest homoseksualistą. Wrażenie prysło w chwili, gdy okazało się, ile nieznajomy o nim wie. Opisał mu jego rodziców i siostrę, opisał przebieg nauki w szkole i przebieg kariery wojskowej, opowiedział, jak to Jardeni został mistrzem dywizji w boksie i jak zaraz potem został zdyskwalifikowany za to, że gołymi rękami omal nie zabił kolegi. Dodał, że tu, w Bioaparacie, nie ma żadnych szans na awans, że będzie siedział na tym samym stołku aż do emerytury, marząc o tym, co mógłby robić i niańcząc tych, którzy regularnie widywali lśniące bogactwem miasta Zachodu.

Ale cóż, los jest po to, żeby go zmieniać…

Próbując nie myśleć o kamerach, szedł do Strefy Drugiej korytarzem zwanym przejściem sanitarnym. Był to rząd małych, sterylnych pomieszczeń, połączonych ze sobą drzwiami zaopatrzonymi w elektroniczne zamki. Zamki mu nie przeszkadzały: miał klucz i kartę kodów.

Wszedłszy do ciasnego boksu, rozebrał się i wcisnął czerwony guzik w ścianie. Otoczyła go chmura dezynfekującej mgły.

Kolejne trzy boksy zawierały oddzielnie przechowywane części ochronnego skafandra: niebieskie skarpety i długie kalesony, kaptur i bawełnianą bluzę, respirator, gogle, buty oraz okulary. Przed przejściem do ostatniego pomieszczenia przebieralni Jardeni wyjął coś, co ukrył w schowku po objęciu służby: aluminiowy pojemnik, a raczej termos wielkości i kształtu piersiówki.

Ujął go przez rękawicę. Był to prawdziwy cud techniki. Na pierwszy rzut oka wyglądał jak funkcjonalna, lecz ekstrawagancka zachodnia zabawka. Nawet gdyby ktoś go odkręcił i zajrzał do środka, nie zobaczyłby tam nic podejrzanego. Dopiero gdyby przekręcił jego podstawę zgodnie z ruchem wskazówek zegara, pojemnik ujawniłby swoją tajemnicę.

Porucznik zrobił to ostrożnie i usłyszał ciche kliknięcie: umieszczone między podwójnymi ściankami pojemniczki uwolniły swoją zawartość. Ciekły azot jest potwornie zimny i termos momentalnie schłodził się jak napełniona kruszonym lodem szklanka.

Jardeni schował go do kieszeni skafandra i otworzył drzwi do laboratorium Strefy Drugiej. Wszedłszy do środka, minął rząd stołów z nierdzewnej stali i skierował się do czegoś, co tutejsi naukowcy nazywali żartobliwie automatem z coca-colą. Była to olbrzymia chłodnia, do której wchodziło się przez hermetyczne drzwi z pleksiglasu; porucznik uważał, że są podobne do kuloodpornych barier w kasach American Express.

Wsunął do otworu kartę magnetyczną, wystukał odpowiedni kod i wsłuchał się w cichy syk otwierających się drzwi. Trzy sekundy później był już w środku.

Wyciągnął jedną z szuflad. Fiolki, rzędy fiolek, setki ampułek z hartowanego szkła. Szybko odkręcił termos i odłożył na bok jego górną połowę. W połowie dolnej było sześć otworów przypominających komory nabojowe w rewolwerowym bębenku. Wypełnił je fiolkami, chwycił górną połowę termosu i szczelnie ją dokręcił.

Ponownie karta, ponownie drzwi: wyszedł z chłodni i z laboratorium. Procedura w przebieralni była taka sama, tyle że przebiegała w odwrotnej kolejności. Ponieważ niektórych części stroju ochronnego używało się tylko raz, wrzucił je do specjalnie wystawionej torby i szybko przeszedł do komory dekontaminacyjnej. Potem ubrał się, lecz tym razem włożył cywilne ubranie: dżinsy, podkoszulek i luźną kurtkę.

Kilka minut później wciągnął do płuc pierwszy haust nocnego powietrza. Papieros ukoił nerwy. Wariant drugi, tak mu powiedziano. Oznaczało to, że coś poszło nie tak, że zamiast pozwolić mu wybrać odpowiednią chwilę, zdecydowano za niego i kazano dokonać kradzieży już teraz, natychmiast. Widocznie ci z Moskwy coś zwęszyli.

Dobrze wiedział, że za miastem stacjonuje jednostka sił specjalnych. Często bywał w okolicznych barach i zaprzyjaźnił się z kilkoma rekrutami. Byli twardzi, zwinni i sprawni – nawet on nie chciałby mieć z nimi do czynienia. Ale wódka rozwiązuje język. Wiedział, jakiego rodzaju szkolenie przechodzą i jak szybko potrafią reagować.

Rzucił papierosa, rozdeptał go butem i ruszył w kierunku wartowni. Tej nocy, podobnie jak przez cały poprzedni miesiąc, służbę pełnili jego kumple ze starej jednostki. Powie im, że skończył służbę, a oni zażartują, że przed powrotem do domu mógłby im odstawić numer ze striptizem. A gdyby chcieli zajrzeć do komputera i sprawdzić harmonogram służb, proszę bardzo, niech sobie sprawdzają.

Przez pięćdziesiąt minut Krawczenko pracował sprawnie i cicho. W bazie nie zapaliło się ani jedno światło, nie zawyła ani jedna syrena. Żołnierzy zerwano z łóżek i zebrano pod osłoną ciemności. Gdy tylko ich przeliczono, z bramy bazy wyjechał pierwszy BWP, bojowy wóz piechoty. Silniki wyły i warczały, lecz Krawczenko nie mógł nic na to poradzić. Nie, żeby hałas go niepokoił. Zarówno mieszkańcy Władymiru, jak i ci, którzy pracowali wieczorami w Bioaparacie, już dawno przywykli do nocnych ćwiczeń wojskowych.

Jadąc wozem dowódczym, skierował kolumnę na wychodzącą z bazy dwupasmówkę. Rozkazy były jasne: jeśli zdrajca nie zdążył jeszcze uciec, zostanie otoczony. Jako człowiek wysoce praktyczny, Krawczenko mógł zagwarantować jedno: to, że nikt nie prześlizgnie się przez kordon jego żołnierzy.

– Grigorij?
– To ja, Oleg. – Jardeni podszedł niespiesznie do ceglanej wartowni. Dopalając papierosa, stał przed nią kumpel ze służby bezpieczeństwa Bioaparatu.
– Schodzisz już?
Jardeni przybrał wygląd człowieka wielce znudzonego.
– Tak. Arkady już jest. Wisiał mi parę godzin z zeszłego miesiąca. Idę do domu się kimnąć.
Arkady, jego zmiennik, chrapał pewnie u boku swojej grubej żony i miał przyjść dopiero za cztery godziny, ale Jardeni wprowadził do komputera inne dane.
– Chwileczkę.
Porucznik spojrzał w otwarte okno wartowni. W środku siedział żołnierz, którego nigdy dotąd nie widział. Przeniósł wzrok na kumpla.
– Aleksa nie ma? Nic mi nie mówiłeś.
– Grypa. To jest Marko. Zwykle ma dzienną służbę.
– I dobrze, ale powiedz mu, żeby mnie stąd wypuścił. Przemarznę na amen.
Gdy Oleg otworzył drzwi wartowni, Jardeni zrozumiał, że jest za późno: Marko już grzebał w komputerze.

– Zmiennik się zgłosił, ale według harmonogramu to ty powinieneś mieć teraz służbę. Zszedłeś ze stanowiska.

Jego oskarżycielski ton głosu zdecydował o następnym kroku Jardeniego. Oleg stał tyłem do niego, dlatego nic nie widział, poczuł jedynie ostre szarpnięcie, gdy porucznik skręcił mu kark.

Marko właśnie rozpinał kaburę, gdy Jardeni zmiażdżył mu pięścią tchawicę. Wartownik opadł na kolana, walcząc o oddech, a wówczas łatwo było skręcić kark i jemu.

Jardeni wyszedł chwiejnie z wartowni i zatrzasnął za sobą drzwi. Odruchy i wyszkolenie wzięły górę. Ruszył przed siebie, powtarzając w myśli słowa starej piechociarskiej przyśpiewki: Lewa, prawa, lewa, prawa, marsz!

Wyszedłszy przed bramę, zobaczył w oddali światła miasta. Usłyszał samotny gwizd pociągu. Gwizd wrócił go do rzeczywistości, przypomniał mu, co ma jeszcze zrobić. Skręcił w las otaczający kompleks Bioaparatu. Spędził tam wiele godzin, dlatego znalezienie oświetlonych blaskiem księżyca ścieżek nie sprawiło mu żadnego trudu. Wyrównał krok, a potem ruszył biegiem.

Gdy biegł, migały mu przed oczami rozmazane obrazy. Kontakt. Mieli na niego czekać. Z paszportem na nazwisko jakiegoś biznesmena. Z biletem na samolot Air Canada i grubym plikiem amerykańskich dolarów, dzięki którym będzie mógł dotrzeć do Toronto, gdzie w bankowej skrytce czekały na niego prawdziwe pieniądze i nowe dokumenty.

Zapomnij o Olegu! Zapomnij o tym drugim! Jesteś prawie wolny!

Zwolnił dopiero w głębi lasu. Zwolnił i przystanął. Włożył rękę do kieszeni kurtki i zacisnął palce na zimnym aluminiowym pojemniku. Jego przepustka do nowego życia była bezpieczna.

I wtedy to usłyszał: przytłumiony, lecz z każdą chwilą narastający ryk potężnych silników. Maszyny jechały na zachód, w kierunku Bioaparatu. Mógł rozpoznać je po samym warkocie: ryczeć tak mogły tylko silniki opancerzonych wozów bojowych piechoty z żołnierzami sił specjalnych na pokładzie. Ale nie, nie wpadł w panikę. Znał obowiązujące procedury. Był już poza ich zasięgiem. Był bezpieczny. Ponownie puścił się biegiem.


Kilkaset metrów od skraju miasta Krawczenko dostrzegł silny blask lamp, które omywały ośrodek gorącym, jaskrawym światłem. Rozkazał kolumnie zjechać z szosy i przemieszczając się bocznymi drogami oraz wąskimi ścieżkami, otoczyli kompleks szczelnym kordonem. Zablokowano wszystkie arterie prowadzące i wychodzące z ośrodka. Co pięćdziesiąt metrów, trzydzieści metrów od ceglanego muru, rozstawiono posterunki obserwacyjne. Między posterunkami zalegli snajperzy z noktowizorami. Za pośrednictwem łącza satelitarnego, o drugiej czterdzieści pięć Krawczenko powiadomił prezydenta Potrenkę, że pętla się zacisnęła.

– Panie pułkowniku?

Krawczenko spojrzał na swego zastępcę.

– Tak?

– Panie pułkowniku, ludzie zaczynają gadać. Czy tam coś się... stało? Jakiś wypadek?

Krawczenko wyjął papierosy.

– Wiem, że niektórzy z nich mają w mieście rodzinę. Powiedz im, żeby się nie martwili. Ale tylko to, nic więcej. Potem zobaczymy.

– Dziękuję, panie pułkowniku.

Krawczenko wypuścił dym z cichym sykiem. Był dobrym dowódcą i prowadząc ludzi do boju, rozumiał potrzebę szczerości. Bo na dłuższą metę liczyła się tylko szczerość. Ale w tym przypadku rzeczą nierozsądną byłoby zdradzić im, że właśnie teraz, w chwili, gdy rozmawiali, w Moskwie szykowano do startu Iljuszyna z odziałem wojsk chemicznych na pokładzie. Lecz tym martwić się będą później, kiedy samolot już wystartuje.


Pociąg, który wjechał na stację we Władymirze punktualnie o trzeciej nad ranem, rozpoczął podróż prawie dwa tysiące kilometrów dalej, w Kołynie na Uralu. Władymir był jego ostatnim przystankiem – bardzo krótkim – przed trzygodzinnym skokiem do Moskwy.

Wjeżdżając na stację, maszynista wyglądał przez okno lokomotywy. Cicho jęknął na widok samotnego pasażera, który stał na peronie. Pociągi zatrzymywały się tu tylko po to, żeby zabrać do stolicy żołnierzy jadących na przepustkę czy urlop. Tego wieczoru obsługa składu mogła pozwolić sobie jedynie na parominutowy postój.

Wysoki mężczyzna okutany paltem ani drgnął, gdy wagony przetoczyły się tuż obok niego. Stojąc ledwie krok od krawędzi peronu, wbijał wzrok w ciemność gęstniejącą za mdławymi światłami dworcowych latarni.

Trzydziestoośmioletni Macedończyk Iwan Beria był człowiekiem bardzo cierpliwym. Wychowany na Bałkanach, w krwawym kotle etnicznych waśni, wiedział z pierwszej ręki, co znaczy cierpliwość. Dziadek mówi ci, że Albańczycy wymordowali większość twojej rodziny. Powtarza to tyle razy, że wydaje się, iż zrobili to zaledwie wczoraj, więc gdy nadarza się okazja do zemsty, chwytasz ją obiema rękami, które zaciskasz na szyi swego odwiecznego wroga.

Beria miał dwanaście lat, kiedy po raz pierwszy zabił człowieka. Zabijał dopóty, dopóki nie wyrównał wszystkich krwawych rachunków: w wieku dwudziestu lat miał już reputację uznanego zabójcy. A wówczas zaczęli zwracać się do niego inni, matki synów i wdowy po mężach, których zamordowano lub okaleczono. W zamian za kolejne morderstwo proponowali mu złote bransolety i naszyjniki.

Z biegiem lat stopniowo zarzucił rodzinne wendety, zostając wolnym strzelcem i oferując swoje usługi tym, którzy dawali najwięcej, zwykle KGB. Gdy nastał zmierzch komunizmu, przedstawiciele aparatu bezpieczeństwa coraz częściej zwracali się do ludzi z nimi niezwiązanych, żeby w razie czego móc się wszystkiego wyprzeć. Jednocześnie zaczęli napływać do Rosji zachodni inwestorzy, a ci przyjeżdżali tu nie tylko po to, żeby robić interesy: często angażowali się w inwestycje bardziej egzotyczne. Szukali ludzi, o których – ze względu na szeroko rozbudowaną sieć komputerową, łączącą policję z agencjami wywiadowczymi – było na Zachodzie coraz trudniej. Dzięki znajomościom w KGB Beria stwierdził, że kieszenie amerykańskich i europejskich przedsiębiorców są bardzo głębokie, zwłaszcza gdy zależy im na wyeliminowaniu lub unieszkodliwieniu jakiegoś rywala.

W ciągu pięciu lat uprowadził dwunastu biznesmenów. Siedmiu z nich zabił, bo nie zapłacono za nich okupu. Jeden z uprowadzonych był dyrektorem szwajcarskiej firmy Bauer-Zermatt. Gdy dostarczono okup, Beria ze zdumieniem odkrył, że w przesyłce jest dwa razy więcej pieniędzy, niż żądał. Do pieniędzy dołączono list, w którym proszono go nie tylko o uwolnienie dyrektora, ale i o to, żeby zechciał przemówić do rozsądku pewnemu przedsiębiorcy, który zamierzał wkroczyć na teren wpływów firmy. Macedończyk spełnił tę prośbę z wielką chęcią i był to początek długiej, bardzo owocnej współpracy między nim i doktorem Karlem Bauerem.

– Hej, ty tam! Wsiadasz? Czas goni.

Beria spojrzał na grubego, rumianego konduktora w wymiętym mundurze. Najpewniej w nim spał i nawet tu, na świeżym powietrzu, zalatywało od niego wódką.

– Odjeżdżamy dopiero za trzy minuty.

– Idź do diabła! Odjedziemy wtedy, kiedy zechcę.

Konduktor już miał wsiąść, gdy nagle, bez najmniejszego ostrzeżenia, coś przygniotło go do metalowego poszycia wagonu. Tuż przy uchu usłyszał głos, cichy jak syk węża:

– Rozkład właśnie się zmienił.

Poczuł, że tamten wpycha mu coś do ręki. Zerknął w dół i zobaczył zwitek amerykańskich dolarów.

– Daj co trzeba maszyniście – szepnął Beria. – Powiem ci, kiedy odjedziemy.

Odepchnął konduktora i patrzył, jak ten, na wpół biegnąc, na wpół się zataczając, idzie w stronę lokomotywy. Spojrzał na zegarek. Człowiek z Bioaparatu się spóźniał. Beria wiedział, że nawet łapówka nie zatrzyma pociągu do rana.

Przyjechał do Władymiru na początku tygodnia. Polecono mu czekać na kogoś z ośrodka. Miał zagwarantować mu bezpieczny przejazd i zaopiekować się tym, co człowiek ten wiózł do Moskwy.

Cierpliwie czekał, prawie nie wychodząc z małego zimnego pokoju w najlepszym hotelu w mieście. Wiadomość, na którą czekał, nadeszła zaledwie przed kilkoma godzinami. Powiadomiono go o nagłej zmianie planów i kazano mu improwizować. Spokojnie wysłuchał poleceń i zapewnił rozmówcę, że poradzi sobie z nieprzewidzianymi trudnościami.

Ponownie spojrzał na zegarek. Pociąg powinien był odjechać przed pięcioma minutami. Szedł ku niemu gruby konduktor. On też patrzył na zegarek.

Beria przypomniał sobie ryk silników kolumny wozów pancernych, które niedawno widział. Dzięki swojemu zleceniodawcy wiedział wszystko o jednostce sił specjalnych, wiedział więc też, dokąd zmierzają i po co. Jeśli człowiek, na którego czekał, nie przebił się przez ich kordon...

Usłyszał tupot ciężkich butów na peronie. Jego ręka powędrowała do kieszeni, palce zacisnęły się na rękojeści taurusa i... rozluźniły, gdy mężczyzna wbiegł w krąg światła. Ta twarz... Beria znał ją z opisu.

– Jardeni?

– Tak! – wykrztusił porucznik, dysząc z wysiłku. – A ty jesteś...

– Tym, kogo miałeś spotkać. Inaczej skąd bym znał twoje nazwisko? Wsiadaj. Jesteśmy spóźnieni.

Beria wepchnął go do wagonu, a zadyszanemu konduktorowi podsunął pod nos kolejny zwitek banknotów.

– To tylko dla ciebie. Chcę mieć cały przedział, niech nikt nam nie przeszkadza. Jeśli będą jeszcze jakieś opóźnienia, natychmiast mi o tym powiesz, jasne?

Konduktor chwycił pieniądze.

Pociąg ruszył, gdy tylko weszli do korytarza wagonu pierwszej klasy. Siedzenia w przedziałach zastąpiono wąskimi kuszetkami, na których leżały brudne poduszki i przetarte koce.

– Coś dla mnie masz – powiedział Beria, zamykając drzwi i zaciągając zasłonki w oknie.

Jardeni dopiero teraz miał okazję mu się przyjrzeć. Tak, ten grobowy głos, który słyszał przez telefon, mógł należeć do kogoś takiego jak on. I nagle ucieszył się, że jest młodszy, roślejszy i silniejszy od tego spowitego w czerń mnicha.

– A ty masz coś dla mnie – odparł.

Beria podał mu zaklejoną kopertę i bez słowa obserwował, jak Rosjanin sprawdza jej zawartość: kanadyjski paszport, bilet na samolot linii Air Canada, pieniądze i karty kredytowe.

– W porządku?

Jardeni kiwnął głową i wyjął z kieszeni aluminiowy pojemnik.

– Ostrożnie – uprzedził. – Jest bardzo zimny.

Beria włożył rękawiczki. Przez chwilę trzymał pojemnik niczym lichwiarz ważący w ręku woreczek złota, a potem odstawił go na stolik. Zza pazuchy wyjął identyczny pojemnik i podał go Rosjaninowi.

– Co to? – spytał tamten.

– Schowaj. Nic więcej nie musisz wiedzieć. Powiedz, co się tam stało.

– W ośrodku? Nic. Wszedłem, wziąłem i wyszedłem.

– Cały czas filmowały cię kamery?

– A jak miałem to zrobić? Mówiłem twoim...

– Kiedy przeglądają taśmy?

– Na początku nowej zmiany. Te przejrzą za jakieś cztery godziny. Ale co to za różnica? I tak tam nie wrócę.

– Nie miałeś kłopotów na wartowni?

Jardeni umiał kłamać jak z nut; sęk w tym, że nie wiedział, z kim ma do czynienia.

– Żadnych.

– Rozumiem. I zdążyłeś uciec przed nadejściem wojska.

Rosjanin nie mógł ukryć zaskoczenia.

– Przecież tu jestem, nie? – warknął. – Słuchaj, jestem zmęczony. Masz coś do picia?

Beria wyjął bez słowa butelkę brandy i podał ją Jardeniemu. Ten obejrzał naklejkę.

– Francuska – powiedział, zdzierając z szyjki plastikową pieczęć.

Pociągnął potężny łyk i westchnął. Rozwiązał sznurowadła, zdjął kurtkę i zrobił z niej poduszkę. Gdy się położył, Beria wstał.

– Gdzie idziesz?

– Do ubikacji. Nie martw się, śpij. Nie obudzę cię.

Beria zamknął za sobą drzwi i poszedł na koniec korytarza. Opuścił górną połowę okna, wysunął na zewnątrz antenę telefonu komórkowego i kilka sekund później połączył się z Moskwą. Głos w słuchawce brzmiał tak wyraźnie, jakby rozmówca stał tuż obok niego.

# Rozdział 11

Ze snu wyrwało go głośne łomotanie do drzwi. W chwili gdy wymacał włącznik lampki, do pokoju wpadło dwóch milicjantów i Lara Telegin.

– Co się, do diabła, dzieje? – wymamrotał.

– Proszę ze mną, doktorze. – Porucznik Telegin podeszła bliżej i zniżyła głos. – Coś się stało. Generał prosi pana do siebie. Natychmiast. Zaczekamy na korytarzu.

Smith ubrał się szybko i wsiadł z nimi do windy.

– Ale co się stało?

– Generał pana poinformuje.

Przeszli przez pusty hol. Przy krawężniku czekała duża limuzyna z włączonym silnikiem. Na plac Dzierżyńskiego dojechali w niecałe dziesięć minut. Jon nie wyczuł w budynku żadnej nadzwyczajnej aktywności, dopóki nie wjechali na czternaste piętro. W korytarzach pełno było mundurowych, którzy biegali z biura do biura z dokumentami w ręku. W boksach pochylali się nad komputerami młodzi mężczyźni i kobiety, pisząc coś lub rozmawiając półgłosem przez telefon. Atmosfera była napięta, coś wisiało w powietrzu.

– Witam, doktorze. Powiedziałbym dzień dobry, ale nie jestem hipokrytą. Laro, zamknij drzwi.

Smith popatrzył na Kirowa i pomyślał, że jego też musiano niedawno wyrwać z łóżka.

– Co się dzieje?

Generał podał mu herbatę w szklance z metalowym uchwytem.

– W nocy prezydent Potrenko wydał rozkaz dowódcy jednostki sił specjalnej stacjonującej pod Władymirem. Mieli otoczyć Bioaparat kordonem sanitarnym i otoczyli go bez żadnych incydentów. Przez kilka godzin panował spokój. Ale pół godziny temu jeden z patroli zameldował, że w wartowni znaleziono dwóch martwych żołnierzy. Zostali zamordowani.

Jon poczuł, że w żołądku rośnie mu zimna gula.

– Czy ci z sił specjalnych zatrzymali kogoś?

Kirow pokręcił głową.

– Nie. Nikt też nie próbował tam wejść.

– A służba bezpieczeństwa w ośrodku, zwłaszcza w budynku 103?

Generał spojrzał na Larę Telegin.

– Puść taśmę.

Lara wycelowała pilota w zamontowany na ścianie monitor.

– To taśma z kamer w budynku 103. Proszę zwrócić uwagę na czas w prawym dolnym rogu.

Na ekranie ukazał się czarno-biały obraz. Korytarzem przeszedł rosły, umundurowany strażnik, który kilka sekund później zniknął za drzwiami Strefy Drugiej. Po chwili przechwyciły go kamery w przebieralni i w komorze odkażającej.

– Proszę to zatrzymać! – Smith wskazał pojemnik, który ubrany w skafander strażnik trzymał w lewej ręce. – Co to jest?

– Zaraz pan zobaczy. Laro?

Taśma ruszyła. Z narastającym niedowierzaniem Jon patrzył, jak strażnik wchodzi do chłodni i sięga po fiolki z wirusem.

– Proszę mi powiedzieć, że to nie ospa – wychrypiał.

– Chciałbym – odrzekł Kirow.

Ubrany w skafander złodziej skończył swoje i wrócił do komory odkażającej.

– Gdzie dodatkowe zabezpieczenia? Jak, do diabła, mógł tam wejść?

– Tak jak personel Amerykańskiego Wojskowego Instytutu Chorób Zakaźnych wchodzi do swoich magazynów – warknęła Lara Telegin. – Nasz system zabezpieczeń jest niemal dokładnym duplikatem waszego, panie doktorze. Tak samo jak wy, polegamy na szyfrowych zamkach i elektronice, żeby maksymalnie zredukować ryzyko czynnika ludzkiego. Ale wszystko sprowadza się zawsze do jednego człowieka. – Zrobiła pauzę. – Pracujący w Bioaparacie strażnicy są dokładnie prześwietlani. Ale nie można prześwietlić czyjejś duszy, prawda?

Smith wbijał wzrok w ekran, na którym widniał powiększony obraz twarzy Grigorija Jardeniego.

– Nie zwraca uwagi na kamery – mruknął. – Jakby wiedział, że się przed nimi nie ukryje.

– Właśnie – odrzekł generał i wyjaśnił, że pełniący służbę strażnicy nie są w stanie dostać się do solidnie zabezpieczonych magnetowidów.

– Gdybyśmy ich nie zabezpieczyli – dodał – zidentyfikowanie złodzieja trwałoby znacznie dłużej. A tak…

– Jakby wiedział, że już tam nie wróci… Cholera jasna, jak się przedostał przez wasz kordon?

– Proszę spojrzeć na godzinę. – Kirow wskazał dolny róg ekranu. – Do kradzieży doszło, zanim oddział sił specjalnych zajął pozycję. Miał diabelne szczęście: pułkownik Krawczenko dotarł na miejsce zaledwie kilka minut po jego ucieczce.

– I dlatego zabił strażników w wartowni? Bo się spieszył?

– Nie wiem. – Generał zmrużył oczy. – Do czego pan zmierza, doktorze?

– Ten człowiek musiał mieć dokładny plan działania – wyjaśnił Smith. – Zgoda, wiedział, że nie ukryje się przed kamerami. Miał to gdzieś, bo na pewno się jakoś zabezpieczył. Ale nie wierzę, że chciał zabić wartowników. To nielogiczne. Po co ryzykować, że ktoś odkryje zwłoki i podniesie alarm? Moim zdaniem, musiał przystąpić do działania wcześniej, niż to sobie zaplanował, bo wiedział, że jednostka sił specjalnych jest już w drodze. Bo wiedział, dlaczego ją zmobilizowano.

– Sugeruje pan, że miał jakiegoś informatora albo wspólnika? – spytała Lara Telegin.

– A pani tak nie uważa? – odparował Jon.

– O tym pomyślimy później – przerwał im Kirow. – Teraz musimy wytropić Jardeniego. Ukradł tyle fiolek, że...

Smith zamknął oczy. Setną częścią tej ilości odpowiednio rozproszonego wirusa można by zarazić ponad milion ludzi.

– Jakie środki zapobiegawcze podjęliście?

Generał wcisnął guzik na biurku i spod osłony na ścianie wysunął się olbrzymi ekran ukazujący przebieg akcji w czasie rzeczywistym.

Wskazał przesuwającą się czerwoną kropkę.

– To samolot wydziału rozpoznania medycznego, nasi łowcy wirusów. Lecą do Władymiru. Tylko oni wejdą na teren ośrodka, nikt więcej.

Wskazał niebieski krąg.

– To jest kordon sanitarny pułkownika Krawczenki. A to tutaj – wskazał trzy żółte punkciki – to nasze wsparcie z Sibijarska. Już tu lecą. Trzy w pełni uzbrojone bataliony, które mają otoczyć miasto.

Pokręcił głową.

– Ci biedacy obudzą się więźniami...

Jon spojrzał na ekran monitora, na którym wciąż widniał obraz rosłego mężczyzny w skafandrze ochronnym.

– A co z nim?

Palce Lary Telegin zatańczyły na klawiaturze komputera i na ekranie ukazał się tekst jakiegoś raportu. Podczas gdy Lara uruchamiała program translacyjny, Smith przyglądał się twarzy Jardeniego. Pisane cyrylicą litery niebawem znikły, by ustąpić miejsca literom alfabetu łacińskiego.

– Normalny facet – wymamrotał, czytając jego życiorys. – Nic w przebiegu służby nie wskazuje na to, żeby mógł wykręcić taki numer. Może z wyjątkiem... tego. – Wskazał akapit opisujący jego skłonność do przemocy.

– To prawda – zgodził się z nim Kirow. – Ale poza tym nic nie zapowiadało, że Jardeni może dopuścić się zdrady. Proszę spojrzeć: nie ma za granicą ani krewnych, ani przyjaciół. Przeniesienie do Bioaparatu traktował jako sposób na odkupienie win i powrót do służby w siłach zbrojnych.

Spojrzał na Smitha.

– Zna pan ten ośrodek, zwłaszcza jego system zabezpieczeń. W przeciwieństwie do naszych innych ośrodków, ten w pełni odpowiada standardom zachodnim, łącznie z tymi, które obowiązują w Centrum Kontroli Chorób Zakaźnych w Atlancie. Międzynarodowi inspektorzy, między innymi Amerykanie, byli z niego więcej niż zadowoleni.

Jon zrozumiał, do czego zmierza generał: chciał mieć w nim swojego adwokata. Rosjanie nie zawalili. Ich system zabezpieczeń jest dobry. Doszło do sabotażu, którego nie można było ani przewidzieć, ani któremu nie można było zapobiec.

– Wszyscy miewamy koszmary – odrzekł. – Tak się przypadkiem złożyło, że wy się z niego nie obudziliście.

Z trudem wmusił w siebie łyk herbaty.

– O której Jardeni uciekł?

Lara Telegin wprowadziła na ekran raport medyczny.

– Według lekarza z jednostki sił specjalnych, wartowników zamordowano około trzeciej nad ranem.

– Ponad trzy godziny temu… Przez ten czas mógł daleko zajść.

Lara Telegin wprowadziła na ekran obraz przedstawiający trzy koncen-
tryczne kręgi, pomarańczowy, zielony i czarny.

– Kompleks Bioaparatu jest w samym środku – wyjaśniła. – Najmniejszy krąg, ten czarny, określa odległość, jaką może pokonać sprawny fizycznie mężczyzna albo żołnierz biegnący na czas. Krąg pomarańczowy to odległość, jaką Jardeni mógł przebyć, gdyby dysponował samochodem lub
motocyklem.

– A te trójkąty? – spytał Jon.

– Posterunki kontrolne miejscowej milicji. Przefaksowaliśmy im jego
zdjęcie i rozkazy.

– Jakie?

– Mają strzelać bez ostrzeżenia, ale tak, żeby go nie zabić. – Generał
zauważył jego zdziwioną minę i wyjaśnił: – Napisaliśmy im, że to wielo-
krotny zabójca i że jest chory na AIDS. Proszę mi wierzyć, nie dotknie go
żaden milicjant.

– Chodzi mi o to, co Jardeni ma przy sobie. Jeżeli kula roztrzaska pojemnik…

– Rozumiem pański niepokój, ale nie możemy pozwolić mu uciec.

– A ten ostatni krąg?

– Najgorsza możliwość: odległość, jaką może pokonać, jeśli na lotnisku we Władymirze czekał na niego wspólnik z samolotem.

– Ktoś stamtąd wystartował?

– Niczego nie odnotowano, ale to nic nie znaczy. Mamy dużą nadwyż-
kę pilotów. Większość z nich to byli piloci wojskowi. Potrafią wylądować
na autostradzie albo na łące, wziąć kogoś na pokład i w ciągu kilku minut
wystartować.

– Prezydent Potrenko wysłał w ten rejon nasze myśliwce – dodał generał. – Przechwycą każdy lekki samolot. Jeśli nie zechce wylądować, zostanie natychmiast zestrzelony.

Zafascynowany Smith nie mógł oderwać wzroku od wielkiego ekranu.
Z tymi symbolami, cyferkami i migotliwymi kropeczkami przypominał żywy,
nieustannie mutujący organizm. Jednak czuł, że mimo imponujących środków, jakie zaangażowano do pościgu za zdrajcą, czegoś tam brakuje.

Podszedł bliżej i przesunął palcem wzdłuż białej linii, która zaczynała się na wschód od Władymiru i biegła na zachód do Moskwy.

– Co to?

– Linia kolejowa Ural–Moskwa – odrzekł Kirow i spojrzał na swoją adiutantkę. – Czy przez Władymir przejeżdżał w nocy jakiś pociąg?

Palce Lary Telegin ponownie zatańczyły na klawiaturze komputera.

– Tak, o trzeciej trzydzieści siedem.

– Za wcześnie. Jardeni by nie zdążył.

Lara Telegin zmarszczyła czoło.

– Niekoniecznie. Według rozkładu pociąg powinien tam stać tylko chwilę. Ale nie odjechał o czasie. Przedłużył postój aż o dwanaście minut.

– Dlaczego? – spytał Kirow.

– Nie podają powodu. Ten pociąg zatrzymuje się tam z reguły tylko po to, żeby zabrać żołnierzy jadących do Moskwy na przepustkę…

– Ale dzisiaj na przepustkę nikt nie jechał, tak? – przerwał jej Smith.

– Zgadł pan – odrzekła adiutantka. – Nikt.

– Więc dlaczego tak długo czekali?

Kirow podszedł do komputera. Godzinę śmierci wartowników porównano z godziną odjazdu pociągu, następnie sprawdzono, czy można w tym czasie pokonać odległość między ośrodkiem i stacją.

– Mógł zdążyć! – wyszeptał generał. – Mógł zdążyć, bo pociąg odjechał dwanaście minut później niż zwykle.

– A odjechał tak późno dlatego, że ktoś go zatrzymał! – dodał z wściekłością Jon. – Jardeni wybrał najprostszą, najbardziej oczywistą trasę. Ten sukinsyn wiedział, że prędzej czy później wszystkie drogi zostaną zablokowane. Nie miał żadnego samolotu. Miał wspólnika, który w razie czego mógł zatrzymać pociąg na stacji.

Spojrzał na Larę Telegin.

– A potem wystarczyło tylko wsiąść i pojechać do Moskwy.

Adiutantka Kirowa gwałtownie zastukała w klawisze komputera.

– Szesnaście minut – wychrypiała zduszonym głosem. – Pociąg przyjeżdża do Moskwy za szesnaście minut!


Iwan Beria kolebał się w rytm rozkołysanego wagonu. Poza tym się nie poruszał.

Nie odrywał też wzroku od Grigorija Jardeniego. Stres związany z kradzieżą i ucieczką oraz potężny łyk brandy zrobiły swoje. Strażnik zasnął, gdy tylko pociąg odjechał z Władymiru.

Beria nachylił się ku niemu. Jardeni leżał nieruchomo jak trup. Macedończyk wytężył słuch i usłyszał cichy, płytki oddech. Strażnik spał mocno i głęboko. Niebawem miał zasnąć jeszcze głębiej.

Beria klepnął go dwa razy w policzek.

– Już prawie jesteśmy. Pora wstawać.

Spojrzał w okno, za którym przesuwały się tory gigantycznej rozjezdni. W szybie widział, jak Jardeni ziewa i przeciąga się, jak przekrzywia na bok głowę, żeby rozruszać zesztywniałą szyję. Głos miał chrapliwy i zaspany.

– Co teraz?

– Teraz się rozstaniemy – odrzekł Beria. – Przeprowadzę cię przez stację i wsadzę do taksówki. Potem będziesz musiał radzić sobie sam.

Jardeni stęknął, wstał i ruszył do drzwi.

– Dokąd? – powstrzymał go Beria.

– Do kibla, za twoim pozwoleniem, rzecz jasna.

– Siadaj. Wszyscy tam teraz idą. Czekałbyś w kolejce. Chcesz, żeby cię zapamiętali?

Jardeni przemyślał to i usiadł. Dotknął kieszeni, żeby sprawdzić, czy dokumenty i pieniądze są na miejscu. Ponieważ były, doszedł do wniosku, że powinien wytrzymać, równie dobrze może załatwić się na dworcu.

Gdy pociąg wjechał do tunelu prowadzącego na stację, światło zamrugało i zgasło, lecz już po chwili zapaliło się ponownie.

– Chodźmy – rzucił Beria.

Na korytarzu panował już tłok, ale Jardeni był wysoki i nie spuszczał Macedończyka z oczu nawet wtedy, gdy gasło światło. Nie zważając na zduszone przekleństwa pasażerów, przepychał się w stronę wyjścia.

Pociąg wjechał na peron, wyhamował, gwałtownie szarpnął i znieruchomiał. Konduktor otworzył drzwi i zdjął pokrywę ze schodków. Beria i Jardeni wysiedli jako pierwsi, żeby szybkim krokiem ruszyć w kierunku wyjścia na dworzec.


Wielka półciężarówka pędziła wciąż opustoszałymi bulwarami. Smith, Kirow i jego adiutantka siedzieli w lotniczych fotelach przyśrubowanych do podłogi. Przed Larą Telegin stał monitor, na którego ekranie widniał plan miasta z naniesionym na nim schematem natężenia ruchu ulicznego. Lara miała na uszach słuchawki z mikrofonem i co chwila mówiła coś do kierowcy.

Generał też miał słuchawki. Odkąd wyjechali, utrzymywał stałą łączność z dowódcą elitarnej jednostki Federalnej Służby Bezpieczeństwa.

Odwrócił się z fotelem, żeby spojrzeć na Smitha.

– Już przyjechał. O czasie, uwierzy pan?

– Daleko jeszcze?

– Trzydzieści sekund, może mniej.

– Co ze wsparciem?

– Już jadą. Zna pan nasze oddziały szybkiego reagowania?

Jon pokręcił głową.

– W przeciwieństwie do waszego SWAT-u, wolimy działać po cywilnemu. Nasi ludzie przebierają się za handlarzy, sprzedawców, za robotników ulicznych. Zanim tamten ich rozpozna, będzie już za późno.

– Miejmy nadzieję – szepnął Smith.

Przez jednostronnie zaciemnione okno półciężarówki zobaczył dworzec, masywną dziewiętnastowieczną budowlę. Zaparł się nogami o podłogę, gdy samochód wszedł w ostry zakręt i gwałtownie zahamował przed głównym wejściem. Zerwał się z miejsca, zanim maszyna zdążyła znieruchomieć.

Kirow chwycił go za ramię.

– Nasi mają jego zdjęcie. Postarają się wziąć go żywcem.

– Moje też mają? Wolałbym od nich nie oberwać.

– Mają, ale na wszelki wypadek niech pan trzyma się blisko mnie.

Wbiegli pod ozdobny portyk i wpadli do hali. Wypolerowany granit, płaskorzeźby, trzy masywne szklane kopuły – jej wnętrze skojarzyło się Jonowi z muzeum. Podróżnych było niewielu, lecz odgłos ich kroków brzmiał jak odległy tętent kopyt stada bawołów. Pośrodku stały rzędy ławek. Wzdłuż ścian ciągnęły się sklepy z upominkami, stoiska z przekąskami i kioski z prasą, z których większość była jeszcze zamknięta. Smith spojrzał na wielką czarną tablicę z rozkładem jazdy pociągów.

– Ile ich teraz przyjeżdża?

– Mamy szczęście – odrzekła Lara Telegin. – Ten jest pierwszy. Ale za dwadzieścia minut będzie tu kilka podmiejskich. Zwalą się tłumy ludzi.

– Który peron?

Wskazała w prawo.

– Siedemnasty. Tędy.

Pobiegli.

– Nie widzę pańskich ludzi.

Kirow postukał palcami w plastikową słuchawkę w uchu.

– Bez obawy, są tu.

Powietrze na peronie było gęste od dieslowskich spalin. Minęli kilka pomarańczowo-szarych elektrowozów i po chwili napotkali tłum ludzi idących w przeciwnym kierunku. Stanąwszy z boku, uważnie przypatrywali się ich twarzom.

– Poszukam konduktora – powiedziała Telegin. – Pokażę mu zdjęcie, może go zapamiętał.

Smith nie odrywał wzroku od pasażerów, którzy przechodzili obok nich z twarzami napuchniętymi od snu i ramionami zgiętymi pod ciężarem walizek i przewiązanych sznurkiem pakunków.

– Za mało ich – rzucił do Kirowa. – To ci z ostatnich wagonów. Ci z pierwszych są już w hali!

Iwan Beria stał przed kioskiem, który właśnie otworzono. Rzucił na ladę kilka kopiejek i wziął gazetę. Potem oparł się o kolumnę i ustawił tak, że miał teraz dobry widok na drzwi do męskiej toalety.

Zważywszy wzrost i ciężar ciała Jardeniego oraz dawkę powoli działającej trucizny rozpuszczonej w brandy, zakładał, że strażnik nie wyjdzie stamtąd żywy. Że lada chwila otworzą się drzwi i buchnie krzyk, że jakiś pasażer dostał ataku serca.

Ale nie, oto wyszedł! Wyszedł i wyraźnie rozluźniony, jak nieokrzesany wieśniak sprawdził, czy ma zapięty rozporek.

Beria wsunął rękę do kieszeni i już wymacał rękojeść taurusa, gdy nagle dostrzegł pewną anomalię: mężczyzna w kombinezonie robotnika zakładów oczyszczania miasta opróżniał kosz na śmieci. Sęk w tym, że gdy tylko zobaczył Jardeniego, natychmiast o tych śmieciach zapomniał.

Tam, gdzie jest jeden, jest ich wielu.

Beria ukrył się za kolumną, szybko omiótł wzrokiem dworcową halę i w ciągu zaledwie kilku sekund wypatrzył dwóch innych mężczyzn, którzy nie pasowali do otoczenia: dostawcę z koszem chleba i kogoś, kto próbował uchodzić za elektryka.

Znał tych z Federalnej Służby Bezpieczeństwa. Dużo o nich wiedział i zdawał sobie sprawę, że zainteresowanie, jakim ich darzył, jest wzajemne. Ale nie wierzył, że przyszli tu po niego. Nie, polowali na tego idiotę.

Przypomniało mu się, co Jardeni mówił o bezproblemowej ucieczce z ośrodka i cicho zaklął. Strażnik drogo zapłaci za te kłamstwa.

Teraz szedł wzdłuż ławek w stronę kiosków i stoisk. Trzech ubranych po cywilnemu agentów deptało mu po piętach. Rozstawieni w luźny trójkąt nie odstępowali go na krok. Jeden z nich mówił coś do mikrofonu ukrytego w pasku od zegarka.

Nagle Beria zauważył wysokiego, szczupłego mężczyznę, który właśnie wszedł do hali drzwiami prowadzącymi na perony. Na pewno nie był Rosjaninem, w przeciwieństwie do tego, który wpadł do hali tuż za nim. Twarz generała-majora Kirowa wryła mu się w pamięć jak żadna inna.

Ruch na dworcu wyraźnie się wzmógł. To dobrze. Potrzebował teraz szczelnej osłony. Wysunął się zza kolumny na tyle, żeby Jardeni go zauważył. Tajniacy na pewno go nie dostrzegli i chyba nie zrozumieli, dlaczego strażnik ruszył nagle w tę stronę, ale zgodnie z przewidywaniami natychmiast podążyli za nim.

Beria odczekał kilka sekund i ponownie wysunął się zza kolumny. Jardeni był niecałe pięć metrów od niego. Macedończyk już miał dobyć broni, gdy wtem, bez żadnego ostrzeżenia, Rosjanin potknął się, zatoczył i runął na podłogę. Niemal w tej samej chwili dopadli go ubecy.

– Pomóż mi…

Jardeni nie wiedział, co się z nim dzieje. Najpierw zaczęło palić go w piersi, a zaraz potem zacisnęły się na nim szczęki potężnego imadła, które bezlitośnie wyciskały z niego życie.

Rzucając się na marmurowej posadzce, widział jak przez mgłę. Mimo to wciąż rozpoznawał rysy człowieka, który doprowadził go aż tutaj. Odruchowo wyciągnął do niego rękę.

– Pomóż...

Beria nie wahał się ani sekundy. Z zatroskaną miną podszedł do leżącego i otaczających go agentów.

– Pan kto? – warknął jeden z nich. – Zna pan tego człowieka?

– Poznaliśmy się w pociągu – odrzekł Beria. – Pewnie mnie pamięta... Boże, spójrzcie. On majaczy!

Jardeni miał pianę na ustach i nie mógł mówić. Beria ukląkł i nachylił się ku niemu.

– Będzie pan musiał pójść...

Tajniak nie dokończył. Wystrzelony przez Macedończyka pocisk rozerwał mu gardło. Drugi pocisk przebił skroń drugiego agenta i roztrzaskał mu głowę. Pocisk trzeci utkwił w sercu jego kolegi.

– Zastrzel go! – zadudniło w hali.

Beria drgnął. Wstał i zobaczył, że wszyscy podróżni leżą na podłodze lub pod ławkami. Ale przy drzwiach czaił się Kirow. Wskazywał go młodej kobiecie, która zaszła Berię od tyłu, i krzyczał:

– Strzelaj, Laro!

Macedończyk odwrócił się na pięcie i ujrzał Larę Telegin, która mierzyła do niego z pistoletu. Kątem oka dostrzegł również trzech innych tajniaków pędzących w jego stronę.

– Zwiewaj! – szepnęła cicho Rosjanka.

Beria nie czekał. Pochylił się, skoczył naprzód, wyminął ją i pognał w kierunku wyjścia.

Upewniwszy się, że nic mu nie grozi, porucznik Lara Telegin przyjęła klasyczną pozycję strzelecką i spokojnie, jak na strzelnicy, zastrzeliła pozostałych agentów. A potem wycelowała w niedowierzającego Kirowa.

W tym samym ułamku sekundy Smith zrozumiał, że sparaliżowany jej zdradą generał nie jest w stanie wykonać najmniejszego ruchu. Nie namyślając się, runął na Rosjanina w chwili, gdy padł kolejny strzał. Kirow głośno jęknął i upadli na podłogę.

Jon zerwał się na równe nogi, błyskawicznie wymierzył i dwa razy pociągnął za spust. Lara Telegin przeraźliwie krzyknęła: kule rozerwały jej ciało i rzuciły ją na kolumnę. Przez chwilę stała tam z przekrzywioną na bok głową. Potem upuściła z trzaskiem pistolet i powoli uginając kolana, jak szmaciana kukła osunęła się bez życia na podłogę.

Smith doskoczył do Kirowa, który zdążył już usiąść i oprzeć się o drzwi. Rozpiął mu kurtkę, rozerwał koszulę i ujrzał zakrwawioną ranę w ramieniu.

Generał zacisnął zęby.

– Przeszła na wylot, przeżyję. Goń za nim.

– Ale Telegin…

– Do diabła z nią! Mam tylko nadzieję, że kiepsko strzelasz. Chciałbym jej zadać kilka pytań.

Biegnąc zygzakiem między kulącymi się ze strachu ludźmi i omijając ciała zastrzelonych agentów, Jon dotarł do kolumny. Wystarczył jeden rzut oka, by stwierdzić, że Lara Telegin nie odpowie już na żadne pytanie. Szybko spojrzał na Jardeniego. On też zdążył zamilknąć na wieki.

W hali zaroiło się od milicjantów i żandarmerii. Kirow był już na nogach. Chodził chwiejnie i z twarzą wykrzywioną bólem, mimo to szybko zapanował nad sytuacją. W ciągu kilku minut zebrano i ewakuowano niemal wszystkich podróżnych.

Odepchnąwszy na bok sanitariusza, generał podszedł do Smitha i ukląkł.

– Skąd ta piana? – spytał, wskazując Jardeniego.

– Trucizna.

Kirow popatrzył na szkliste oczy Lary Telegin i zamknął jej powieki.

– Dlaczego? Dlaczego z nim współpracowała?

Jon pokręcił głową.

– Z Jardenim?

– Z nim pewnie też. Mówię o Berii.

Człowiek w czarnym palcie zniknął, nigdzie go nie było.

– O Berii? Kto to?

Kirow syknął, gdy sanitariusz zaczął opatrywać mu ranę.

– Iwan Beria. Macedończyk, płatny zabójca. Na Bałkanach dobrze go znają. Zostawił za sobą długi, krwawy ślad. Był ulubieńcem tych z KGB – dodał z wahaniem. – Ostatnio pracował dla naszej mafii i dla kilku zachodnich… biznesmenów.

Jon usłyszał w jego głosie dziwną nutkę.

– To coś osobistego, prawda?

– Miałem w mafii dwóch ludzi – odrzekł beznamiętnie generał. – Byli moimi najlepszymi agentami. Zostali brutalnie zamordowani. To jego robota. Postawię na nogi całą…

– Nie! – krzyknął Smith, widząc, że sanitariusz klęka przy zwłokach Jardeniego. – Nie dotykaj go! – Delikatnie wsunął rękę pod kurtkę martwego porucznika i ostrożnie wymacał kieszeń.

– Dokumenty – powiedział, wyjmując paszport i bilet na samolot.

Ponownie włożył rękę do kieszeni i nagle musnął palcami coś bardzo zimnego. Zerknął na sanitariusza.

– Ma pan rękawiczki?

Kilka sekund później powoli wyjął z kieszeni lśniący, metalowy pojemnik i delikatnie postawił go na podłodze.

– Lód! Dajcie lód!

Kirow podszedł bliżej.

– Cały – szepnął. – Dzięki Bogu.

– Wie pan, co to jest?

– Standardowy pojemnik do przewożenia próbek z Bioaparatu do laboratoriów w terenie. – Generał rzucił kilka słów do mikrofonu. – Ci z rozpoznania biochemicznego będą tu za kilka minut.

Podczas gdy Kirow wydawał rozkazy – zarządził natychmiastową ewakuację wszystkich obecnych w hali – Jon wstawił pojemnik do wiadra z lodem, które przyniósł sanitariusz. Płynny azot w warstwie termicznej pojemnika utrzymywał go w temperaturze bliskiej zera, paraliżując aktywność wirusa. Sęk w tym, że Smith nie wiedział, kiedy azot zacznie się ogrzewać. Lód miał stanowić dodatkowe – choć marne – zabezpieczenie do chwili przyjazdu ekipy biochemicznej.

Nagle zdał sobie sprawę, że w hali zaległa upiorna cisza. Rozejrzawszy się, stwierdził, że milicjanci zniknęli, zabierając ze sobą ostatnich podróżnych i pracowników dworca. Zostali tylko oni, Kirow i on. Oni i ciała zabitych.

– Był pan na froncie, doktorze? – spytał generał.

– Tak, byłem. I proszę mi mówić po imieniu.

– W takim razie zna pan tę ciszę, która zapada, gdy milkną strzały i krzyki. Tylko ci, co przeżyli, mogą zobaczyć skutki tego, co rozpętali. – Spojrzał mu w oczu. – Tylko ten, co przeżył, może podziękować człowiekowi, który ocalił mu życie.

Jon kiwnął głową.

– Zrobiłby pan to samo – odrzekł. – Proszę mi opowiedzieć o tym Berii. Co on tu robił?

– Beria to tylko narzędzie, sprawny wykonawca. Jeśli chce pan coś dostarczyć lub wywieźć z kraju, on to załatwi.

– Nie myśli pan chyba, że on i Jardeni, z pomocą Lary Telegin, zaplanowali i dokonali kradzieży sami?

– Dokonali, tak. Zaplanowali, nie. Beria nie jest strategiem. Jest... Jakby to powiedzieć... Pracuje tylko w terenie. Miał zapewne ubezpieczać Jardeniego po ucieczce z ośrodka. Ubezpieczać go i konwojować.

– Konwojować? Dokąd?

Generał podniósł kanadyjski paszport.

– Granica amerykańsko-kanadyjska jest dość dziurawa. Jardeni nie miałby żadnego problemu z wwiezieniem wirusa do pańskiego kraju.

Jon dostał gęsiej skórki.

– Myśli pan, że był i złodziejem, i kurierem?

– Ludzie tacy jak on nie byliby w stanie załatwić sobie nowego paszportu, a już na pewno zapłacić za usługi kogoś takiego jak Beria. Ale ktoś mu ten paszport załatwił. Ktoś wynajął Berię. Ktoś chciał zdobyć wirusa i był skłonny dużo za niego zapłacić.

– Przepraszam, że pytam, ale co miała z tym wspólnego Lara Telegin?

Zraniony jej zdradą Kirow uciekł wzrokiem w bok.

– Nie wygląda pan na człowieka, który wierzy w zbiegi okoliczności. Proszę tylko pomyśleć: Jardeni był gotowy do działania już od jakiegoś czasu. Ale jego zleceniodawcy kazali mu ukraść wirusa w ściśle określonym momencie. Dlaczego moment ów zbiegł się w czasie z pańską wizytą w Moskwie? Czyżby wiedzieli, że pan przyjeżdża? Jeśli tak, doszli do wniosku, że to ich ostatnia szansa. I dlaczego Jardeni dokonał kradzieży właśnie wtedy, tuż przed trzecią nad ranem? Ponieważ dostał cynk, że jednostka pułkownika Krawczenki jest już w drodze.

– Lara Telegin?

– Któż by inny?

– Ale nie działała na własną rękę...

– Myślę, że była oczami i uszami tego, kto to wszystko zaplanował. Gdy tylko przyjechał pan do Moskwy, skontaktowała się ze swoimi zleceniodawcami, a oni, za jej pośrednictwem, kazali Jardeniemu dokonać kradzieży. Nie mogli ryzykować straty tak cennego dojścia.

Umilkł i spojrzał na zwłoki swojej kochanki.

– Niech pan tylko pomyśli, Jon. Czy narażałaby się, gdyby nie obiecano jej sowitej nagrody? Czy poświęciłaby swoją karierę, przyszłość... miłość? Tu, w Rosji, nigdy by takiej nagrody nie dostała.

Generał podniósł wzrok. Otworzyły się drzwi i do hali weszli ubrani w skafandry członkowie ekipy rozpoznania biochemicznego. W ciągu kilku minut pojemnik, za który Lara Telegin i Jardeni oddali życie, został umieszczony w kasecie ze stali nierdzewnej i przewieziony do przypominającej ruchomy sejf ciężarówki, którą miał pojechać do Instytutu Serbskiego w Moskwie.

– Każę wszcząć poszukiwania – rzucił Kirow, gdy wyszli przed dworzec. – Beria nie ucieknie.

Jon patrzył, jak eskortowana przez motocyklistów ciężarówka znika za rogiem ulicy.

– Powiedział pan, że jest wykonawcą, narzędziem... A jeśli to nie na Jardenim najbardziej mu zależało?

– To znaczy?

– Jako ich wtyczka, jedyne dojście, Jardeni był cennym, wprost bezcennym nabytkiem. To on miał ukraść fiolki z wirusem. Ale czy ceniliby go również i potem? Nie, byłby jedynie kulą u nogi. Proszę pamiętać, że nie umarł od rany postrzałowej. Beria go otruł.

– Do czego pan zmierza?

– Do tego, że Beria miał chronić nie Jardeniego, tylko wirusa.

– Jardeni miał go przy sobie, sam pan widział.

– Czyżby? Widziałem tylko pojemnik. Nie chce pan sprawdzić, co w nim jest?


Dworcowy autobus sunął powoli w gęstniejącym ruchu ulicznym. Było wcześnie, dlatego jechało nim tylko sześciu pasażerów, wśród nich Iwan Beria. Siedząc przy tylnych drzwiach, obserwował sznur milicyjnych radiowozów pędzących na syrenie w kierunku dworca. Pasażerowie rozmawiali, spekulowali, co się stało.

Gdyby tylko wiedzieli…

Wiedział, że autobusu nikt nie zatrzyma. Nawet generał-major Kirow, człowiek, który wyznaczył za jego głowę sto tysięcy rubli nagrody, nie potrafiłby w tak krótkim czasie zorganizować obławy. Najpierw sprawdzi taksówki. Pokaże jego zdjęcie milicjantom sprzed dworca i spyta, czy ktoś taki nie wsiadł przypadkiem do prywatnego samochodu. Niewykluczone, że pomyśli i o autobusie, ale wtedy będzie już za późno.

Autobus przetoczył się z klekotem przez tory tramwajowe i wjechał na moskiewską obwodnicę. Beria sprawdził, czy pojemnik Jardeniego tkwi bezpiecznie w kieszeni. Zamieszanie i dezorientacja były jego sprzymierzeńcami: kupią mu czas, którego tak bardzo potrzebował. Kirow obszuka Jardeniego i znajdzie identyczny pojemnik. Pomyśli, że to próbki wirusa skradzione w budynku 103. Natychmiast przewiezie je do bezpiecznego miejsca, ale nie będzie miał powodu ich badać. Zanim to zrobi, wirus ospy prawdziwej znajdzie się już na Zachodzie.

Beria uśmiechnął się i spojrzał w okno, za którym majaczył rozległy kompleks lotniska Szeremietiewo.


Motocykliści rozjechali się na boki, gdy ciężarówka skręciła do podziemnego garażu pod instytutem. Kirow i Smith podjechali limuzyną na tyle blisko, że mogli obserwować, jak żołnierze wyjmują z niej kasetę z pojemnikiem Jardeniego.

– Zaniosą ją do czwórki – powiedział Kirow. – To laboratorium, dwa piętra pod ziemią.

– Kiedy będą wyniki?

– Za pół godziny. Szkoda, że nie szybciej, ale muszą przestrzegać procedur.

Jon dobrze o tym wiedział.

W towarzystwie nowo przybyłych agentów Federalnej Służby Śledczej wsiedli do windy i pojechali na pierwsze piętro. Dyrektor instytutu, chudy człowieczek o ptasiej twarzy, szybko zamrugał, gdy generał poinformował go, że od tej pory jego gabinet będzie głównym stanowiskiem dowodzenia.

– Proszę mnie powiadomić, gdy tylko będziecie mieli wyniki – zakończył Kirow.

Dyrektor chwycił z wieszaka fartuch i szybko wyszedł.

– Jon. Zważywszy okoliczności, pora, żeby powiedział mi pan, po co pan tu przyjechał i dla kogo pan pracuje.

Smith potarł czoło. Ponieważ wciąż istniała możliwość, że wirus zostanie przemycony za granicę Rosji, miał tylko jedno wyjście: musiał natychmiast skontaktować się z Kleinem.

– Musiałbym skorzystać z waszych łączy.

Generał wskazał konsoletę na biurku.

– Satelitarne – powiedział – całkowicie bezpieczne. Zaczekam na...

– Nie – przerwał mu Jon. – Proszę zostać.

Wybrał numer, który zawsze, jak za dotknięciem czarodziejskiej różdżki, łączył go z Kleinem.

– Klein, słucham. – Głos był czysty i wyraźny.

– Mówi Jon. Panie dyrektorze, dzwonię z gabinetu dyrektora Instytutu Serbskiego w Moskwie. Jest ze mną generał-major Kirow. Muszę zapoznać pana z sytuacją.

– Mów.

Przedstawienie raportu z przebiegu ostatnich wydarzeń zajęło Smithowi dziesięć minut.

– Wyniki będą za... – Spojrzał na zegarek. – Za kwadrans.

– Możesz przełączyć nas na głośnik?

Chwilę później w gabinecie zabrzmiał głos Kleina.

– Panie generale?

– Tak?

– Nazywam się Nathaniel Klein. Zajmuję się tym samym, co Walerij Antonow. Zresztą dobrze go znam...

Kirow gwałtownie pobladł.

– Panie generale?

– Tak, jestem... Rozumiem.

Kirow rozumiał go aż za dobrze. Walerij Antonow był bardziej duchem niż człowiekiem. Krążyły plotki, że jest najbardziej zaufanym doradcą prezydenta Potrenki, chociaż nigdy nie widziano, żeby towarzyszył mu na naradach czy spotkaniach. Jednak jego wpływy były niezaprzeczalne. To, że Klein wiedział o jego istnieniu – że dobrze go znał – mówiło samo za siebie.

– Panie generale – kontynuował Klein. – Ponieważ nie dysponujemy pełnymi informacjami, ośmielam się doradzić, żeby nie alarmował pan jeszcze służb bezpieczeństwa. Wspomni pan o czarnej ospie, wybuchnie panika i Beria to wykorzysta.

– Też tak uważam.

– W takim razie pozwoli pan, że o coś spytam i proszę przyjąć te słowa w duchu, w jakim je wypowiadam: czy ja lub inne amerykańskie agencje wywiadowcze możemy w czymś panu pomóc?

– Dziękuję – proszę mi wierzyć, że szczerze – ale na razie to nasza wewnętrzna sprawa.

– Czy chciałby pan, żebyśmy podjęli jakieś kroki już teraz?

Kirow spojrzał na Smitha. Ten pokręcił głową.

– Nie, nie w tej chwili.

Zaterkotał telefon którejś z linii.

– Przepraszam na chwilę.

Generał podniósł słuchawkę i w skupieniu wysłuchał meldunku. Rzucił kilka słów po rosyjsku i spojrzał na Jona.

– Mają już wyniki testów pierwszej fiolki – powiedział apatycznie. – To zwykła herbata.

Klein z sykiem wypuścił powietrze.

– Ile jest fiolek?

– Pięć. Ale nie przypuszczam, że w pozostałych będzie coś innego.

– To Beria! – zawołał Jon. – On je podmienił. Zabrał pojemnik Jardeniego i dał mu ten z herbatą. Dlatego go otruł. Chciał, żebyśmy ten pojemnik znaleźli i pomyśleli, że w porę złapaliśmy złodzieja.

– Trzyma się kupy – mruknął generał. – Gdyby jego plan wypalił, odkrylibyśmy kradzież o wiele później. Do tego czasu Jardeni by umarł, a identyfikacja zwłok trochę by potrwała. Części tej układanki rozsypałyby się po całej Moskwie i Beria miałby sporo czasu na wypełnienie zadania...

– Ale dokładnie jakiego zadania? – wpadł mu w słowo Klein.

– Miał wywieźć wirusa z Rosji – odrzekł powoli Jon.

– Lotnisko! – wychrypiał Kirow. – Beria jedzie na Szeremietiewo!

Wypływające z jego wniosku implikacje odebrały im głos. Wirus ospy prawdziwej na pokładzie samolotu pasażerskiego, lecącego Bóg wie dokąd... Czysty obłęd!

– Dlaczego na Szeremietiewo? – spytał Smith.

– To jedyne logiczne miejsce. Jak inaczej wywiezie wirusa z kraju?

– Boję się, że generał ma rację, Jon. Panie generale, czy istnieje jakaś szansa, że schwytacie Berię, zanim dotrze na Szeremietiewo?

– Zważywszy, że ma nad nami dużą przewagę czasową, chyba nie. Mogę co najwyżej zadzwonić do prezydenta i poprosić go o zamknięcie lotniska.

– Sugerowałbym, żeby zrobił pan to jak najszybciej. Jeśli Beria zdąży wsiąść do samolotu i wystartować, rozpęta się nowy holokaust!

Wysiadł z autobusu przed halą odlotów. Ze względu na różnicę czasu między Moskwą i stolicami krajów zachodnich, większość maszyn startowała wczesnym rankiem. Ci, którzy mieli do załatwienia interesy w Zurychu, Paryżu, Londynie czy Nowym Jorku, przylatywali na miejsce w chwili, gdy ruszały koła machiny przemysłowo-handlowej.

Wszedł do środka i uważnie przyjrzał się umundurowanym patrolom przy stanowiskach odprawy celnej i paszportowej. Nie dostrzegłszy niczego podejrzanego, żadnych oznak stanu podwyższonej gotowości, ruszył w kierunku strefy wolnocłowej i sklepów z upominkami. Po drodze nieco zwolnił, żeby rzucić okiem na monitor wyświetlający listę porannych odlotów. Pasażerowie samolotu, który go interesował, właśnie rozpoczynali odprawę.

Przystanął przed witryną sklepu wolnocłowego, udając, że ogląda perfumy i cygara na wystawie. Chwilę potem podszedł bliżej drzwi, żeby nie przeoczyć człowieka, którego miał tu spotkać.

Mijały minuty. Jedni wchodzili do sklepu, inni z niego wychodzili i pomyślał, że może człowiek ten jest w środku. Nie był w stanie tego sprawdzić, ponieważ bez karty pokładowej nie mógł tam wejść.

I nagle zobaczył coś, czego wypatrywał: lśniącą łysinę w tłumie mniej lub bardziej owłosionych głów. Podszedłszy bliżej, zauważył drugą charakterystyczną cechę: wyłupiaste, jajowate oczy, które sprawiały, że Adam Treloar robił wrażenie człowieka wiecznie zakłopotanego i lekko zalęknionego.

– Dawidzie – powiedział cicho Beria.

Treloar, który kręcił się przed wejściem do sklepu, omal nie zemdlał, słysząc swój kryptonim. Rozejrzał się, nikogo nie zobaczył i nagle poczuł, że ktoś chwyta go za łokieć.

– Dawidzie, już myślałem, że się zgubiliśmy.

Treloar spojrzał w ciemne, zimne oczy stojącego przed nim mężczyzny. Jego rozciągnięte w lekkim uśmiechu usta przypominały rozpłatane brzytwą mięso.

– Spóźniłeś się! – wyszeptał. – Czekałem…

Usłyszał cichy chichot i głośno sapnął, gdy tamten zacisnął rękę na jego ramieniu. Nie stawiając oporu, poszedł za nim do baru z przekąskami i usiadł tam, gdzie tamten mu kazał, na stołku przy końcu lady.

– *Oranges and lemons…* – zaintonował cicho Beria.

Przez chwilę Treloar miał w głowie zupełną pustkę. Rozpaczliwie próbował przypomnieć sobie słowa, które miał teraz wypowiedzieć.

– *Say… Say the bells of St Clemens!*

– Daj torbę – rzucił Beria z uśmiechem.

Treloar schylił się, podniósł z podłogi skórzaną torbę podróżną i postawił ją na ladzie.

– Butelka.

Treloar wyjął piersiówkę śliwowicy, którą kupił w hotelowym sklepie z upominkami.

Beria odkręcił ją, przytknął do ust, udając, że pije, po czym podał piersiówkę Treloarowi, który zrobił to samo. Wtedy Macedończyk sięgnął do kieszeni i postawił na kontuarze aluminiowy pojemnik.

– Uśmiechaj się – rzucił lekko. – Jesteśmy kumplami. Wybierasz się w daleką podróż, ja cię odprowadzam i przyszliśmy tu na kielicha. – Treloar wybałuszył oczy, gdy Macedończyk odkręcił pojemnik. – A ponieważ nie zdążymy wypić wszystkiego, dam ci kapkę, żebyś mógł łyknąć sobie w czasie lotu.

Ostrożnie przelał do pojemnika trochę śliwowicy.

– Jeśli celnik spyta cię, co to jest, odkręcisz korek i dasz mu powąchać.

Odepchnąwszy stołek, Beria położył mu rękę na ramieniu.

– Szczęśliwej podróży. – Puścił do niego oko. – I zapomnij, że kiedykolwiek mnie widziałeś.


List gończy za Iwanem Berią dotarł na Szeremietiewo w chwili, gdy Adam Treloar przechodził przez bramkę wykrywacza metalu. Celnik obsługujący skaner zauważył cylindryczny przedmiot w jego torbie podróżnej i kazał mu przejść na bok. Inny celnik otworzył torbę, wyjął pojemnik, odkręcił go i powąchał. Wyczuwając silny zapach śliwowicy, uśmiechnął się, zakręcił korek i oddając pojemnik Treloarowi, udzielił mu rady:

– Jest za zimna. Cieplejsza smakuje dużo lepiej.

Kiedy oddział milicji wpadł do hali odlotów, Treloar siedział już bezpiecznie w przedziale pierwszej klasy. Amerykański DC-10 odholowano od rękawa w chwili, gdy funkcjonariusze ochrony lotniska zaczęli przeglądać taśmy z kamer wewnętrznego systemu bezpieczeństwa, szukając kogoś, kto przypominałby Iwana Berię.

Lot numer 1710 do Waszyngtonu z międzylądowaniem w Londynie był drugi w kolejce; samolot czekał tuż za lecącym do Paryża airbusem. Telefon z Ministerstwa Obrony zadzwonił w wieży kontrolnej w chwili, gdy udzielono mu pozwolenia na start.

Kierownik zmiany trzasnął słuchawką i ryknął:

– Uziemić wszystkie maszyny!

Dwadzieścia par oczu spojrzało na niego tak, jakby nagle zwariował.

– Uziemić? – nie zrozumiał któryś z kontrolerów.

– Tak, kretynie! Zamknąć lotnisko!

– Całe lotnisko?

– Tak! Żaden samolot nie ma prawa oderwać się od ziemi!

Kontrolerzy błyskawicznie przekazali wiadomość kapitanom maszyn kołujących na start i czekających w kolejce na pasach dobiegowych. Nikt nie miał czasu pomyśleć o samolotach, które przed kilkunastoma sekundami wzbiły się w powietrze. Zanim pomyśleli, amerykański DC-10 zdążył już zatoczyć szeroki łuk i właśnie wspinał się na wysokość dziesięciu tysięcy ośmiuset metrów, czyli na wyznaczony pułap lotu.

# Rozdział 12

Ze względu na różnicę czasu między Moskwą i wschodnim wybrzeżem Stanów Zjednoczonych, była już głęboka noc, gdy Anthony Price zatrzymał samochód przed północną wartownią Fortu Belvoir w Wirginii.

Komputer sprawdził jego dane i szef Agencji Bezpieczeństwa Narodowego wjechał na żwirową aleję prowadzącą do rezydencji generała Richardsona – wielkiego wiktoriańskiego domu, otoczonego starannie wypielęgnowanymi trawnikami. Tak jak się tego spodziewał, na pierwszym piętrze paliło się światło.

Richardson czekał w swoim przestronnym gabinecie, w otoczeniu pamiątek, oprawionych w ramki listów pochwalnych i lśniących półek wypełnionych książkami w skórzanej oprawie. Wstał zza biurka i wskazał tacę z kawą.

– Przepraszam, że wyciągnąłem cię z łóżka, ale chciałem, żebyś zobaczył to na własne oczy.

Price, który rzadko kiedy sypiał dłużej niż cztery godziny na dobę, nalał sobie kawy i obszedł biurko, żeby spojrzeć na ekran monitora.

– Ostatni meldunek od Lary Telegin – powiedział Richardson. – Już rozszyfrowany.

Price przeczytał kilka pierwszych zdań i podniósł wzrok.

– Wszystko poszło zgodnie z planem. W czym problem?

– Przeczytaj do końca.

Price zmrużył oczy.

– Jon Smith? W Moskwie? Co on, u diabła, tam robi?

– Lara Telegin twierdzi, że coś zwęszył. Uprzedził Kirowa. Jeszcze trochę i by zdążyli.

– Ale Telegin i Beria uciekli, tak?

Richardson przetarł zmęczone oczy.

– Nie wiem. Właśnie dlatego do ciebie zadzwoniłem. Telegin miała odezwać się, kiedy tamci będą bezpieczni. Ale się nie odezwała. Rzuć okiem na to.

Postukał w klawiaturę i wszedł na stronę wiadomości CNN.

– Zamieszanie na dworcu głównym w Moskwie – powiedział. – Jakaś strzelanina. Rosjanie szybko to ocenzurowali, więc brak szczegółów. Ale pytanie nasuwa się samo: gdzie jest Lara Telegin?

– Jeśli się nie odezwała, to znaczy, że już nie żyje – odparł beznamiętnie Price.

– Albo wpadła. Jeśli Kirow ją...

– Niemożliwe! Telegin to profesjonalistka. Nie dałaby się wziąć żywcem. – Price ponownie przeniósł wzrok na ekran monitora. – Piszą tu, że jest pięciu zabitych. Pięciu agentów Federalnej Służby Bezpieczeństwa. Beria jest dobry, ale nie zdjąłby tylu w pojedynkę. Myślę, że mu pomogła.

Richardson pomilczał chwilę i rzekł:

– Ucieczka Berii niczego nie załatwia. Kirow i Smith prześwietlą ją na wylot. Sprawdzą, z kim się kontaktowała, kogo widywała, i tak dalej. Mogła zostawić za sobą mnóstwo śladów.

Price chodził nerwowo po grubym, orientalnym dywanie, który powinien leżeć na wystawie w muzeum.

– Pojadę do Fort Meade. Strzelanina na dworcu głównym w Moskwie? Przecież to klasyczny akt terrorystyczny, nasza działka. Kiedy posadzę do tego moich ludzi, nikt się nie zdziwi.

– A co ze Smithem?

– To wojskowy, ty go sprawdź. Musi dla kogoś pracować, bo za często się tu plącze. Najpierw z Jurijem Danką, teraz w Rosji...

– W Moskwie pracuje Randi Russell. Jest agentką CIA.

– Nie przypuszczam, żeby Smith przeleciał ponad jedenaście tysięcy kilometrów dla jakiejś dupy. Najpierw sprawdź, dla kogo pracuje, a potem go usadzimy.


Gdy Randi Russell wyłączyła alarm i otworzyła frontowe drzwi, pierwszą rzeczą, jaką zauważyła, było to, że nie jest w biurze sama. Chociaż czujniki nie wykryły żadnego intruza, poczuła lekki, ale wyraźny zapach machorki.

– Marchewka? – zawołała. – To ty?

– Tutaj, tutaj.

Randi westchnęła i zamknęła za sobą drzwi. Przyszła wcześniej z nadzieją, że spokojnie popracuje i nadrobi zaległości w raportach.

– Tutaj, to znaczy gdzie?

– W pracowni.

– Cholera jasna!

Zacisnąwszy zęby, pomaszerowała w głąb biura. Pracownia była dużym, klimatyzowanym, podobnym do skarbca pomieszczeniem, gdzie trzymano sprzęt komputerowy. Teoretycznie rzecz biorąc, tylko ona znała szyfr otwierający zamek u drzwi.

Weszła do środka i zastała tam poszukiwanego intruza, który właśnie ściągał najnowszą grę z tajnego serwera jednej z japońskich firm elektronicznych.

– Marchewka, ostrzegałam cię – powiedziała najsurowszym tonem, na jaki było ją stać.

Sasza Rublow – Marchewką nazwano go od gęstych, sterczących na wszystkie strony rudych włosów – posłał jej szeroki uśmiech. Wysoki, szczupły, o zielonych, rozmarzonych oczach, które doprowadzały do szaleństwa wszystkie dziewczęta, miał dopiero siedemnaście lat i był bez wątpienia największym geniuszem komputerowym w Rosji.

– Sasza, któregoś dnia zrobisz coś nie tak, włączy się alarm i będziesz musiał dzwonić do mnie z posterunku milicji.

Marchewka zrobił urażoną minę.

– No wiesz? Jak możesz tak mówić? Wasze zabezpieczenia są bardzo dobre, ale...

Dla kogoś takiego jak ty, to pestka, dokończyła w myśli Randi.

Odkryła go na seminarium, które Digital Bay zorganizowało dla studentów Uniwersytetu Moskiewskiego. Ten tyczkowaty nastolatek zwrócił jej uwagę nie tylko dlatego, że był najmłodszą osobą w sali, ale i dlatego, że w trakcie wykładu spokojnie pracował na laptopie, włamując się do głównego serwera Centralnego Banku Rosji, żeby sprawdzić ilość zapasów złota.

Natychmiast stwierdziła, że ma do czynienia z cudownym dzieckiem. Przy hamburgerze i coli ze zdumieniem dowiedziała się, że ten syn konduktora moskiewskiego metra ma współczynnik inteligencji niemieszczący się w ogólnie przyjętej skali i że mimo to, dzięki wszechwładnej w Rosji biurokracji, wciąż tkwi w szponach przestarzałego systemu szkolnictwa średniego. W końcu poprosiła jego rodziców o zgodę na to, żeby kilka godzin w tygodniu i w weekendy mógł popracować w Digital Bay. W miarę jak więc łącząca mistrza i ucznia stawała się silniejsza, Randi pozwalała mu korzystać z coraz to bardziej wyrafinowanego sprzętu, w zamian za uroczystą obietnicę, że nie nadużyje jej zaufania. Ale, niczym rozdokazywany szczeniak, Sasza co i raz przynosił jej podarunki: informacje ze źródeł, których Randi wolała nie znać.

– No dobrze – powiedziała. – Co się stało, że nie mogłeś poczekać, aż przyjdę?

– Strzelanina na dworcu.

– Słyszałam przez radio. I co z tego?

Jego kościste ręce zatańczyły na klawiaturze.

– Mówią, że to robota czeczeńskich buntowników.

– No i?

– W takim razie dlaczego zamknęli Szeremietiewo?

Randi spojrzała mu przez ramię na ekran monitora. Sasza włamał się do serwera Federalnej Służby Bezpieczeństwa i właśnie czytał najnowsze rozkazy dotyczące natychmiastowego zamknięcia lotniska.

– Czeczeni i Szeremietiewo? – rzucił sceptycznie. – Wątpię. Tam stało się coś innego i nasi nabrali wody w usta.

Randi myślała chwilę.

– Wyjdź stamtąd, Sasza – powiedziała cicho.

– Czemu? Lecę „sztafetą" przez pięć różnych serwerów. Nawet jeśli odkryją, że wszedłem, pomyślą, że klikam z Bombaju.

– Sasza…

Usłyszawszy w jej głosie groźną nutkę, szybko zamknął laptopa.

– Martwisz się, że tam wlazłem? – spytał. – Spokojnie, te serwery są…

– Nie chodzi o serwery. Chodzi o to, co powiedziałeś: dlaczego zamknęli Szeremietiewo.


Konsekwencje zamknięcia wielkiego międzynarodowego portu lotniczego to prawdziwy koszmar. Gdy Smith i Kirow dotarli na Szeremietiewo, zastali tam pięciuset zdezorientowanych podróżnych, kłębiących się w hali odlotów, okupujących stanowiska odprawy paszportowej i nagabujących zagonionych pracowników, którzy nie potrafili udzielić im odpowiedzi na żadne pytanie. Ponieważ wszystkie wejścia i wyjścia blokowali uzbrojeni milicjanci, było tam niemal jak w więzieniu. Trzyosobowe patrole sprawdzały sklepy, toalety, magazyny, bagaże, rampy załadunkowe, pomieszczenia pracownicze, szatnie, przebieralnie, a nawet kaplicę i ośrodek opieki dziennej dla dzieci. Krążyły coraz bardziej nieprawdopodobne plotki, wzmagał się gniew. Plotki i gniew tworzą niebezpieczną mieszaninę, dlatego strach ogarniający ludzi zamkniętych w hali odlotów narastał w postępie geometrycznym.

– Ci z ochrony mówią, że zauważyli kogoś podobnego do Berii – rzucił Kirow, gdy przedzierali się przez tłum.

– Oby, cholera – mruknął Jon. – Oby.

Skręcili w stronę centrali i już po chwili wpadli do pomieszczenia przypominającego wielkie studio telewizyjne. Przy sześciometrowej długości konsolecie siedziało sześciu techników nadzorujących pracę dziewięćdziesięciu kamer rozmieszczonych w najbardziej strategicznych miejscach lotniska. Wszystkie były zdalnie sterowane. Wystarczyło kilka uderzeń w klawisze i ustawiały się wedle życzeń technika, panoramując okolicę lub dając zbliżenie.

Nad konsoletą zamontowano ekrany ukazujące halę odlotów z lotu pta-ka. W zamkniętych, klimatyzowanych pomieszczeniach pracowały magne-towidy, wiernie nagrywające wszystko to, co wychwytywały kamery.

– Co macie? – spytał generał.

Szef ochrony wskazał jeden z monitorów. Czarno-biały obraz ukazywał dwóch mężczyzn siedzących przy barowej ladzie.

– Jakość jest kiepska – odrzekł – ale to chyba on.

Kirow nachylił się, żeby lepiej widzieć.

– Tak, to on. – Zerknął na Jona. – Jak pan myśli? Widział go pan z bliska.

Jon nie odrywał wzroku od ekranu monitora.

– To on. Myśli pan, że rozmawia z tym obok?

– Możecie to wyostrzyć? – spytał Kirow szefa ochrony.

Ten pokręcił głową.

– Nie da rady, nie na tym sprzęcie.

– Macie jeszcze inne zdjęcia, na których są razem? – spytał Smith.

– Nie, tylko to. Kamera robi zdjęcie, obraca się i fotografuje kolejny sektor. Uchwyciła ich tylko tu.

Jon odciągnął Kirowa na bok.

– Panie generale, rozumiem, że Beria jest naszym celem numer jeden, ale musimy sprawdzić, kim jest ten drugi. Może zabierzecie taśmę do labo-ratorium i przepuścicie ją przez komputer?

Kirow wskazał rozmazane twarze zastygłe na ekranie.

– Niech pan spojrzy – odrzekł. – To światło. I ta kolumna… Nie damy rady, nie mamy odpowiedniego oprogramowania.

Jon spróbował z innej beczki.

– Zna pan Berię jak nikt inny. Czy kiedykolwiek pracował z kimś w du-ecie?

– Nigdy. Zawsze idzie na akcję sam. Między innymi dlatego nie udaje się nam go złapać: on nie ma wspólników. Myślę, że ten drugi to tylko pozo-rant, zwykła przykrywka.

W widniejącym na ekranie obrazie było coś, co nie pozwalało Jonowi zrezygnować.

– Panie generale, niewykluczone, że dałoby się to zdjęcie wyostrzyć.

– W waszej ambasadzie? – spytał Kirow.

Smith wzruszył ramionami.

– Co pan na to?

Generał myślał chwilę.

– Zgoda.

– Lara Telegin: czy miała komputer albo telefon komórkowy?

– Miała i to, i to.

– Mógłbym zajrzeć i do nich?

Generał skinął głową.

– Zawiozą pana do mojego domu. Znajdzie pan to w kuchni.

– I ostatnie pytanie. Panie generale, a jeśli Berii nie ma już na lotnisku? Kirow momentalnie zrozumiał, o co mu chodzi i rozszerzonymi oczami spojrzał na szefa ochrony.

– Dajcie mi numery i trasy przelotowe ostatnich trzech maszyn, które wystartowały przed zamknięciem lotniska.

Smith zerknął na znajdującą się pod zdjęciem godzinę i przeniósł wzrok na ekran, gdzie widniały już godziny odlotów trzech ostatnich maszyn.

– Swissair 101, Air France 612, American 1710. Beria mógł zdążyć na każdy z nich.

– Sprawdzić taśmy z kamer zamontowanych przed wejściem do rękawów – warknął Kirow. – I listy pasażerów.

Szefa ochrony wymiotło z sali. Generał ciężko westchnął.

– Teoretycznie mógł zdążyć, ale to mało prawdopodobne – wychrypiał. – Mam przeczucie, że udało mu się wydostać z lotniska i wrócić do miasta.

Jon zrozumiał, co Kirow próbuje mu powiedzieć. Na pokładzie trzech lecących do Europy Zachodniej samolotów było w sumie ponad tysiąc pasażerów. Doprowadzić do serii międzynarodowych incydentów tylko dlatego, że istniało podejrzenie, iż uczestniczy w nich Iwan Beria? Czy Smith był na to przygotowany? Czy naprawdę tego chciał?

– Panie generale, a gdyby sytuacja była odwrotna? Gdyby te maszyny nie leciały do Zurychu, Paryża czy Londynu, tylko do Moskwy? Czy nie chciałby pan tego sprawdzić? Zawierzyłby pan swemu przeczuciu?

Kirow popatrzył na niego i podniósł słuchawkę telefonu.


Generał był bliższy prawdy, niż przypuszczał: Beria rzeczywiście wydostał się z lotniska i wciąż przebywał w Moskwie. Z tym, że nie zamierzał tego pobytu przedłużać.

Odjechał z lotniska, tak jak tam przyjechał: autobusem. Ale tym razem wsiadł do autobusu jadącego na główny dworzec autobusowy.

Wszedł do zimnego, zapuszczonego budynku i kupił w okienku bilet do St Petersburga. Ponieważ do odjazdu miał jeszcze dwadzieścia minut, wstąpił do toalety cuchnącej uryną i chlorem, żeby opłukać sobie twarz. Potem kupił kilka tłustych pączków i zjadł je, popijając herbatą. Pokrzepiony, dołączył do czekających pod wiatą pasażerów.

Uważnie zlustrował spojrzeniem ich twarze. Należały głównie do ludzi starszych, z których kilku podróżowało zapewne z całym swoim doczesnym dobytkiem, upchanym w tekturowych walizkach i pooklejanych taśmą pakunkach. Obraz ten przypomniał mu czasy, gdy jako dziecko wędrował w kolumnie uchodźców od jednej spalonej wioski do drugiej. Bywało, że wraz z dziesiątkami innych jechał ciągniętą przez traktor przyczepą, a gdy traktor się zepsuł, zaprzężonym w konie wozem. Gdy konie padały – zaszlachtowane przez wygłodniałych uchodźców lub zabite przez nieprzyjaciela – szedł piechotą, kilometr po kilometrze, noc po nocy, szukając schronienia, którego nie mógł znaleźć po dziś dzień.

Dobrze się wśród takich ludzi czuł. Pokonani przez nowe czasy, niewidoczni dla nowej klasy posiadaczy, byli mniej niż anonimowi. Nie zechce ich skontrolować żaden milicjant, żadna kamera nie sfilmuje ich odjazdu. Każdy z nich będzie pilnował swojego nosa, nie chcąc brać na swoje barki nawet cząstki ponurego losu współtowarzysza podróży.

Usiadł z tyłu, na długim siedzeniu biegnącym przez całą szerokość autobusu. Ledwie zdążył wcisnąć się w kąt, gdy dobiegł go zgrzyt skrzyni biegów. Wkrótce potem ryk silnika jakby zelżał, samochody za oknem stanęły i Beria nareszcie zasnął.


Przejrzenie taśm z kamer zamontowanych przed rękawami samolotów, które odleciały do Europy, zajęło im pół godziny.

– Czterech – podsumował Smith. – Czterech mniej więcej pasuje.

Kirow kiwnął głową.

– Ale tylko dlatego, że prawie nie widać ich twarzy.

Jon spojrzał na zegar nad konsoletą.

– Pierwsza maszyna, Swissair 101, wyląduje w Zurychu za dwie godziny.

– Dobra, zadzwońmy – rzucił ciężko generał.

Już od początku lat osiemdziesiątych, kiedy to terroryzm przeżywał swój złoty wiek, obowiązywały procedury dotyczące nie tylko sposobu postępowania z porywaczami uzbrojonymi w materiały wybuchowe, ale i z takimi, którzy grozili użyciem broni biologicznej. Kirow połączył się ze swoimi odpowiednikami w szwajcarskim Ministerstwie Bezpieczeństwa Wewnętrznego, we francuskiej Dwójce i w brytyjskim MI-5. Gdy tamci byli już gotowi do rozmowy, dał znak Smithowi, który właśnie dzwonił do Nathaniela Kleina. Potem, nie informując o tym swoich zagranicznych partnerów, przełączył Kleina na podsłuch.

– Panowie – zaczął. – Mamy poważny problem...

Nie wnikając w szczegóły, przekazał im tylko to, co w tej chwili powinni wiedzieć. Zdawał sobie sprawę, że każda mijająca sekunda to mniej czasu na przygotowania.

– A więc możliwe jest, chociaż bynajmniej nie stuprocentowo pewne, że ten Beria leci teraz naszym samolotem – podsumował Francuz. – Czy można to jakoś sprawdzić?

– Żałuję, ale nie – westchnął ciężko Kirow. – Ale jeśli nie znajdę go w ciągu najbliższych dwóch godzin, będziemy musieli założyć, że jest na pokładzie jednej z tych maszyn.

– Macie jego akta? – spytał przedstawiciel MI-5. – Podobno niewiele o nim wiadomo.

– Wszystkie dokumenty idą już pocztą elektroniczną – odparł generał.

– Czy Beria wie, że doszliście za nim aż na lotnisko? – spytał Szwajcar. – Czy może podejrzewać, że grozi mu aresztowanie? Pytam, ponieważ musimy, podkreślam, musimy wiedzieć, z kim mamy do czynienia. Czy Beria ma jakiekolwiek powody, żeby użyć broni biologicznej w czasie lotu?

– Beria jest kurierem, nie terrorystą – wyjaśnił generał. – Dostarczenie skradzionej w Bioaparacie przesyłki leży w jego interesie: po prostu mu za to zapłacą. Nie jest ani fanatykiem, ani męczennikiem.

Zaczęli analizować najlepsze sposoby reakcji na nadciągający kryzys. Rozwiązań znaleźli niewiele, wybór był łatwy do przewidzenia.

– Ponieważ pierwszy samolot ląduje w Zurychu – powiedział Szwajcar – wszystko zacznie się od nas. Potraktujemy to jako groźbę ataku terrorystycznego i podejmiemy odpowiednie kroki. Nasi ludzie będą czekali na lotnisku ze sprzętem do zabezpieczenia wirusa ospy prawdziwej. – Zrobił pauzę. – Jeśli dojdzie do skażenia, zrobią wszystko, co tylko możliwe, żeby ograniczyć jego zasięg. Jeżeli zaś stwierdzimy, że Berii nie ma na pokładzie, natychmiast was powiadomimy.

– Przydałoby się jeszcze wcześniej, *mon vieux* – mruknął Francuz. – Air France 612 ląduje w Paryżu siedemdziesiąt pięć minut po Zurychu.

– Proponuję – wtrącił Anglik – żebyśmy śledzili przebieg wydarzeń i utrzymywali stałą łączność. Dzięki temu będziemy mogli na bieżąco eliminować poszczególne maszyny. Jeśli w ogóle będzie co eliminować.

– Pragnę przypomnieć o czymś Londynowi – odezwał się Kirow. – 1710 leci do waszej stolicy, ale to samolot amerykański. Muszę zawiadomić ambasadora.

– Oczywiście. Oby tylko nie zaczęli się tu wykłócać, kto ma do czego prawo.

– Na pewno nie będą – odrzekł Kirow. – Dobrze. Jeśli nie ma dalszych uwag, proponuję zakończyć naradę i przystąpić do działania.

Żadnych uwag nie było. Wszyscy się rozłączyli, na linii pozostał jedynie Klein.

– Wracasz do domu, Jon?

– Mógłbym coś zaproponować, panie dyrektorze?

– Śmiało.

– Myślę, że lepiej by było, gdybym tu został. Jeśli generał Kirow zapewni mi środek transportu, mógłbym znaleźć się w europejskiej przestrzeni powietrznej, zanim Szwajcar wyląduje i zależnie od sytuacji polecieć tam, dokąd poleci maszyna z Berią na pokładzie. Byłbym w punkcie zero i składałbym panom meldunki na bieżąco.

– Co pan na to, panie generale? – spytał Klein.

– Podoba mi się pomysł wysłania na miejsce naszego eksperta od broni biologicznej – odrzekł Kirow. – Zaraz zorganizuję transport.

– Czyta pan w moich myślach, generale. Powodzenia, Jon. Informuj nas.


Dwadzieścia minut później zawieziono go do mieszkania Kirowa. Pod czujnym okiem towarzyszącego mu agenta Federalnej Służby Bezpieczeństwa wszedł do kuchni, gdzie znalazł komputer i telefon komórkowy Lary Telegin.

Potem agent odwiózł go do ambasady. Zaczekał, aż Jon minie posterunek obstawiony przez żołnierzy piechoty morskiej, zniknie za bramą i wreszcie odjechał. Odjeżdżając, nie widział, że Smith zawrócił.

Zawrócił, szybkim marszem pokonał półtora kilometra i znalazł się pod arkadami, przed siedzibą Digital Bay. Gdy tylko otworzył drzwi, z ulgą zobaczył, że Randi jeszcze nie wyszła.

– Wiedziałam, że przyjdziesz – rzuciła cicho na powitanie. – Ciekawe skąd.

– Musimy pogadać.

Czuł, że pracownicy firmy obrzucają go rozbawionym spojrzeniem, zwłaszcza pewien rudowłosy chłopak, który posłał Randi tak wymowny uśmiech, że aż się zaczerwieniła.

– Myślą, że jesteś moim kochankiem – wyjaśniła, gdy weszli do gabinetu.

– Ach tak…

Dał się zaskoczyć, więc się roześmiała.

– To chyba nie najgorsze, co mogą pomyśleć, prawda?

– Nie, bardzo mi to schlebia.

– Skoro już to sobie wyjaśniliśmy, powiedz, co cię tu sprowadza.

Smith wyjął kasetę, laptop i telefon komórkowy.

– Jak pewnie słyszałaś, na lotnisku coś się wydarzyło…

– I przez to „coś" Rosjanie je zamknęli.

– Randi, mogę ci tylko powiedzieć, że oni kogoś szukają. Wierz mi, muszą go znaleźć. To bardzo ważne dla nas wszystkich.

Postukał w kasetę.

– Kwestia obrazu. Jest bardzo kiepski. Rosjanie nie mają ani odpowiedniego sprzętu, ani doświadczenia, żeby zrobić to szybko i dokładnie.

Randi wskazała komputer.

– A to?

– Masakra na dworcu i wydarzenia na lotnisku to bezpośredni skutek rozmów i wymiany korespondencji między dwoma spiskowcami – odrzekł Jon. – Nie przypuszczam, żebyś znalazła coś w telefonie. Ale w laptopie... Może wysyłali do siebie e-maile. Nie wiem.

– Jeśli ci spiskowcy są zawodowcami, a zakładam, że są, na pewno je szyfrowali, używali urządzeń blokujących dostęp do sieci zewnętrznych. Niełatwo będzie się do nich dostać, to trochę potrwa.

– Byłbym wdzięczny, gdybyś zechciała spróbować.

– I tu wynika problem numer dwa. Nie spodziewasz się chyba, że zaniosę to wszystko do naszej ambasady. Jestem tu pod nieoficjalną przykrywką. Nie utrzymuję żadnych kontaktów z ekspozyturą CIA. Musiałabym skontaktować się z Langley, a oni zawiadomiliby tych z Agencji Bezpieczeństwa Narodowego. Gdybym to zrobiła, natychmiast spytaliby mnie, skąd to nagłe zainteresowanie.

Potarła czoło.

– Musiałbyś powiedzieć mi o wiele więcej, niż chcesz. Niż możesz.

Sfrustrowany Jon pokręcił głową.

– Tak, rozumiem. Myślałem, że może...

– Zaczekaj, nie twierdzę, że nie ma innego wyjścia. – Szybko opowiedziała mu o Saszy Rublowie.

– No nie wiem...

– Jon, wiem, co sobie pomyślałeś. Ale zastanów się tylko: FBI wynajmuje nastoletnich hakerów do zwalczania cyberterroryzmu. Poza tym cały czas patrzyłabym mu na ręce.

– Aż tak mu ufasz?

– Sasza to produkt nowej Rosji – Rosji, która otwiera się na świat, a nie tej, która się przed nim zamykała. A jeśli chodzi o politykę, Marchewka uważa, że to najnudniejsza rzecz pod słońcem. Poza tym domyślam się, że nie znalazłeś tego laptopa na ulicy. Dostałeś go od Rosjan, masz ich pozwolenie.

Jon westchnął.

– Fakt. Dobrze. Za godzinę już mnie tu nie będzie. Masz mój numer. Zadzwoń, gdy tylko twój geniusz coś wygrzebie.

Uśmiechnął się ciepło.

– I dziękuję. Bardzo ci dziękuję.

– Cieszę się, że mogę pomóc. Ale coś za coś. Gdybyś się czegoś dowiedział...

– Usłyszysz to ode mnie, a nie z CNN. Obiecuję.

# Rozdział 13

Szwajcarzy mają jeden z najlepiej zorganizowanych oddziałów antyterrorystycznych w świecie. Świetnie wyszkolony i znakomicie wyposażony, dwudziestoosobowy zespół komandosów, znany jako Specjalna Grupa Operacyjna, wyruszył na międzynarodowe lotnisko w Zurychu kilka minut po telefonie od ministra obrony.

Zdążyli zająć pozycje dwadzieścia minut przed lądowaniem maszyny Swissairu. Połowa z nich miała mundury żołnierzy wojsk ochrony pogranicza, których pasażerowie – od dawna przyzwyczajeni do demonstracyjnie stosowanych środków bezpieczeństwa – prawie nie zauważali. Pozostali byli przebrani za mechaników, pompiarzy, tragarzy i pracowników cateringu, a więc za ludzi, którzy kręcili się niemal przy każdym samolocie pasażerskim.

Ci ubrani po cywilnemu – byli uzbrojeni w pistolety maszynowe MP-5 oraz w granaty dymne i hukowe – mieli zaatakować jako pierwsi, gdyby przestępca lub przestępcy doprowadzili do sytuacji kryzysowej, biorąc zakładników. Ci w mundurach żołnierzy wojsk ochrony pogranicza tworzyli drugi krąg osłony: czuwali w odwodzie na wypadek, gdyby Beria zdołał przebić się przez niewidzialny kordon wokół samolotu.

Był też krąg trzeci, utworzony przez szwajcarskich snajperów, którzy zajęli pozycję na dachu hangaru i hali przylotów. Mieli stamtąd doskonały, niczym nieprzesłonięty widok. Wiedzieli, że zostanie podjęta próba przystawienia rękawa do drzwi maszyny i że próba ta się nie powiedzie. Kapitan samolotu ogłosi, że wystąpiła usterka i poinformuje pasażerów, że będą musieli zejść schodkami, które podjadą do przednich drzwi.

Gdy pasażerowie zaczną schodzić, snajperzy spróbują wyłowić wśród nich Berię. Jeśli im się to uda, namierzą go celowniki optyczne co najmniej trzech karabinów. Według planu, ubrani po cywilnemu antyterroryści mieli Berię obezwładnić, powalić na ziemię i zneutralizować. Ale gdyby wyniknął przy tym jakiś problem, strzelcy wyborowi otrzymali pozwolenie na otwarcie ognia. Mieli mierzyć w pierś lub głowę.

Dowódca Specjalnej Grupy Operacyjnej – tego dnia występował w obszernym kombinezonie pracownika cateringu – po cichu skontaktował się przed radio z wieżą kontrolną i otrzymał stamtąd najświeższą wiadomość: samolot Swissairu właśnie podchodził do lądowania. Natychmiast przekazał ją swoim ludziom. Trzasnęły skrzydełka bezpieczników.


Rozklekotany autobus wtoczył się na dworzec w chwili, gdy koła lądującej w Zurychu maszyny dotknęły pasa startowego. Wraz z tłumem pasażerów Iwan Beria wszedł do hali i ruszył w stronę schowków. Otworzył kluczem jeden z nich i wyjął tanią walizkę.

Łazienka była odrażająca, ale dał sprzątaczce napiwek i otworzyła mu sąsiednią, względnie czystą. Zdjął palto, kurtkę i spodnie i wyjął z walizki nowiutką granatową marynarkę, szare spodnie, sportową koszulę i wygodne mokasyny. W walizce była też podszyta futerkiem kurtka, kilka plastikowych toreb z pamiątkami z Ermitażu oraz portfel z biletem lotniczym, paszportem, kartami kredytowymi i amerykańskimi dolarami. Otworzył paszport i przyjrzał się zdjęciu, na którym miał na sobie ubranie, które przed chwilą włożył. Tak, wyglądał jak John Strelnikov, naturalizowany Amerykanin, inżynier firmy budowlanej w Baltimore.

Spakował stare ubranie do walizki i wyszedł. Przystanął przed kioskiem, postawił walizkę na podłodze, kupił colę i poszedł dalej. Po dworcu krążyło mnóstwo bezdomnych i wiedział, że zanim dotrze do drzwi, walizka po prostu zniknie.

Wsiadł do taksówki i zaproponował kierowcy dziesięć dolarów ekstra, jeśli dowiezie go na lotnisko w pół godziny. Taksiarz wyrobił się dwie minuty przed czasem.

Beria zdawał sobie sprawę, że jego zdjęcie i dane personalne zostały przefaksowane do wszystkich głównych węzłów komunikacyjnych w Rosji. Zupełnie się tym nie przejmował. Nie miał zamiaru nawiązywać bliższej znajomości z przedstawicielami tutejszej władzy.

Przeszedłszy na drugą stronę świeżo odnowionej hali odlotów, dotarł do strefy zarezerwowanej dla grup zorganizowanych i dołączył do sześćdziesięciu kilku podróżnych stojących przed stanowiskiem Finnairu.

– Gdzie pański identyfikator? Musi pan mieć identyfikator.

Uśmiechnął się przymilnie do zagonionej młodej kobiety z plakietką na piersi. Na plakietce widniał napis: OMNITOURS – SKARBY CARÓW.

Podał jej paszport i bilet.

– Zgubiłem – wymamrotał.

Kobieta westchnęła, chwyciła dokumenty, zaprowadziła go do lady i wzięła z niej czysty identyfikator.

– John Strel...

– Strelnikow – podpowiedział.

– Hmm... Napiszemy tylko „John", dobrze?

Odłożyła mazak, zdjęła warstwę papieru zabezpieczającego i odsłoniwszy pokrytą klejem powierzchnię, mocno przycisnęła identyfikator do klapy jego marynarki.

– Tylko niech pan nie zgubi! Będzie pan miał kłopoty na odprawie. Chce pan pójść do sklepu wolnocłowego?

Beria odrzekł, że chętnie.

– Paszport odbierze pan na odprawie – rzuciła przez ramię kobieta, szybko odchodząc, żeby zażegnać kolejny kryzys, który wybuchł w grupie jej podopiecznych.

Beria właśnie na to liczył. Wizę wyjazdową i całą resztę miała mu załatwić zabiegana amerykańska przewodniczka: tak było o wiele lepiej.

Kupił wodę kolońską, włożył ją do torby z Ermitażu i stanął w kolejce do odprawy. Dwóch znudzonych celników stemplowało stos paszportów, które położyła przed nimi przewodniczka. Usłyszawszy swoje nazwisko, podszedł do budki, odebrał paszport i po kontroli bagażu znalazł się w poczekalni.

Usiadł obok jakiegoś małżeństwa w średnim wieku; okazało się, że są z San Francisco. Ponieważ udawał, że kiepsko mówi po angielsku, mówili głównie jego nowi znajomi. Wkrótce dowiedział się, że lot do Waszyngtonu potrwa około dziesięciu godzin i że kolacja, którą podadzą na pokładzie, będzie niezła, choć bynajmniej niepamiętna.


Gdy odrzutowy Iljuszyn C-22 znalazł się w niemieckiej przestrzeni powietrznej, Smith otrzymał wiadomość, że na pokładzie Swissairu 101 Berii nie ma.

– Na pewno? – spytał.

– Na sto procent – odrzekł Klein przez telefon satelitarny. – Przyjrzeli się każdemu pasażerowi. Nie było go tam.

– Za dziewiętnaście minut ląduje Paryż. Francuzi są gotowi?

– Ci, z którymi rozmawiałem, mówią, że tak, ale nieoficjalnie dali mi do zrozumienia, że ich rząd zaczyna panikować. Jeśli coś się stanie i ludzie dowiedzą się, że pozwolili im wylądować… Skutki będą opłakane.

– Myśli pan, że rząd może doprowadzić do celowego przecieku?

– To bardzo prawdopodobne. Francuzi mają niedługo wybory. Opozycja chwyta się wszystkich środków, żeby zdobyć głosy.

Jon powrócił do pomysłu, na który wpadł już w Moskwie, i którego jak dotąd nikomu nie zdradził.

– Panie dyrektorze, a gdybyśmy im pomogli?

– Jak?

– Francuskie airbusy nie są wyposażone w system SecFax, a nasz może odbierać przekazy satelitarne, i to wszystkie, nawet te zaszyfrowane. Mógłby pan porozmawiać bezpośrednio z kapitanem i przesłać mu zdjęcie Berii.

W słuchawce zaległa cisza. Jon czekał. To, co zaproponował, było co najmniej niebezpieczne. Gdyby dyrektor zaakceptował jego pomysł i gdyby doszło do jakiegoś nieszczęścia, konsekwencje byłyby katastrofalne.

– Zaczekaj, muszę coś sprawdzić – odrzekł w końcu Klein. – Oddzwonię.

Oddzwonił kilka minut później.

– Rozmawiałem z dyrektorem ochrony lotów w Dallas-Fort Worth. Mówi, że ma tam swojego człowieka...

– Szeryfa? Na pokładzie tego samolotu? To jeszcze lepiej. Facet mógłby...

– To nie facet, Jon. To kobieta.

– Ups, przepraszam. Na pewno jest w kontakcie z kapitanem, mogłaby przyjrzeć się pasażerom.

– Musimy założyć, że Beria podróżuje w przebraniu.

– Kirow nie wspominał, że Beria lubi się przebierać. Pewnie dlatego, że nigdy dotąd nie działał na obcym terenie. Wyszkolony agent bez trudu rozpozna go nawet pod warstwą makijażu i kauczuku na twarzy.

– Uważasz, że powinienem zawiadomić Kirowa?

– To nasz plan, panie dyrektorze. Jeśli ta agentka go namierzy, zawiadomimy Francuzów, że nic im nie grozi i ostrzeżemy Anglików, że Beria leci do nich. Każda minuta wyprzedzenia jest bezcenna.

Ponownie zapadła cisza.

– Dobrze – zdecydował wreszcie Klein. – Załatwię to. Anglik ląduje na Heathrow za półtorej godziny. Czekaj na mój telefon.


Czując zapach egzotycznych perfum, Adam Treloar poruszył się w dużym, wygodnym fotelu. Usłyszał cichutki szelest pocieranego o skórę jedwabiu i zobaczył dwa kształtne pośladki, kołyszące się wdzięcznie na wysokości jego oczu. Jakby wyczuwając, że na nią patrzy, kobieta, długonoga i rudowłosa, odwróciła się. Gdy na niego spojrzała, Treloar spiekł raka, a jego zażenowanie pogłębiło się jeszcze bardziej, gdy znacząco uniosła brwi, jakby chciała powiedzieć: Niegrzeczny chłopczyk! Potem odeszła i zniknęła za przepierzeniem, za którym przygotowywano jedzenie i napitki.

Treloar westchnął, ale nie dlatego, że wzbudziła w nim pożądanie; dziewczynki i kobiety nie interesowały go seksualnie. Jednak zawsze potrafił docenić piękno jako takie, we wszystkich jego formach. Na Karaibach, na pokładzie prywatnych jachtów, podniecony obserwował, jak kobiety dorównujące pięknością tej w jedwabiach poniżano i upokarzano fizycznie, żeby wzmóc apetyt zgromadzonej publiczności.

Z rozmyślań wyrwał go głos kapitana samolotu.

– Panie i panowie, chciałbym poinformować, że według ostatnich doniesień, na Heathrow pada lekka mżawka, a słupek rtęci wskazuje siedemnaście stopni Celsjusza. Nie mamy żadnego opóźnienia i będziemy lądować o czasie, mniej więcej za godzinę i pięć minut.

Nuda, pomyślał Treloar.

Wciąż dumał nad bezsensownością takich komunikatów, gdy nagle kobieta ukazała się ponownie. Tym razem szła dużo wolniej, jakby chciała rozprostować nogi. I znowu obrzuciła go chłodnym spojrzeniem. A on znowu się zaczerwienił.

Nazywała się Ellen Difirio. Miała dwadzieścia osiem lat, czarny pas karate i wiele dyplomów strzeleckich. Jako szeryf federalny pracowała już piąty rok, a przed dwoma laty przeniesiono ją do służby pokładowej.

No i proszę, pomyślała. Mój ostatni lot, a tu masz.

Jeszcze przed kwadransem wspominała randkę ze swoim chłopakiem, prawnikiem z Waszyngtonu. Z marzeń wyrwał ją pozornie niewinny komunikat, że pokładowe stoisko wolnocłowe oferuje klientom najnowsze perfumy Jean Patou. Natychmiast wróciła do rzeczywistości. Odczekała dziesięć sekund, wzięła torebkę, wstała i ruszyła w kierunku toalet. Weszła do pierwszej klasy, potem za przepierzenie serwisowe, a jeszcze potem niepostrzeżenie wślizgnęła się do kabiny pilotów.

Przeczytała wiadomość od dyrektora ochrony lotów i uważnie przyjrzała się zdjęciu. Rozkazy były jasne: ustalić, czy osobnik ten jest na pokładzie. Gdyby go zauważyła, nie miała prawa ani nawiązywać z nim kontaktu, ani tym bardziej próbować go obezwładnić. Miała natychmiast wrócić do kabiny i zameldować o wszystkim kapitanowi.

– A broń? – spytała. – Nie piszą tu nic ani o broni palnej, ani o materiałach wybuchowych. Właściwie to nic tu o nim nie piszą. Kim ten facet jest?

Kapitan wzruszył ramionami.

– Wiem tylko tyle, że Anglicy ściągnęli na lotnisko tych z SAS. Poważna sprawa. Jeśli jest na pokładzie i uda nam się usiąść w jednym kawałku, zdejmą go na ziemi. – Spojrzał wymownie na jej torebkę. – Zrób coś dla mnie, dobra? Nie chcę tam żadnej strzelaniny.

Idąc przedziałem pierwszej klasy, zauważyła zmieszanego mężczyznę o śmiesznych, jajowatych oczach.

Nie, to na pewno nie ten błazen.

Zdawała sobie sprawę z efektu, jaki wywierała na mężczyznach, i zamierzała dobrze ten efekt wykorzystać. Bez względu na to, czy mieli siedemnaście, czy siedemdziesiąt lat, gapili się na nią jak sroka w gnat, jedni mniej, inni bardziej dyskretnie. Ale kiedy tylko chciała, potrafiła zmusić ich do tego, żeby spojrzeli prosto na nią. Leciutki uśmiech, błysk w oku – to wystarczyło.

Przedziały pierwszej klasy i klasy business były czyste. Nie, żeby spodziewała się znaleźć tam mężczyznę ze zdjęcia. Tacy jak on lubili ukrywać się w tłumie. Zaciągnęła zasłonę i weszła do przedziału klasy ekonomicznej.

Biegły tamtędy dwa przejścia, dzielące przedział na trzy rzędy, po trzy fotele w każdym. Udając, że przegląda czasopisma na półce, szybko zlustrowała wzrokiem sześć pierwszych, tych po lewej stronie: emeryci, studenci, podróżujące oszczędnie młode małżeństwa. Ruszyła w stronę ogona samolotu.

Kilkadziesiąt sekund później dotarła do toalet. Przyjrzała się dokładnie wszystkim pasażerom, których minęła po drodze, oraz dwóm, którzy właśnie wyszli z ubikacji. Żaden z nich nie przypominał poszukiwanego.

A teraz najtrudniejsze, pomyślała.

Zawróciła, przeszła przez kabinę klasy business, minęła przepierzenie i przystanęła u wejścia do przedziału klasy ekonomicznej. Odchyliwszy się do tyłu, udała, że próbuje rozprostować zesztywniałe plecy. Gdy jej piersi naparły na żakiet, zaciekawienie na twarzach mężczyzn ustąpiło miejsca współczuciu, ale i nieskrywanemu zachwytowi. Odpowiedziała im zachęcającym uśmiechem i ruszyła przed siebie prawym przejściem, dostrzegając wszystkich, lecz nie zatrzymując na nikim wzroku. Tu też miała szczęście. Wszystkie fotele były zajęte; ludzie albo spali, albo czytali, albo przeglądali jakieś dokumenty. Na szczęście film już się skończył i okna były odsłonięte, dzięki czemu do kabiny wpadało dużo słońca.

Ponownie wróciła na tył samolotu. Ponownie minęła toalety i skręciła w lewe przejście, upewniając się, czy kogoś nie przeoczyła. Chwilę później była już w kabinie pilotów.

– Nie ma go – zameldowała.

– Na pewno?

– Klasa pierwsza i klasa business są czyste. Żaden z siedzących tam mężczyzn go nie przypomina. W klasie ekonomicznej jest komplet, dwustu trzydziestu pasażerów. Stu siedemdziesięciu z nich to kobiety i proszę mi wierzyć, że na pewno są kobietami. Jest tam również dwadzieścioro dwoje dzieci poniżej piętnastego roku życia i czterdziestu trzech dwudziestokilkuletnich studentów. Z sześćdziesięciu trzech pozostałych mężczyzn, dwudziestu ośmiu ma na karku siódmy krzyżyk. Kolejnych szesnastu to faceci pod pięćdziesiątkę. Daje nam to dziewiętnastu podejrzanych: żaden z nich w niczym nie przypomina człowieka ze zdjęcia.

Kapitan ruchem głowy wskazał drugiego pilota.

– Danny połączy cię z Dallas. Powiesz im, co znalazłaś, a raczej kogo nie znalazłaś. – Podniósł na nią wzrok. – Czy to znaczy, że możemy spokojnie odetchnąć?


Dzięki sprzętowi zgromadzonemu na pokładzie C-22 Smith mógł podsłuchiwać rozmowy na kanale francuskich sił bezpieczeństwa. Agenci Dwójki meldowali, że wysadzanie pasażerów Air France 612 wciąż trwa. Trzy czwarte z nich zeszło już na ziemię, lecz Iwan Beria jak dotąd się nie pokazał. Jon już miał skupić uwagę na amerykańskim 1710, który znajdował się niecałe dwadzieścia minut lotu od celu podróży, gdy nagle zadzwonił telefon satelitarny.

– Jon? Tu Klein. Przed chwilą dostałem meldunek z Dallas. Ich agentka donosi, że na pokładzie naszej maszyny nie ma nikogo, kto przypominałby Berię.

– To niemożliwe! Francuzi już skończyli, Anglicy właśnie kończą, i nic. On musi tam być.

– Agentka twierdzi, że nie. Jest tego niemal stuprocentowo pewna.

– „Niemal" to za mało.

– Wiem. Przekazałem wiadomość Anglikom. Cieszą się, ale jeszcze nie odpuszczają. Ci z SAS wciąż czekają na stanowiskach.

– Panie dyrektorze, musimy rozważyć możliwość, że Beria poleciał innym samolotem albo że spróbuje dostać się do Stanów innym środkiem transportu.

Klein cichutko zagwizdał.

– Myślisz, że jest aż tak bezczelny? Na pewno wie, że postawiliśmy na nogi wszystkich ludzi.

– Jeszcze nie wykonał zadania. Próbując je wykonać, zabił kilku ludzi. Tak, myślę, że jest zdeterminowany, chce doprowadzić rzecz do końca. – Potarł czoło. – Najwięcej samolotów lecących na Zachód startuje z Moskwy. Ale nie tylko stamtąd…

– St Petersburg.

– Właśnie. St Petersburg obsługuje mnóstwo lotów ze Skandynawii, do Skandynawii i do wielu innych krajów północnej Europy. Aerofłot, Skandynawskie Linie Lotnicze, Finnair, Royal Dutch: wszystkie mają tam swoje przedstawicielstwa.

– Kirow dostanie zawału, kiedy powiem mu, że Beria mógł dotrzeć aż tam.

– I tak już daleko dotarł. On nie ucieka, panie dyrektorze: on realizuje dokładnie przemyślany plan. Właśnie dlatego jest zawsze o krok przed nami.

Na kanale francuskich sił bezpieczeństwa nadawano jakiś komunikat. Jon przeprosił Kleina, słuchał przez chwilę, po czym powiedział:

– Panie dyrektorze? Paryż potwierdza, że ich samolot jest czysty.

– Co teraz?

Smith zamknął oczy.

– Londyn. Tam wysiądę.

# Rozdział 14

American 1710 usiadł na pasie startowym lotniska Heathrow, wyrzucając spod kół obłoczki błękitnego, cuchnącego dymu z przegrzanych opon i hamulców. Zgodnie z poleceniami dowódcy powietrznych sił specjalnych

SAS, kapitan poinformował pasażerów, że wystąpiła usterka rękawa przy wyjściu, do którego mieli podkołować. Wieża kontrolna skierowała ich do innej części lotniska, gdzie już czekały schody.

Stewardesy i stewardzi przeszli przez kabinę pierwszej klasy i klasy business, zapewniając pasażerów tranzytowych, że na pewno zdążą na swoje samoloty.

– A co z połączeniem do Waszyngtonu? – spytał Treloar.

– Postój będzie bardzo krótki – odrzekł steward.

Oby, modlił się w duchu Treloar. Wiedział, że za dwanaście godzin płynny azot w pojemniku straci właściwości chłodzące. Postój na Heathrow trwał zwykle półtorej godziny, lot na Dulles sześć godzin i piętnaście minut. Po odprawie celnej i paszportowej będzie miał tylko trzy godziny na dowiezienie wirusa do chłodni. Trzy godziny i prawie nic na nieprzewidziane okoliczności.

Stanąwszy w drzwiach, stwierdził, że samolot parkuje przed gigantycznym hangarem. Schodząc na dół, zobaczył, że tragarze już wyładowują kontenery bagażowe i że kilkanaście metrów dalej czekają dwa autobusy z włączonymi silnikami. Steward u stóp schodów zaprosił go uprzejmie do hangaru, gdzie urządzono prowizoryczną poczekalnię dla pasażerów tranzytowych.

Idąc, Treloar i jego towarzysze podróży nie zdawali sobie sprawy, że każdy ich ruch jest uważnie śledzony przez celowniki optyczne, że nieustannie lustrują ich spojrzeniem zimne, czujne oczy. Nie domyślał się, że tragarze, kierowcy autobusów, mechanicy i młodzi mężczyźni w mundurach służby celnej i paszportowej są uzbrojonymi po zęby żołnierzami SAS.

Wchodząc do hangaru, usłyszał przeraźliwy skowyt silników. Odwróciwszy się, zobaczył mały, wysmukły samolot pasażerski, lądujący z wdziękiem na pasie startowym dwieście metrów dalej. Pomyślał, że maszyna należy pewnie do jakiegoś obrzydliwie bogatego biznesmena albo do arabskiego szejka, nie podejrzewając, że w tym samym momencie mężczyzna siedzący na pokładzie Iljuszyna C-22 odbierał meldunek snajpera, który ustawiwszy nitki celownika na czole Treloara, przekazywał do samolotu jego dokładny rysopis.


– Panie dyrektorze, Anglicy mówią, że maszyna jest czysta.

– Tak, już mi o tym doniesiono – odrzekł przez telefon Klein. – Szkoda, że nie słyszałeś Kirowa, kiedy mu to powiedziałem. W Moskwie rozpętało się piekło.

Nie wychodząc z samolotu, Smith obserwował amerykańskiego DC-10.

– Co z St Petersburgiem?

– Kirow kompletuje listę odlotów. Wysłał ludzi po taśmy z kamer, przesłuchują już pracowników lotniska.

Jon zagryzł wargę.

– Za długo to trwa. Z każdą godziną Beria jest coraz dalej.

– Wiem. Ale jak tu polować, skoro nie widać zwierzyny? – Klein umilkł. – Co zamierzasz?

– W Londynie nie mam nic do roboty. Poprosiłem kapitana naszej maszyny, żeby mnie zabrał. Odlatuję mniej więcej za godzinę i piętnaście minut. Dotrę do Waszyngtonu szybciej, niż gdybym miał czekać na transport wojskowy.

– Nie będzie z tobą kontaktu, to mi się nie podoba.

– Załoga wie, że z nimi lecę. Jeśli dostanie pan jakieś wiadomości z Moskwy, może pan przekazać je kapitanowi.

– W tych okolicznościach nie mam wyboru. W czasie lotu spróbuj trochę odpocząć. To się dopiero zaczyna.


Anthony Price siedział przy biurku w swoim gabinecie na piątym piętrze kwatery głównej Agencji Bezpieczeństwa Narodowego w Fort Meade w stanie Maryland. Jako wicedyrektor agencji, odpowiadał za wszystkie operacje bieżące. W tej chwili oznaczało to, że podlegający mu ludzie badali i analizowali sytuację w Moskwie. Jak dotąd Rosjanie trzymali się uparcie historyjki, że masakry na dworcu głównym dokonali buntownicy czeczeńscy, co bardzo Price'owi odpowiadało. Legitymizowało to jego poczynania. Doskonale zdawał sobie sprawę, że im dłużej Rosjanie będą ścigać nieuchwytnych jak duchy terrorystów, tym łatwiej Beria i Treloar prześlizgną się przez ich sieć.

Usłyszawszy pukanie do drzwi, podniósł wzrok.

– Proszę.

Weszła jedna z jego pracownic, młoda, korpulentna kobieta z miną grymaśnej bibliotekarki.

– Najnowsze doniesienia z naszych źródeł w Moskwie, panie dyrektorze. Wygląda na to, że generała Kirowa bardzo niepokoją taśmy z kamer systemu bezpieczeństwa na lotnisku Szeremietiewo.

Price poczuł, że coś kurczy mu się w piersi, mimo to zdołał zapanować nad głosem.

– Doprawdy? Dlaczego? Kto na nich jest?

– Nie wiadomo, ale z jakiegoś powodu Rosjanie położyli na nich łapę. Podobno są bardzo złej jakości.

Price gorączkowo myślał.

– To wszystko?

– Jak dotąd tak.

– Proszę się tym zająć. Jeśli dowiecie się czegoś więcej, natychmiast mnie informujcie.

– Dobrze, panie dyrektorze.

Kiedy analityczka wyszła, Price sprawdził w komputerze listę samolotów lądujących na lotnisku Dullesa. Istniał tylko jeden powód, dla którego Rosjanie mogli wykazywać zainteresowanie taśmami z Szeremietiewa: widziano, jak Beria się z kimś kontaktuje. A tym kimś mógł być jedynie Adam Treloar.

American 1710 miał wylądować za niewiele ponad sześć godzin. Rosyjski sprzęt do analizy i komputerowego polepszania jakości obrazu był bardzo kiepski. Zanim obrobią taśmy, DC-10 zdąży już wylądować i Adam Treloar będzie bezpieczny.

Usiadł wygodniej w skórzanym fotelu, zdjął okulary i postukał oprawką w przednie zęby. W Moskwie omal nie doszło do fiaska. To, że Beria zdołał uciec, graniczyło z cudem. Zdumiewające było już samo to, że zdołał dotrzeć w porę na Szeremietiewo i przekazać wirusa Treloarowi.

Ale kamery wychwyciły moment, kiedy ci dwaj nawiązali kontakt i Kirow wiedział już, że kontakt taki miał miejsce. Gdy jego ludzie przepuszczą taśmy przez komputer, natychmiast wyśle zdjęcie Treloara do baz danych na wszystkich lotniskach. Dowie się, kiedy ten przyleciał do Moskwy i kiedy stamtąd odleciał. Zaalarmuje ekspozytury CIA i FBI w amerykańskiej ambasadzie.

Wtedy Treloar zniknie, choćby tylko dlatego, że widziano go z Berią… Ale czy Kirow podejrzewa też, że Treloar jest naszym kurierem?

Nie, chyba nie. Jak dotąd wszystko wskazywało na to, że Rosjanie polują na Berię. I że niedługo go namierzą. Meldunki od agentów Agencji Bezpieczeństwa Narodowego potwierdzały wzmożoną aktywność sił bezpieczeństwa w St Petersburgu.

Price wprowadził na ekran kolejną listę przylotów. Jest: Finnair. Miał wylądować w Waszyngtonie za pięć godzin. Czy Rosjanie zdążą się pozbierać i definitywnie potwierdzić, że Beria odleciał z St Petersburga? Jeśli podniosą alarm, ile czasu upłynie, zanim ci z FBI zarzucą sieć na lotnisku Dullesa?

Na pewno niewiele.

– I tylko tyle czasu ci zostało, przyjacielu – mruknął do ekranu.

Podniósł słuchawkę i wybrał numer Richardsona. Beria: jego obecność w Stanach miała być pierwotnie czymś w rodzaju planu awaryjnego. Ale ponieważ Rosjanie mieli wkrótce zidentyfikować Treloara, plan ten musiał ulec zmianie.


Generał-major Kirow był na nogach od prawie dwudziestu czterech godzin. Gdyby nie środki przeciwbólowe i okrutna zdrada Lary Telegin, już dawno zabrakłoby mu sił.

Patrząc w okno, za którym wstawał świt, analizował sytuację. Wbrew temu, co powiedział Kleinowi, poszukiwania Berii wciąż koncentrowały się w Moskwie. Wysłuchał Amerykanina i otwarcie wyraził swój sceptycyzm co do tego, że Beria zdołał dotrzeć aż do St Petersburga. Uważał, że fiasko operacji na dworcu głównym pokrzyżowało mu precyzyjnie ułożony plan. Było oczywiste, że ktoś na niego czekał, niewykluczone, że ktoś, komu miał przekazać pojemnik z wirusem. Oczywiste było również i to, że strzelanina go odstraszyła. Tak, na pewno miał w mieście awaryjny punkt kontaktowy, ale Kirow wysłał na ulice ponad osiem tysięcy milicjantów i funkcjonariuszy sił bezpieczeństwa, którzy przypatrywali się twarzy każdego napotkanego mężczyzny. Poruszając się po Moskwie, potwór z Bałkan narażał na wielkie niebezpieczeństwo nie tylko siebie, ale i tego, kto się z nim kontaktował. Znał Berię i przypuszczał, że zabójca gdzieś się po prostu zaszył. Jeśli tak, wkrótce będzie musiał stamtąd wyjść, a wówczas dopadną go i odzyskają wirusa. To tylko kwestia czasu.

Lecz mimo całej pewności siebie Kirow był za starym wygą, żeby postawić wszystko na jedną kartę. Dotrzymując obietnicy danej Kleinowi, zadzwonił do przedstawicielstwa Federalnej Służby Bezpieczeństwa w St Petersburgu. Zarówno agenci FSB, jak i tamtejsza milicja mieli już rysopis i zdjęcie Berii; telefon z Moskwy dodał im jedynie ikry i zachęcił do intensywniejszych poszukiwań. Komendant ekspozytury otrzymał rozkaz skoncentrowania ich na dworcach kolejowych i autobusowych – istniało duże prawdopodobieństwo, że właśnie tamtędy Beria spróbuje dostać się do miasta – oraz na lotniskach. Jednocześnie sprawdzano listy pasażerów oraz taśmy z kamer wideo. Gdyby natrafiono choćby na najmniejszy ślad jego obecności w St Petersburgu, komendant miał go natychmiast o tym zawiadomić.

Dwie godziny po starcie Adam Treloar skończył jeść kolację, złożył stolik, poszedł do toalety, umył ręce i wyszorował zęby jednorazową szczoteczką. Wracając na miejsce, postanowił rozprostować nogi.

Rozsunąwszy zasłonę, wszedł do zaciemnionego przedziału klasy business i ruszył przed siebie przejściem po lewej stronie. Niektórzy pasażerowie oglądali film, inni albo pracowali, albo spali.

Dotarł do końca klasy ekonomicznej, przy toaletach zawrócił i wszedł między rzędy foteli po stronie prawej. W klasie business nagle przystanął, ponieważ tuż u jego stóp wylądował czyjś kalkulator. Treloar schylił się, żeby go podnieść i podając kalkulator pasażerowi, przypadkowo spojrzał na mężczyznę śpiącego przy oknie.

– Dobrze się pan czuje? – szepnął ten z kalkulatorem.

Treloar bez słowa kiwnął głową i zrobiwszy dwa szybkie kroki, zniknął za zasłoną.

Niemożliwe! To nie może być on!

Rozpaczliwie próbował się uspokoić, oddychał płytko i chrapliwie. Śpiący przy oknie mężczyzna miał twarz Jona Smitha!

– Czy coś panu podać?

Treloar spojrzał na stewardesę.

– Nie... dziękuję.

Szybko wrócił na swoje miejsce, usiadł i nakrył się kocem.

Przypomniało mu się ich spotkanie w Houston. Popełnił błąd, zdradzając Reedowi, że podsłuchał jego rozmowę o nim i o Wenecji. Reed ostrzegł go, że Smith to nie jego sprawa. Zapewnił, że ich ścieżki nigdy się nie przetną.

W takim razie co ten Smith tu, do diabła, robi? Śledzi mnie?

Gapił się na złożony stolik, a głowa pękała mu od pytań. Oczyma wyobraźni widział lśniący pojemnik, a w nim fiolki ze śmiercionośną, złotawożółtą cieczą. Zbyt sparaliżowany, żeby się poruszyć, spróbował opanować panikę.

Myśl logicznie! Gdyby Smith wiedział o wirusie, czy pozwoliłby ci wsiąść w Londynie do samolotu? Oczywiście, że nie! Natychmiast założyłby mi kajdanki. Nie, on nic nie wie. To tylko zbieg okoliczności. Na pewno.

Trochę się uspokoił, ale gdy tylko odpowiedział sobie na jedno pytanie, do głowy przychodziło mu następne. A może jednak Smith wiedział o wirusie? Wiedział i nie aresztował go na Heathrow tylko dlatego, że nie mógł tego zrobić szybko i bezpiecznie? Może Anglicy odmówili współpracy? Może Smith pozwolił mu wrócić do domu, ponieważ potrzebował czasu, żeby zorganizować zasadzkę w Stanach, na lotnisku? Na pewno rzucą się na niego, gdy tylko wysiądzie z samolotu...

Podciągnął koc jeszcze wyżej, aż pod brodę. Tam, w słonecznym i bezpiecznym Houston, plan Reeda wydawał się taki prosty, taki doskonały. Może trochę ryzykowny, ale ryzyko to było nieskończenie małe w porównaniu z tym, co obiecano mu w nagrodę. No i zdążył jeszcze zażyć rozkoszy w Moskwie...

Pokręcił głową. Szczegóły planu znał na pamięć, wiedział, co ma robić zaraz po wylądowaniu. Lecz nieoczekiwanie pojawił się on, Smith, i cały plan szlag trafił. Treloar potrzebował teraz jakiejś wskazówki, wyjaśnienia, kilku słów otuchy.

Wysunął spod koca rękę i wyjął telefon komórkowy. W tej fazie operacji nie miał prawa się z nimi kontaktować – surowo mu tego zakazano – ale ponieważ kilka metrów dalej siedział Smith, zakaz ten przestał obowiązywać. Wymacał kartę kredytową i włożył ją do czytnika w podłokietniku. Kilka sekund później karta została przyjęta i uzyskał połączenie.


W pomieszczeniu sąsiadującym z gabinetem Randi urządzono małą salę konferencyjną; wyposażono ją w sprzęt audiowizualny, płaskie ekrany plazmowe oraz w jednostkę operacyjną wideo-DVD, która mogłaby rywalizować z najlepszym sprzętem w dziale animacji u Disneya. Niemal we wszystkie piątkowe popołudnia pracownicy Digital Bay zasiadali tam, żeby przy hamburgerze, frytkach i coli obejrzeć najnowszy film z Amazon.com.

Siedząc obok Saszy Rublowa, Randi patrzyła, jak ten pozornie niezdarny, tyczkowaty nastolatek poprawia jakość zamazanych obrazów z taśmy Jona. Nie wstawał od komputera od wielu godzin. Od czasu do czasu robił sobie krótką przerwę na łyk coli, po czym wracał do pracy.

Ona była jedynie milczącą obserwatorką. Fascynowało ją, że piksel po pikselu, Marchewka potrafi odtworzyć i wyostrzyć coś, co było do niedawna jedynie brudną smugą. Z każdą minutą twarz widocznego na ekranie mężczyzny nabierała wyraźniejszych rysów.

Palce Saszy wykonały na klawiaturze *finale pass* i chłopak przekrzywił głowę, żeby rozruszać zesztywniałe mięśnie szyi.

– Już – powiedział. – Lepiej się nie da.

Randi ścisnęła go za ramię.

– Wspaniała robota, Sasza.

Spojrzała na zdjęcie. Napuchnięta twarz, mięsiste policzki, grube wargi. Najbardziej zdumiewające były oczy, wielkie i jajowate: zdawało się, że zaraz wyjdą z oczodołów.

– Brzydki jest.

Randi drgnęła, słysząc głos Saszy.

– Czemu?

– Wygląda jak troll. Ma w sobie coś złego. – Milczał przez chwilę. – Był na dworcu?

– Nie wiem – odrzekła zgodnie z prawdą i szybko go uścisnęła. – Dzięki. Bardzo mi pomogłeś. Muszę jeszcze coś załatwić, ale zajmie mi to tylko parę minut. A potem pójdziemy na ciacha. OK?

Sasza wskazał laptop i telefon komórkowy na stole.

– A co z tym?

Randi uśmiechnęła się.

– Może później.

Zostawszy sama, weszła do Internetu, otworzyła link i połączyła się z sekretarzem ambasady amerykańskiej w Moskwie, który był w rzeczywistości szefem miejscowej ekspozytury CIA. Gdy potwierdził, że link jest bezpieczny, przesłała mu pilną prośbę o wszelkie informacje na temat mężczyzny ze zdjęcia, które miała mu za chwilę przesłać.

Wsunęła wydruk zdjęcia do faksu i zerknęła na zegarek: odpowiedź powinna dostać za mniej więcej trzydzieści minut. Biorąc torebkę, zastanawiała się, dlaczego brzydal ze zdjęcia jest dla Jona taki ważny.

– Spokojnie, Adam, tylko spokojnie.

Treloar siedział wciśnięty w obszerny fotel przy oknie. Cieszył się, że z monotonnego szumu silników i z tego, że przedział pierwszej klasy zapewnia pasażerom chociaż odrobinę prywatności. Mimo to mówił szeptem.

– I co ja mam teraz robić? On tu jest. Widziałem go!

Anthony Price obrócił się z fotelem w stronę okna z kuloodpornymi, zewnętrznie zaciemnionymi szybami. Na chybił trafił wybrał na niebie punkt i wbił w niego wzrok. Potem oczyścił umysł ze wszystkich problemów z wyjątkiem tego, z którym musiał się teraz zmierzyć.

– Ale on ciebie nie widział, prawda? – spytał, starając się, żeby zabrzmiało to jak najłagodniej. – I nie zobaczy. Jeśli tylko będziesz ostrożny, na pewno cię nie zobaczy.

– Ale co on tu robi?

Price też chciałby to wiedzieć, i to bardzo.

– Nie jestem pewny… – odrzekł ostrożnie. – Zajmę się tym, gdy tylko skończymy. Ale pamiętaj: Smith to nie twoja sprawa. Poza tym nie ma żadnego powodu, żeby się tobą interesował.

– Nie kłam! Myślisz, że nie wiem, jaką rolę odegrał w Programie Hades?

– Smith już nie pracuje w Wojskowym Instytucie Chorób Zakaźnych – odparł Price. – Program Hades? Powiem ci coś, o czym pewnie nie wiesz: właśnie wtedy zginęła jego narzeczona. Jej siostra pracuje w Moskwie, w przedstawicielstwie firmy inwestycyjnej.

– Myślisz, że był tam z powodów osobistych?

– Możliwe.

– No nie wiem… – wymamrotał Treloar. – Nie lubię zbiegów okoliczności.

– Ale czasami do nich dochodzi – odrzekł kojąco Price. – Posłuchaj, Adam. Uprzedziłem już tych z lotniska. Błyskawicznie przejdziesz przez odprawę. Będzie czekał na ciebie jeden z moich ludzi. Jesteś w domu, nic ci nie grozi. Odpręż się i wyluzuj.

– Dopilnuj, żeby nikt niczego nie zawalił. Jeśli tamci znajdą…

– Adam! – przerwał mu ostro Price. – Przestań, już to przerabialiśmy.

– Przepraszam…

– Zadzwoń do mnie, gdy tylko wsiądziesz do samochodu. I o nic się nie martw.

Price odłożył słuchawkę. Treloar zawsze był najsłabszym ogniwem łańcucha. Ale nie mogli się bez niego obejść. Jako jedyny członek Przymierza miał przekonujący powód, żeby regularnie bywać w Rosji. Był również naukowcem, który wiedział, jak obchodzić się z wirusem ospy. Mimo to Price, który nie znosił ludzi słabych, zawsze nim pogardzał.

– Wróć do domu, Adam – szepnął, spoglądając w niebo. – Wróć, a dostaniesz swoją nagrodę.

# Rozdział 15

**P**rzekroczywszy granice miasta, Nathaniel Klein dojechał międzystanówką numer 15 do Thurmont w stanie Maryland. Tam skręcił na drogę numer 77, minął Hagerstown i wzdłuż Hunting Creek dotarł do parkingu dla odwiedzających park Catoctin Mountain. Za strażnicą rangersów wjechał na asfaltową dwupasmówkę i kilka minut później zobaczył tablicę z napisem: NIE ZATRZYMYWAĆ SIĘ, NIE ZWALNIAĆ, NIE ZAWRACAĆ. Jakby na dowód, że to nie żart, drogę zagrodził mu wojskowy łazik, który wyjechał z warkotem z pobocza.

Klein opuścił szybę i pokazał żołnierzowi przepustkę. Ten – został uprzedzony o jego przyjeździe – obejrzał ją i pozwolił mu jechać dalej. Gdy tylko Klein ruszył, zadzwonił telefon.

– Tak?

– Tu Kirow. Jak się pan miewa, dyrektorze?

Sądząc po pańskim głosie, lepiej niż pan...

– Świetnie, generale.

– Mam coś dla pana. – Rosjanin zawahał się, jakby szukał odpowiednich słów. W końcu wypowiedział je szybko i gwałtownie: – Tak jak podejrzewaliście, Beria dotarł aż do St Petersburga. Szczerze mówiąc, nie rozumiem, jak to możliwe.

– Jest pan pewien, że tam był?

– Absolutnie. Na drodze Moskwa–St Petersburg milicjanci zatrzymali autobus do kontroli. Pokazali kierowcy zdjęcie, a on go rozpoznał.

– Gdzie zatrzymali ten autobus? Daleko od St Petersburga?

– Mieliśmy trochę szczęścia: stali na posterunku godzinę jazdy od miasta. Natychmiast zaalarmowałem moich ludzi, zwłaszcza tych na lotnisku. Jak dotąd nie odleciał stamtąd żaden amerykański samolot.

Klein odetchnął. Dokądkolwiek Beria zmierzał, nie zmierzał do Stanów.

– Ale prawie dziesięć godzin temu odprawili tam samolot Finnairu. Ma na pokładzie grupę amerykańskich turystów.

Klein zamknął oczy.

– I?

– Jeden z pracowników urzędu imigracyjnego pamięta, że przewodniczka dała mu do sprawdzenia stos paszportów. Dokładnie je przejrzał. Jeden z nich zwrócił jego uwagę, bo był to amerykański paszport z rosyjskim nazwiskiem. Iwan Beria nazywa się teraz John Strelnikow. Jeśli samolot nie będzie miał opóźnienia, wyląduje na Dulles za piętnaście minut.

Za oknem samochodu ukazały się pierwsze domki.

– Panie generale, przepraszam, ale muszę już kończyć. Oddzwonię.

– Rozumiem. Powodzenia, panie dyrektorze.

Klein minął kilka drewnianych chatek i wreszcie zobaczył tę największą i najważniejszą, tę nad małym stawem. Zaparkował, wysiadł i szybko ruszył do drzwi. Przybył do Osiny, do prezydenckiej rezydencji w Camp David.

Ten założony w 1938 roku prywatny ośrodek wypoczynkowy prezydenta Franklina Delano Roosevelta nazywano kiedyś Catocin Recreational Demonstration Area (RDA) i wówczas bywali tam pracownicy federalni z rodzinami. Jego płot otaczał ponad pięćdziesiąt hektarów ziemi, gęsto porośniętej dębami, orzesznikami, osikami, brzozami, topolami i jesionami. Domki gościnne, w których mieszkali odwiedzający prezydenta zagraniczni dygnitarze, przyjaciele oraz członkowie rodziny, stały w odosobnionych zagajnikach i były połączone z Osiną licznymi ścieżkami.

Między drzewami Klein dostrzegł zarys Marine One, prezydenckiego śmigłowca. W tych okolicznościach cieszył się, że od Waszyngtonu dzieli go zaledwie trzydzieści minut lotu.

Agent Secret Service otworzył drzwi i Klein wszedł do małego, wyłożonego sosnową boazerią holu. Drugi agent przeprowadził go przez przytulny salon i zatrzymał się przed drzwiami dużego wygodnego pokoju, który służył jako gabinet szefa państwa.

Samuel Adams Castilla, były gubernator Nowego Meksyku, a obecnie prezydent Stanów Zjednoczonych, siedział za sosnowym biurkiem i przeglądał jakieś dokumenty. W rozpinanym swetrze i dżinsowej koszuli, wstał, wyciągnął do Kleina wielką spracowaną rękę i otaksował go spojrzeniem szarych, chłodnych, przesłoniętych okularami oczu.

– W normalnych okolicznościach powiedziałbym, że miło cię widzieć, Nate, ale ponieważ wspomniałeś, że to coś pilnego...

– Przepraszam, że przeszkadzam, panie prezydencie, ale ta sprawa naprawdę nie może czekać.

Castilla przesunął dłonią po lekko zarośniętym policzku.

– Czy ma to związek z tym, o czym rozmawialiśmy w Houston?

– Boję się, że tak.

Prezydent wskazał mu jedną z sof.

– Mów.

Pięć minut później wiedział już więcej, niż chciałby kiedykolwiek wiedzieć.

– Co proponujesz? – spytał cicho.

– Firewall, panie prezydencie – odrzekł z naciskiem Klein. – Ani jeden z tych pasażerów nie może opuścić hali przylotów.

Firewall, czyli Zapora Ogniowa, plan opracowany przy współudziale FAA, Federalnego Zarządu Lotnictwa Cywilnego, FBI i Pentagonu, zakładał przeprowadzenie zmasowanej akcji wyprzedzającej, która miała uniemożliwić atak terrorystyczny na Stany Zjednoczone. Gdyby ostrzeżenie o możliwości takiego ataku nadeszło odpowiednio wcześnie, wszystkie przejścia graniczne zostałyby obstawione dziesiątkami funkcjonariuszy służby bezpieczeństwa, wypatrującymi osobnika lub osobników o wskazanym wyglądzie. Klein zdawał sobie sprawę, że jest już za późno, żeby wysłać ich na lotnisko Dullesa. Mógł najwyżej zaalarmować tych, którzy już tam byli, zaalarmować ich i rozpocząć polowanie. Tymczasem ci z FAA przefaksowaliby do centrum dowodzenia listę pasażerów samolotu.

Prezydent popatrzył na niego, kiwnął głową i podniósł słuchawkę telefonu. Kilka sekund później rozmawiał już z Jerrym Matthewsem, dyrektorem FBI.

– Jerry, nie mam w tej chwili czasu na wdawanie się w szczegóły. Uruchom Zaporę. Przesyłam ci rysopis podejrzanego.

Klein wyjął zdjęcie Berii i prezydent wsunął je do faksu.

– Nazywa się Iwan Beria. Jest serbskim nacjonalistą. Podróżuje pod nazwiskiem John Strelnikow i ma fałszywy paszport. Nie jest, powtarzam, nie jest obywatelem amerykańskim. I jeszcze jedno, Jerry: nadaję tej akcji status poziomu piątego.

Poziom piąty, którym określano wyłącznie sytuacje najgroźniejsze, oznaczał, że poszukiwany może być nie tylko uzbrojony i niebezpieczny, ale i stanowi zagrożenie dla bezpieczeństwa narodowego Stanów Zjednoczonych.

Prezydent odłożył słuchawkę.

– Oddzwoni, kiedy tylko puści to wszystko w ruch. – Pokręcił głową. – Pytał, bardzo ostrożnie i taktownie, od kogo o tym Berii wiem…

– Rozumiem pańską sytuację, panie prezydencie – odrzekł Klein.

– Sam się w nią wpakowałem.

Po makabrycznych konsekwencjach Programu Hades i po reelekcji na urząd prezydenta Stanów Zjednoczonych Samuel Adams Castilla poprzysiągł sobie, że Stany Zjednoczone nigdy więcej nie dadzą się nikomu zaskoczyć. Szanując pracę istniejących już agencji wywiadowczych, widział potrzebę stworzenia nowej: małej, elitarnej grupy kierowanej przez człowieka od nikogo nieuzależnionego, który podlegałby jedynie szefowi państwa.

Po długim namyśle wybrał Nathaniela Kleina, który został dyrektorem czegoś, co później nazwano Jedynką. Dzięki funduszom tajnie odprowadzanym z budżetu różnych instytucji państwowych i dzięki utalentowanym, godnym zaufania pracownikom, myśl wprowadzono w czyn: powstała żelazna pięść, broń do wyłącznej dyspozycji prezydenta Stanów Zjednoczonych. Tym razem, pomyślał Castilla, mamy szanse powstrzymać potwora, zamiast walczyć ze skutkami koszmaru, który ten może rozpętać.

Z zamyślenia wyrwał go dzwonek telefonu.

– Tak, Jerry.

Słuchał przez chwilę, zakrył dłonią słuchawkę i spojrzał na Kleina.

– Widzieli Strelnikowa. Przeszedł przez odprawę osiem minut przed ogłoszeniem alarmu. – Potarł czoło. – Nate, odwołujemy Zaporę?

Klein poczuł się nagle bardzo staro. Beria znowu ich wykiwał. Osiem minut to dla kogoś takiego jak on cała wieczność.

– Mamy teraz zupełnie inną sytuację, panie prezydencie. Musimy zastosować plan awaryjny. – Szybko wyjaśnił mu, co zamierza.

Castilla ponownie zadzwonił do dyrektora FBI.

– Jerry, posłuchaj uważnie...

Już w trakcie rozmowy Matthews wydał rozkaz zmobilizowania elitarnej jednostki antyterrorystycznej FBI stacjonującej w Buzzard's Point. Rysopis Berii pojawił się na ekranach monitorów w ich samochodach. Już za trzydzieści minut pierwsze patrole miały wypytywać dyspozytorów przedsiębiorstw taksówkowych, tragarzy i kierowców z serwisu samochodowego, słowem każdego, kto mógłby widzieć lub rozmawiać z podejrzanym.

– Daj znać, kiedy tylko się czegoś dowiesz. – Castilla odłożył słuchawkę. – Ten wirus... Dokładnie ile go skradziono?

– Wystarczająco dużo, żeby wzniecić epidemię na całym wschodnim wybrzeżu.

– A nasze zapasy szczepionki, nie licząc zarezerwowanych dla wojska?

– Wystarczą najwyżej dla pół miliona ludzi. I, wyprzedzając pańskie następne pytanie: wyprodukowanie nowych potrwałoby bardzo długo, za długo. Wiele tygodni.

– Mimo to musimy spróbować. Anglia, Kanada, Japonia. Nie możemy kupić od nich?

– Mają jeszcze mniej niż my, panie prezydencie. Poza tym potrzebowaliby ich dla siebie.

W gabinecie zapadła cisza.

– Czy wiemy na pewno, że Beria przyjechał tu z zamiarem celowego rozproszenia wirusa? – spytał w końcu prezydent.

– Nie. Zabrzmi to jak ironiczny żart, ale to nasz jedyny promyk nadziei. Beria zawsze był tylko płatnym zabójcą, zwykłym narzędziem. Jego zainteresowania polityczne oscylują wokół ceny za usługi, które oferuje klientom.

– Narzędziem? Sugerujesz, że on chce dostarczyć wirusa komuś stąd? Jakiemuś Amerykaninowi?

– Wiem, panie prezydencie, trudno to zrozumieć. Ostatecznie gdyby terrorysta chciał zaatakować nas bronią biologiczną, o wiele bezpieczniej byłoby skonstruować ją poza granicami kraju.

– Ale przecież wirus ospy prawdziwej jest bronią sam w sobie, prawda?

– Tak, panie prezydencie. Nawet w postaci pierwotnej jest niezwykle groźny. Gdyby wrzucić go do nowojorskich wodociągów, doszłoby do kryzysu na niewyobrażalną skalę. Ale gdyby tej samej ilości wirusa nadać postać aerozolu, można by nim opylić znacznie większy obszar.

Castilla głucho chrząknął.

– Słowem, po co zmniejszać potencjał, skoro można go zwiększyć.

– Właśnie.

– Zakładając, że Beria jest kurierem, jak daleko może dotrzeć?

– Spróbujemy osaczyć go w Waszyngtonie. Będzie miał dwa problemy: słabo mówi po angielsku i nigdy dotąd nie był w Stanach Zjednoczonych. Prędzej czy później zwróci na siebie uwagę.

– To tylko teoria, Nate. Na pewno nie zapisze się na wycieczkę po Białym Domu. Dostarczy wirusa i weźmie nogi za pas. Albo przynajmniej spróbuje.

– Tak, i ktoś będzie musiał mu w tym pomóc – zgodził się z nim Klein. – Z drugiej strony, obszar poszukiwań jest dość ograniczony. Nie zapominajmy również, że ludzie, którzy go wynajęli, zamierzają użyć wirusa dopiero wówczas, gdy będzie im to odpowiadało. Jeśli tak, muszą go gdzieś przechować. Przechować w bezpiecznym miejscu, a więc w dobrze wyposażonym laboratorium. Nie w czynszówce czy w opuszczonym magazynie. Gdzieś w pobliżu, w sąsiadujących z Dystryktem hrabstwach, musi istnieć laboratorium, które zbudowano wyłącznie do tego celu.

– Dobrze – westchnął prezydent. – Polowanie na Berię rozpoczęte. Musimy też poszukać tego laboratorium. I utrzymujemy rzecz w ścisłej tajemnicy. Ani słowa prasie. Prawda?

– Tak, panie prezydencie. A propos mediów: Kirow trzyma swoje pod kontrolą, ale jeśli dojdzie do przecieku, na pewno będzie to przeciek z ich strony. Proponowałbym, żeby podczas rozmowy z prezydentem Potrenką spytał go pan, jakie kroki zamierza podjąć, żeby sprawa nie wyszła na jaw.

– Nie omieszkam. A ten drugi? Ten, z którym Beria mógł się teoretycznie spotkać w Moskwie?

– To nasz czarny koń – odrzekł cicho Klein. – Jeżeli zdołamy go namierzyć, zaprowadzi nas do Berii.


Gdy tylko zabrzmiał podwójny sygnał dźwiękowy, oznajmujący, że samolot przycumował do rękawa, Adam Treloar wstał z fotela i ruszył do przednich drzwi. Pozostali pasażerowie pierwszej klasy ustawili się z tyłu, tworząc bufor między nim i człowiekiem, który nie miał prawa go zobaczyć.

Stał i niecierpliwie bębnił palcami w torbę. Instrukcje były jasne i wyraźne. Powtarzał je w duchu tyle razy, że znał wszystkie na pamięć. Pytanie tylko, czy zdoła je bez przeszkód zrealizować.

Otworzyły się drzwi, stewardesa zrobiła mu przejście. Treloar minął ją jak wystrzelony z procy i wpadł do jaskrawo oświetlonego korytarza, kończącego się ruchomymi schodami. Zjechał na dół i stanął przed rzędem stanowisk kontroli paszportowej. Za nimi były karuzele bagażowe i stanowiska odprawy celnej.

Myślał, że zastanie tu tłumy ludzi – bardzo by mu to odpowiadało – ale lotnisko Dullesa nie jest tak ruchliwe, jak lotnisko Kennedy'ego czy port lotniczy w Los Angeles i oprócz jego samolotu nie wylądował tu w tym czasie żaden inny samolot zza oceanu. Podszedł do pustego stanowiska i podał paszport urzędnikowi kontroli granicznej, który zerknąwszy na fotografię, zadał mu nieśmiertelne pytanie, skąd wraca. Treloar opowiedział mu o swojej matce, o tym, że był w Rosji na jej grobie. Urzędnik z powagą skinął głową, naskrobał coś na formularzu odprawy celnej i przepuścił go przez bramkę.

Treloar miał bagaż, ale bynajmniej nie zamierzał czekać, aż walizki wyjadą z podziemi na karuzeli. Instrukcje były bardzo wyraźne: miał jak najszybciej opuścić halę przylotów. Mijając karuzele, odważył się zerknąć przez ramię. Jon Smith stał przy stanowisku zarezerwowanym dla dyplomatów i załóg powietrznych. Co on, u licha, tam... No jasne! Przecież pracował w Pentagonie, podróżował na wojskowych papierach.

Z formularzem w ręku Treloar podszedł do celnika.

– Podróżuje pan bez bagażu? – rzucił tamten.

Zgodnie z poleceniem, Treloar wyjaśnił mu, że bagaż nadał wcześniej, za pośrednictwem firmy przewozowej, obsługującej podróżnych – zwykle bardzo bogatych podróżnych – którzy nie chcieli męczyć się z ciężkimi walizami. Celnik musiał ten układ znać, bo przepuścił go machnięciem ręki.

Kątem oka Treloar zauważył, że Smith podchodzi do tego samego stanowiska. Natychmiast skręcił w prawo, żeby zejść mu z oczu.

– Halo! – zawołał za nim celnik. – Nie tędy! W lewo proszę, w lewo!

Treloar gwałtownie skręcił w lewo i niemal wbiegł do tunelu prowadzącego do hali głównej.


– Doktor Smith?

Jon odwrócił głowę. Szedł ku niemu celnik.

– Tak?

– Telefon do pana. Może pan odebrać tutaj. – Otworzył drzwi do pomieszczenia, w którym przesłuchiwano pasażerów zatrzymanych podczas odprawy. Wskazał aparat na biurku. – Linia numer jeden.

– Halo?

– Jon? Tu Randi.

– Randi!

– Posłuchaj, nie ma zbyt dużo czasu. Właśnie zidentyfikowaliśmy tego ze zdjęcia. Nazywa się Adam Treloar.

Smith kurczowo zacisnął palce na słuchawce.

– Na pewno?

– Na sto procent. Wyczyściliśmy taśmę na tyle, że mogłam przesłać zdjęcie do ambasady. Ale spokojnie, nic się nie martw. Kot wciąż jest w worku.

Powiedziałam, że to jeden z naszych przyszłych inwestorów i poprosiłam o standardową weryfikację.

– Czego się dowiedziałaś?

– Jego matka była Rosjanką. Zmarła jakiś czas temu. Treloar regularnie bywa w Moskwie, pewnie odwiedza jej grób. Aha, wracał tym samym samolotem co ty, American Airlines 1710.

Oszołomiony Jon potrząsnął głową.

– Randi, chciałbym podziękować ci serdeczniej, ale muszę już lecieć.

– Co zrobić z tym laptopem i telefonem?

– Możesz posadzić do nich tego swojego geniusza?

– Wiedziałam, że to powiesz. Zadzwonię, kiedy tylko się czegoś dowiem.

Smith wyszedł z pokoju przesłuchań, szybko wrócił do sali i odszukał celnika, który poprosił go do telefonu.

– Potrzebuję pańskiej pomocy – powiedział z naciskiem, okazując mu służbową legitymację. – Szukam pasażera lotu American Airlines 1710. Może pan sprawdzić, czy przeszedł już przez odprawę? Nazywa się Adam Treloar.

Celnik spojrzał na ekran monitora.

– Jest. Treloar. Był tu dwie minuty temu. Czy…

Jon biegł już do hali głównej. Biegnąc, wybrał numer Nathaniela Kleina.

– Tak?

– To ja, panie dyrektorze. Człowiek na zdjęciu z Berią jest Amerykaninem. To doktor Adam Treloar, naukowiec z NASA. Właśnie przyleciał z Londynu…

– Dasz radę go znaleźć? – przerwał mu niecierpliwie Klein.

– Ma nade mną dwie minuty przewagi, ale może dogonię go, zanim zdąży stąd wyjść.

– Jon, jestem teraz u prezydenta, w Camp David. Zaczekaj…

Smith przebijał się przez tłum z telefonem przy uchu.

– Posłuchaj. Prezydent ogłosił alarm, ale Beria zdążył się prześlizgnąć. Ponieważ wiadomo już, z kim go widziano, musisz koniecznie dopaść tego Treloara. Są tam agenci FBI…

– Nic z tego, panie dyrektorze, za długo to potrwa. Ale mam szansę go dogonić.

– To próbuj.

Jon wbiegł do tunelu. Plan lotniska znał na pamięć. Po odprawie celnej pasażerowie przechodzili przez salę, kierując się albo do innych bramek, albo – jeśli celem ich podróży był Waszyngton D.C. – na postój specjalnych autobusów tranzytowych. Autobusy te miały podnoszone podwozie: gdy pasażerowie wsiedli, opuszczało się i autobus wiózł ich do głównej hali lotniska. Tam cały proces przebiegał odwrotnie i wysiadłszy, pasażerowie ruszali do wyjścia.

Jon mijał sklepy, sklepiki i stoiska z prasą, śmigając między ludźmi i nieustannie wypatrując Treloara. Wreszcie dobiegł do końca hali i znalazł się w dużej poczekalni. Były tam przeszklone drzwi, przypominające drzwi windy, a za nimi rampa, z której pasażerowie wsiadali do autobusów. W tej chwili przy rampie czekał tylko jeden. Jon przepchnął się przez tłum dwudziestu kilku osób, dopadł drzwi i nie zwracając uwagi na ich krzyki i protesty, wskoczył do autobusu. Twarz tu, twarz tam, morze twarzy. Sprawdził wszystkie. Treloara w autobusie nie było.

Huknął pięścią w przepierzenie, za którym siedział kierowca. Przerażony Murzyn spojrzał na niego i na przytkniętą do szyby legitymację.

– Odjechał stąd inny? – krzyknął Jon.

Kierowca kiwnął głową i wskazał autobus, który zdążył już pokonać ponad połowę drogi między halą przylotów i główną halą lotniska.

Smith zawrócił i przez gęstniejący tłum ruszył do drzwi. Zauważył wyjście awaryjne, drzwi z czerwonym napisem ostrzegawczym, i rzucił się w tamtą stronę. Pchnął je i otworzył. W autobusie zabuczał alarmowy dzwonek.

Pędząc przez rampę prowadzącą do rękawów, zobaczył samochód kierownika lotniska: stał przy wózkach bagażowych i miał włączony silnik. Jon otworzył drzwi, wskoczył za kierownicę, wbił nogą pedał gazu i maszyna wystrzeliła na pas, omal nie potrącając jakiegoś pompiarza.

Jazda przez pasy dobiegowe trwała niecałe trzydzieści sekund. Porzuciwszy samochód, Smith podbiegł do autobusu. Ponieważ jego podwozie znajdowało się prawie dwa i pół metra nad ziemią, widział jedynie głowy wysiadających pasażerów.

Kolejne wyjście awaryjne i kolejna sala pełna ludzi czekających na autobus. Odwróciwszy się, zobaczył plecy tych, którzy właśnie wysiedli. Ponownie ogarnął wzrokiem morze twarzy. Przecież Treloar nie mógł, po prostu nie mógł się tędy wyślizgnąć. Nie tak szybko.

I nagle go zobaczył. Początkowo tylko głowę, ale to był bez wątpienia on, tam, za rozsuwanymi drzwiami prowadzącymi na chodnik, przy którego krawężniku parkowały taksówki, limuzyny i prywatne samochody.

Jon skoczył przed siebie i przepchnął się na dwór w chwili, gdy Treloar otwierał drzwiczki wielkiej limuzyny z mocno przyciemnionymi szybami.

– Treloar!

Pędząc w jego stronę, dostrzegł wyraz przerażenia w tych dziwnych jajowatych oczach, zauważył, jak mocno przyciska do piersi torbę.

Treloar szybko wsiadł i zatrzasnął drzwiczki. Smith zdążył jeszcze chwycić za klamkę, gdy nagle i bez ostrzeżenia limuzyna ruszyła z piskiem opon, odrzucając go mocno na chodnik. Przetoczył się po betonie, amortyzując siłę upadku ramieniem, lecz zanim zdążył wstać, lincoln włączył się już do ruchu.

W tej samej chwili chwycili go za ramiona dwaj policjanci z lotniska i zmarnował kolejne trzydzieści sekund na wyjaśnienia. W końcu mógł zadzwonić do Kleina i opowiedzieć mu o samochodzie.

– Zapamiętałeś numer rejestracyjny? – spytał Klein.

– Nie, ale widziałem ostatnie trzy cyfry. W lewym dolnym rogu tablicy była pomarańczowa naklejka. To był rządowy lincoln, panie dyrektorze.

# Rozdział 16

Dokąd jedziemy?

Od kierowcy oddzielało go mocno przyciemnione szklane przepierzenie. Głos dochodzący z ukrytych głośników był oschły i chrapliwy.

– Nie ma powodów do obaw, panie doktorze. Wszystko przebiega zgodnie z planem. Proszę wygodnie usiąść i cieszyć się jazdą. Odezwę się ponownie, kiedy przybędziemy na miejsce.

Ogarnięty paniką Treloar spojrzał na drzwiczki. Spróbował odblokować zamek, ale na próżno.

Co się tu dzieje?

Bez względu na to, jak bardzo starał się uspokoić, w żaden sposób nie potrafił wymazać z pamięci obrazu Jona Smitha: w samolocie, na odprawie celnej, gdy ten go rozpoznał, gdy dotarło do niego, kogo widzi. To prawdziwy cud, że autobus odjechał, zanim Smith zdążył do niego wsiąść. Ale nie, to go nie powstrzymało. Był jak dziki pies, który nigdy nie rezygnuje z pościgu. Treloar dostrzegł go w hali głównej i w ostatniej chwili zdążył czmychnąć za drzwi. Aż drgnął, gdy przypomniała mu się jego ręka zaciśnięta na klamce drzwiczek samochodu.

Ale teraz jestem już bezpieczny, pomyślał po raz setny. Wóz czekał zgodnie z obietnicą. A tam, dokąd jadę, Smith mnie nie dopadnie.

To racjonalne rozumowanie trochę go uspokoiło, nie odpędziło jednak innych pytań: Dlaczego w ogóle mnie ścigał? Czyżby podejrzewał, że mam w torbie pojemnik z wirusem? Czyżby o tym wiedział?

Niemożliwe!

Treloar dobrze znał procedury obowiązujące podczas alarmu biochemicznego. Gdyby Smith miał najmniejsze podejrzenia, że na pokładzie samolotu siedzi kurier z wirusem ospy prawdziwej, Treloar wysiadłby w kajdankach.

W takim razie dlaczego? Czym zwrócił na siebie uwagę?

Usiadł wygodniej w skórzanym fotelu, spoglądając na mroczny krajobraz za przyciemnionymi szybami. Parkingi pozostały w tyle, limuzyna pędziła autostradą w kierunku miasta. Kierowca najwyraźniej nie przejmował się drogówką i groźbą mandatu za przekroczenie prędkości.

Treloarowi bardzo to odpowiadało. Im szybciej dotrą do celu podróży, tym szybciej pozna odpowiedzi na dręczące go pytania.


Wiadomość o ucieczce Adama Treloara bardzo Kleina zaniepokoiła.

– Wiem, że zrobiłeś co w twojej mocy – powiedział przez telefon – ale teraz mamy na karku i jego, i Berię.

Smith stał przy kolumnie przed halą lotniska.

– Tak, panie dyrektorze, wiem, ale dzięki Treloarowi w sprawie nastąpił przełom: to był rządowy lincoln.

– Moi ludzie właśnie sprawdzają, do kogo należy. Nie rozumiem tylko, dlaczego ten człowiek uciekał.

– Bo ma coś na sumieniu – odrzekł chłodno Jon. – Nie miał powodu mnie unikać, było oczywiste, że pamięta mnie z Houston. Więc dlaczego? Czego się tak bał? I dokąd się tak spieszył? Nie odebrał nawet bagażu…

– Mówiłeś, że miał torbę.

– Tak, i ściskał ją, jakby miał tam klejnoty koronne.

– Zaczekaj, chyba już coś jest…

Jon usłyszał przytłumiony szum drukarki i zaraz potem głos Kleina:

– Samochód, który na niego czekał, należy do NASA.

Smith pokręcił głową.

– Dobrze, zgoda: facet sprawuje dość odpowiedzialną funkcję, mogli wysłać po niego wóz. Ale dlaczego uciekał?

– Jon, jeśli naprawdę uciekał, dlaczego załatwił sobie samochód, który tak bardzo rzuca się w oczy?

– Bo nie wiedział, że mnie spotka, że ktoś się nim zainteresuje. – Smith potarł oczy. – Panie dyrektorze, znajdźmy tego lincolna i pogadajmy z kierowcą.

– Pójdźmy krok dalej: ogłoszę alert BOLO.

Konsekwencje alertu BOLO były o wiele bardziej dalekosiężne: każdy stróż prawa w promieniu stu sześćdziesięciu kilometrów od stolicy otrzymałby rysopis poszukiwanego i rozkaz jego natychmiastowego zatrzymania.

– Tymczasem – ciągnął Klein – chcę, żebyś przyjechał do Camp David. Prezydent oczekuje raportu o Berii. Chcę, żebyś złożył mu go osobiście.


Kręta i stroma Wisconsin Avenue, potem cicha, zadrzewiona uliczka. Treloar był absolwentem medycyny Uniwersytetu Georgetown i dobrze te okolice znał. Jechali przez Volta Place, dzielnicę sąsiadującą z uniwersyteckim kampusem, z której bogacze, ulica po ulicy, wypierali biednych.

Trzasnęły zamki, szofer otworzył drzwiczki. Treloar zawahał się, wziął torbę i powoli wysiadł. Dopiero teraz mógł dokładnie przyjrzeć się kierowcy – miał pozbawioną wyrazu twarz i był zbudowany jak obrońca futbolowy – i zobaczyć dom, do którego go przywiózł, miły, świeżo odnowiony domek z białej cegły z czarnymi okiennicami i drzwiami.

Szofer otworzył furtkę w żelaznym ogrodzeniu.

– Ktoś na pana czeka, panie doktorze.

Treloar wszedł na kamienną ścieżkę, przeciął miniaturowy trawnik i właśnie wyciągał rękę, żeby zakołatać do drzwi kołatką w kształcie lwiej głowy, gdy nagle drzwi otworzyły się na oścież i stanął w progu mikroskopijnego holu z drewnianą podłogą pokrytą wschodnim dywanem.

– Adam! Jakże się cieszę!

Omal nie zemdlał, słysząc zza drzwi głos Dylana Reeda.

– Skąd ten szok? – Reed trzasnął zasuwą. – Przecież mówiłem ci, że tu będę. Nareszcie. Już wszystko w porządku.

– Nieprawda! – wybuchnął Treloar. – Nie wiesz, co było na lotnisku. Smith...

– Wiem – uciął Reed. – I wiem o Smisie. – Spojrzał na torbę. – To jest to?

– Tak.

Treloar podał mu torbę i weszli do małej kuchni z oknami wychodzącymi na patio.

– Znakomita robota, Adam. Naprawdę znakomita.

Reed wziął ręcznik, wyjął pojemnik i schował go do lodówki.

– Azot... – zaczął Treloar.

Reed zerknął na zegarek.

– Tak, wiem. Starczy go jeszcze na dwie godziny. Spokojnie. Do tej pory wirus znajdzie się w bezpiecznym miejscu. – Wskazał okrągły stolik w kąciku. – Usiądź. Dam ci coś do picia i wszystko mi opowiesz.

Treloar usłyszał grzechot kostek lodu i brzęk szkła. Reed wrócił z butelką dobrej whisky i dwiema wysokimi szklankami.

Nalawszy, wzniósł swoją jak do toastu.

– Twoje zdrowie, Adam.

Treloar wypił i gwałtownie potrząsnął głową. Jego spokój doprowadzał go do szału.

– Mówię ci, że coś tu jest nie tak!

Był już na lekkim rauszu, więc słowa popłynęły jak wzburzony potok. Niczego nie zatajając, opowiedział mu nawet o Krokodylu, ponieważ Reed już dawno temu dał mu wyraźnie do zrozumienia, że wie o jego inklinacjach. Nie pominął niczego, zdał mu sprawozdanie z każdej minuty podróży, żeby Reed dobrze zrozumiał jego obawy.

– Czy ty tego nie widzisz? – spytał żałośnie. – To, że lecieliśmy tym samym samolotem, nie mogło być zbiegiem okoliczności. W Moskwie musiało się coś stać. Śledzili go, tego, który na mnie czekał. Widzieli nas razem. Znajdą jego, znajdą i mnie! I to lotnisko. Smith mnie gonił. Dlaczego? Dlatego, że wie...

– Smith niczego nie wie. – Reed dolał mu whisky. – Nie sądzisz, że gdyby coś podejrzewał, czekałoby na ciebie pół FBI?

– Wiem, też o tym myślałem, nie jestem kretynem! Ale ten zbieg okoliczności...

– No i proszę, sam to powiedziałeś. Zbieg okoliczności. – Reed nachylił się ku niemu z poważną miną. – Dużo w tym mojej winy. Kiedy do mnie zadzwoniłeś, wydałem ci instrukcje i, jak widzę, dokładnie się do nich dostosowałeś. Ale popełniłem błąd. Zapomniałem ci powiedzieć, żebyś nie uciekał, gdyby Smith chciał do ciebie podejść. Pamięta cię z Houston. Zrobił to najpewniej z ciekawości, i tyle.

– Nie – odparł posępnie Treloar. – Nie było cię tam.

To prawda, pomyślał Reed. Ale cały czas byłem z tobą myślami.

– Posłuchaj, Adam. Jesteś bezpieczny. Zrobiłeś swoje i wróciłeś do domu. Pomyśl tylko: co na ciebie mają? Pojechałeś odwiedzić grób matki. Wszystko jest udokumentowane. Pozwiedzałeś Moskwę. Nie ma w tym nic złego. A potem wróciłeś do domu. Lotnisko? Spieszyłeś się. Nie miałeś czasu odebrać bagażu. A Smith? Nawet nie zdążyłeś mu się dobrze przyjrzeć, prawda?

– Ale dlaczego mnie gonił? – nie ustępował Treloar.

Reed zdał sobie sprawę, że tu pomoże tylko prawda.

– Ponieważ przypadkiem sfotografowano człowieka, którego spotkałeś na lotnisku. Jego i ciebie z nim.

Treloar jęknął.

– Adam! Oni mają na taśmie dwóch mężczyzn siedzących obok siebie przy barowej ladzie. I koniec, nic więcej! Ani głosu, ani niczego, co mogłoby wskazywać, że coś was łączy. Ale ponieważ wiedzą, co wiózł kurier, sprawdzają każdego, kto wpadnie im w oko.

– Wiedzą o wirusie... – mruknął głucho Treloar.

– Wiedzą tylko, że go skradziono! I że miał go kurier. I to jego ścigają, nie ciebie. Ciebie nikt o nic nie podejrzewa. Po prostu tak się przypadkiem złożyło, że koło niego usiadłeś.

Treloar przetarł twarz dłońmi.

– Nie zniósłbym tego... Tych wszystkich przesłuchań.

– Zniósłbyś, przecież nie zrobiłeś nic złego – powtórzył Reed. – Nawet gdyby przebadali cię wykrywaczem kłamstw, co byś mógł im powiedzieć?

Znasz tego mężczyznę? Nie. Miałeś się z nim spotkać? Nie, bo równie dobrze mogła czekać na ciebie kobieta.

Treloar wypił kolejny łyk szkockiej. Fakt, gdy patrzył na to w ten sposób, czuł się trochę lepiej. Ostatecznie tylu rzeczom mógł zaprzeczyć...

– Lecę z nóg – powiedział. – Muszę się przespać. Gdzieś, gdzie nikt nie będzie mi przeszkadzał.

– Już to załatwiłem. Szofer zawiezie cię do Four Seasons. Masz tam apartament. Odpoczywaj, ile chcesz. A potem zadzwoń.

Reed objął go i odprowadził do drzwi.

– Samochód czeka na ulicy. I dziękuję ci, Adam. Wszyscy ci dziękujemy. Twój wkład jest bezcenny.

Treloar położył rękę na klamce.

– A pieniądze? – spytał cicho.

– W hotelu znajdziesz kopertę. W środku są dwa numery. Jeden twojego konta, drugi – prywatny numer telefonu dyrektora zurychskiego banku.

Już zmierzchało. Zerwał się wiatr i Treloar zadrżał. Obejrzał się za siebie, ale zobaczył tylko zamknięte drzwi.

Samochodu przed domem nie było. Popatrzył w lewo, potem w prawo i zobaczył go nieco dalej, w połowie ulicy. No tak, gdyby czekał przed domem, zatarasowałby pół jezdni.

Idąc w tamtą stronę, czując, jak alkohol rozgrzewa mu żołądek, powtarzał w duchu pokrzepiające słowa Reeda. Tak, słusznie, to prawda: rosyjska przygoda już się skończyła. Nikt na niego nic nie miał. Poza tym wiedział tyle o Reedzie, Bauerze i innych, że musieli go teraz chronić.

Myśl, że ma nad nimi tak wielką władzę, nieco go uspokoiła. Podniósł głowę, spodziewając się, że lincoln jest tuż-tuż, po lewej stronie. Ale nie, samochód stał znacznie dalej, o rzut kamieniem od Wisconsin Avenue. Potrząsnął głową. Był bardziej zmęczony, niż myślał i pewnie źle ocenił odległość. Usłyszał odgłos zbliżających się kroków, ciche mlaśnięcie skórzanych podeszew na betonowym chodniku.

Najpierw zobaczył buty, potem zaprasowane w ostry kant spodnie. Gdy podniósł głowę, mężczyzna był już niecały metr od niego.

– Ty?!

Treloar przewrócił oczami. Stał przed nim Iwan Beria.

Beria szybko zrobił krok do przodu. Treloar poczuł jego oddech, usłyszał cichy świst dobywający się z jego nozdrzy.

– Tęskniłem za tobą – szepnął Macedończyk.

Treloar poczuł w piersi ostry ból i cichutko krzyknął. Przez chwilę myślał, że ma atak serca.

– Czy jako mały chłopiec przekłuwałeś baloniki igłą? Z tym jest tak samo. Puff! – i już. Jak mały balonik.

To absurdalne, ale gdy cienki sztylet Berii wbijał mu się w serce, Treloar miał przed oczami właśnie to, mały balonik. Westchnął, tylko raz, i poczuł, jak z płuc ucieka mu całe powietrze. Leżąc na chodniku, widział ludzi na Wisconsin Avenue i Berię, który właśnie wchodził na jezdnię. Musiał chyba do niego zawołać, bo Macedończyk spojrzał na niego przez ramię. A potem, gdy zamknął już oczy, usłyszał jeszcze trzask drzwiczek czarnego lincolna.

Doktor Dylan Reed zapomniał o Adamie Treloarze, gdy tylko zamknął za nim drzwi. Osobiście wszystko zaaranżował, dlatego wiedział, co – a raczej kto – spotka pechowego naukowca. W kuchni czekali na niego doktor Karl Bauer i generał Richardson; ten ostatni był po cywilnemu.

Generał trzymał w ręku telefon.

– Dzwonił Beria. Załatwione.

– W takim razie szybko – odrzekł Reed.

Spojrzał na Bauera, który wyjąwszy pojemnik z lodówki, otwierał go właśnie na kuchennym blacie. U jego stóp stał lekki tytanowy zasobnik wielkości turystycznej lodówki.

– Karl, chcesz to zrobić tutaj? Na pewno?

Bauer bez słowa rozkręcił pojemnik.

– Zasobnik, Dylan.

Reed ukląkł i pociągnął za uchwyt. Uszczelki puściły z cichym sykiem.

Wnętrze zasobnika było zaskakująco małe, lecz Reed wiedział, że jest to powiększona wersja pojemnika z Rosji. Jego grube ścianki były naszpikowane kapsułkami z płynnym azotem, który – po zgnieceniu kapsułek – utrzymywał w nim stałą temperaturę rzędu minus dwustu stopni Celsjusza. Skonstruowano go w Bauer-Zermatt i używano do przewożenia toksycznych kultur bakteryjnych.

Bauer włożył grube rękawice i wyjął z pojemnika wewnętrzną komorę, w której spoczywały fiolki z wirusem. Patrząc na nie, pomyślał, że są podobne do miniaturowych rakiet, ustawionych na wyrzutni i gotowych do odpalenia. Z tym że po odpowiedniej modyfikacji jego rakiety miały być o wiele potężniejsze od jakiejkolwiek głowicy nuklearnej z amerykańskich arsenałów.

Chociaż pracował z wirusami od ponad czterdziestu lat, nigdy nie zapominał, z czym ma do czynienia, dlatego zanim wstawił komorę do wnęki w zasobniku, upewnił się, czy nie drżą mu ręce, czy blat nie jest przypadkiem wilgotny i czy podłoga nie jest śliska. Potem zamknął wieko, wprowadził do zamka alfanumeryczny kod i ustawił temperaturę.

Wreszcie się wyprostował.

– Panowie, zegar tyka.

Wszystkie domy w Volta Place miały jedną charakterystyczną cechę: na podwórzu każdego z nich był mały garaż z drzwiami wychodzącymi na wąską alejkę. Reed i Richardson zanieśli zasobnik do garażu i wstawili go do bagażnika dużego volvo, natomiast Bauer pokręcił się przez chwilę po domu, żeby sprawdzić, czy nie zostawili gdzieś czegoś, co mogłoby wskazywać, że kiedykolwiek tu byli. Ale nie, nie przejmował się odciskami palców, włóknami czy innymi mikroskopijnymi śladami. Wiedział, że za kilka minut przybędzie tu specjalna grupa operacyjna z Agencji Bezpieczeństwa Narodowego, zespół „sprzątaczy", którzy dokładnie wyczyszczą i odkurzą cały dom. Agencja utrzymywała kilka takich domów w rejonie Waszyngtonu. Dla „sprzątaczy" był to po prostu kolejny punkt szczelnie wypełnionego harmonogramu dnia.

Idąc do garażu, usłyszał zawodzenie syren. Dochodziło z Wisconsin Avenue.

– Wygląda na to, że Adam Treloar odegra za chwilę swoją ostatnią rolę – wymamrotał, gdy wsiedli do volva.

– Szkoda tylko, że nie przeczyta już recenzji – odparł Reed i powoli wyprowadził samochód z garażu.

# Rozdział 17

**P**eter Howell stał na ostatnim stopniu szerokich schodów wiodących do Galleria Regionale przy Via Alloro. Ta najbardziej prestiżowa galeria na Sycylii szczyciła się obrazami Antonella da Messiny oraz wspaniałym piętnastowiecznym freskiem Laurana, zatytułowanym *Triumf śmierci*, który bardzo przypadł Howellowi do gustu.

Trzymając się z dala od wchodzących i schodzących schodami turystów, czujnie sprawdzając, czy nikt nie wykazuje nim niepotrzebnego zainteresowania, wyjął telefon i wybrał numer Jona Smitha.

– Jon? Tu Peter. Musimy pogadać.

Siedem tysięcy dwieście kilometrów dalej Smith zjechał na pobocze szosy numer 77.

– Mów.

Nieustannie lustrując spojrzeniem kręcących się po galerii ludzi, Howell opisał mu przebieg spotkania z przemytnikiem Franco Grimaldim, próbę zamachu na jego życie oraz potyczkę z sierżantem sztabowym Travisem Nicholsem i jego kolegą Patrickiem Drakiem.

– Jesteś pewny, że to byli wojskowi? – spytał Jon.

– Na sto procent – odrzekł Howell. – Wystawiłem ludzi na poczcie. Tak jak mówił Nichols, przyszedł tam jakiś żołnierz i zajrzał do skrytki. Ale nie było sposobu go zdjąć, tak samo jak nie ma sposobu, żeby dostać się do waszej bazy pod Palermo. – Howell westchnął. – Co wasi chłopcy knują, Jon?

– Wierz mi, sam chciałbym to wiedzieć.

Nagłe pojawienie się amerykańskich wojskowych – żołnierzy występujących w roli zabójców – dodatkowo skomplikowało już i tak skomplikowane równanie, które wymagało natychmiastowego rozwiązania.

– Jeśli Nichols i jego wspólnik działali z czyjegoś polecenia, ten ktoś musiał im płacić – skonkludował Smith.

– Czytasz w moich myślach, Jon.

– Wiesz może, jak tego kasjera znaleźć?

– Tak się przypadkiem składa, że wiem – odrzekł Howell i przedstawił mu swój plan.


Dziesięć minut później Smith ponownie wjechał na szosę. Gdy dotarł do Camp David, wojskowa eskorta odprowadziła go do Różyczki, domku stojącego najbliżej prezydenckiej Osiny. Zastał w nim Kleina, który siedział przy kamiennym kominku, rozmawiając przez telefon.

Dyrektor wskazał mu fotel, skończył monosylabiczną rozmowę i schował komórkę.

– To Kirow. Jego ludzie przesłuchują wszystkich pracowników Bioaparatu. Chcą ustalić, z kim się ten Jardeni kontaktował. Jak dotąd bez powodzenia. Wygląda na to, że milczkowaty był z niego sukinsyn. Nie szastał pieniędzmi, których nie powinien był mieć, nie chwalił się, że już wkrótce będzie pławił się w zbytku na Zachodzie. Nikt nie pamięta, żeby rozmawiał z kimś z zagranicy. Kirow sprawdza jego telefony i pocztę elektroniczną, ale wiesz co? Jakoś nie wstrzymuję oddechu.

– A więc ci, którzy go zwerbowali, zrobili to bardzo ostrożnie – zauważył Jon. – Sprawdzili, czy się nadaje, czy nie ma rodziny, czy da się przekupić, czy będzie trzymał język za zębami.

– Otóż to.

– Kirow dowiedział się jeszcze czegoś?

– Nie. Wie tylko, że nic nie wie. – Klein głośno prychnął. – Teraz to nasz problem i bardzo starał się ukryć, że mu ulżyło. Ale ja mu się nie dziwię.

– Panie dyrektorze, jak by na to nie patrzeć, ten wirus wykradziono w Rosji. Jeśli dojdzie do jakiegoś przecieku…

– Nie dojdzie. – Klein zerknął na zegarek. – Za kwadrans mam dzwonić do prezydenta. Mów, co masz.

Jon zdał mu krótki, zwięzły raport, opisując wszystko to, co zdarzyło się w Rosji oraz jego spotkanie z Treloarem na lotnisku Dullesa. Gdy dodał, że w sprawę zamieszani są amerykańscy wojskowi, zdumiony Klein uniósł brwi. Na zakończenie Smith zaprezentował mu swój plan działania.

Klein zastanawiał się przez chwilę.

– Podoba mi się – odrzekł w końcu. – Ale trudno to będzie sprzedać prezydentowi.

– Nie widzę innego wyjścia, panie dyrektorze.

Klein zaczął coś mówić, ale przerwał mu telefon od sekretarki. Dyrektor słuchał z błyszczącymi oczami. Zakrył słuchawkę i szepnął:

– Mają Treloara!

Jon nachylił się ku niemu, lecz w tej samej chwili Kleinowi zrzedła mina.

– Na pewno? – spytał. – Ani jednego świadka? Nikt nic nie widział?

Słuchał jeszcze przez chwilę i rozkazał:

– Proszę mi natychmiast dostarczyć wszystkie raporty i zdjęcia. Tak, niech odwołają BOLO.

Trzasnął słuchawką.

– Treloar – rzucił przez zaciśnięte zęby. – Policjanci znaleźli go w Volta Place, niedaleko Wisconsin Avenue. Nie żyje. Zadźgano go nożem.

Jon zamknął oczy. Mały, wystraszony łysielec o śmiesznych, wyłupiastych oczach...

– Na pewno? To nie pomyłka?

– Znaleźli przy nim paszport, portfel, jakieś dokumenty. To on. Ktoś podszedł do niego i wbił mu w serce cienki sztylet. Policja twierdzi, że to zwykły napad.

– Napad... Znaleźli przy nim torbę?

– Nie, nic.

– Obrabowano go?

– Zniknęły pieniądze i karty kredytowe.

– Ale paszport i portfel zostały, tak? Żebyśmy szybciej zidentyfikowali zwłoki. – Jon pokręcił głową. – To Beria. Mocodawcy Treloara wiedzieli, że to najsłabsze ogniwo. Kazali Berii go zlikwidować.

– Oni? To znaczy kto?

– Nie wiem, panie dyrektorze. Ale przesyłka została przekazana. Dostali swojego wirusa. Treloar był już niepotrzebny.

– Beria...

– Właśnie. Dlatego pojechał do St Petersburga, dlatego przyleciał do Stanów samolotem Finnairu. On wcale nie uciekał. Przyjechał tu, żeby usunąć najsłabsze ogniwo łańcucha.

– Każdy mógł je usunąć.

– To znaczy, zabić? Tak, ale czy nie lepiej było zlecić to komuś, kogo nie znamy? Wiemy tylko, jak wygląda. A odciski palców? A taktyka i metody działania? Dzięki całkowitej anonimowości Beria jest zabójcą doskonałym.

– A więc jednak na Szeremietiewie doszło do wymiany…

– Tak – odrzekł Jon. – To Treloar miał wirusa, miał go cały czas. – Westchnął. – A ja siedziałem dziewięć metrów od niego…

Nie odrywając wzroku od Smitha, Klein podniósł słuchawkę telefonu.

– Nie wypada, żeby prezydent czekał.


Widok prezydenta Stanów Zjednoczonych w domowym stroju i w przytulnym domowym otoczeniu bardzo Jona zaskoczył. Gdy Klein go przedstawił, Castilla powiedział:

– Pańska reputacja pana wyprzedza, pułkowniku.

– Dziękuję, panie prezydencie.

– No więc? Co się tam znowu stało?

Klein zawiadomił go o śmierci Treloara i przeanalizował wpływ, jaki fakt ten wywrze na sytuację ogólną.

– Treloar… – powtórzył cicho Castilla. – Po nitce do kłębka. Czy da się jakoś wytropić pozostałych uczestników spisku?

– Proszę mi wierzyć, panie prezydencie, że prześwietlimy go na wszystkie strony – odrzekł Klein. – Ale nie mam zbyt wielkich nadziei. Ludzie, z którymi mamy do czynienia, dobierają wspólników bardzo ostrożnie. Ten Rosjanin, Jardeni, nie doprowadził nas do nikogo. Moim zdaniem z Treloarem będzie podobnie.

– Wróćmy na chwilę do „tych ludzi", Nate. Myślisz, że to jacyś nacjonaliści? Ktoś w rodzaju Osamy Bin Ladena?

– Nie, panie prezydencie, nie widzę tu jego ręki. – Klein zerknął na Jona. – To, że zasięg ich działania jest tak ogromny, od Rosji aż po NASA w Houston, wskazuje na ich dużą fachowość. Dobrze znają nasz sposób działania, sposób działania Rosjan, wiedzą, gdzie przechowujemy nasze precioza i jak ich strzeżemy.

– Sugerujesz, że to Amerykanie zorganizowali kradzież wirusa w Rosji?

– Panie prezydencie, ten wirus jest tu, w naszym kraju. Człowiek, który go wykradł, i kurier zginęli z ręki zabójcy prawie nieznanego na Zachodzie. Nie, to nie Arabowie maczali w tym palce. Pamiętajmy również, że wirus ospy prawdziwej jest nie tylko śmiertelnie niebezpieczny, ale i wymaga supernowoczesnego laboratorium, bez którego nie przekształci się go w skuteczną broń biologiczną. I wreszcie zaangażowani są w to amerykańscy wojskowi, przynajmniej marginalnie.

– Amerykańscy wojskowi? – powtórzył Castilla.

Klein spojrzał na Smitha, a ten pokrótce zapoznał prezydenta z wydarzeniami w Palermo.

– Sprawdzę tych żołnierzy – zapewnił go Klein. – Prześwietlę ich na wylot. I wracając do pańskiego pytania – dodał. – Tak, jest bardzo prawdopodobne, że ktoś kieruje tym wszystkim stąd, ze Stanów Zjednoczonych.

Chwilę trwało, zanim Castilla to przetrawił.

– Potworne – wyszeptał. – Niewiarygodne i potworne. Nate, gdybyśmy wiedzieli, po co im ten wirus, czy nie powiedziałoby to nam, co zamierzają, a może nawet kim są?

Ton głosu Kleina zdradzał gnębiącą go frustrację.

– Tak, panie prezydencie, ale tego nie wiemy, to kolejna zagadka.

– Zaraz, czy ja to wszystko dobrze rozumiem? Gdzieś tu, niewykluczone, że w okolicach Waszyngtonu, tkwi źródło potencjalnej zarazy. Grasuje tu również zabójca...

– Panie prezydencie – wpadł mu w słowo Jon – ten zabójca to nasza największa szansa.

– Zechciałby pan to rozwinąć, pułkowniku?

– Spiskowcy zlikwidowali dwóch ludzi, których teoretycznie mogliśmy dopaść. Właśnie po to ściągnęli tu Berię. Myślę, że trzymają go w rezerwie na wypadek, gdyby musieli zabić kogoś jeszcze.

– Chce pan przez to powiedzieć, że...

– Że Beria jest ostatnim człowiekiem, który może doprowadzić nas do organizatorów spisku, panie prezydencie. Jeśli go znajdziemy, niewykluczone, że pęknie i wskaże nam kierunek dalszych poszukiwań.

– Czy takie zmasowane polowanie nie wzbudzi zbytniego zainteresowania mediów? To może go odstraszyć.

– Słusznie, panie prezydencie – wtrącił Klein. – Ale proszę zwrócić uwagę na jedno: Beria zabił człowieka. Zrobił to z zimną krwią, na waszyngtońskiej ulicy. Nie jest już terrorystą, tylko zwykłym mordercą. Jeśli to ogłosimy, ścigać go będzie policja we wszystkich pięciu stanach.

– No właśnie: czy Beria nie zaszyje się wtedy jeszcze głębiej?

– Nie, panie prezydencie. On i jego mocodawcy będą wiedzieli dokładnie, jakie siły przeciwko nim rzucimy. Spróbują nas przechytrzyć. I będą czuli się bezpiecznie, ponieważ założą, że uda im się przewidzieć nasz każdy krok.

– Poza tym – dodał Smith – jeśli tego nie rozgłosimy, spiskowcy nie będą mieli pojęcia, co robimy i uznają, że skutki schwytania Berii mogą okazać się groźniejsze niż jego dalsza użyteczność. A wówczas Beria skończy tak samo, jak Jardeni i Treloar.

– Rozumiem – mruknął Castilla. – Przypuszczam, że ma pan już jakiś plan.

– Tak, panie prezydencie – odrzekł cicho Jon i szybko go przedstawił.

Inspektor Marco Dionetti z weneckiej Questury zeskoczył zwinnie z policyjnej motorówki, która dobiła do przystani przed jego pałacykiem. Oddawszy honory konstablowi, długo patrzył, jak łódź odpływa i znika wśród dziesiątków oświetlonych od dziobu po rufę łodzi na kanale.

Potem otworzył drzwi i wyłączył alarm. Kucharka i służąca były już staruszkami i pracowały u niego od lat. Ani jedna, ani druga nie przepłoszyłaby włamywacza, a ponieważ skarbami z pałacyku można by wypełnić małe muzeum, środki ostrożności były po prostu konieczne.

Wziął czekającą w holu pocztę, wszedł do salonu, usiadł w klubowym fotelu i rozciął list z Offenbach Bank w Zurychu. Sącząc aperitif i podjadając czarne oliwki, sprawdził historię rachunku i stan konta. O Amerykanach można było powiedzieć dużo złego, ale jedno musiał przyznać: zawsze dotrzymywali terminów płatności.

Marco Dionetti nie wnikał, kto za tym wszystkim stoi i po co to robi. Nie obchodziło go, dlaczego bracia Rocca musieli zabić i dlaczego musieli zginąć. Fakt, miał wyrzuty sumienia, że wydał im Petera Howella. Ale Howell pojechał na Sycylię i już nigdy stamtąd nie wróci. A dzięki amerykańskim dolarom spuścizna Dionettich przetrwa jeszcze wiele, wiele lat.

Po odświeżającym prysznicu zjadł samotny posiłek przy wielkim stole na trzydzieści osób. Gdy podano kawę i deser, odprawił służących, którzy udali się do swoich pokoi na trzecim piętrze. Popadł w zadumę i jedząc truskawki w koniaku, zastanawiał się, gdzie by pojechać na urlop, na który – dzięki szczodrobliwości Amerykanów – mógł sobie teraz pozwolić.

– Dobry wieczór, Marco.

Dionetti zadławił się truskawką i wybałuszył oczy. Do pokoju wszedł Peter Howell. Wszedł tak spokojnie, jakby go tu zaproszono, po czym usiadł na przeciwległym końcu stołu.

Inspektor sięgnął za pazuchę smokingu. Błyskawicznie wyszarpnął z kabury berettę i wymierzył ponad starym, długim na sześć metrów, wiśniowym blatem.

– Co ty tu robisz? – wychrypiał.

– Skąd to zdziwienie, Marco? Czyżbym miał już nie żyć? Tak ci powiedzieli?

Dionetti poruszył wargami jak wyrzucona na brzeg ryba.

– Nie wiem, o czym mówisz!

– W takim razie po co ten pistolet?

Howell powolutku otworzył dłoń i postawił na stole małą fiolkę.

– Smakowała ci kolacja? – spytał. – Risotto di mare pachniało przepysznie. A truskawki? Smakują ci?

Inspektor popatrzył na fiolkę, potem na kilka owoców na dnie miseczki i spróbował odpędzić czarne myśli, od których zakręciło mu się w głowie.

– Czyżbyś się już domyślił, że ktoś mógł je zatruć? – mówił dalej Howell. – Ostatecznie alarm się nie włączył, jakoś tu wszedłem. Twoi służący mnie nie widzieli. Dodać do deseru troszkę atropiny? Cóż w tym trudnego?

Lufa pistoletu lekko zadrżała. Atropina to bardzo silna trucizna z rodziny *Belladonna*. Bez zapachu i smaku, atakuje system nerwowy. Dionetti rozpaczliwie próbował przypomnieć sobie, jak szybko działa.

– Zważywszy ilość, którą ci zaaplikowałem, twój wzrost i wagę, umrzesz za cztery, najdalej za pięć minut – poinformował go Howell. Postukał fiolką w stół. – Ale tutaj mam antidotum.

– Pietro, proszę, zrozum mnie…

– Rozumiem tylko to, że mnie zdradziłeś – odparł oschle Howell. – Nic więcej rozumieć nie muszę. I gdybym czegoś od ciebie nie chciał, już byś nie żył.

– Mogę cię zabić! – syknął Dionetti.

Howell z niesmakiem pokręcił głową.

– Brałeś prysznic, pamiętasz? Zostawiłeś kaburę na blacie w łazience. Wyjąłem naboje, Marco. Jeśli mi nie wierzysz, to strzelaj.

Inspektor kilkakrotnie pociągnął za spust. Usłyszał tylko metaliczny trzask, przypominający odgłos, jaki wydają wbijane w trumnę gwoździe.

– Pietro, przysięgam…

Howell uciszył go gestem ręki.

– Teraz najważniejszy jest dla ciebie czas, Marco. Wiem, że braci Rocca zabili amerykańscy żołnierze. Pomogłeś im?

Dionetti oblizał usta.

– Powiedziałem im, jak bracia Rocca zamierzają uciec.

– Skąd o tym wiedziałeś?

– Ktoś do mnie zadzwonił. Głos był elektronicznie zmieniony. Kazano mi najpierw pomóc braciom, a potem żołnierzom.

– No i mnie.

Inspektor z wściekłością kiwnął głową.

– I tobie – wyszeptał.

Zaschło mu w ustach. Jego głos brzmiał tak, jakby dochodził z wielkiej odległości. Serce waliło mu jak młotem.

– Pietro, błagam. Antidotum…

– Kto ci płaci, Marco? – spytał cicho Howell.

Wypytywanie o Amerykanów byłoby stratą czasu. Tacy ludzie nie ujawniali swojej tożsamości. Najlepszym rozwiązaniem było pójść krwawym śladem pieniędzy.

– Herr Weizsel… z Offenbach Bank w Zurychu. Na miłość boską, Pietro, daj mi to antidotum!

Howell przesunął po stole telefon komórkowy.

– Zadzwoń do niego. Klient taki jak ty na pewno ma jego prywatny numer. Niech poda ci kody dostępu. I niech mówi głośno, bo chcę to słyszeć.

Dionetti niezdarnie chwycił telefon i wybrał numer. Czekając na połączenie, nie odrywał wzroku od fiolki.

– Pietro, proszę!

– Wszystko w swoim czasie, Marco. Wszystko w swoim czasie.

# Rozdział 18

Learjet wylądował na lotnisku Kona na Hawajach wczesnym wieczorem czasu miejscowego. Pod nadzorem Bauera trzech techników wyjęło z ładowni zasobnik z wirusem i ustawiło go na podłodze dużego wojskowego łazika. Jazda do ośrodka Bauer-Zermatt trwała czterdzieści pięć minut.

Jako dawny medyczny kompleks wojskowy, ośrodek spełniał szereg specyficznych wymogów konstrukcyjnych. Żeby nie dopuścić tam intruzów i uniemożliwić ewentualną ucieczkę śmiercionośnych bakterii i wirusów, wykopano gigantyczną dziurę między morskimi klifami i polem lawy, którą następnie zabezpieczono i wzmocniono tysiącami metrów sześciennych betonu, tworząc coś w rodzaju olbrzymiego, wielopiętrowego szybu. Szyb ten podzielono na trzy poziomy lub strefy, z których najgłębsza została zarezerwowana dla laboratoriów prowadzących badania nad najbardziej niebezpiecznymi wirusami. Gdy Bauer przejął ośrodek, wszystkie prace były już ukończone. Rok i sto milionów dolarów później, po wprowadzeniu niezbędnych poprawek i modyfikacji, ośrodek został otwarty.

Kiedy łazik wjechał do wielkiego garażu, zasobnik został wyładowany i ustawiony na elektrycznym wózku, który zawiózł go do windy. Trzy piętra niżej Bauera powitał Klaus Jaunich, szef starannie dobranego personelu badawczego. Jego oraz jego sześcioosobowy zespół przeniesiono tu z Zurychu wyłącznie do prac nad wirusem ospy prawdziwej. Wszyscy byli związani z Bauerem od lat, a korzyści, jakie z tego odnieśli, przekroczyły ich najśmielsze oczekiwania.

Są ze mną od lat i każdy z nich dobrze wie, że znam tajemnice, które mogłyby ich błyskawicznie zniszczyć, pomyślał Bauer, uśmiechając się do Jaunicha.

– Miło cię widzieć, Klaus.

– Cała przyjemność po mojej stronie, *Herr Direktor*.

Jaunich był prawdziwym studium kontrastów. Wielki i niedźwiedziowaty – dobijał sześćdziesiątki – miał wyjątkowo miękki głos. Jego brodata, okrągła jak księżyc twarz przypominała twarz drwala, lecz złudzenie to pryskało w chwili, gdy Jaunich uśmiechał się, odsłaniając malutkie, dziecięce zęby.

Dał znak dwóm asystentom ubranym w pomarańczowe kombinezony, w których wyglądali jak astronauci. Ci zdjęli zasobnik z wózka i ruszyli w stronę wejścia do komór odkażających.

– Czy pan dyrektor życzy sobie obejrzeć całą procedurę? – spytał Jaunich.

– Naturalnie.

Weszli na przeszklone półpiętro, skąd roztaczał się widok na komory i laboratorium. Asystenci przechodzili właśnie z pomieszczenia do pomieszczenia. Ponieważ proces odkażania stosowano tylko wtedy, gdy pracownicy opuszczali strefę „gorącą", wejście zajęło im zaledwie kilka minut.

Znalazłszy się w laboratorium, asystenci otworzyli zasobnik. Bauer nachylił się nad mikrofonem.

– Ostrożnie, panowie – powiedział. – Bardzo ostrożnie.

– *Ja, Herr Direktor* – zaskrzeczało w głośnikach.

Bauer zesztywniał, gdy asystenci zanurzyli ręce w oparach płynnego azotu i powoli wyjęli cylindryczny pojemnik z fiolkami. W tej samej chwili otworzyły się drzwi wielkiej chłodni, bardzo podobnej do tej w Bioaparacie.

– Nie mamy za dużo czasu – wymamrotał Bauer. – Pozostali gotowi?

– Więcej niż gotowi – zapewnił go Jaunich. – Cały proces potrwa najwyżej osiem godzin.

– Zaczniecie beze mnie. Pójdę odpocząć i wrócę na ostatnią fazę.

Jaunich kiwnął głową. Było widać, że dyrektor chce być obecny na początku czegoś, co bez wątpienia zostanie uznane za milowy krok w rozwoju biochemii i inżynierii genetycznej. Jednak przeżycia związane ze zdobyciem wirusa – jakiekolwiek były – odcisnęły na nim wyraźne piętno: stary naukowiec był zmęczony i przed rozpoczęciem pełnej napięcia pracy musiał odpocząć.

– Każda faza procesu będzie nagrywana, *Herr Direktor*.

– Oczywiście, koniecznie – odparł Bauer. – Tego, czego tu dziś dokonamy, nie dokonał nikt przed nami. Rosjanie nie zdołali. Amerykanie boją się nawet spróbować. Pomyśl tylko, Klaus: to pierwszy krok w dziedzinie genetycznej modyfikacji jednej z najstraszliwszych plag ludzkości, początek transformacji, dzięki której wszystkie szczepionki, te istniejące kiedyś i te istniejące dzisiaj, okażą się zupełnie bezużyteczne! Rezultat? Doskonała broń biologiczna…

– Przed którą ustrzec się można tylko w jeden sposób – dokończył Jaunich. – Stosując ścisłą kwarantannę.

Bauerowi rozbłysły oczy.

– Właśnie! Ponieważ szczepionki jeszcze nie ma, zainfekowany wirusem kraj musiałby natychmiast zamknąć granice. Ot, choćby Irak. Każemy im zaniechać takich czy innych praktyk, a Bagdad odmawia. Decydujemy się na uderzenie wyprzedzające i nasza mała księżniczka ląduje w ich systemie wodociągowym albo w zapasach żywności. Ludzie zarażają się, liczba zgonów rośnie w postępie geometrycznym. Irakijczycy chcą uciekać, ale granice są szczelnie zamknięte. Wiadomość już się rozeszła: u Saddama wybuchła epidemia. Nawet ci, którzy będą próbowali uciec przez góry, zostaną wytropieni i zabici.

Bauer otworzył dłonie niczym magik wypuszczający gołębia.

– Puff! Jeden cios i nieprzyjaciel znika. Nie może walczyć, bo nie ma już armii. Nie może stawiać oporu, bo jego infrastruktura przestała istnieć. Nie może utrzymać się przy władzy, bo nieliczni, którzy ocaleją, zwrócą się przeciwko niemu. Jedynym wyjściem jest bezwarunkowa kapitulacja.

– Albo błagalna prośba o szczepionkę – dopowiedział Jaunich.

– Prośba, na którą nikt nie zareaguje, ponieważ szczepionki jeszcze nie ma. – Bauer rozkoszował się chwilą. – A przynajmniej tak im się powie. – Rozciągnął usta w uśmiechu. – Ale wszystko po kolei. Próbki muszą być przygotowane do procesu rekombinacji. Jeśli wszystko pójdzie dobrze, pomyślimy o antidotum.

Zacisnął dłoń na ramieniu Jaunicha.

– Zostawiam wszystko w twoich wprawnych rękach. Do zobaczenia za kilka godzin.


W Houston, kilkanaście stref czasowych na wschód od Hawajów, Megan Olson zaparkowała swego wiśniowego mustanga w miejscu zarezerwowanym dla członków załogi promu kosmicznego. Zamknęła samochód i szybkim krokiem weszła do budynku administracyjnego. Wiadomość od Dylana Reeda przerwała jej kolację z miłym, choć nudnym inżynierem z NASA. Ostatnie słowo na wyświetlaczu pagera brzmiało: PILNE.

Przeszedłszy przez posterunki kontrolne służby ochrony wewnętrznej, wsiadła do windy i pojechała na piąte piętro. Wszystkie korytarze były jasno oświetlone, ale panowała w nich dziwna cisza. Drzwi do gabinetu Reeda były uchylone i biła zza nich smuga światła. Megan zapukała i weszła do środka.

Gabinet składał się z dwóch części: z kącika, gdzie stało biurko, oraz z małej sali konferencyjnej, zdominowanej przez długi owalny stół. Megan zamrugała. Przy stole siedział pilot promu Frank Stone i dowódca wyprawy Bill Karol. Na krzesłach obok zobaczyła głównego kontrolera lotu, Harry'ego Landona i wicedyrektora NASA, Lorne'a Allenby'ego. Dwaj ostatni robili wrażenie zmęczonych i mieli na sobie wymięte ubrania, jakby właśnie wysiedli z samolotu po długim locie. Zresztą może i wysiedli. Wahadłowiec startował za niecałe czterdzieści osiem godzin i obaj powinni być teraz na Florydzie.

– Megan – powitał ją Reed. – Dzięki, że tak szybko przyszłaś. Wszystkich chyba znasz, prawda?

Wymruczeli pozdrowienia i Megan usiadła obok Franka Stone'a.

Reed rozmasował sobie kark, oparł się rękami o stół i wbił w nią wzrok.

– Słyszałaś?

Megan pokręciła głową.

– Nie. Co?

– Dziś po południu w Waszyngtonie zamordowano Adama Treloara. Podobno w trakcie napadu.

– Boże! Ale jak? Jak to... Co się stało?

– Ci z policji nie chcą nic mówić – odrzekł Reed. – Albo nie mają nic do powiedzenia. Adam wrócił z Rosji; jeździł tam na grób matki. Miał zarezerwowany hotel, więc przypuszczam, że przed odlotem na przylądek chciał trochę odpocząć. Szedł ulicą niedaleko Wisconsin Avenue – powiadają, że to względnie bezpieczna okolica – kiedy ten sukinsyn go zaatakował. – Reed przeczesał ręką włosy. – Co stało się potem, możemy się tylko domyślać. Nikt nic nie widział, nikt nic nie słyszał. Kiedy w końcu znalazł go jakiś przechodzień, Adam już nie żył. – Reed pokręcił głową. – Co za strata. Co za potworna strata...

– Dylan – powiedział Lorne Allenby. – Jesteśmy wstrząśnięci tak samo jak ty, ale zegar wciąż tyka.

Reed zrobił uspokajający gest ręką, jakby dobrze zdawał sobie z tego sprawę. Gdy ponownie spojrzał na Megan, ta poczuła, że serce wali jej jak młotem.

– Jesteś jego dublerką. Ze względu na zaistniałą sytuację zostałaś przeniesiona do pierwszej załogi jako specjalistka. Jesteś gotowa, Megan?

Chociaż zaschło jej w ustach, głos miała silny i stanowczy.

– Tak. Nie w taki sposób chciałam dostać się na pokład, ale tak, jestem gotowa.

– Nawet nie wiesz, jak bardzo się z tego cieszę. – Reed powiódł wzrokiem po twarzach zebranych.

– Panowie, jakieś pytania?

– Pytań brak – odparł Frank Stone. – Może raczej głosowanie nad wnioskiem o wotum zaufania. Trenowałem z Megan i wiem, że nie zawali.

– Popieram – odezwał się dowódca wyprawy Bill Karol.

– Landon? – rzucił Reed.

Główny kontroler lotu poprawił się na krześle.

– Czytałem sprawozdania z przebiegu szkolenia i treningów. Wiem, że Megan poradzi sobie z programem eksperymentów, które ułożyliście z Adamem. – Zacisnął pięść i podniósł kciuk.

– Cieszę się – powiedział Allenby. – Liczykrupy z Kongresu obserwują tę misję jak sępy. Tak was rozreklamowałem, tyle naopowiadałem im o korzyściach z waszych eksperymentów, że muszę się teraz wykazać. – Spojrzał na Megan. – Przywieź stamtąd coś, co ich olśni.

Megan uśmiechnęła się, choć z wielkim trudem.

– Zrobię, co w mojej mocy. – Popatrzyła na kolegów. – I dziękuję wam za zaufanie.

– W takim razie dobrze – powiedział Reed. – Resztę zespołu powiadomię jutro. Niektórzy z was mają za sobą długi lot, więc może już skończymy i spotkamy się jutro rano, przed odlotem?

Wszyscy z ulgą skinęli głową i gabinet szybko opustoszał. Pozostali w nim tylko Reed i Megan. Megan odchrząknęła.

– Dylan – powiedziała cicho. – Jesteś szefem programu biomedycznego. Adam był twoim bliskim współpracownikiem, a ja mam go zastąpić. Jak się z tym czujesz?

– W sumie nie znałem go aż tak dobrze. Wiesz, jaki był: milczkowaty, zamknięty w sobie. Nie należał do facetów, którzy lubią pójść po meczu na piwo. Ale był członkiem naszego zespołu, członkiem bardzo ważnym, dlatego będzie mi go brakowało. – Zrobił pauzę. – A jeśli chodzi o ciebie, nie mógłbym marzyć o lepszej dublerce.

Megan próbowała opanować miotające nią emocje. Z jednej strony pragnęłaby już robić to, co wkrótce robić będzie musiała: przygotowania na przylądku, zżycie się z załogą, procedura startowa. Jeszcze do niedawna członkowie promu kosmicznego przechodzili siedmiodniową kwarantannę przedstartową i chociaż ostatnio bardzo ją skrócono, wiedziała, że czekają ją dokładne badania medyczne, które miały stwierdzić, czy nie rozwija się w niej jakaś choroba.

Z drugiej zaś strony nie mogła odpędzić od siebie obrazu tego dziwacznego Treloara. Reed miał rację: Adam był samotnikiem. Nie znała go bliżej, dlatego łatwiej jej było pogodzić się z jego śmiercią. Mimo to sposób, w jaki umarł, przyprawiał ją o dreszcze.

– Dobrze się czujesz? – spytał Reed.

– Tak. Po prostu jeszcze to do mnie nie dotarło.

– Chodź. Odprowadzę cię do samochodu. Spróbuj się dobrze wyspać. Jutro czeka cię ciężki dzień.


Megan mieszkała w maleńkiej klitce w kompleksie mieszkaniowym dla nieetatowych pracowników NASA. Tej nocy spała źle, bardzo niespokojnie. Obudziła się, wstała i poszła popływać na pusty jeszcze basen. Gdy wróciła, znalazła na drzwiach kartkę.

Przezwyciężywszy początkowy szok, ubrała się i zbiegła schodami na dół. Szła szybkim, równym krokiem i już kilka minut później znalazła się w kawiarni przy sąsiedniej ulicy. O tej porze lokal świecił jeszcze pustkami, dlatego bez trudu go dostrzegła.

– Jon!

Wyszedł zza stolika w narożnym boksie.

– Witaj, Megan.

– Boże, co ty tu robisz? – spytała, siadając naprzeciwko niego.

– Zaraz ci powiem. – Przekrzywił głowę. – Słyszałem, że lecisz. Należało ci się, bez względu na okoliczności.

– Dzięki. Wolałabym trafić do pierwszej załogi inaczej, ale...

Podeszła do nich kelnerka i zamówili śniadanie.

– Szkoda, że nie zadzwoniłeś. Za kilka godzin lecę na Florydę.

– Wiem.

Przyjrzała mu się uważnie.

– Nie przyjechałeś tu chyba tylko po to, żeby mi pogratulować. Chociaż z drugiej strony, byłoby mi bardzo miło...

– Przyjechałem w związku ze śmiercią Treloara.

– Dlaczego? W telewizji mówią, że sprawę prowadzi wydział zabójstw waszyngtońskiej policji.

– Tak, ale Treloar był szefem ekipy medycznej, ważnym członkiem zespołu NASA. Przysłano mnie tu, żebym sprawdził, czy coś z jego przeszłości, z tego, co robił, nie podpowie nam, dlaczego go zamordowano.

Megan zmrużyła oczy.

– Nie rozumiem.

– Posłuchaj. Lecisz za niego. Musieliście razem pracować. Pomogłoby mi wszystko to, co możesz o nim powiedzieć.

Umilkli, gdy kelnerka wróciła ze śniadaniem. Na myśl o jedzeniu, Megan zrobiło się niedobrze. Spróbowała wziąć się w garść i skoncentrować.

– Po pierwsze, niemal całe szkolenie przechodziłam pod okiem Dylana Reeda. Po drugie, tytuł szefa ekipy medycznej jest mylący. Adam nie podawał nam aspiryny na ból głowy czy plastra na skaleczony palec – prowadził badania. Dylan współpracował z nim jako kierownik programu biomedycznego. I dublował ze mną wszystkie eksperymenty na wypadek, gdybym musiała zastąpić Treloara. W sumie nigdy z Adamem nie pracowałam.

– A jego życie osobiste? Był z kimś związany? Krążyły o nim jakieś plotki?

– Jon, Adam był samotnikiem. Nie słyszałam, żeby się z kimś umawiał czy miał kogoś na stałe. Ale mogę ci powiedzieć, że nieciekawie się z nim pracowało. To był błyskotliwy umysł, ale umysł bez żadnej osobowości, bez odrobiny poczucia humoru, bez niczego. Jako geniusz medyczny wciąż kwitł, ale cała reszta zatrzymała się na poziomie małego chłopca.

Zmarszczyła brwi.

– Twoje śledztwo chyba nie opóźni startu, prawda?

Jon pokręcił głową.

– Nie ma powodu.

– Posłuchaj, jedyne, co mogę zrobić, to podać ci nazwiska ludzi, z którymi pracował. Może oni będą coś wiedzieli.

Smith był pewien, że już te nazwiska zna – te i wiele innych. Pół nocy przesiedział nad aktami Treloara, które przesłano mu z FBI, NASA i z Agencji Bezpieczeństwa Narodowego. Mimo to uważnie jej wysłuchał.

– To wszystko, co wiem – zakończyła Megan.

– Dzięki. Widzę, że czeka mnie mnóstwo pracy.

Megan posłała mu słaby uśmiech.

– W takim razie chyba nie ma szans, żebyś poleciał z nami na przylądek. Załatwiłabym ci supermiejsce.

– Chciałbym – odrzekł szczerze Jon. – Ale może wpadnę do Edwards. – Baza sił powietrznych w Edwards była głównym lądowiskiem amerykańskich promów kosmicznych.

Zapadła cisza.

– Muszę już iść – powiedziała Megan.

Jon nakrył jej dłoń swoją dłonią i mocno ją ścisnął.

– Wracaj cało.


Szła zagubiona w myślach. Adam Treloar ginie i – jak za dotknięciem czarodziejskiej różdżki – w Houston pojawia się Jon Smith. Kto go tu przysłał? Nie wiadomo, bo sprytnie tę kwestię pominął. I wypytywał ją, niczego nie zdradzając. Co tak naprawdę tu robił? Kogo próbował namierzyć i dlaczego? Był tylko jeden sposób, żeby się tego dowiedzieć.

Wróciwszy do mieszkania, wyjęła cyfrowo szyfrowaną komórkę i wybrała numer, który znała na pamięć od lat.

– Klein, słucham.

– Mówi Megan Olson.

– Megan… Myślałem, że lecisz już na przylądek.

– Odlatuję za kilka godzin. Dzwonię, ponieważ zaszło coś, o czym powinien pan chyba wiedzieć.

Szybko streściła mu rozmowę z Jonem Smithem.

– Delikatnie mówiąc, wyglądało na to, że kręci – zakończyła. – Zamierza pan interweniować?

– Nie – odparł impulsywnie Klein. – Smith jest tam z ramienia Wojskowego Instytutu Chorób Zakaźnych.

– Nie rozumiem. Co ma z tym wspólnego instytut?

Klein jakby się zawahał.

157

– Posłuchaj uważnie. W rosyjskim Bioaparacie doszło do kradzieży. – Słyszał, jak Megan gwałtownie wciąga powietrze. – Skradziono próbkę wirusa. Adam Treloar był w tym czasie w Moskwie. Rosjanie sfotografowali go z człowiekiem, który tę próbkę przewoził. I który mu ją przekazał. Jesteśmy pewni, że Treloar przemycił wirusa do Stanów. Kiedy zrobił swoje, został zamordowany.

– Co się stało z próbką?

– Zniknęła.

Megan zamknęła oczy.

– Co to za wirus?

– Ospy prawdziwej.

– Boże święty...

– Posłuchaj. Jesteś w samym centrum wydarzeń. Do tej pory tylko podejrzewaliśmy, że Treloar jest w to zamieszany. Teraz jesteśmy tego pewni. Pytanie, czy miał wspólników w waszym programie kosmicznym.

– Boże, nie wiem. To chyba niemożliwe. Wszyscy są bardzo lojalni, oddani pracy. Nie zauważyłam niczego podejrzanego. – Pokręciła głową. – Ale z drugiej strony nie zauważyłam też, żeby Treloar...

– Nikt tego nie zauważył – przerwał jej Klein. – Nie miej wyrzutów sumienia. Najważniejsze to znaleźć tę przeklętą próbkę. Jedynka wychodzi z założenia, że przechowują ją gdzieś w okolicach Waszyngtonu. Ten, kto ją ma, przewiezie ją w inne miejsce tylko wtedy, kiedy będzie to absolutnie konieczne. Treloar miał do wyboru dziesiątki miast. Chicago, Miami, Los Angeles: z Londynu mógł lecieć wszędzie. Ale z jakiegoś powodu wybrał Waszyngton. Dlatego uważamy, że wirus jest gdzieś tutaj.

– Ale co teraz? Mam zrezygnować z lotu?

– Nie, absolutnie. Ale dopóki prom nie wystartuje, postaraj się nie zwracać na siebie uwagi. W razie czego dzwoń. – Umilkł i dodał: – Jeszcze jedno. Gdybyśmy mieli się już nie usłyszeć, życzę ci powodzenia. Wracaj cało.

Przerwał połączenie. Megan długo patrzyła na głuchy telefon. Kusiło ją, żeby spytać, czy Jon też pracuje w Jedynce i czy dlatego rozmawiał z nią tak pokrętnie. Podobnie jak on, też była zupełnie niezależna, nie miała zbyt wielu bliskich i wielokrotnie sprawdziła się w sytuacjach kryzysowych. Dobrze pamiętała dzień, kiedy podczas jednej z krótkich wizyt w Waszyngtonie w jej życiu pojawił się Nathaniel Klein, proponując udział w przedsięwzięciu specyficznym i wyjątkowym, w przedsięwzięciu, które miało natchnąć ją większym poczuciem sensu i celu działania. Pamiętała też, jak mówił, że prawdopodobnie nigdy nie pozna innych pracowników Jedynki, że jej użyteczność polega na rozległej sieci kontaktów, które nawiązała w całym świecie, na znajomości z ludźmi, którzy mogą wyświadczyć jej przysługę, udzielić informacji i schronienia.

Nie, Klein nigdy by mi tego nie powiedział... Ani Klein, ani Jon, nawet gdyby był w to zamieszany.

Pakując się, rozmyślała o tym, co powiedzieli jej na pożegnanie. Wracaj cało. A jeśli Klein nie znajdzie wirusa, czy w ogóle będzie do czego wracać?


Biuro służby ochrony wewnętrznej NASA zajmowało północno-wschodnią część pierwszego piętra budynku administracyjnego. Smith okazał legitymację i zaczekał, aż oficer dyżurny wprowadzi jej numer do komputera.

– Gdzie dowódca? – rzucił.

– Bardzo przepraszam, panie pułkowniku, ale właśnie mamy zmianę służb. Pułkownik Brewster już wyszedł, a pułkownik Reeves się spóźnia. Zatrzymały go sprawy... osobiste.

– Nie mogę czekać, nie mam czasu. Proszę mnie wpuścić.

– Ale panie pułkowniku...

– Poruczniku, widzi pan moją legitymację? Co tam jest napisane?

– Że ma pan upoważnienie klasy COSMIC, panie pułkowniku.

– Co znaczy, że mam prawo wejść tu o każdej porze nocy i dnia i przejrzeć każdy, nawet najmniej istotny raport. Zgadza się?

– Tak jest, panie pułkowniku.

– Skoro już to sobie wyjaśniliśmy, powiem panu, co zrobimy: postąpi pan zgodnie z przepisami i wprowadzi moje nazwisko do komputera. O moim przybyciu powiadomi pan tylko pułkownika Reevesa, tylko osobiście i tylko w cztery oczy. Jeśli pułkownik Reeves zechce ze mną porozmawiać, poinformuje go pan, że jestem w archiwum.

– Rozkaz. Czy ci z archiwum mogą panu w czymś pomóc?

– Nie. Proszę im powiedzieć, żeby nie zwracali na mnie uwagi. Chodźmy.

Zabrzęczał elektroniczny zamek, otworzyły się kuloodporne drzwi. Smith uznał, że numer ze „złym pułkownikiem" wywarł pożądany efekt: porucznik był zastraszony, jego zwierzchnik, pułkownik Reeves, będzie na pewno zaintrygowany, lecz i ostrożny. Nie bez powodu.

Technicznie rzecz biorąc, NASA była instytucją cywilną, ale w latach siedemdziesiątych, kiedy agencja w końcu zdecydowała, jakiego promu potrzebuje i w jaki sposób będzie wprowadzała go na orbitę, okazało się, że nie ma wyboru i że musi zwrócić się o pomoc do amerykańskich sił powietrznych. Zawarto iście diabelski pakt: Pentagon oficjalnie uznał, że wahadłowiec jest „przydatnym obiektem wojskowym", w zamian za co NASA otrzymała obietnicę stałych, regularnych dochodów oraz pozwolenie na wykorzystanie wojskowych rakiet wspomagających typu Atlas i Titan. Ujemną stroną paktu było to, że agencja znalazła się na łasce i niełasce Pentagonu i uzależniła się od generalskich kaprysów. Pułkownik Reeves stał wysoko w hierarchii

NASA, ale prawdziwymi mistrzami i panami byli ci, którym Pentagon przyznał upragnioną przepustkę klasy COSMIC.

Wyszedłszy z labiryntu korytarzy, stanęli przed ognioodpornymi drzwiami. Porucznik wprowadził kod, otworzył je i przepuścił Jona przodem. W pomieszczeniu było co najmniej kilka stopni chłodniej niż na korytarzu. Panowała tam głęboka cisza, jeśli nie liczyć szumu dziesięciu najszybszych komputerów, jakie kiedykolwiek zbudowano, połączonych z serwerami i jednostkami operacyjnymi na kilkunastu stanowiskach roboczych.

Kilku pracowników archiwum otaksowało go spojrzeniem, lecz było to zainteresowanie bardzo krótkotrwałe. Porucznik zaprowadził go do odosobnionego stanowiska.

– Proszę – powiedział. – To komputer pułkownika Reevesa. Na pewno nie będzie miał nic przeciwko temu.

– Dziękuję. Nie zabawię tu długo pod warunkiem, że nikt nie będzie mi przeszkadzał.

– Oczywiście, panie pułkowniku. – Podał Jonowi telefon komórkowy. – Kiedy pan skończy, proszę wybrać 309. Przyjdę po pana.

Smith usiadł przed monitorem, włączył komputer i włożył do slotu dyskietkę, którą ze sobą przyniósł. W ciągu kilku sekund obszedł wszystkie zabezpieczenia i miał teraz dostęp do całej sieci NASA.

Informacje na temat Adama Treloara, te z innych agencji wywiadowczych, były jedynie punktem wyjściowym. Jon przyjechał do Houston, żeby osobiście sprawdzić, jak naukowiec żył i z kim pracował. Szukał numerów, pod które mógł dzwonić, tych miejscowych i tych zamiejscowych, korespondencji elektronicznej, czegokolwiek, co naprowadziłoby go na jakiś ślad. Tu, w archiwum, zamierzał dowiedzieć się, co Treloar robił w czasie wolnym, z kim rozmawiał, z kim się spotykał, jak często i gdzie. Chciał go obnażyć warstwa po warstwie, jak łodygę selera, szukając jakiejś anomalii, zbiegu okoliczności czy wzoru zachowania, który doprowadziłby go do pozostałych spiskowców.

Uderzył w klawisze, zaczynając od rzeczy najlogiczniejszej: kto wiedział o jego wyjeździe do Rosji. Wśród cieniutkich chipów i wiotkich światłowodów mogły spoczywać ukryte wskazówki. I nazwiska.

Wchodząc do gabinetu, Dylan Reed nie wiedział, że Jon rozpoczął już poszukiwania. Był tak skupiony na przepełnionym programie dnia, że mało brakowało i nie usłyszałby cichego pisku komputera, który ostrzegał, że ktoś wszedł do sieci. Nie przestając myśleć o czekającym go spotkaniu, machinalnie wystukał na klawiaturze serię cyfr. Nazwisko, które pojawiło się na ekranie, natychmiast przykuło jego uwagę: Adam Treloar.

Ktoś szperał w bazie danych!

Błyskawicznie podniósł słuchawkę telefonu. Kilka sekund później rozmawiał już z oficerem dyżurnym biura służby ochrony wewnętrznej NASA, który wyjaśnił mu, co Smith robi w archiwum.

Reed z trudem zachował zimną krew.

– Nie, nie, wszystko w porządku – rzucił. – Proszę powiedzieć pułkownikowi Reevesowi, żeby mu nie przeszkadzano. To nasz gość.

„Nasz gość". To intruz!

Odczekał chwilę, żeby się uspokoić. Cholera jasna! Co ten Smith tam robił? Przecież waszyngtońska policja traktowała śmierć Treloara jako przypadkowe zabójstwo, choć zabójstwo z niezamierzonymi konsekwencjami. Nawet ci z telewizji uznali, że to historia niewarta większego zainteresowania, co bardzo ucieszyło jego, Bauera i Richardsona.

Trzasnął dłonią w skórzaną podkładkę na biurku. Niech to szlag! Przypomniało mu się, jak bardzo Treloar się go bał: Smith dosłownie go przerażał. Teraz lodowate macki tego samego strachu oblepiły kręgosłup jemu.

Wziął głęboki oddech. Bauer miał rację, proponując utajnienie akt Treloara na wypadek, gdyby ktoś zaczął węszyć.

No i ktoś zaczął…

Im dłużej o tym myślał, tym mniej był zaskoczony, że tym kimś jest Smith. Smith miał reputację człowieka niezwykle upartego, a przeciwnik uparty i jednocześnie groźny, to przeciwnik śmiertelnie niebezpieczny. Zanim Reed wybrał służbowy numer Richardsona, postarał się uspokoić nadszarpnięte nerwy.

– Mówi Reed. Pamiętasz, rozmawialiśmy o pewnym potencjalnym problemie… – Zawiesił głos. – Problem jest już realny. Zaraz ci wszystko wyjaśnię i myślę, że się ze mną zgodzisz: musimy go jak najszybciej rozwiązać.

# Rozdział 19

Na krajowym lotnisku imienia Ronalda Reagana na Smitha czekał samochód z Secret Service. W połowie drogi do Camp David nareszcie zadzwonił do niego Howell.

– Peter! Jak się masz?

– Wciąż jestem w Wenecji. Mam dla ciebie coś ciekawego.

Nie wchodząc w szczegóły przesłuchania Dionettiego, Howell opowiedział mu o szwajcarskim łączniku: o Herr Weizselu z Offenbach Bank w Zurychu.

– Chcesz, żebym z nim pogadał?

– Nie, zaczekaj, aż do ciebie zadzwonię. A Dionetti? Nie uderzy w dzwony?

– Wykluczone – zapewnił go Howell. – Zatruł się czymś i co najmniej tydzień spędzi w szpitalu. Wyjątkowo ciężki przypadek. Poza tym, mam jego wyciągi bankowe i mogę go zniszczyć jednym telefonem. – Uznał, że tyle powinno Jonowi wystarczyć. – Dobra, czekam na wiadomość. Jakby co, mogę być w Zurychu za dwie godziny.

– Dam ci znać.

Kierowca wyrzucił go przed Różyczką, gdzie czekał już Klein.

– Jon! Jak to dobrze, że wreszcie wróciłeś.

– Dziękuję, panie dyrektorze. Jakieś nowiny?

Klein pokręcił głową.

– Ale spójrz na to. – Podał mu zwiniętą kartkę papieru.

Zrobiony tuszem portret pamięciowy Berii zawierał kilka rysów jego twarzy, lecz brakowało w nim szczegółów. Jeśli dodać do tego fakt, że Macedończyk był człowiekiem nierzucającym się w oczy – dla zawodowego zabójcy to cecha wprost bezcenna – szkic mógł przedstawiać niemal każdego mężczyznę. Policja musiałaby mieć niebywałe szczęście, żeby się na niego natknąć – i właśnie o to chodziło. Wystarczyło kilka kosmetycznych zmian w wyglądzie i Beria był całkowicie bezpieczny: spiskowcy uznają, że jego użyteczność jest wciąż większa niż zagrożenie, jakie mógł sobą stwarzać.

Zwinąwszy kartkę, Jon postukał nią w otwartą dłoń. Zdawał sobie sprawę, że Klein podejmuje olbrzymie ryzyko: uniemożliwiając organom ścigania dostęp do prawdziwej podobizny Berii, bardzo ograniczał skuteczność poszukiwań. Jednak na drugiej szali kładł jednocześnie coś, co mogło przynieść im wszystkim wielką korzyść: trafiwszy na ulice, portret pamięciowy Berii uśpi czujność jego mocodawców. Śledztwo w sprawie śmierci Treloara już się rozpoczęło. To, że świadkowie dostarczyli policji tak ogólny rysopis, nie wzbudzi niczyich podejrzeń. Jon nie przypuszczał, żeby spiskowcy całkowicie zapomnieli o ostrożności, wiedział jednak, że na pewno opuszczą gardę, zakładając, że ich dalszym planom nic nie grozi.

– Jak poszło w Houston? – spytał Klein.

– Treloar był cholernie ostrożny. Jeśli nawet się z kimś kontaktował, starannie zacierał za sobą ślady.

– Tym niemniej główne zadanie wykonałeś.

– Tak, trochę tam namąciłem. Szefowie Treloara muszą już wiedzieć, że zacząłem węszyć. Czy prezydent zaakceptował nasz plan?

– Rozmawiał już z dyrektorami kilku firm. Jak dotąd wszyscy na to idą.

Zważywszy okoliczności, rzeczą niezmiernie ważną było, żeby największe amerykańskie firmy farmaceutyczne jak najszybciej przestawiły się na produkcję jak największej ilości szczepionek przeciwko ospie prawdziwej.

Nawet gdyby skradziony wirus został zmodyfikowany genetycznie, szczepionki te mogłyby przynajmniej osłabić efekt jego działania. Jednak przestawienie się na ich produkcję oznaczało zaprzestanie produkcji innych leków i firmom groziły olbrzymie straty finansowe. To, że prezydent obiecał je pokryć, było jedynie połową wygranej. Przedstawiciele firm chcieli wiedzieć, skąd to nagle zapotrzebowanie na szczepionkę, czy wybuchła gdzieś epidemia. Ponieważ tego rodzaju informacji nie udałoby się zataić – prędzej czy później trafiłyby do mediów – epidemia musiała „wybuchnąć" w rejonie odległym, lecz w miarę gęsto zaludnionym.

– Postanowiliśmy, że będzie to Indonezja – powiedział Klein. – Chaos, jaki tam teraz panuje, doprowadził do niemal całkowitego zerwania łączności i komunikacji z resztą świata. Wszyscy turyści wyjechali, a Dżakarta wypędziła z kraju zagranicznych dziennikarzy. Nasz scenariusz zakłada, że pojawiły się tam sporadyczne ogniska ospy prawdziwej; jeśli natychmiast nie zainterweniujemy, wirus może się rozmnożyć i rozprzestrzenić. Stąd nagła potrzeba tak dużej ilości szczepionki.

Smith potarł czoło.

– Dobre – powiedział. – Podoba mi się. Obecny rząd indonezyjski to parias narodów… Ale jeśli wieść się rozniesie, wybuchnie panika.

– Nic na to nie poradzimy – odrzekł Klein. – Ci, którzy mają wirusa, wkrótce go wykorzystają; to kwestia tygodni, jeśli nie dni. Kiedy tylko ich zidentyfikujemy i zdejmiemy – i odzyskamy wirusa – rozpuścimy wiadomość, że pierwsze diagnozy i doniesienia były fałszywe, że to wcale nie ospa.

– I oby tak było.

W tej samej chwili do pokoju wszedł generał-major Kirow. Jon wytrzeszczył oczy.

Wysportowany, dobrze zbudowany Kirow zmienił się w niechlujne indywiduum w mocno znoszonym, wygniecionym garniturze. Krawat i koszulę miał poplamione jedzeniem i kawą, jego tanie buty były zdarte i porysowane, podobnie jak stara aktówka. Włosy – a raczej perukę – miał długie i zmierzwione; odrobina wprawnie nałożonego makijażu nadała jego oczom kolor i wyraz przekrwionych oczu nałogowego alkoholika i podkreśliła widniejące pod nimi ciemne worki. Generał przebrał się za człowieka, który wzbudzał współczucie i zażenowanie, z którego biło poczucie życiowej klęski, upodlenia i beznadziejności. Przypominał staczającego się komiwojażera, którego eleganccy bogacze, mieszkający i pracujący w Dupont Circle, na pewno nie zechcą zauważyć.

– Moje gratulacje, panie generale – powiedział Jon. – W pierwszej chwili nawet ja dałem się nabrać.

Cieszył się, że będzie pracował z tym niedźwiedziowatym Rosjaninem. Kirow chciał bardzo pomóc w ściganiu Berii i po tragicznych porażkach we

Władymirze i w Moskwie namówił rosyjskiego premiera, żeby ten wysłał go do Stanów. Spędził w Waszyngtonie cały rok, dobrze znał zamieszkane przez Słowian dzielnice, dlatego Klein uważał, że jego obecność byłaby bezcenna. Porozmawiał z prezydentem, prezydent uzgodnił co trzeba z prezydentem Potrenką i pozwolił mu przyjechać.

Jednak w jasnych hardych oczach Kirowa Jon dostrzegł prawdziwy powód jego przyjazdu do Stanów Zjednoczonych. Zdradziła go kobieta, którą kochał, i której ufał, kobieta przekupiona przez nieznanych spiskowców, ludzi powiązanych z mordercą, któremu pozwolił uciec. Generał chciał się poprawić, chciał odzyskać swój żołnierski honor.

– Co teraz, Jon? – spytał. – Co robimy?

– Musimy wpaść do domu – odrzekł Smith. – Kiedy się pan zaaklimatyzuje, pojedziemy na Dupont Circle.

Ponieważ ambasada rosyjska nie wiedziała, że generał przebywa w Waszyngtonie, Jon zaproponował, żeby zamieszkali razem, jego dom w Bethesda byłby ich bazą wypadową.

– Na pewno nie chcecie ochrony? – spytał Klein.

Chociaż ufał umiejętnościom i instynktowi Kirowa, niechętnie wypuszczał ich w teren bez ubezpieczenia. To prawda: Smith pojechał do Houston, żeby znaleźć ślad, który Treloar mógł za sobą zostawić. Ale tak naprawdę pojechał tam po to, żeby musnąć pajęczą sieć łączącą go ze spiskowcami, z jego mocodawcami. Dając im do zrozumienia, że jest gotów przeniknąć do świata, w którym Treloar żył i pracował, Jon miał nadzieję sprowokować ich do ciosu. A gdyby chcieli ten cios zadać, musieliby wypuścić z nory Berię.

– Beria może coś zauważyć, panie dyrektorze. Nie możemy ryzykować.

– Dyrektorze – rzekł Kirow. – Rozumiem i podzielam pańskie obawy. Ale obiecuję, że nie dopuszczę do tego, żeby Jonowi coś się stało. Mam przewagę nad każdą ochroną, jaką mógłby pan nam zapewnić: znam Berię. Nawet jeśli wystąpi w przebraniu, na pewno go rozpoznam. Niektórych cech i nawyków nie da się zakamuflować. – Spojrzał na Smitha. – Ma pan moje słowo. Jeśli Beria tu jest i jeśli go na pana naślą, będzie nasz.

Półtorej godziny później przyjechali do Bethesda. Podczas gdy Jon oprowadzał Kirowa po domu, ten nie omieszkał zauważyć licznych obrazów, tkanin oraz innych przedmiotów pochodzących z niemal wszystkich zakątków świata. Amerykanin rzeczywiście dużo podróżował.

Kiedy Smith brał prysznic i się przebierał, generał poszedł odpocząć do pokoju gościnnego. Spotkali się w kuchni, gdzie przy kawie pochylili się nad dużym planem Waszyngtonu, skupiając uwagę na Dupont Circle, dzielnicy zamieszkanej przez wielonarodowościową mieszankę ludności. Ponieważ generał dobrze ją znał, plan działania powstał bardzo szybko.

Tuż przed wyjściem, Jon powiedział:

– Nie rozmawialiśmy o tym z Kleinem, ale... – Podał Rosjaninowi sig sauera.

Kirow popatrzył na broń i pokręcił głową. Poszedł do pokoju i wrócił z czymś, co wyglądało jak zwykły czarny parasol. Podniósł go, ustawił pod kątem czterdziestu pięciu stopni, przesunął kciukiem po rączce i z czubka parasola wyskoczyło dwuipółcentymetrowej długości ostrze.

– Przywiozłem z Moskwy – rzucił swobodnie. – W ostrzu jest szybko działający środek do obezwładniania zwierząt, acepromazyna. W kilka sekund powala stukilogramowego dzika. Poza tym, jeśli z jakichś powodów zatrzyma mnie policja, z parasola się wytłumaczę. Z pistoletu byłoby trudniej.

Jon kiwnął głową. On był przynętą, ale to Kirow będzie musiał stanąć oko w oko z Berią. Cieszył się, że Rosjanin nie pójdzie na łowy nieuzbrojony.

Wetknął sig sauera do kabury pod marynarką.

– Dobrze. Wyjdę czterdzieści minut po panu.


Sunąc ulicami jak zjawa, generał uważnie lustrował spojrzeniem twarze kłębiących się na chodniku ludzi. Podobnie jak inne centralne dzielnice Waszyngtonu, Dupont Circle została przebudowana i zmodernizowana. Ale między modnymi kawiarenkami i butikami wciąż można było znaleźć macedońskie piekarnie, tureckie sklepy z dywanami, serbskie warsztaty, w których rzemieślnicy ozdabiali rylcami mosiężne i miedziane talerze, greckie restauracje i jugosłowiańskie bary. Kirow wiedział, jak bardzo to, co znane i swojskie ciągnie człowieka wyalienowanego i w danym środowisku obcego, nawet jeśli człowiek ten jest brutalnym zabójcą. Wiedział, że etniczna mieszanka Dupont Circle prędzej czy później zwabi Berię. Tu mógł znaleźć bałkańskie potrawy, tu mógł posłuchać muzyki, przy której dorastał, tu mógł usłyszeć wiele znajomych języków. Jako Słowianin Kirow też czuł się w Dupont jak w domu.

Wszedłszy na czworokątny skwer pełen sklepów i straganów, usiadł przy stoliku pod cienistym parasolem. U chorwackiej kelnerki, która mówiła łamaną angielszczyzną, zamówił kawę. Uśmiechnął się, gdy ta posłała wiązkę przekleństw pod adresem właściciela lokalu.

Pijąc mocny słodki napar, nieustannie przyglądał się ludziom. Większość kobiet nosiła kolorowe bluzki i spódnice, większość mężczyzn luźne spodnie i skórzane kurtki. Jeśli Beria tu przyjdzie, będzie miał na sobie proste, praktyczne ubranie jugosłowiańskiego robotnika – i pewnie wystąpi w czapce z daszkiem, żeby choć trochę zasłonić sobie twarz. Ale generał nie miał wątpliwości, że go rozpozna. Z doświadczenia wiedział, że jedynym elementem wyglądu, którego żaden zabójca nie potrafi zmienić, jest wyraz oczu.

Zdawał sobie sprawę, że Beria też może go rozpoznać. Ale Macedończyk nie miał powodu przypuszczać, że Kirow jest w Waszyngtonie. Będzie myślał przede wszystkim o tym, jak uniknąć rzadkich w tej okolicy policyjnych patroli. Nie spodziewa się zobaczyć tu twarzy z przeszłości – nie tak daleko od domu. Tak samo jak generał nie spodziewał się, żeby Beria wpadł nagle do pobliskiego sklepiku na kanapkę. Wiedział, gdzie zabójca może przebywać, ale nie miał pojęcia, gdzie jest teraz.

Spod przymkniętych powiek obserwował stale zmieniającą się scenerię. Zerkał również na wychodzące na skwer uliczki, w których znikali i pojawiali się ludzie. Patrzył też na sklepowe szyldy i wywieszki z godzinami otwarcia; potem będzie musiał sprawdzić, czy są za nimi jakieś zaułki i drogi dostawcze.

Jeśli Beria wyjdzie na mokrą robotę, tu będzie czuł się bezpiecznie. Czując się bezpiecznie, pomyśli, że ma przewagę, a człowiek zbyt pewny siebie to człowiek ślepy.


Kilkaset metrów od miejsca, gdzie Kirow obserwował skwer, opracowując w myśli plan ewentualnego ataku, Iwan Beria otwierał właśnie drzwi mieszkania na ostatnim piętrze domu, w którym zatrzymywali się na noc odwiedzający Waszyngton urzędnicy.

Stał przed nim kierowca lincolna, rosły milczący mężczyzna z wielokrotnie złamanym nosem i zdeformowanym lewym uchem, które przypominało maleńki kalafior. Beria widywał już takich ludzi. Nawykli do przemocy i niezwykle dyskretni, byli doskonałymi posłańcami tych, dla których pracowali.

Zaprosił go gestem do środka, zamknął drzwi i wziął od niego kopertę. Rozerwał ją i szybko przeczytał napisany po serbsku list. Cofnął się o krok i uśmiechnął. Ach ci szefowie. Jak zwykle okazało się, że ludzi do wyeliminowania jest więcej, niż zakładali. Zapłacono mu już za rosyjskiego strażnika i amerykańskiego naukowca. No i proszę. Chcą, żeby usunął jeszcze jednego.

Spojrzał na szofera.

– Zdjęcie.

Szofer bez słowa odebrał od niego list i podał mu zdjęcie Jona Smitha z kamery systemu bezpieczeństwa. Cel stał w pełnym świetle, twarzą do obiektywu. Ostrość i rozdzielczość były bardzo dobre.

Beria uśmiechnął się w zadumie.

– Kiedy?

Kierowca wyciągnął rękę po zdjęcie.

– Jak najszybciej. Musisz być gotowy, kiedy dadzą ci znać. – Uniósł brwi, jakby czekał na dalsze pytania.

Ale Beria tylko pokręcił głową.

Po wyjściu szofera wrócił do pokoju i wyjął z walizki telefon satelitarny. Chwilę później rozmawiał już z Herr Weizselem z Offenbach Bank w Zurychu. Jego rachunek wzbogacił się właśnie o dwieście tysięcy dolarów.

Podziękował bankierowi i przerwał połączenie. Amerykanom wyraźnie się spieszyło.


Doktor Karl Bauer wyszedł nago z komory odkażania. Na ławce w przebieralni leżała bielizna, skarpetki i koszula. Na drzwiach wisiał świeżo wyprasowany garnitur.

Kilka minut później Bauer szedł już do przeszklonego pomieszczenia, gdzie czekał na niego Klaus Jaunich.

Jaunich lekko skłonił głowę i wyciągnął do niego rękę.

– To było wspaniałe, *Herr Direktor*. Nigdy czegoś takiego nie widziałem.

Bauer uścisnął mu dłoń, przyjmując komplement.

– I jest mało prawdopodobne, żebyśmy ponownie coś takiego zobaczyli.

Odpocząwszy, Bauer wrócił do laboratorium. Chociaż pracował prawie całą noc, rozpierała go radość i energia. Z doświadczenia wiedział, że to tylko działanie adrenaliny, wkrótce dopadnie go zmęczenie. Niemniej Jaunich miał rację: to była wspaniała robota. Dzięki niebywałej koncentracji, wprawie i zdobywanej przez całe życie wiedzy zrobił pierwszy krok w kierunku przekształcenia śmiertelnego wirusa w mikroskopijną, lecz niepowstrzymaną burzę ogniową. Czuł się niemal oszukany, że nie dane mu będzie zrobić kroku ostatniego.

– Wiedzieliśmy od samego początku, prawda, Klaus? – spytał. – Że to nie my doprowadzimy rzecz do końca. Ziemska fizyka pozbawiła mnie prawa do ostatecznego triumfu. Żeby go odnieść, muszę to oddać. – Westchnął. – Teraz wszystko w rękach Reeda. Poleci tam, gdzie my polecieć nie możemy.

– Bardzo mu pan ufa, *Herr Direktor* – wymruczał Jaunich.

– Zrobi, co mu każę – warknął Bauer. – A kiedy wróci, dostaniemy to, o czym do tej pory mogliśmy tylko marzyć.

Poklepał Jaunicha po ramieniu.

– Wszystko będzie dobrze, Klaus, zobaczysz. Co z transportem?

– Próbka jest już przygotowana. Samolot czeka.

Bauer klasnął w dłonie.

– W takim razie musimy to oblać. A potem polecę.

# Rozdział 20

**P**rzytwierdzony do gigantycznego zbiornika zewnętrznego i do dwóch nieco mniejszych rakiet wspomagających na paliwo stałe, w powodzi jaskrawych świateł wyglądał jak rzeźba na cześć nowego milenium. Zadziwiona Megan Olson patrzyła na niego z odległości prawie pięciu kilometrów.

Była godzina druga. Przylądek Canaveral spowijała bezwietrzna, księżycowa noc. Powietrze pachniało morzem i Megan zakręciło w nosie. Końcówki jej wszystkich nerwów wibrowały z podniecenia. Załoga wstawała zwykle koło trzeciej nad ranem, ale ona obudziła się tuż po północy. Nie mogła spać. Myśl, że już za niecałe osiem godzin wejdzie na pokład wahadłowca, zapierała jej dech w piersiach.

Ruszyła ścieżką biegnącą pod oknami budynku, gdzie ich zakwaterowano. Sto metrów dalej, na szczycie ogrodzenia, błyszczał w świetle drut kolczasty. Usłyszała odległy warkot wojskowego dżipa, który krążył wokół kompleksu. Środki bezpieczeństwa na przylądku były imponujące, ale nie rzucały się w oczy. Najbardziej widoczni byli żandarmi powietrznych sił zbrojnych, którzy jak magnes przyciągali dziennikarzy i reporterów. Ale poza żandarmami służbę pełnili tu również ubrani po cywilnemu agenci: czuwali w ośrodku dwadzieścia cztery godziny na dobę, pilnując, żeby nikt i nic nie zakłóciło przygotowań do startu.

Już miała wrócić do pokoju, gdy nagle usłyszała odgłos kroków. Zerknąwszy przez ramię, zobaczyła kogoś, kto właśnie wyszedł z budynku na zalane światłem podwórze.

Dylan?

Wśród astronautów krążył żart, że Reed nie tylko nie słyszy budzika, ale i że może przespać cały start, więc co tu robił na godzinę przed ostatnią odprawą?

Podniosła rękę, żeby go zawołać, gdy wtem zza rogu wytrysnęła smuga światła. Megan odruchowo cofnęła się i w tym samym momencie do Reeda podjechał samochód z emblematem NASA na drzwiach. Stojąc w cieniu, patrzyła, jak wysiada z niego starszy mężczyzna i jak wysiadłszy, podchodzi do Dylana.

Dylan na kogoś czekał. Ale na kogo? I dlaczego naruszał warunki kwarantanny?

Kwarantanna stanowiła bardzo istotny element przygotowań przedstartowych, chociaż w ich przypadku z konieczności ją skrócono. Bezpośredni kontakt członków załogi z kimś z zewnątrz był po prostu nie do pomyślenia.

Gdy Reed i jego gość weszli w krąg światła, zobaczyła, że mężczyzna ma coś na szyi. Był to charakterystyczny identyfikator, zaświadczenie wydane przez lekarzy NASA, że ten, kto je ma, został dokładnie przebadany i uznany za zdrowego.

Stwierdziwszy, że mężczyzna jest upoważniony do przebywania na terenie kompleksu, zawróciła i już miała odejść, lecz coś ją powstrzymało. Zawsze polegała na intuicji i instynkcie; wielokrotnie uratowało jej to życie. Teraz też usłyszała w głowie cichutki głos, który szeptał, że powinna zapomnieć o takcie i zostać.

Została. Ponieważ tamci stali zwróceni do siebie twarzą, nie słyszała, co mówią. Ale nie ulegało najmniejszej wątpliwości, że mężczyzna dał coś Reedowi: błyszczący, metalowy pojemnik o długości dziesięciu centymetrów. Widziała go tylko przez ułamek sekundy, zanim zniknął w kieszeni kombinezonu Dylana.

Potem mężczyzna ścisnął go za ramię, wsiadł do samochodu i odjechał. Reed długo patrzył za oddalającymi się czerwonymi światełkami, a gdy zmalały do punkcików wielkości łebka od szpilki, ruszył w stronę budynku.

Pewnie ma tremę, jak my wszyscy, pomyślała. Przyjechał go odwiedzić ktoś bliski…

Ale wytłumaczenie to zabrzmiało nienaturalnie i fałszywie. Reed, weteran sześciu misji, traktował każdy start niemal nonszalancko. Nie mógł to również być nikt z rodziny. W czasie kwarantanny rodzina nie miała prawa kontaktować się z załogą. Wyznaczono im specjalny punkt obserwacyjny pięć kilometrów stąd.

A więc ktoś z NASA. Ktoś, kogo nie znam…

Przed pójściem do mesy, gdzie mieli zjeść ostatni przed startem posiłek, zaszła do pokoju, żeby spokojnie rozważyć wszystkie opcje. Mogła poruszyć ten temat z samym Reedem. Ot tak, niby od niechcenia. Ostatecznie wspierał ją, odkąd tylko wstąpiła do NASA i z biegiem czasu zaczęła uważać go za przyjaciela. Ale zaraz przypomniała sobie o Adamie Treloarze, o skradzionym wirusie i o desperackich, choć ściśle tajnych poszukiwaniach. Polecenie Kleina było absolutnie jednoznaczne: gdyby zauważyła coś podejrzanego, miała natychmiast do niego zadzwonić. Była całkowicie przekonana, że zachowanie Reeda da się logicznie wytłumaczyć, mimo to sięgnęła po telefon.


O szóstej trzydzieści załoga weszła do sterylnej przebieralni. Ponieważ Megan była jedyną kobietą na pokładzie, przydzielono jej osobny boks. Zamknąwszy drzwi, krytycznym okiem obrzuciła kombinezon, który miała nosić podczas startu i lądowania. Ściśle dopasowany do jej wymiarów i ważący czterdzieści jeden kilo, składał się z piętnastu części, łącznie ze spadochronem, nadmuchiwaną kamizelką ratunkową, spodniami przeciwprzeciążeniowymi i pieluszką. Użyteczność pieluszki Megan zakwestionowała, ale Reed wyjaśnił jej, że podczas wchodzenia w atmosferę występują tak silne przeciążenia, że pęcherz po prostu nie wytrzymuje.

– Wyglądasz super – powiedział Frank Stone, gdy wyszła z boksu. – Bardzo elegancko.

– Najbardziej podobają mi się naszywki – odrzekła.

– Powiedz to mojej żonie – rzucił dowódca wyprawy Bill Karol. – Sama je zaprojektowała.

Każda misja miała inne naszywki, zaprojektowane albo przez członków załogi, albo przez ich rodziny. Ta przedstawiała prom kosmiczny pędzący w kosmos. Pod okrągłą obwódką widniało nazwisko członka załogi.

Dobrali się w pary, żeby sprawdzić, czy wszystkie części skafandra są na miejscu i czy żadna się nie obluzowała. Potem, wraz ze specjalistą misji Davidem Carterem, odmówili krótką modlitwę. Chwila ta pomogła zrzucić żałobny całun, który opadł na nich wraz z nieoczekiwaną śmiercią Adama Treloara.

Na nieco ponad trzy godziny przed startem wyszli z budynku prosto w jaskrawe światła reflektorów. Ten krótki spacer był dla obserwatorów – starannie obszukanych i zaopatrzonych w specjalne przepustki – ostatnią okazją do zobaczenia astronautów. Idąc wytyczonym przez sznury przejściem, Megan pomachała im ręką. Gdy się uśmiechnęła, jeden z reporterów zawołał:

– Jeszcze raz! O tak!

Jazda na stanowisko startowe trwała zaledwie kilka minut. Wysiadłszy z samochodu, weszli do windy, która zawiozła ich na wysokość czterdziestu dziewięciu i pół metra, do tak zwanego białego pokoju, niewielkiego pomieszczenia, gdzie każdy z nich włożył spadochron, uprząż, hełmofon, hełm i rękawice.

– No i jak tam?

Megan odwróciła głowę. Stał przy niej ubrany już Reed.

– Chyba dobrze.

– Trema?

– To te motylki w brzuchu?

Nachylił się ku niej.

– Nikomu nic nie mów, ale w moim też latają.

– Nie gadaj!

– I pewnie więcej ich niż u ciebie.

Może dziwnie na niego spojrzała, bo nagle dodał:

– Coś się stało? Wyglądasz tak, jakbyś chciała mnie o coś spytać.

Obojętnie machnęła ręką.

– Nie, to tylko ta chwila. Marzysz o niej, trenujesz i nagle nadchodzi.

Poklepał ją po ramieniu.

– Dasz sobie radę. Pamiętaj tylko, co powiedział Allenby: wszyscy liczymy na rezultaty twoich eksperymentów.

– Panie i panowie, już pora – zawołał jeden z techników.

Reed się odwrócił i Megan odetchnęła. Gdy opowiedziała Kleinowi o jego nocnym gościu, ten obiecał, że natychmiast to sprawdzi, że spróbuje ustalić jego tożsamość i oddzwoni. Ponieważ nie oddzwonił, uznała, że albo jeszcze niczego nie ustalił, albo, znalazłszy satysfakcjonujące wytłumaczenie, nie mógł się z nią skontaktować.

– No to do boju! – rzucił Reed z lekkim ukłonem. – Proszę. Najpierw panie.

Megan wzięła głęboki oddech, przykucnęła i wślizgnęła się do włazu. Dotarłszy do drabinki, zeszła na pokład mieszkalny, gdzie oprócz miejsc do spania, magazynów z żywnością i łazienki, stały trzy fotele startowe dla niej, dla Randalla Wallace'a i Davida Cartera, specjalisty ładunku. Po starcie fotele te miały zostać złożone i schowane do specjalnych szafek.

Megan usiadła, a raczej legła na plecach z kolanami wycelowanymi w sufit.

– Trzeci lot, a mnie wciąż tu niewygodnie – mruknął Carter, sadowiąc się obok niej.

– Bo tyjesz, stary – dogadał mu Wallace – bo tyjesz. Wszystko przez domowe jedzonko.

– Ale ja przynajmniej mam dom – odciął się Carter.

– To pewnie miłość – rzucił Wallace i, jak słynny Groucho Marx, strząsnął popiół z wyimaginowanego cygara.

Przestali sobie dogadywać, bo do kabiny weszli technicy, żeby przypiąć ich do foteli.

– Mikrofony?

Megan sprawdziła swój i kiwnęła głową na tyle, na ile pozwalał jej hełm i skafander. Czekając, aż technicy przypną pozostałych, wsłuchiwała się w głosy kolegów sprawdzających listę przedstartową.

Technicy skończyli. Megan nie widziała ich, lecz domyślała się, jak poważne muszą mieć twarze.

– Panie i panowie, z Bogiem. Wracajcie cało.

– Amen – mruknął Carter.

– Szkoda, że nie wziąłem jakiejś książki do czytania – powiedział Wallace. – Jak tam, Megan?

– Bosko. A teraz wybaczcie, chłopcy, ale muszę sprawdzić swoją listę.


Kilka tysięcy kilometrów na północny wschód od przylądka Canaveral Jon dopił drugą filiżankę kawy i zerknął na zegarek. Kirow powinien już być na stanowisku. Wychodząc, po raz ostatni spojrzał na monitory podłączone do zewnętrznych kamer systemu bezpieczeństwa. Jego dom stał na narożnej działce i był otoczony wysokimi drzewami, które skutecznie osłaniały go przed wzrokiem sąsiadów. Na trawiastym podwórzu nie rosły ani krzewy, ani krzaki, za którymi mógłby się ktoś ukryć. Osadzone w kamiennych ścianach detektory ruchu nieustannie omiatały najbliższą okolicę.

Gdyby jakiś intruz zdołał je przechytrzyć, stwierdziłby, że podwójne okna i zamki u drzwi są zabezpieczone skomplikowanym system alarmowym. Gdyby zaś zdołał unieszkodliwić i system, zareagowałyby czujniki naciskowe zamontowane w podłodze domu, uruchamiając zarówno cichy alarm, jak i spryskiwacze, które wpuściłyby do środka gaz obezwładniający. Sprawdzony w więzieniach federalnych gaz powalał człowieka w ciągu niecałych dziesięciu sekund, dlatego Jon trzymał w szafce nocnej maskę przeciwgazową.

Chociaż był przekonany, że Beria nie będzie próbował zdjąć go z dużej odległości, uznał, że na wszelki wypadek trzeba sprawdzić podwórze, to za i to przed domem. Ponieważ nikogo tam nie zauważył, wszedł do kuchni łączącej się bezpośrednio z garażem. Już miał wyłączyć mały telewizor na blacie, gdy nagle zobaczył coś, co przyprawiło go o lekki uśmiech. Zawahał się, uśmiechnął szerzej i wyjął z kieszeni telefon.


Na dwadzieścia jeden minut przed startem w słuchawkach zabrzmiał głos głównego kontrolera lotu, Harry'ego Landona:

– Hej, hej! – zawołał, przeciągając sylaby jak na mieszkańca Oklahomy przystało. – Mamy tu małą... niespodziankę.

Członkowie załogi wiedzieli, że słucha ich trzystu ludzi w centrum kontroli lotów, mimo to wydali zbiorowy jęk zawodu.

– Tylko nie mów, że będziemy musieli powtarzać wszystko od początku – mruknął Carter.

– Houston, w czym problem? – spytał rzeczowo pilot.

– Problem? Nie. Powiedziałem: „niespodzianka". Pani doktor, czy skończyła już pani listę?

– Tak jest – odrzekła Megan z mocno bijącym sercem.

Zawaliłam. Coś zawaliłam. Boże, wszystko, byle nie to.

– W takim razie może zechce pani odebrać telefon?

Megan odruchowo spróbowała usiąść, lecz oczywiście nie dała rady. Telefon? Kto mógł do niej dzwonić? O Chryste.

– Harry – odrzekła z paniką w głosie. – Nie wiem, czy to dobry pomysł...

– Spokojnie, przełączę was na osobny kanał.

Ostatnią rzeczą, jaką usłyszała, było zduszone przekleństwo Cartera: „Cholera!"

– Megan?

Serce przyśpieszyło jeszcze bardziej.

– Jon? To ty?

– Zapomniałem życzyć ci powodzenia.

– Jon, jak ty... Jakim cudem...

– Nie ma czasu na wyjaśnienia. Wszystko w porządku? Gotowa?

– Gotowa, ale czy wszystko w porządku? Wiesz, niecodziennie siedzę na paruset tonach ciekłego paliwa.

– Chciałem życzyć ci wszystkiego najlepszego... Wracaj zdrowa i cała.

– Wrócę – odrzekła z uśmiechem Megan.

– Przepraszam, ale pora kończyć – przerwał im Landon.

– Dzięki, Harry.

– Przełączam cię na ogólny, dobra?

– Dobra.

Myślała, że ją ochrzanią, ale reszta załogi wymieniała właśnie ostatnie spostrzeżenia i meldunki. Zamknęła oczy i wypowiedziała po cichutku kilka słów z Dwudziestego Czwartego Psalmu. Ledwo skończyła, gdy prom lekko drgnął. Chwilę później odpaliły rakiety wspomagające i dobiegło ją głośne, niskie dudnienie.

W powódź komunikatów z centrum kontroli lotów wdarły się słowa:

– Houston, „Discovery" wystartowała!

Silniki główne pochłaniały setki ton paliwa na sekundę i Megan poczuła się nagle jak na oszalałej kolejce górskiej w wesołym miasteczku, z tym że tej kolejki nikt nie był w stanie zatrzymać. Dwie minuty i sześć sekund od chwili startu rakiety wspomagające oddzieliły się od orbitera i opadły na spadochronach do oceanu, skąd miały być później wyłowione. Zasilana paliwem ze zbiornika głównego, „Discovery" zmagała się z ziemską grawitacją. Im wyżej się wznosiła i szybciej leciała, tym bardziej rosło przeciążenie, które po kilku minutach osiągnęło maksymalną wartość trzech g. Megan ostrzegano, że poczuje się wtedy tak, jakby leżał na niej wielki goryl.

Goryl? Raczej słoń.

Sześć minut później, na wysokości dwustu dziewięćdziesięciu czterech i pół kilometra, silniki główne zamilkły. Wypełniwszy swoje zadanie, olbrzymi zbiornik oddzielił się od orbitera i odpadł. Megan była zadziwiona nagłą ciszą i tym, że tak nagle przestało nimi rzucać. Spojrzawszy w lewo, zrozumiała dlaczego: w srebrzystym iluminatorze zobaczyła gwiazdy. Byli na orbicie.

# Rozdział 21

Poprzedniego wieczoru Iwan Beria spotkał się z kierowcą lincolna przed stacją metra na skrzyżowaniu Q Street i Connecticut Avenue. Kierowca miał dla niego dalsze informacje oraz instrukcje, które Beria przestudiował w drodze do Bethesda.

Samochód był niezbędny, ponieważ Macedończyk nie chciał, żeby gdziekolwiek go widziano, poza tym bardzo słabo prowadził. Zabójca, który w ciągu kilku sekund potrafił zaszlachtować człowieka, czuł się zagubiony i zdezorientowany widokiem tysięcy samochodów wjeżdżających i wyjeżdżających z miasta. W razie niebezpieczeństwa nie potrafiłby uciec. Samochód miał jeszcze jeden wielki plus: znakomicie nadawał się do prowadzenia obserwacji. W Waszyngtonie roiło się od służbowych limuzyn. W okolicy takiej jak Bethesda ich lincoln na pewno nie będzie rzucał się w oczy.

Dojeżdżając na miejsce, szofer zwolnił, udając, że szuka jakiegoś numeru. Beria przypatrzył się uważnie dużemu, rozbudowanemu domowi w stylu ranczo. Dom, przed domem drzewa – pewnie rosły również z tyłu. W oknach paliło się światło, lecz za firankami nie przesuwały się żadne cienie.

– Jedź prosto i zawróć – polecił kierowcy.

Gdy zawrócili, przyjrzał się sąsiednim domom. Trawniki, na trawnikach zabawki, dziecięce rowerki, kosz na drzwiach garażu, mała motorówka na blokującej podjazd przyczepie. W przeciwieństwie do nich dom Smitha robił wrażenie opustoszałego i posępnego. Beria pomyślał, że jest to dom samotnika, człowieka, którego praca wymaga odosobnienia i utajnienia. Wyposażono go zapewne w system alarmowy o wiele bardziej wyrafinowany i groźniejszy niż te proponowane przez firmy ochroniarskie, których nazwy widniały na plakietkach przyklejonych do drzwi sąsiednich domów.

– Wystarczy – powiedział. – Już się napatrzyłem. Wrócimy tu jutro. Wczesnym rankiem.

I teraz, kilka minut po szóstej, siedział na tylnej kanapie lincolna, który czekał z włączonym silnikiem na rogu ulicy. Kierowca stał na zewnątrz i palił papierosa. Spacerujący z psami ludzie i biegacze na porannej przebieżce brali go za czyjegoś szofera.

Siedząc w chłodnym bezruchu luksusowej limuzyny, Beria po raz kolejny analizował informacje od zleceniodawców. Doktor Jon Smith, Amerykanin. Chcieli jak najszybciej usunąć go z drogi. Ale były pewne przeszkody. Smith nie jeździł do biura. Jego dom był na pewno dobrze zabezpieczony. Dlatego egzekucję należało przeprowadzić na otwartej przestrzeni, kiedy tylko nadarzy się okazja. Kolejnym problemem była nieprzewidywalność jego poczynań. Nie miał stałego harmonogramu dnia, dlatego zleceniodawcy nie wiedzieli, gdzie o danej porze będzie. Oznaczało to, że Beria nie mógł spuścić go z oka, że musiał czekać na odpowiednią chwilę. Sprzyjało mu to, że Smith nie miał obstawy, ani – jeśli wierzyć zleceniodawcom – nie nosił broni. Jednak najważniejsze było to, że nie zdawał sobie sprawy, iż ktoś na niego poluje.

Kierowca wsiadł i samochód lekko się zakołysał.

– Jest.

Beria spojrzał przed siebie. Z garażu wyjeżdżał granatowy sedan. Z informacji od szefów wiedział, że właśnie takim wozem jeździ Smith.

– No to zaczynamy – szepnął.


Jon nieustannie zerkał w lusterka. Przejechał już kilka kilometrów, a czarny lincoln nieustannie sunął za nim, zmieniając pasy, ilekroć zmieniał je on. Wyjął komórkę i zadzwonił do Kirowa.

– Mam tu tego lincolna z lotniska. Siedzi mi na ogonie. To chyba on. Próbuje mnie wyczuć.

– Jestem gotowy – odrzekł generał.

Wyhamowując przed światłami, Smith ponownie zerknął w górne lusterko. Lincoln był trzy samochody za nim.

Dojechawszy do miasta, Jon przyspieszył, często zmieniając pasy i trąbiąc klaksonem. Chciał stworzyć wrażenie, że spieszy się na ważne spotkanie, że jest zajęty myślami, że opuścił gardę i stanowi łatwy cel. Miał nadzieję, że Beria skupi się wyłącznie na nim, że na nic innego nie będzie zwracał uwagi. Gdyby tak było, Macedończyk nie zobaczyłby nadchodzącego Kirowa.

Spieszy się, pomyślał Beria. Dlaczego?

– Jedzie do Dupont Circle – powiedział szofer, nie odrywając wzroku od przedniej szyby.

Beria zmarszczył brwi. Dupont Circle. W tej dzielnicy mieszkał. Czyżby Smith zdobył już jego adres? Czyżby tam właśnie jechał?

Na Connecticut Avenue sedan przyspieszył jeszcze bardziej. Skręcił w R Street, a potem w Dwudziestą Pierwszą.

Dokąd on jedzie?

Na S Street samochód zwolnił. Smith zaparkował i przeszedł na drugą stronę Dwudziestej Pierwszej. Tę okolicę, pełną europejskich restauracji i sklepów, Beria dobrze znał. Od przyjazdu do Waszyngtonu bywał tylko tu, bo tylko tu czuł się w miarę bezpiecznie.

Smith przyjechał powęszyć. A może ktoś widział mój portret pamięciowy…

On też go widział, w telewizji. Portret był marny; widniejąca na nim twarz zupełnie nie przypominała jego twarzy. Ale może ktoś go tu widział, chociaż Beria nigdy nie wychodził z mieszkania przed zapadnięciem zmroku.

Nie. Gdyby Smith podejrzewał, że mnie tu znajdzie, nie przyszedłby sam. Nie jest pewien. Strzela.

– Zaczekaj gdzieś, gdzie łatwo cię znajdę – powiedział do kierowcy.

Ten wskazał restaurację Dunn's River Falls.

– Będę na parkingu.

Wysiadłszy, Beria przeszedł szybko na drugą stronę ulicy i zdążył jeszcze zobaczyć, jak Smith znika w łukowatej bramie między barem i sklepem z plakatami. Teraz wiedział już, dokąd tamten zmierza: na mały skwer między Dwudziestą Pierwszą i Florida Avenue. Szukać go tam, dokąd ciągnęło go jako Słowianina? Bardzo sprytne. Ale było to również miejsce, które Beria znał, w którym mógł zapanować nad każdą sytuacją.

Wszedł do bramy i kilkanaście kroków dalej przystanął pod markizą macedońskiej kawiarenki. Przy jednym ze stolików kilku mężczyzn grało w domino; z zamontowanych na zewnątrz i w środku głośników płynęła cicha serbska melodia ludowa. Jest Smith! Szedł w kierunku fontanny pośrodku skweru. Trochę zwolnił i rozglądał się teraz, jakby kogoś wypatrywał. Tak, zdał sobie sprawę, że zupełnie do tego miejsca nie pasuje i na pewno poczuł się trochę nieswojo... Beria włożył rękę do kieszeni i zacisnął palce na korkowej rękojeści sprężynowca.

W tylnej kieszeni idącego trzydzieści kroków przed nim Jona delikatnie zawibrował telefon komórkowy: Kirow dawał mu znak, że Beria jest już w strefie, piętnaście metrów za nim. Zwolniwszy jeszcze bardziej, Jon przeszedł przed straganem z rozwieszonymi na sznurach dywanami. Przystanął, zerknął na zegarek i rozejrzał się, jakby kogoś szukał. Tak wczesnym rankiem kupujących było jeszcze niewielu; przeważali ludzie idący do pracy i sklepikarze, którzy wpadali tu na kawę i kanapki. Miał nadzieję, że Beria pomyśli, iż jest to najodpowiedniejsza – i najlogiczniejsza – pora na spotkanie z przechodzącym tędy informatorem.

Telefon zawibrował ponownie, raz i drugi: Beria był niecałe osiem metrów za nim i ciągle się zbliżał. Idąc krok za krokiem wzdłuż straganu, Jon poczuł na plecach muśnięcie zimnych macek lęku. Rozejrzał się, lecz nie zobaczył ani Macedończyka, ani Kirowa. I wtedy tuż za sobą usłyszał cichy odgłos kroków.

Generał czekał w drzwiach zamkniętego sklepu tekstylnego i dostrzegł Berię w chwili, gdy ten wychynął z bramy. Był w specjalnie zaprojektowanych trampkach na gumowej podeszwie, więc przecinając skwer, poruszał się niemal bezszelestnie.

Nie oglądaj się, Jon. Nie spanikuj. Zaufaj mi.

Beria był już niecałe trzy metry od Smitha. Wyjął z kieszeni rękę, wcisnął przycisk i generał dostrzegł błysk wyskakującego z rękojeści ostrza.

Kirow miał swój czarny parasol i zbliżając się do Macedończyka, lekko nim wymachiwał. W chwili, gdy robiąc kolejny krok, zabójca podniósł nogę, on szybko go opuścił. Ostry jak brzytwa czubek parasola przeciął nogawkę spodni, wbił się w ciało i rozorał je na długości prawie centymetra. Beria błyskawicznie się odwrócił i w bladym porannym słońcu błysnął jego długi nóż. Ale Kirow był już dwa kroki dalej. Macedończyk dostrzegł go i wytrzeszczył oczy. Człowiek z Moskwy! Rosyjski generał z dworca!

Ruszył przed siebie, lecz nagle znieruchomiał. Jego prawa noga bezwładnie ugięła się w kolanie. Beria pochylił się, wypuścił nóż i upadł na twarz. Miał szkliste oczy, widział podwójnie, zwiotczały mu wszystkie mięśnie. W jego żyłach krążył silny narkotyk z czubka parasola.

Czuł – choć nie w pełni zdawał sobie z tego sprawę – że dźwigają go czyjeś silne ręce. Kirow podtrzymywał go, z uśmiechem przemawiał do niego po serbsku, mówił, jaki z niego niedobry chłopczyk, że wszędzie go szukał. Beria otworzył usta, lecz wydobył się z nich jedynie gulgot. Kirow przytulał go, szeptał mu coś do ucha, muskał ustami jego policzek. Dobiegł go głośny krzyk: ktoś wyzywał ich po serbsku od pedałów.

– Chodź, kochanieńki – szepnął generał. – Zwiewajmy stąd, bo zaraz będzie niedobrze.

Beria widział, jak jacyś starcy wygrażają im i pokazują obraźliwe gesty. Tuż przy nim wyrósł nagle Smith i podtrzymał go pod drugie ramię. Beria spróbował poruszyć nogami, lecz mógł je tylko wlec. Głowa kiwała mu się na wszystkie strony i nagle zobaczył strop łukowatej bramy. I usłyszał przeraźliwy warkot samochodów na ulicy, który brzmiał jak ryk gigantycznego wodospadu. Rozsunięte drzwi niebieskiej furgonetki, za drzwiami składany wózek inwalidzki. Ktoś go na niego pchnął. Na nadgarstkach i kostkach u nóg zacisnęły się pasy. Usłyszał jęk elektrycznego silnika i gdy wózek podjechał do góry, wepchnięto go do furgonetki i zablokowano koła. Nagle wszystko zniknęło, nie licząc zimnych, niebieskich oczu Rosjanina.

– Nawet nie wiesz, jakie masz szczęście, skurwysynu.

A potem Beria nie słyszał już nic.


Z tylnego ganku roztaczał się widok na nieruchomy staw, zasilany meandrującym strumieniem. Od ujęcia Berii upłynęło osiem godzin i było już późne popołudnie. Jon siedział na leżaku i czując, jak słońce grzeje go w twarz, obserwował dwa krążące wysoko jastrzębie. Zatrzeszczały deski. Kirow.

Smith nie miał pojęcia, do kogo należy ten mały, czysty i wygodny domek, ale, jak zapewnił go w Wenecji Peter Howell, była to kryjówka zarówno odosobniona, jak i doskonale wyposażona. W spiżarni znaleźli duży zapas konserw. W skrytce pod podłogą saloniku leżała broń, lekarstwa oraz przybory wskazujące na to, że właściciel domku zajmuje się bez wątpienia tym samym, co Howell. Na podwórzu, w dużej szopie na narzędzia, było coś jeszcze.

– Chyba już pora.

– Jeszcze nie, Jon, zaczekajmy. Nie chciałbym tego powtarzać.

– Czytuję tę samą literaturę medyczną co pan. Większość pęka po sześciu godzinach.

– Ale Beria to nie większość.

Jon wstał i oparł się o poręcz. Układając plan działania, wiedzieli, że Beria – jeśli go schwytają – nie zechce mówić. Że będą musieli go do tego zmusić. Nie zamierzali używać czegoś tak prymitywnego jak elektrowstrząsy czy gumowe pałki. Istniały wyrafinowane chemikalia, które w połączeniu z innymi dawały pożądany efekt. Można było na nich polegać, lecz stosowanie tego rodzaju mieszanek miało szereg minusów. Mogły wywołać nieoczekiwaną reakcję, jak na przykład szok lub coś znacznie gorszego. A z Berią nie mogli ryzykować. Musieli go złamać, czysto, całkowicie, a przede wszystkim bezpiecznie.

Jon nie chciał się oszukiwać. Elektrowstrząsy, środki chemiczne czy coś innego – wszystko sprowadzało się do jednego: do tortur. To, że musiał je zastosować, przyprawiało go o mdłości, zarówno jako człowieka, jak i lekarza. Wmawiał sobie, że w tym przypadku tortury są usprawiedliwione. Beria maczał palce w czymś, co mogło zabić miliony ludzi. Wydobycie z niego informacji było sprawą życia lub śmierci.

– Chodźmy – rzucił.


Berię otaczała biel. Nawet gdy miał zamknięte oczy, a otwierał je rzadko, widział jedynie biel.

Odzyskawszy przytomność, stwierdził, że stoi w głębokiej rurze, w czymś w rodzaju wysokiego na cztery i pół metra silosu. Silos miał idealnie gładkie ściany, otynkowane, pomalowane i powleczone jakąś świetlistą substancją. Wysoko nad jego głową nieustannie paliły się dwa silne reflektory. Rurę wypełniała oślepiająca jasność, nie było w niej ani odrobiny cienia.

Początkowo myślał, że wsadzono go do prowizorycznej celi. To podtrzymało go na duchu. Znał więzienne cele, kilkakrotnie w nich przebywał. Ale zaraz potem odkrył, że średnica rury jest tak mała, iż z trudem się w niej mieści. Mógł się lekko pochylić, kilka centymetrów w każdą stronę, lecz nie mógł usiąść.

Po jakimś czasie usłyszał cichutkie buczenie, coś jakby odległy sygnał radiowy. W miarę upływu godzin buczenie przybierało na sile, a ściany coraz bardziej jaśniały. Zaczynały na niego napierać. Wtedy po raz pierwszy na chwilę zamknął oczy. Gdy je otworzył, biel ścian stała się jeszcze jaskrawsza. Teraz nie śmiał już rozewrzeć powiek. Buczenie przeszło w ryk, a w ryku tym usłyszał coś jeszcze, coś, co przypominało ludzki głos. Nie zdawał sobie sprawy, że to jego przeraźliwy krzyk.

Nagle zachwiał się i wypadł z silosu ukrytymi w ścianie drzwiczkami, które otworzył Kirow. Generał chwycił go za ramię, wywlókł na zewnątrz i natychmiast włożył mu na głowę czarny kaptur.

– Wszystko będzie dobrze – szepnął po serbsku. – Ukoję twój ból, ból zaraz minie. Dam ci wody, a potem wszystko mi powiesz.

Beria gwałtownie zarzucił mu ręce na szyję i przywarł do niego, jak tonący przywiera do kawałka unoszącego się na wodzie drewna. Generał przemawiał do niego, nieustannie go uspokajał i Beria zrobił wreszcie pierwszy chwiejny krok.


Jon był zaszokowany jego wyglądem. Nie dlatego, że Macedończyk był przerażony czy poraniony. Wprost przeciwnie, wyglądał dokładnie tak samo jak przedtem.

Tak samo, jednak zupełnie inaczej. Oczy miał szkliste i wyblakłe jak oczy ryby, która przeleżała noc w lodzie. Mówił głosem monotonnym, głuchym i apatycznym jak ktoś, kogo zahipnotyzowano.

Siedzieli we trójkę na ganku, przy stoliku, na którym stał włączony magnetofon. Beria pił wodę z plastikowego kubka. Kirow obserwował każdy jego ruch. Na kolanach, pod obrusem, trzymał pistolet z lufą wycelowaną w jego ramię.

– Kto kazał ci zlikwidować rosyjskiego strażnika? – spytał cicho Smith.

– Człowiek z Zurychu.

– Byłeś w Zurychu?

– Nie. Rozmawialiśmy przez telefon. Tylko przez telefon.

– Powiedział ci, jak się nazywa?

– Ma na imię Gerd.

– W jaki sposób ci płacił?

– Pieniądze przychodziły na konto w Offenbach Bank. Załatwiał to Herr Weizsel.

Weizsel! Nazwisko, które Peter Howell wydobył od inspektora Dionettiego…

– Herr Weizsel… Widywałeś go?

– Tak. Kilka razy.

– A Gerda?

– Nigdy.

Jon zerknął na Kirowa, a ten lekko skinął głową, jakby wierzył, że Beria mówi prawdę. Smith też w to wierzył. Beria musiał pracować przez pośredników. Szwajcarscy bankierzy świetnie nadawali się do firmowania działalności takich, jak on.

– Wiesz, co ten Rosjanin ci dał? – kontynuował cicho Smith.

– Zarazki.

Jon zamknął oczy. Zarazki…

– Znasz nazwisko człowieka, któremu przekazałeś je na moskiewskim lotnisku?

– Robert. Ale to nie jest jego prawdziwe imię.

– Wiedziałeś, że będziesz musiał go zabić?

– Tak.

– Miałeś to zrobić na rozkaz Gerda?

– Tak.

– Czy Gerd wspominał o jakichś Amerykanach? Czy kiedykolwiek się z nimi spotkałeś?

– Nie. Tylko z szoferem. Ale nie wiem, jak się nazywa.

– A ten szofer – rozmawiał z tobą o Gerdzie albo o kimkolwiek innym?

– Nie.

Jon zamilkł, próbując opanować narastającą frustrację. Ludzie, którzy kierowali tą operacją, ukryli się za murem nie do przebicia.

– Iwan, nie chcę, żebyś tego słuchał.

– Dobrze – odrzekł tępo Beria i odwrócił głowę.

– Jon, on nic więcej nie powie – rzekł Kirow. – Zdradzi nam najwyżej kilka mało istotnych szczegółów. – Rozłożył ręce. – A ten lincoln?

– Należy do NASA. Jeździ nim kilkunastu szoferów. Klein wciąż ich sprawdza. – Podrapał się za uchem. – Powinniśmy byli złapać tego kierowcę. Doniósł już, że Beria zniknął. Tamci założą, że go mamy. Będą o wiele ostrożniejsi.

– Już o tym rozmawialiśmy – przypomniał mu generał. – We dwóch nie bylibyśmy w stanie zdjąć Berii i jego. Nie mieliśmy wsparcia.

– Dowiedzieliśmy się dwóch rzeczy – podsumował Jon. – Wiemy, że pieniądze trafiały do Offenbach Bank w Zurychu i że zajmował się nimi Herr Weizsel. Znam to nazwisko. – Opowiedział Kirowowi o weneckim łączniku.

Rosjanin podniósł wzrok.

– W takim razie Weizsel musiał z tym Gerdem rozmawiać. Może nawet poznał go osobiście, więc…

– Zna też jego prawdziwe nazwisko, prawda? – dokończył za niego Jon.


# Rozdział 22

Gdy Iwan Beria nie przyszedł na parking o umówionej godzinie, kierowca lincolna porzucił samochód i odszedł. W tej dzielnicy było niemal pewne, że w ciągu kilku godzin wóz po prostu zniknie. Że zostanie fachowo rozebrany na części w jakiejś dziupli albo że stopniowo rozkradną go uliczni złodzieje. Tak czy inaczej, nie pozostanie po nim najmniejszy ślad.

Nawet gdyby policjanci w jakiś sposób go odzyskali, niczego by w nim nie znaleźli. Kierowca nigdy nie zdejmował rękawiczek, dlatego spece od daktyloskopii i ci z laboratoriów kryminalistycznych na próżno szukaliby tam jakichś włókien czy innych mikrośladów. Nie figurował też na liście osób zatrudnionych w NASA. Wóz wynajęto na nazwisko szofera, który aktualnie pracował w Pasadenie w Kalifornii.

Ze skrzyżowania Connecticut Avenue i Q Street zadzwonił do swego szefa. Spokojnie opowiedział mu, co zaszło i zasugerował, że Beria został schwytany. Szef kazał mu natychmiast jechać na lotnisko Dullesa. W szafce na bagaż zostawiono dla niego dwie torby, jedną z pieniędzmi, drugą ze zmianą ubrania. Torby i bilet do Cancún w Meksyku, gdzie miał czekać na dalsze polecenia.

Skończywszy rozmowę z kierowcą, Anthony Price zadzwonił do doktora Bauera, który przekazawszy zmodyfikowanego wirusa Dylanowi Reedowi, zdążył już wrócić na Hawaje.

– Karl? – warknął. – Twój chłopak miał coś załatwić. No i co? Jest jeszcze gorzej niż przedtem. – Opowiedziawszy mu pobieżnie, co zaszło, dodał: – Jeśli Beria wpadł, daję głowę, że ma go Smith. Ten kretyn zacznie w końcu gadać, jeśli już czegoś nie wygadał.

– No i co z tego? – spytał Bauer. – Nie zna nas, nigdy nas nie widział. Nie zna naszych nazwisk. Treloar nie żyje. Ślad się urywa…

– Ślad musi urwać się na Berii! – krzyknął Price. – Trzeba go załatwić.

– Teraz? – rzucił z sarkazmem Bauer. – Kiedy ma go Smith? Niby jak?

Price stracił całą pewność siebie. Wiedział, że Smith nie będzie przetrzymywał Berii ani w areszcie, ani w więzieniu. Że ukryje go gdzieś, gdzie nikt go nie znajdzie.

– W takim razie musimy przyspieszyć realizację planu – odparł. – Odwrócić ich uwagę.

– Narazimy na niebezpieczeństwo i Reeda, i całe przedsięwzięcie.

– Nie robiąc nic, narazimy na niebezpieczeństwo siebie! Posłuchaj, Karl. Reed ma zrobić to pojutrze. Nie widzę powodu, żeby nie zrobił tego już teraz.

– Wszystkie eksperymenty przeprowadza się zgodnie z ustalonym harmonogramem. Byłoby podejrzane, gdyby Reed nagle go zmienił.

– Zważywszy konsekwencje, zmiana harmonogramu będzie ostatnią rzeczą, na którą ktoś zwróci uwagę. Najważniejsze to jak najszybciej sprowadzić tego wirusa tutaj, na ziemię. I zadbać o własny tyłek.

Bauer długo milczał. Price wstrzymał oddech, zastanawiając się, czy stary naukowiec kupi jego pomysł.

– No dobrze – odrzekł w końcu Bauer. – Skontaktuję się z Reedem i każę mu zmienić harmonogram.

– Powiedz mu, żeby załatwił to jak najszybciej.

– Nie jak najszybciej, tylko jak najrozważniej.

Price był u kresu wytrzymałości.

– Nie czepiaj się słów, Karl. Po prostu każ mu to zrobić, i już.

Bauer spojrzał na słuchawkę głuchego już telefonu. Anthony Price należał do biurokratów zarażonych kompleksem wyższości, do urzędasów, którym pozornie nieograniczona władza uderzyła do głowy.

Wyszedłszy z gabinetu, wsiadł do windy i zjechał do najgłębszych podziemi kompleksu. Tam znajdowało się serce jego centrum komunikacyjnego, pomieszczenie wielkości lotniczej wieży kontrolnej, w którym – za pośrednictwem trzech prywatnych satelitów – technicy nieustannie badali elektroniczny puls imperium Bauer-Zermatt. Był również czwarty satelita, do tej pory uśpiony. Bauer wszedł do swojego boksu i zamknął drzwi. Usiadł przy konsolecie, włączył plazmowy monitor i wystukał na klawiaturze serię kodów. Skonstruowany przez Chińczyków i zbudowany w Xianpao satelita – na orbitę wprowadziła go francuska rakieta wystrzelona w Nowej Gujanie – powoli się obudził. Sprzęt zamontowany na jego pokładzie nie należał do najbardziej skomplikowanych, ale z drugiej strony wyznaczono mu tylko jedno zadanie. Po jego wypełnieniu silny ładunek wybuchowy miał zniszczyć wszystkie dowody, że kiedykolwiek istniał.

Bauer przeszedł na częstotliwość NASA, napisał wiadomość i otworzył obwód. W ciągu kilku nanosekund mikroimpuls dotarł do satelity, a ten przekazał go na pokład wahadłowca. Przekazał i natychmiast zamilkł. Nawet gdyby ktoś przypadkowo wychwycił wiązkę sygnałów, w żaden sposób nie zdołałby namierzyć ani jej źródła, ani urządzenia, które przekazało ją dalej. Ponieważ satelita został zdezaktywowany, wyglądało to tak, jakby wiadomość nadeszła znikąd, z czarnej dziury w głębi kosmosu.

Odchyliwszy się w fotelu, Bauer zetknął czubki palców. Zdawał sobie sprawę, że nikt z wahadłowca mu nie odpowie. Jedynym sposobem sprawdzenia, czy polecenie dotarło na jego pokład, było podsłuchiwanie rozmów między promem i centrum kontroli lotów. Tak, głos Reeda wszystko mu powie…


Pędząc z prędkością dwudziestu ośmiu tysięcy kilometrów na godzinę i lecąc na wysokości trzystu dwudziestu trzech kilometrów, „Discovery" po raz czwarty okrążała Ziemię. Złożywszy i schowawszy swój fotel, Megan Olson zdjęła skafander startowy i przebrała się w wygodny kombinezon z mnóstwem zapinanych na rzepy kieszeni. Zauważyła, że ma obrzmiałą twarz i górną połowę ciała. Wszystkie zmarszczki nagle zniknęły, a w talii mierzyła teraz dobrych pięć centymetrów mniej. Było to spowodowane brakiem grawitacji, która na Ziemi ściągała w dół krew i płyny ustrojowe. Wiedziała, że po sześciu godzinach lotu ich nadmiar zostanie wydalony wraz z moczem.

Z pomocą Cartera i Wallace'a uruchomiła zasilanie, klimatyzację i systemy łączności. Otworzono drzwi ładowni, żeby prom szybciej oddał ciepło zmagazynowane podczas startu, kiedy to pracowały silniki główne i silniki rakiet wspomagających. Drzwi miały pozostać otwarte do końca misji i pomóc w regulowaniu temperatury na pokładzie orbitera.

Pracując, przysłuchiwała się rozmowom między dowódcą, Billem Karolem, pilotem, Frankiem Stone'em i centrum kontroli lotów w Houston. Była to rutynowa wymiana zdań na temat stanu urządzeń pokładowych, prędkości lotu i aktualnego położenia wahadłowca. Rutynowa do chwili, gdy dotarł do niej zdziwiony głos Karola.

– Dylan, słyszysz mnie?

– Słyszę. Co jest?

– Jest dla ciebie wiadomość. Ale Bóg wie skąd, bo na pewno nie z Houston.

Reed zachichotał.

– Pewnie któremuś z moich laborantów obsunęła się ręka. Czego chcą?

– Nastąpiła zmiana w harmonogramie waszych eksperymentów. Ty zaczynasz, Megan spada na czwórkę.

– Hej, to niesprawiedliwe! – zaprotestowała Megan.

– Podsłuchiwało się, co? – powiedział Reed. – Spokojnie, na pewno zdążysz.

– Wiem, ale po co ta zmiana?

– Sprawdzam harmonogram.

– Już do was idę.

Płynąc w powietrzu, Megan dotarła do drabinki i weszła na pokład pilotażowy. Reed wisiał za pilotem i dowódcą jak płetwonurek nad dnem jeziora. W ręku miał deskę z klipsem.

– Wyglądasz dziesięć lat młodziej – rzucił.

– Przestań, najwyżej pięć. Czuję się jak balon. Co się dzieje?

Reed podał jej harmonogram.

– Zmienili to w ostatniej chwili, zapomniałem ci o tym powiedzieć. Najpierw testy z robalami, potem ty. Będziesz miała całe laboratorium dla siebie i swoich legionistów.

– Myślałam, że to ja zacznę…

– Tak, wiem. Pierwsza wyprawa, całe to podniecenie. Na twoim miejscu zdrzemnąłbym się trochę i zaczekał, aż skończę z nicieniami.

– Pomóc ci?

– Dzięki, ale nie. – Reed wziął od niej harmonogram. – No dobra. Idę otworzyć fabryczkę.

Fabryczka: tak nazywali laboratorium.

Na ekranie monitora widziała, jak Reed schodzi na pokład mieszkalny i wpływa do tunelu prowadzącego do laboratorium. Ciągle zdumiewało ją, że od śmiertelnego zimna kosmosu oddzielają go jedynie zakrzywione ściany i zewnętrzne poszycie przełazu.

Odwróciła się do Karola.

– Kto wysłał tę wiadomość?

Karol ponownie zerknął na ekran.

– Brak nazwiska. Jest tylko numer.

Megan przytrzymała się fotela i spojrzała mu przez ramię. Sześciocyfrowa liczba. Znała ją, choć nie wiedziała skąd.

– Spieszyli się – rzucił lakonicznie siedzący obok Stone. – Burdel w laboratorium.

– Mówiłeś, że to nie z Houston.

– Bo Houston przekazuje wszystko podwójnie, na słuchawki i na komputer. No ale, Megan, jeśli nie z Houston, to skąd?

Dowódca wahadłowca i pilot zajęli się swoimi sprawami i Megan zostawiła ich samych. Coś tu nie grało. Właśnie przypomniała sobie, skąd zna ten numer. Był to numer służbowego identyfikatora Dylana Reeda. Ale jakim cudem Dylan mógł wysłać wiadomość do samego siebie?

Reed wszedł do laboratorium i natychmiast wyłączył kamery rejestrujące wszystko to, co działo się w Bioracku. Rozpiął rzep i wyjął z kieszeni krótki tytanowy pojemnik, który dostał od Bauera przed niecałymi dwudziestoma czterema godzinami. Chociaż pojemnik był starannie zahermetyzowany, Reed wiedział, że ma do czynienia z „gorącym" produktem, który powinien zostać jak najszybciej ochłodzony. Otworzył zamrażalnik, umocował pojemnik obok próbówek z bakteriami i nicieniami, po czym włączył kamery.

Odprężony, wiedząc, że wirus jest już bezpieczny, zaczął przygotowywać się do tego, co miał niebawem zrobić. Jednocześnie cały czas zastanawiał się, co mogło skłonić Bauera do tak radykalnej zmiany planów. Z tego co słyszał tuż przed startem, Beria otrzymał rozkaz zlikwidowania Smitha. Skoro Bauer zdołał przekazać wiadomość na pokład wahadłowca i skoro z Houston nie nadchodziły żadne niepokojące komunikaty, oznaczało to, że Beria wpadł w kłopoty: w kłopoty na tyle poważne, że Bauer zdecydował się zainterweniować.

Reed wiedział, że stary Szwajcar skontaktuje się z nim ponownie tylko wtedy, kiedy będzie to absolutnie konieczne. Jeden przekaz odbiegający od obowiązujących w Houston norm nie wzbudzi niczyich podejrzeń, ale drugi na pewno zostałby dokładnie przeanalizowany i zbadany. Ponieważ nie miał w tej chwili możliwości skontaktowania się z Bauerem, pozostawało mu jedynie ślepo wierzyć w powodzenie przedsięwzięcia i dokończyć rozpoczęte na Ziemi dzieło.

Wolałby najpierw trochę odpocząć, ale ponieważ plany uległy gwałtownej zmianie, musiał zapomnieć o zmęczeniu, wziąć się w garść i stawić czoło koszmarowi, który niebawem miał się rozpętać. Wsuwając stopy w obejmy przed Biorackiem, ocenił, ile zajmie mu to czasu. Jeśli dobrze wszystko wyliczył, kiedy on będzie kończył, załoga zacznie schodzić się na kolację. Wszyscy zbiorą się w jednym miejscu, dokładnie tak jak tego chciał.


Spojrzenie Nathaniela Kleina było twarde jak wypolerowany przez wodę głaz. Byli w Camp David i dyrektor Jedynki słuchał właśnie meldunku Smitha, który opowiadał mu o schwytaniu Berii i o przesłuchaniu.

– Zabójca mający związki ze szwajcarskim bankiem i z jednym z jego urzędników… – wymamrotał.

Jon wskazał leżącą na stole kasetę.

– Beria wyśpiewał dużo więcej. Jest na liście płac kilku najbardziej wpływowych ludzi w Rosji i w krajach wschodniej Europy. Wydarzenia, które dotychczas zdawały się zupełnie nielogiczne, nabierają sensu: większość tych wszystkich zabójstw i szantaży to jego dzieło.

– Świetnie – mruknął Klein. – Mamy więc mnóstwo brudu i któregoś dnia na pewno nam się to przyda. Ale jeśli nie znajdziemy tego przeklętego wirusa, dzień ten może nigdy nie nadejść. Gdzie oni teraz są, Beria i Kirow?

– W bezpiecznym miejscu. Podaliśmy Berii silne środki uspokajające. Kirow go pilnuje. Ma do nas prośbę: chciałby wywieźć Berię do Rosji, po cichu i jak najszybciej.

– Oczywiście, możemy to zorganizować pod warunkiem, że wszystko wyśpiewał.

– Jestem tego pewien, panie dyrektorze.

– W takim razie każę podstawić samolot. Będzie czekał w Andrews.

Klein wstał i zaczął nerwowo krążyć przy oknie saloniku.

– Niestety, to, że schwytaliśmy Berię, nie rozwiązuje naszego problemu. Dobrze wiesz, że szwajcarscy bankierzy słyną z dyskrecji i zawsze dochowują tajemnicy. Być może prezydent zdoła nakłonić tych z Offenbach Bank do współpracy bez wdawania się w powody, dlaczego to dla nas takie ważne, ale wątpię czy mu się uda.

– To nie może być oficjalna operacja rządowa, panie dyrektorze – odrzekł cicho Smith. – Nie mamy czasu, zresztą podejrzewam, że, jak sam pan zauważył, prezydent natrafi na mur nie do przebicia. Ale kto wie, może okaże się, że zechce z nami współpracować Herr Weizsel. W Wenecji jest Peter Howell. Czeka na mój telefon…

Klein natychmiast zrozumiał, o co chodzi. Zerknął na niego, odwrócił wzrok i przez chwilę ważył związane z tym ryzyko.

— Dobrze – zdecydował. – Ale powiedz mu, że nie może być żadnej wpadki, że ma to załatwić po cichu i skutecznie. Drugiego podejścia nie będzie.

Jon wyszedł do sąsiedniego pokoju, w którym Klein urządził swoje centrum telekomunikacyjne, i podniósł słuchawkę telefonu.

— Peter? Masz zielone światło.

— Tak myślałem – odrzekł Anglik. – Na wszelki wypadek zarezerwowałem bilet na wieczorny lot.

— Peter, mam Berię. Podał nazwisko Weizsela, ale nic poza tym. Muszę wiedzieć, kto mu płacił.

— Jeśli Weizsel go zna, ty na pewno też poznasz. Zadzwonię z Zurychu.

— Dobra. Masz pod ręką magnetofon? Zdobyliśmy coś, co może ci się przydać…

Jon wrócił do salonu i powiedział Kleinowi, że Howell wyjeżdża wieczorem do Szwajcarii.

— Wiadomo już coś o tym lincolnie?

Klein pokręcił głową.

— Kiedy zadzwoniłeś z wiadomością, że macie Berię, skontaktowałem się z moim człowiekiem w waszyngtońskiej policji. Wciągnął ten wóz na listę samochodów poszukiwanych, wiesz, tych, których kierowcy zbiegli z miejsca wypadku. Ale jak dotąd nic, bez rezultatu. Ten szofer też jak kamień w wodę… – Ciężko westchnął. – I ta naklejka na tablicy rejestracyjnej. Początkowo myślałem, że można to logicznie wytłumaczyć, ale teraz…

— Przecież Treloar był z NASA – powiedział Smith. – Co w tym dziwnego, że czekali na niego na lotnisku? Nie spodziewał się, że ktoś może go śledzić i ścigać.

— Ale ten sam lincoln jechał potem za tobą, tak? – Klein zmarszczył czoło. – Jest ktoś jeszcze, też z NASA. Doktor Dylan Reed miał dziś w nocy gościa, którego tożsamości nie zdołaliśmy ustalić.

Smith gwałtownie podniósł wzrok. Dobrze wiedział, że Klein żyje w świecie, w którym tajemnice zdradza się tylko wtedy, kiedy jest to absolutnie konieczne. Dyrektor Jedynki przyznał właśnie, że ma kogoś w samym sercu NASA.

— Megan Olson – wyszeptał. – W tych okolicznościach, na chwilę przed startem, to nie może być nikt inny. Powinien był pan mi powiedzieć…

— Nie było potrzeby – uciął Klein. – Ona też o tobie nie wie, z tego samego powodu.

— Więc dlaczego mi pan o tym mówi?

— Bo w dalszym ciągu nie wiemy nic o tym wirusie. Pamiętasz, myślałem, że ukryli go gdzieś tu, w okolicach Waszyngtonu, bo właśnie tu przyleciał Treloar.

– Tak, pamiętam. Z Londynu mógł lecieć dokądkolwiek.

– Właśnie. Dlatego uważam, że może istnieć związek między nim i Reedem.

– I dlatego jest tam Megan? Ma go obserwować?

– Powiedz mi lepiej, czy wiesz o tym Reedzie coś, co mogłoby wskazywać, że byłby do tego zdolny.

Jon pokręcił głową.

– Nie znam go tak dobrze. Ale w instytucie miał nieskazitelną opinię. Chce pan, żebym go sprawdził?

– Nie zdążymy. Zresztą potrzebuję cię do czegoś innego. Jeśli nie rozwiążemy tej sprawy, będzie mnóstwo czasu na prześwietlenie Reeda po powrocie wahadłowca.

Klein podniósł z biurka dwie kartonowe teczki.

– Akta żołnierzy, których Howell spotkał w Palermo.

– Cienkie – zauważył Jon.

– Prawda? Usunięto z nich mnóstwo danych. Daty, rozkazy, zależności służbowe: same braki. A numer telefonu, który Howell wyciągnął od Nicholsa, nie istnieje.

– No tak...

– To zadanie nieoficjalne, Jon. Nie zagłębiałem się w to, bo nie wiem, z czym mamy do czynienia. Ale musimy zbadać, dokąd prowadzi ta nić. Chcę, żebyś zrobił dokładnie to samo co w Houston: muśnij sieć i zobacz, jaki wlezie na nią pająk.


Trzy godziny po odlocie z Wenecji Peter Howell zameldował się w hotelu Dolder Grand w Zurychu.

– Są dla mnie jakieś wiadomości? – spytał recepcjonisty.

Ten podał mu grubą welinową kopertę. Była w niej pojedyncza kartka papieru z adresem. Chociaż brakowało na niej podpisu, Howell wiedział, że przysłała mu ją pewna bardzo wiekowa dama, która zajmowała się szpiegostwem od drugiej wojny światowej.

Jakim cudem Weizsel, facet żyjący z urzędniczej pensji, może pozwolić sobie na jadanie w Swan's Way? – pomyślał i doszedł do wniosku, że dobrze by było to sprawdzić.

Przebrawszy się w garnitur, pojechał taksówką do centrum finansowego miasta. Dochodziła ósma wieczorem i opustoszałe ulice rozświetlał jedynie blask bijący z jaskrawo oświetlonych witryn sklepowych. Nad drzwiami jednej z kamienic przysiadł złoty łabędź. Swan's Way.

Wnętrze było takie, jak się spodziewał: ekskluzywne, pełne stiuków i ciężkich mebli stojących pod łukowatym stropem z grubymi belkami. Kelnerzy nosili czarne krawaty, sztućce lśniły srebrem, a *maître d'* nie ukrywał zaskoczenia, że przypadkowy turysta śmie tu wejść bez rezerwacji.

– Jestem gościem Herr Weizsela – wyjaśnił Howell.

– Ach tak… Przyszedł pan troszeczkę za wcześnie. Przygotowaliśmy stolik na dziewiątą. Zechce pan zaczekać w salonie albo przy barze, jeśli pan woli. Skieruję go do pana.

Howell wszedł niespiesznie do salonu i kilka minut później wdał się w ożywioną rozmowę z młodą kobietą o biuście tak obfitym, że dosłownie rozsadzał jej wieczorową suknię. Mimo to zdołał zauważyć, że *maître d'* wskazuje go młodemu mężczyźnie, który właśnie przyszedł.

– My się znamy?

Howell zerknął przez ramię i zobaczył wysokiego, szczupłego bruneta o zaczesanych do tyłu włosach i oczach tak ciemnych, że aż czarnych. Herr Weizsel dobijał czterdziestki, wydawał fortunę na ubrania i stylistów i patrzył na świat z nieukrywaną pogardą.

– Peter Howell.

– Anglik… Jest pan klientem Offenbach Bank? Ma pan do nas jakąś sprawę?

– Nie, mam sprawę do pana.

Weizsel szybko zamrugał.

– To jakaś pomyłka. Nigdy o panu nie słyszałem.

– Ale na pewno słyszałeś o Iwanie Berii, prawda, staruszku?

Howell stanął tuż obok niego, chwycił go powyżej łokcia i ucisnął kciukiem nerw. Weizsel poruszył ustami jak zdychająca ryba.

– Przy tym narożnym stoliku będzie cicho i spokojnie – szepnął Howell. – Napijemy się czegoś?

Zaprowadził go tam, posadził na ławie przy ścianie i usiadł, blokując mu drogę ucieczki.

– Nie może pan! – sapnął Weizsel, rozmasowując łokieć. – To praworządny kraj…

– Wasze prawo mnie nie interesuje – przerwał mu Howell. – Interesuje mnie jeden z pańskich klientów.

– Nie mogę rozmawiać o poufnych sprawach!

– Ale nazwisko Beria coś panu mówi, prawda? Obsługuje pan jego rachunek. Nie chcę pieniędzy. Chcę tylko wiedzieć, kto mu je przysyła.

Weizsel rozejrzał się nerwowo, po czym zerknął na zatłoczony bar, próbując przykuć uwagę *maître d'*.

– Daruj pan sobie – powiedział Howell. – Dałem mu wysoki napiwek. Nikt nam nie przeszkodzi.

– Pan jest przestępcą! Przetrzymuje mnie pan wbrew mojej woli. Nawet jeśli coś panu powiem, nie uda się panu stąd…

Howell postawił na stole mały magnetofon. Podłączył słuchawkę i podał ją Weizselowi.

– Niech pan posłucha.

Weizsel posłuchał i wybałuszył oczy. Wyszarpnął z ucha słuchawkę i cisnął ją na stół. Howell podziwiał dalekowzroczność Smitha, który przesłał mu ten fragment przesłuchania.

– Zgoda, pada tam moje nazwisko. No i co z tego? I kto to w ogóle jest?

– Rozpoznaje pan ten głos, prawda? – spytał łagodnie Howell.

Weizsel poruszył się niespokojnie.

– Może.

– A może pamięta pan również, że jest to głos Rosjanina nazwiskiem Iwan Beria?

– A jeśli tak, to co?

Howell nachylił się ku niemu.

– Beria jest płatnym zabójcą. Pracuje dla Rosjan. Dużo rosyjskich pieniędzy przechodzi przez pańskie ręce, Herr Weizsel?

Jego milczenie mówiło samo za siebie.

– Tak myślałem – kontynuował Howell. – Więc powiem panu, co będzie, jeśli nie pójdzie pan na współpracę. Zadbam o to, żeby Rosjanie dowiedzieli się, że chętnie udzielił mi pan informacji na temat ich pieniędzy. Że powiedział mi pan, skąd pochodzą, w jaki sposób i dokąd przepływają, słowem, że sprzedał mi pan te wszystkie drobne szczególiki, na których ukryciu tak bardzo im zależało, i które skutecznie pan ukrywał, za sowite wynagrodzenie, rzecz jasna.

Howell odczekał, aż znaczenie tych słów dotrze do Weizsela.

– Kiedy się o tym dowiedzą – ciągnął – bardzo się zdenerwują, to zupełnie zrozumiałe. Zażądają wyjaśnień. Nie będą tolerowali żadnych wymówek. A kiedy straci pan ich zaufanie, Herr Weizsel, będzie po panu. Robi pan z nimi interesy, więc zapewne pan wie, że oni nigdy nie zapominają, nigdy nie wybaczają. Zechcą się zemścić i pańskie bezcenne szwajcarskie prawa, tudzież wasza policja na pewno im nie przeszkodzą. Czy wyrażam się jasno?

Weizsel poczuł, że ma kwaśno w żołądku. Anglik nie zmyślał: Rosjanie byli barbarzyńcami, którzy paradowali butnie po Zurychu, pyszniąc się swoim nowo zdobytym bogactwem. A każdy bankier chciał z tego bogactwa uszczknąć coś dla siebie. Nikt nie zadawał żadnych pytań. Rosjanie stawiali żądania, szwajcarscy bankierzy te żądania zaspokajali. Owszem, było trochę narzekań na wysokie stawki, ale gdy przychodziło co do czego, goście ze Wschodu w końcu płacili. Jednocześnie wyraźnie dawali do zrozumienia, że w razie straty zaufania ludzie tacy jak on, Weizsel, na pewno przed nimi nie ucieką, na pewno nigdzie się nie ukryją. A ten Anglik wyglądał na takiego, który byłby w stanie ich przekonać, wmówić im, że Weizsel zdradził. I gdyby

Rosjanie uznali, że to prawda, nic, co by im powiedział i nic, co by zrobił, nie zmieniłoby ich decyzji.

— Jak się ten człowiek nazywa? — spytał tak cichutko, że ledwo słyszalnie.

— Iwan Beria — odrzekł Howell. — Kto mu płaci?

# Rozdział 23

Upłynęło pięć godzin, odkąd Dylan Reed zamknął się w laboratorium. Przez cały ten czas uważnie obserwował członków załogi i podsłuchiwał ich rozmowy. Dwa razy Megan Olson proponowała mu pomoc; za trzecim razem spytała, kiedy Dylan wreszcie wyjdzie. Chciała już rozpocząć swoje eksperymenty.

Byłaby dużo cierpliwsza, wiedząc, co się tu dzieje, pomyślał ponuro Reed.

Grzecznie, lecz stanowczo odpowiedział, że ona i pozostali będą musieli zaczekać, aż skończy.

Ponieważ musiał nieustannie śledzić ruchy członków załogi, procedura transformacyjna trwała znacznie dłużej, niż myślał. Rozpraszały go też ich rozmowy z Houston. Mimo to pracował najszybciej, jak umiał, robiąc przerwy tylko po to, żeby dać odpocząć rękom, które cały czas tkwiły w grubych rękawicach komory badawczej i szybko sztywniały.

Ogrom i potworność tego, co robił, napawała go przerażeniem. Przez mikroskop widział świat wirusa ospy prawdziwej, jakim nigdy dotąd nie widział go żaden człowiek, z wyjątkiem jego twórcy, Karla Bauera. W swoim hawajskim laboratorium szwajcarski naukowiec zdołał wirusa powiększyć, i to aż trzykrotnie. Potem przetworzył go w taki sposób, że wirus był teraz w stanie rozrosnąć się jeszcze bardziej. Lecz Bauera ograniczała ziemska grawitacja. Reed był od niej wolny.

Źródłem genialnego pomysłu Szwajcara była jedna z pierwszych misji amerykańskiego wahadłowca. Astronauci odkryli na promie dwudniowe kanapki, których zapomnieli zjeść. Były w szczelnej plastikowej torebce, która pływała w powietrzu jak plażowa piłka. Otwierając ją, członkowie załogi byli pewni, że kanapki są jeszcze dobre, ale jeden z nich zauważył, że torebka mogła rozdąć się do takich rozmiarów tylko dlatego, że zawarte w jedzeniu bakterie wytworzyły jakiś gaz.

Ten zupełnie nieplanowany eksperyment dał naukowcom niepodważalny dowód, że w stanie nieważkości bakterie mnożą się znacznie szybciej i potrafią uzyskiwać znacznie większe rozmiary.

Gdy raport na temat tego zjawiska wpadł w ręce Karla Bauera, ten natychmiast wysnuł wniosek, że to, co sprawdziło się w przypadku bakterii, może sprawdzić się w przypadku wirusów. Wyniki pierwszych doświadczeń były wielce obiecujące, lecz ograniczony prawami ziemskiej grawitacji Bauer nie był w stanie doprowadzić ich do końca. Minęło wiele lat, zanim znalazł Dylana Reeda i sposób na przeprowadzenie eksperymentu w kosmosie.

Teraz wirus był dziesięć razy większy i silniejszy niż na Ziemi. Jego proteinowa otoczka, która w ziemskich laboratoriach pękała po osiągnięciu określonej wielkości, tu, w kosmosie, zachowywała i trwałość, i swój śmiercionośny potencjał. Jako broń biologiczna, ta mutacja wirusa nie miała sobie równych. Reed zadrżał, wyobrażając sobie, jak szybko zdziesiątkowałaby ludność tego czy innego kraju, gdyby rozproszyć ją za pomocą napowietrznej eksplozji. Wirus trafiłby najpierw do płuc, stamtąd do gruczołów limfatycznych, do szpiku kostnego oraz innych ważnych organów. W końcu dotarłby do cieniutkich naczyń krwionośnych w skórze. W przypadku zwyczajnej ospy prawdziwej proces ten trwał od pięciu do dziesięciu dni. Reed oszacował, że okres wylęgania i zarażenia mierzono by teraz w minutach. Organizm człowieka nie zdążyłby po prostu zmobilizować systemu obronnego, nie miałby na to najmniejszych szans.

Wyjął ręce z komory, wytarł je i odczekał chwilę, żeby się uspokoić. Potem włączył mikrofon.

– Hej tam! Prawie skończyłem. Jecie już?

– Właśnie mieliśmy cię zawołać – odrzekł Stone. – Wszyscy zamówili stek i jajka.

Reed zdołał się roześmiać.

– Zaczekajcie tylko, aż zobaczycie, jak ten stek wygląda. Zejdźcie do mesy. Chciałbym omówić z wami harmonogram dalszych prac.

– Jasne. Zostawimy dla ciebie jajko. Na razie.

Reed zamknął oczy i spróbował wziąć się w garść. Wyłączył mikrofon, lecz słuchawki pozostawił włączone. Nie chciał słyszeć odgłosów, które będą dochodziły z mesy. Wiedział, że nie będą to odgłosy ludzkie. Ale żeby ocenić szybkość działania wirusa, słuchać musiał, nie miał innego wyjścia.

Podpłynął do komory badawczej, ponownie włożył do niej ręce i ostrożnie napełnił próbówkę zmutowanym wirusem. Zamknąwszy probówkę, wyjął ją przez małą śluzę powietrzną i umieścił w zamrażalniku.

Następnie przeszedł na tył laboratorium i otworzył szafkę. Wisiał tam skafander typu EMU do prac badawczych i naprawczych na zewnątrz wahadłówca. Reed włożył go i sięgając po hełm, zobaczył odbicie swojej twarzy w ciemnej pleksiglasowej przesłonie. Zawahał się, widząc obok niej twarze swoich kolegów, ludzi, z którymi pracował i trenował od wielu miesięcy, a nawet lat, ludzi, których szczerze lubił. Lecz nie lubił ich na tyle, żeby okazać im teraz współczucie czy litość.

W gładkiej przesłonie zobaczył również twarze swoich dwóch braci zabitych podczas ataku terrorystycznego na ambasadę Stanów Zjednoczonych w Nairobi i twarz siostry, wolontariuszki Korpusu Pokoju uprowadzonej, torturowanej i zamordowanej w Sudanie. Nie, nie robił tego dla chwały nauki, a już na pewno nie dla powszechnego uznania czy poklasku. Wiedział, że zmutowany wirus nigdy nie ujrzy światła dziennego – chyba że nakażą tak okoliczności. Generał Richardson i Anthony Price należeli do ludzi, którzy nie tolerowali cierpień, na jakie los wystawił jego, jego braci i siostrę. Kilka pocisków typu Cruise wystrzelonych w pustynne namioty czy bunkry? Nie. Richardson i Price uważali, że jedynym skutecznym odwetem jest totalne zniszczenie, wysłanie na wroga niewidzialnej i niezwyciężonej armii. Pomagając tę armię stworzyć, Reed kładł kamień na grobach swych bliskich i spełniał złożone przed laty przyrzeczenie, że nigdy nie zapomni o ich męczeństwie.

Włożywszy hełm, wrócił do Bioracku i podłączył skafander do odrębnego systemu zasilania, którego załoga używała podczas spacerów kosmicznych. Następnie, opanowany już i spokojny, otworzył hermetyczną komorę badawczą. W ciągu kilku sekund wysuszone wirusy ospy prawdziwej, spoczywające w płaskich pojemnikach, zaczęły tworzyć grudki wielkości drobin kurzu. Niebawem dotarły do krawędzi komory i wypłynęły na zewnątrz. Reed patrzył na nie jak zahipnotyzowany. W pewnym momencie przyszła mu do głowy irracjonalna myśl, że mogą go zaatakować. Ale nie. Niesione zawirowaniami powietrza, niczym mikroskopijne komety zniknęły wkrótce w tunelu łączącym laboratorium z orbiterem.


– Hej, hej, idziesz? – spytał Carter, skończywszy rozmowę z Houston.

– Idę, umieram z głodu – rzuciła przez ramię Megan, mijając komory sypialne.

W tym samym momencie oboje usłyszeli cichy pisk w słuchawkach.

– „Discovery", tu Houston. Rozumiemy, że macie teraz kolację, tak?

– Potwierdzam, Houston – odrzekł Carter.

– „Discovery", wskazania naszych instrumentów mówią, że mogło dojść do rozszczelnienia śluzy powietrznej na pokładzie mieszkalnym. Bylibyśmy wdzięczni, gdybyście zechcieli to sprawdzić.

– Megan, Carter, jesteście najbliżej – odezwał się Stone.

Carter spojrzał na nią smutnymi oczami małego szczeniaczka.

– Jestem bardzo głodny…

Sięgnąwszy do śpiwora, Megan wyjęła spod poduszki talię kart. Rozerwała celofan, szybko je potasowała i rozłożyła.

– Ciągnij. Najstarsza wygrywa.

Carter przewrócił oczami i wyciągnął dziesiątkę. Megan wyciągnęła siódemkę.

Carter roześmiał się wesoło i odpłynął w stronę mesy.

– Zostawię ci trochę steku!

– Wielkie dzięki.

– Dasz sobie radę? – spytał Stone.

Megan westchnęła.

– Jasne. Przypilnuj tylko, żeby Carter nie pozamieniał tam kotletów.

– Nie ma sprawy. Szybko wracaj.

Megan wiedziała, że „szybko" to w tym przypadku co najmniej godzina. Żeby sprawdzić śluzę, musiała włożyć EMU.

Przytrzymując się uchwytów, zeszła drabinką na pokład mieszkalny. Śluza znajdowała się za kontenerami z ładunkiem i sprzętem. Migająca nad nią czerwona lampka oznaczała, że mogło dojść do jakiejś awarii.

Megan odepchnęła się od ściany.

– To na pewno te cholerne przewody…

– Popatrzcie na to.

Carter otworzył karton i wycisnął trochę soku pomarańczowego. Gdy utworzywszy rozedrganą kulkę, płyn zawisł w powietrzu, wetknął w niego słomkę i zaczął pić. Kilka sekund później kulka zniknęła.

– Super – powiedział Stone. – Zaproszę cię na urodziny mojego dzieciaka. Pokażesz mu kilka magicznych sztuczek.

– Ups! Sos ci ucieka! – zawołał Randall Wallace.

Stone zerknął w dół i stwierdził, że jego sos krewetkowy właśnie stracił kontakt z łyżeczką. Podniósł tortillę i jednym zamaszystym ruchem zgarnął go z powietrza.

– Gdzie ten Dylan – mruknął Carter, przeżuwając kurczaka z sosem, którego wyciskał z plastikowej torebki.

– Dylan, słyszysz mnie? – rzucił do mikrofonu Stone.

Odpowiedziała im tylko cisza.

– Pewnie jest w kiblu – powiedział Carter. – Lubi smażoną fasolę. Może ją tu przemycił.

Fasola, podobnie jak brokuły i grzyby, nie figurowała w pokładowym menu. Nadmiar gazów trawiennych doskwierał w kosmosie o wiele bardziej niż na Ziemi, poza tym naukowcy wciąż nie byli pewni, jak gazy te zachowują się w stanie nieważkości.

Carter zakaszlał.

– Za szybko jesz – zażartował Stone.

Carter nie odpowiedział. Nie mógł. Kaszlał coraz gwałtowniej.

– Hej, może on się czymś zadławił – rzucił Wallace.

Carter chwycił Stone'a za ramiona. Konwulsyjnie zadrżał i nagle zwymiotował krwią.

– Niech to szlag! – krzyknął Stone. – Co się, do diabła, dzieje?

Nagle zamilkł i chwycił się za pierś, jakby chciał zedrzeć z siebie kombinezon. Paliło go całe ciało. Otarł twarz i spojrzał na swoją rękę. Wierzch dłoni był zakrwawiony.

Przerażeni Karol i Wallace patrzyli, jak ich koledzy kotłują się w powietrzu, wierzgając i nieprzytomnie wymachując rękami jak w ataku jakiejś choroby.

– Zwiewaj! – ryknął Karol. – Na górę, i zahermetyzuj właz!

– Ale…

– Szybko! – Popychając Wallace'a w stronę drabinki, usłyszał głos kontrolera z Houston.

– „Discovery", macie jakieś problemy?

– Żebyś wiedział! – krzyknął. – Coś rozdziera Cartera i Stone'a na…

Nie dokończył. Przerwał mu silny skurcz wszystkich mięśni.

– O Chryste! – Zgiął się wpół i zobaczył, że z oczu i nosa płynie mu krew. Gdzieś z oddali dobiegał zaniepokojony głos kontrolera z Houston:

– „Discovery", słyszycie mnie?

Karol chciał odpowiedzieć, lecz zanim zdążył, oczy przesłoniła mu czerwona mgła.


Pracując w śluzie, Megan usłyszała w słuchawkach krzyki i jęki kolegów. Natychmiast wcisnęła przycisk nadawania.

– Frank? Carter? Wallace?

Odpowiedział jej tylko elektroniczny szum. Nadajnik. Nawalił nadajnik.

Zapominając o przewodach, które miała sprawdzić, szarpnęła dźwignią otwierającą pokrywę luku. Ku jej przerażeniu dźwignia ani drgnęła.


Dylan Reed zaciskał w ręku stoper. Zmutowany wirus atakował z zastraszającą szybkością. Reed wiedział, że powinien dokładnie zmierzyć czas, jaki upłynął od chwili infekcji do zgonu członków załogi. Bauer kategorycznie utrzymywał, że jedynym sposobem sprawdzenia skuteczności nowej broni jest przetestowanie jej na ludziach. Był to również sposób na pozbycie się świadków. Ale żeby to zrobić, Reed musiałby nieustannie obserwować ruch sekundnika. Musiałby otworzyć oczy, a nie śmiał tego zrobić, bo zobaczyłby wówczas twarze umierających kolegów.


Harry Landon odsypiał noc w klitce na końcu korytarza centrum kontroli lotów w Houston. Pracował w NASA od dwudziestu lat, z których dziesięć spędził w tym upiornym kotle na przylądku, i już dawno nauczył się odpoczywać, kiedy tylko miał ku temu okazję. Budził się natychmiast, czujny i gotowy do działania.

Wyczuł ruch ręki, zanim ta dotknęła jego ramienia. Przewrócił się na bok. Stał przed nim młody technik.

– Co jest?

– „Discovery" ma jakieś problemy – odrzekł nerwowo tamten.

Landon spuścił nogi na podłogę, wziął z szafki okulary i ruszył do drzwi.

– Mechaniczne? Nawigacyjne? Jakie?

– Ludzkie.

– Co znaczy „ludzkie"? – rzucił przez ramię Landon, nie zwalniając kroku.

– Chodzi o… o załogę – wyjąkał technik. – Coś się tam stało.

Rzeczywiście. Na pokładzie „Discovery" musiało stać się coś bardzo złego, coś strasznego. Landon wyczuł to, gdy tylko wszedł do sali. Wszyscy technicy pochylali się nad konsoletami, gorączkowo wywołując wahadłowiec. Ze strzępków rozmów, które słyszał po drodze, wynikało, że załoga promu nie odpowiada.

– Dajcie wizję! – warknął, dotarłszy do swojego stanowiska.

– Nie możemy, wysiadły im kamery.

– To dajcie nasłuch!

Landon włożył słuchawki i spróbował opanować głos.

– „Discovery", tu Houston. Mówi główny kontroler lotu. Zgłoście się. – W słuchawce zatrzeszczało. – „Discovery", tu Houston, mówi…

– Houston, tu „Discovery".

Zduszony głos astronauty zmroził mu krew w żyłach.

– Wallace, to ty?

– Tak.

– Co się tam dzieje, synu?

Znowu cisza, znowu trzaski.

– Wallace, co się stało?

– Houston… – Wallace powiedział to tak, jakby się dławił. – Houston, słyszycie mnie?

– Synu, powiedz, co…

– My tu… umieramy.

# Rozdział 24

Na początku lat osiemdziesiątych, w okresie pionierskich lotów wahadłowca „Space Shuttle", ustalono i opracowano szereg procedur, które miały obowiązywać, gdyby na pokładzie promu doszło do awarii, niefortunnego wypadku czy tragedii. Były zawarte w tak zwanej Czarnej Księdze i jak dotąd zastosowano je tylko raz: po katastrofie „Challengera" 51-L.

Harry Landon był wtedy w centrum kontroli lotów. Wciąż pamiętał przerażoną twarz głównego kontrolera, gdy wahadłowiec eksplodował siedemdziesiąt trzy sekundy po starcie. Widział też, jak zapłakany kontroler wyjmuje Księgę i sięga po słuchawkę telefonu.

Drżącymi palcami wyłowił z pęku kluczy ten do zamka szuflady, której pragnąłby nigdy w życiu nie otwierać. Na jej dnie spoczywała Księga, cienki skoroszyt. Landon otworzył go na pierwszej stronie, sięgnął po słuchawkę i się zawahał.

Wstał i podłączył się do interkomu, tak że słyszeli go teraz wszyscy obecni w sali.

– Panie i panowie – zaczął posępnie. – Proszę o uwagę... Dziękuję. Wszyscy słyszeliśmy ostatni komunikat z pokładu „Discovery". Jeżeli to prawda, a wciąż nie wiemy tego na pewno, doszło tam do tragicznej katastrofy. Najlepsze, co w tej chwili możemy zrobić dla naszych chłopców, to przestrzegać procedur i być przygotowanym do natychmiastowej reakcji. Proszę kontynuować nadzorowanie aspektów lotu i stanu wahadłowca. Jeśli zauważycie jakąś anomalię, bez względu na to jak małą, natychmiast o tym meldujcie. Chcę, żeby członkowie zespołu przetwarzania danych przejrzeli wszystkie taśmy, wszystkie komunikaty, żeby odsłuchali wszystkie rozmowy. Cokolwiek się tam stało, stało się bardzo szybko. Ale na pewno nie bez przyczyny. Chcę wiedzieć, co nią było.

Poprawił okulary.

– Wiem, o czym teraz myślicie i co przeżywacie. Wiem też, że niełatwo tę prośbę spełnić. Ale nie możemy tracić nadziei. Musimy wierzyć, że przynajmniej niektórzy z nich przeżyli. I to właśnie dla nich teraz pracujemy. Musimy sprowadzić ich bezpiecznie na Ziemię. Nic innego się nie liczy.

Potoczył wzrokiem po sali.

– Dziękuję.

Ciszę przerwały pierwsze głosy. Landon z ulgą zauważył, że ponure miny na twarzach techników ustępują miejsca wyrazowi skupienia i determinacji. Zawsze wierzył, że jego ludzie są najlepsi. I teraz starali się tego dowieść.

Najpierw zatelefonował do Richa Warfielda, naukowego doradcy prezydenta. Jako fizyk z wykształcenia, Warfield znał program kosmiczny NASA i natychmiast zrozumiał rozmiar tragedii.

– Harry, co mam powiedzieć prezydentowi? – spytał. – Zażąda całej prawdy, mydlenie oczu tu nie przejdzie.

– Jest tak – odrzekł Landon. – Po pierwsze, od rozmowy z Wallace'em „Discovery" wciąż milczy. Z rozmowy tej wynikało, że załoga albo już nie żyje, albo właśnie umiera. Każę przygotować taśmę na wypadek, gdyby prezydent zechciał wysłuchać jej osobiście. Stan wahadłowca jest stabilny. Nie zmienił ani kursu, ani prędkości, ani trajektorii. Wszystkie systemy pokładowe funkcjonują prawidłowo.

– Strzelaj, Harry – wtrącił Warfield. – Co się tam mogło stać?

– Odczyty systemów zasilania powietrznego nie odbiegają od normy – odrzekł Landon. – Oznacza to, że na pokładzie nie ma żadnych toksyn. Ani dymu, ani ognia, ani niebezpiecznych gazów.

– A zatrucie pokarmowe? – zasugerował Warfield. – Może to coś tak przyziemnego jak zwykłe zatrucie?

– Załoga jadła właśnie swój pierwszy posiłek na orbicie. Nawet gdyby doszło do zatrucia, toksyna nie podziałałaby tak szybko, tak zjadliwie.

– A ładunek?

– Całkowicie jawny. Mają tam to samo co zwykle. Żaby, owady i myszy do doświadczeń z…

– Tylko to?

Landon ponownie sprawdził harmonogram eksperymentów.

– Megan Olson miała przeprowadzić cykl doświadczeń z zarazkami choroby legionistów. To jedyny wirus na pokładzie. Ale nie zdążyła go nawet tknąć.

– Czy zarazki mogły się jakoś przedostać do kabiny?

– Prawdopodobieństwo tego, że się przedostały, wynosi jeden do dziesięciu tysięcy. Zainstalowaliśmy tam masę różnych czujników, natychmiast wykryłyby każdą nieszczelność. Ale powiedzmy nawet, że nic nie wykryły. Choroba legionistów nie rozprzestrzenia się tak szybko. To coś zabiło ich w ciągu kilku minut.

W słuchawce zapadła cisza.

– Wiem, że to nie moja działka – powiedział Warfield – ale jeśli odrzucić pozostałe możliwości, wygląda mi to na skutek działania jakiegoś wirusa.

– Nieoficjalnie mówiąc, też tak uważam – odrzekł Landon. – Ale nie mówiłbym tego prezydentowi. Na razie to tylko przypuszczenia.

– Prezydent zasypie mnie pytaniami – powiedział ciężko Warfield. – Chyba wiesz, od jakiego zacznie.

Landon zamknął oczy.

– Rich, procedura jest następująca. Oficer bezpieczeństwa śledzi prom od chwili startu. Palec trzyma na przycisku odpalającym ładunek wybuchowy. Jeśli coś pójdzie nie tak, cóż… Pamiętasz „Challengera"? Po eksplozji zbiornika zewnętrznego silniki rakiet wspomagających pracowały dalej. Obie rakiety zostały zniszczone.

Mamy tu coś, co nazywamy sekwencją destrukcyjną. Możemy ją uruchomić, kiedy wahadłowiec zacznie schodzić z orbity. W tej chwili jest tak wysoko, że moglibyśmy zniszczyć go bez zagrożenia dla kogokolwiek na Ziemi.

Landon oblizał spierzchnięte usta.

– Rich, kiedy powiesz to prezydentowi, przypomnij mu, że to on musi wydać ten rozkaz.

– Dobrze, Harry. Przekażę mu to, co wiemy. Nie zdziw się, jeśli zadzwoni do ciebie osobiście.

– Kiedy tylko dowiem się czegoś więcej, dam ci znać.

– Harry, jeszcze jedno: czy możemy sprowadzić ich na Ziemię za pomocą autopilota?

– Jasne. Boeing 747, wahadłowiec, co za różnica. Pytanie tylko, czy chcemy.

Kolejnym rozmówcą Landona był oficer bezpieczeństwa, który wiedział już o katastrofie. Landon wyjaśnił mu w czym rzecz i dodał, że według pierwotnych planów, misja „Discovery" miała potrwać osiem dni.

– Oczywiście plany się zmieniły – zakończył. – Nie chodzi już o to, czy ściągniemy prom na Ziemię, ale kiedy.

– A gdy znajdzie się w zasięgu? – spytał tamten.

– Wtedy zobaczymy.

Landon dzwonił dalej. Jego kolejnymi rozmówcami byli między innymi generał Richardson i Anthony Price. Richardson, szef sztabu sił powietrznych, był również dowódcą wydziału bezpieczeństwa kosmicznego, który odpowiadał za identyfikację i śledzenie wszystkich obiektów zbliżających się do Ziemi lub krążących na okołoziemskiej orbicie. Natomiast Anthony Price znajdował się na liście, ponieważ wahadłowiec wykonywał czasem tajne misje sponsorowane przez Agencję Bezpieczeństwa Narodowego.

Po każdym telefonie Landon rozglądał się po sali z nadzieją, że któryś z techników będzie miał dla niego wiadomość. Zdawał sobie sprawę, że jest to odruch człowieka zdesperowanego; w tych okolicznościach, gdyby nawiązano łączność z wahadłowcem, natychmiast przerwano by mu każdą rozmowę.

Ślęczał przy telefonie dwie godziny. Cieszył się, że przynajmniej na razie nie musi stawiać czoła tym z prasy, radia i telewizji. Wielu pracowników NASA wciąż nie chciało pogodzić się z faktem, że loty kosmiczne spowszedniały do tego stopnia, iż media niemal całkowicie o nich zapomniały. Tragiczny start „Challengera" transmitowała na żywo tylko jedna stacja, CNN. Dzisiejszy start „Discovery" rejestrowały jedynie kamery NASA.

– Panie doktorze, na czwórkę! Na czwórkę!

Landon nie spojrzał nawet, kto krzyczy. Przełączył się na kanał czwarty i poprzez trzaski i szum eteru usłyszał zanikający głos:

– Houston, tu „Discovery". Czy mnie słyszycie?

Dylan Reed wciąż był w laboratorium. Ubrany w skafander EMU, z butami w podłogowych obejmach, stał przed zapasową konsoletą komunikacyjną. Na kilka godzin celowo przerwał łączność z Ziemią i godziny te wlokły się w nieskończoność; wyłączył nawet głośniki, żeby nie słyszeć rozpaczliwych nawoływań z Houston. Teraz, żeby przejść do kolejnej fazy operacji, musiał łączność nawiązać.

– Houston, tu „Discovery". Czy mnie słyszycie?

– „Discovery", tu Houston. Co się tam dzieje?

– Harry, to ty?

– Dylan?

– Dzięki Bogu! Myślałem już, że nie usłyszę ludzkiego głosu.

– Dylan, co się stało?

– Nie wiem. Jestem w laboratorium. Jeden ze skafandrów EMU miał usterkę. Włożyłem go, żeby to sprawdzić i wtedy usłyszałem... Chryste, Harry, to brzmiało tak, jakby się dusili. Siadła łączność i...

– Dylan, postaraj się wziąć w garść. Spróbuj zachować spokój. Czy w laboratorium jest ktoś jeszcze?

– Nie.

– Nie masz łączności z załogą?

– Nie. Harry, co się tam...

– Nie wiemy. Nie wiemy dosłownie nic. Rozmawialiśmy z Wallace'em, ale mówił bardzo niewyraźnie i nie potrafił nam nic powiedzieć. To musiało być coś niezwykle groźnego i szybko działającego. Przypuszczamy, że jakiś wirus. Macie coś takiego na pokładzie?

Czy mamy? – pomyślał Reed. Ten wahadłowiec to jedna wielka wylęgarnia.

– Co ty mówisz? Zajrzyj do manifestu ładunkowego. Najgroźniejsze, co tu mamy, to zarazki choroby legionistów, ale one są w zamrażalniku.

– Dylan, musisz to zrobić – odrzekł Landon spokojnym, wyważonym głosem. – Musisz wejść do orbitera, zobaczyć i... powiedzieć nam, co widzisz.

– Nie!

– Dylan, musimy wiedzieć, co tam się stało.

– A jeśli oni nie żyją? Co wtedy?

– Nic, synu. Nic nie możesz dla nich zrobić. Ale sprowadzimy cię na Ziemię. Nikt nie opuści stanowiska, dopóki nie znajdziesz się w domu, cały i zdrowy.

Landon już miał dodać: „przyrzekam", ale słowo to nie chciało mu przejść przez gardło.

– Dobrze. Wejdę tam. Tylko nie przerywaj łączności.

– Dylan, musisz sprawdzić, co z wizją. Nie mamy obrazu.

Bo wyłączyłem kamery!

– Przyjąłem. Wychodzę z laboratorium.

W obszernym skafandrze poruszał się dość niezdarnie, mimo to powoli przepłynął przez tunel, uważając, żeby o coś nie zaczepić. Najmniejsze rozdarcie powłoki skafandra wywołałoby tragiczne skutki.

Widok, jaki zastał na pokładzie mieszkalnym, przyprawił go o mdłości. Rozdęte, pokryte wrzodami zwłoki Stone'a, Karola i Cartera pływały w powietrzu lub wisiały nieruchomo, z nogami i rękami zaklinowanymi między wystającymi elementami osprzętu. Uciekając wzrokiem w bok, ominął je i dotarł do drabinki. Na pokładzie pilotażowym znalazł przypasanego do fotela Wallace'a.

– Houston, tu „Discovery".

– Słyszymy cię, „Discovery" – odpowiedział natychmiast Landon.

– Znalazłem wszystkich oprócz Megan. Chryste, Harry, nie umiem...

– Dylan, musimy wiedzieć, jak oni wyglądają.

– Ciała są rozdęte, owrzodzone, zakrwawione... Nigdy w życiu czegoś takiego nie widziałem.

– Są jakieś ślady wskazujące na zatrucie czy skażenie?

– Nie, żadnych, ale i tak zostanę w EMU.

– Oczywiście. Widać, co jedli?

– Jestem na górnym pokładzie, z Wallace'em. Zejdę na dół.

Odezwał się dopiero kilka minut później, chociaż nie ruszył się stamtąd na krok.

– Chyba to, co mieliśmy. Kurczak, masło orzechowe, krewetki...

– Dobra, sprawdzamy u producenta. Jeśli jedzenie było skażone, toksyna musiała się zmutować w stanie nieważkości. Dylan, musisz znaleźć Megan.

– Wiem. Sprawdzę pokład mieszkalny, ubikację... Jeśli jej tam nie ma, zejdę niżej.

– Daj znać, kiedy tylko ją znajdziesz. Na razie się wyłączam.


Dzięki Bogu!

Chociaż nadajnik szwankował, Megan słyszała każde słowo rozmowy Reeda z Landonem. Bezwładnie osunęła się naprzód i hełm uderzył głucho w pokrywę luku. W głowie wirowało jej od natłoku myśli. Jak to możliwe, że oni nie żyją? Co się stało? Zabiło ich coś, co wnieśli na pokład? Przecież przed niecałą godziną rozmawiała z Carterem i z innymi. I co? I nagle umarli?

Musiała się opanować. Spojrzała na gniazdko nad pokrywą luku, z którego wystawała plątanina kabli. To te przewody, to na pewno te przewody... Czytając wydrukowane na pokrywie instrukcje, próbowała je poprzełączać, ale jak dotąd nie zdołała znaleźć tego wadliwego.

Spokojnie, powtarzała sobie w duchu. Za kilka minut przyjdzie tu Dylan. Nie znajdzie mnie tam i w końcu trafi do śluzy. Otworzy pokrywę od zewnątrz.

Próbowała się tą myślą pocieszyć. Nie miała klaustrofobii, mimo to czuła, że ściany śluzy – nie większej niż dwie pakamery na szczotki – zaczynają na nią napierać.

Żeby chociaż ten przeklęty mikrofon zadziałał! Brzmienie ludzkiego głosu byłoby teraz najcudowniejszą rzeczą pod słońcem.

W takim razie napraw go, do cholery!

I wtedy ponownie odezwał się Dylan:

– Houston, jestem na środkowym pokładzie. Nie ma jej tu. Sprawdzę magazyny.

Wiedziała, że w próżni dźwięki są bardzo przytłumione, mimo to załomotała pięściami w pokrywę luku. Może jednak Dylan ją usłyszy.

– Houston, sprawdziłem prawie całą ładownię. Nie ma jej tu.

W słuchawkach Megan zabrzmiał głos Landona:

– Zajrzyj do śluzy. Może jest tam.

Tak, do śluzy! Zajrzyj do śluzy!

– Przyjąłem. Połączę się z wami, kiedy będę na miejscu.

Podpłynąwszy do luku, przez iluminator od razu zobaczył jej twarz. I oczy. Na widok bijącej z nich radości i ulgi drgnęło mu serce. Przełączył się na interkom.

– Megan, słyszysz mnie?

Kiwnęła głową.

– Ja ciebie nie. Siadł ci mikrofon?

Ponownie kiwnęła głową, podpłynęła do góry, postukała ręką we wbudowany w skafander radionadajnik, opuściła kciuk i spłynęła na dół.

– Rozumiem – powiedział Reed. – Nie, żeby miało to jakieś znaczenie, ale…

Nie była pewna, czy dobrze go usłyszała, więc tylko wzruszyła ramionami.

– Nie rozumiesz – dodał Reed. – Oczywiście, że nie rozumiesz. Bo i jakim cudem… – Zawahał się. – Megan, nie mogę cię stamtąd wypuścić.

Przerażona, z niedowierzania wytrzeszczyła oczy.

– Powiem ci, co tu jest. Wirus. Wirus, jakiego świat dotąd nie widział, bo jest to wirus nie z tego świata. Urodził się na Ziemi, ale ożył tu, w naszym laboratorium. To właśnie nad tym pracowałem.

Kręciła głową, nieprzytomnie poruszała ustami, wypowiadając nieme słowa.

– Spróbuj się uspokoić – ciągnął Reed. – Słyszałaś, jak rozmawiałem z Houston. Wiedzą już, że nikt nie przeżył. Nie mają pojęcia, co tu zaszło. I tak już pozostanie.

Oblizał usta.

– „Discovery” jest teraz jak „Marie Celeste”, jak nawiedzony przez duchy statek-widmo. Oczywiście są też pewne różnice. Ja żyję. Ty też, przynajmniej na razie. NASA sprowadzi nas na Ziemię za pomocą autopilota. Dopóki żyję, nie nacisną guzika i na pewno nie wysadzą nas w powietrze.

Odczekał sekundę.

– Nie będą musieli.

Megan poczuła, że po policzkach spływają jej gorące łzy. Zdawała sobie sprawę, że krzyczy, ale Reed pozostawał niewzruszony. Twarz miał nieobecną i zimną jak podbiegunowy lód.

– Wolałbym, żebyś to nie była ty, Megan – mówił. – Naprawdę. Ale musieliśmy wyeliminować Treloara, a ty byłaś jego dublerką. Nie oczekuję, że mnie zrozumiesz. Ale ponieważ to ja wciągnąłem cię do programu i dałem ci szansę, winien ci jestem chociaż wyjaśnienie. Widzisz, musimy wzmocnić arsenał naszej broni biologicznej. Te wszystkie traktaty rozbrojeniowe, które podpisaliśmy: myślisz, że Irakijczycy, Libijczycy czy ci z Korei Północnej się nimi przejmują? Jasne, że nie. Są za bardzo zajęci konstruowaniem własnej broni. Ale nareszcie zdobyliśmy coś, co przebije każdą broń, jaką tamci są w stanie wyprodukować. I tylko my to coś mamy. Wirus… Ciekawi cię pewnie, czy jest groźny. Wypełniony nim naparstek wystarczy do zgładzenia ludności dowolnego kraju świata. Wiem, że „naparstek" nie jest określeniem naukowym, ale na pewno rozumiesz, o czym mówię. Jeśli mi nie wierzysz, spójrz tylko, co stało się tutaj, na promie. Spójrz, jak błyskawicznie zaatakował, jakie są tego skutki…

Nigdy dotąd Megan nie czuła się tak bezradna. Monotonny głos Reeda buczał jej w uszach jak głos z nocnego koszmaru. Nie mogła uwierzyć, że słowa te wypowiada człowiek, którego znała, jej kolega, jej nauczyciel, ktoś, komu bezgranicznie ufała.

On zwariował. Nic więcej nie chcę wiedzieć. I muszę się stąd jakoś wydostać!

Reed jakby czytał w jej myślach.

– Zamykając się tam, odwaliłaś za mnie kawał roboty. Resztę zrobi ogień. Nie wspomniałem o tym? Widzisz, kiedy wylądujemy, będzie wielkie zamieszanie. Ci z Houston będą myśleli tylko o jednym: jak mnie stąd bezpiecznie wydostać. A potem cóż, jeśli dojdzie do jakiejś eksplozji… – Wzruszył ramionami. – Przejdziesz do historii, Megan. Nigdy cię nie zapomnę. Ani ciebie, ani tamtych.

I patrząc jej prosto w oczy, połączył się z Ziemią.

– Houston, tu Reed. Czy mnie słyszycie?

– Słyszymy cię, Dylan.

– Mam wiadomość, Harry. Znalazłem Megan. Nie żyje… jak pozostali.

Zapadła cisza.

– Zrozumiałem – odezwał się po chwili Landon. – Bardzo mi przykro. Posłuchaj, opracowujemy już plan sprowadzenia cię na Ziemię. Możesz przejść na pokład pilotażowy?

202

– Tak.

– Nie będziesz nam do niczego potrzebny, ale gdyby coś poszło nie tak…

– Zrozumiałem. Harry?

– Tak?

– Otworzyłeś już Czarną Księgę?

– Tak.

– Doktor Karl Bauer. Tego nazwiska w niej nie ma, ale facet zna się na wirusach jak nikt na świecie. Moglibyście skonsultować się z nim w sprawie kwarantanny.

– Przyjąłem. Ściągniemy go na lądowisko. Przeprowadzamy już symulację wejścia w atmosferę. Kiedy tylko ustalimy najlepszą trajektorię, damy ci znać.

Reed uśmiechnął się lekko, wciąż patrząc Megan w oczy.

– Zrozumiałem. Tu „Discovery". Bez odbioru.

# Rozdział 25

Śmigłowiec z Camp David wylądował przed terminalem rozładunkowym bazy sił powietrznych w Andrews. Smith zeskoczył na ziemię i podbiegł do białej furgonetki parkującej przed małym eleganckim samolotem odrzutowym.

– Witaj, Jon – rzucił generał-major Kirow, patrząc, jak żołnierze korpusu medycznego wyciągają z furgonetki nosze.

– Wszystko poszło zgodnie z planem?

– Tak. Ci ludzie – generał wskazał żołnierzy – przyjechali dokładnie o czasie. Załatwili to szybko, bardzo sprawnie.

Smith spojrzał na Iwana Berię, który leżał na noszach z kocem pod brodą.

– Nic mu nie jest?

– Nie. Środki uspokajające działają znakomicie.

Jon kiwnął głową.

Gdy nosze znalazły się na pokładzie samolotu, Kirow popatrzył na niego i rzekł:

– Jestem panu bardzo wdzięczny za pomoc, Jon. Panu i panu Kleinowi. Żałuję, że nic więcej nie mogę zrobić.

Smith uścisnął mu rękę.

– Będziemy w kontakcie, panie generale. Myślę, że wyciągnęliśmy z niego wszystko, co mogliśmy, ale gdyby powiedział coś ciekawego…

– Pan dowie się o tym pierwszy – zapewnił go Kirow. – Do widzenia. Mam nadzieję, że spotkamy się kiedyś w przyjemniejszych okolicznościach.

Jon zaczekał, aż generał wsiądzie do samolotu i zamknie drzwi. Gdy odrzutowiec pędził po pasie startowym, on mijał już posterunek kontrolny przy bramie głównej. Skręcając w kierunku autostrady, powoli zapominał o tym, co udało im się zrobić. Myślał teraz o przyszłości, o tym, co zostało jeszcze do zrobienia.


W Moskwie był środek nocy, lecz w biurze Bay Digital Corporation wciąż paliło się światło.

W sali konferencyjnej Randi Russell piła właśnie czwartą filiżankę kawy, a Sasza Rublow ślęczał nad komputerem Jona Smitha, próbując wydrzeć z niego wszystkie tajemnice. Otoczony podłączonym do laptopa sprzętem, siedział tak już od ponad siedmiu godzin, od czasu do czasu popijając colę, żeby nie stracić sił. Randi trzy razy proponowała mu, żeby odłożyli to do rana, a on trzy razy niecierpliwie machał ręką.

– Jestem już blisko – mamrotał. – Jeszcze tylko kilka minut.

Randi wiedziała już, że dla Marchewki czas płynie inaczej niż dla zwykłych śmiertelników.

Dopiła kawę, popatrzyła na fusy i powiedziała:

– Dobra, wystarczy. Tym razem mówię poważnie.

Sasza wyciągnął rękę; drugą wciąż pisał.

– Zaczekaj…

Triumfalnym gestem stuknął w klawisz i osunął się bezwładnie na oparcie krzesła.

– Spójrz – powiedział z dumą.

Randi nie wierzyła własnym oczom. Wielki ekran monitora, który przez pół nocy wypełniały niezrozumiałe znaki i symbole, zapełnił się nagle dziesiątkami rozszyfrowanych e-maili.

– Saszka, jakim cudem… – Pokręciła głową. – Nieważne, i tak bym nie zrozumiała.

Marchewka uśmiechnął się szeroko.

– Właściciel laptopa używał Carnivore'a, najnowszego programu szyfrującego FBI. – Podejrzliwie zmrużył oczy. – Myślałem, że mają go tylko Amerykanie.

– Ja też – mruknęła Randi.

Poklikała myszką i nie wierząc w to, co widzi, powoli przewinęła ekran. Przymierze Kasandry… Co to, do diabła, jest?

Wróciwszy do Bethesda, Jon zrobił sobie kilka kanapek i zaniósł je do gabinetu. Dom przesiąkł zapachem narkotyków i zwierzęcego strachu złamanego psychicznie człowieka. Smith otworzył okno i sięgnął po akta, które dał mu Nathaniel Klein.

Travis Nichols i Patrick Drake... Obaj byli sierżantami. Obaj pochodzili z tego samego miasteczka w środkowym Teksasie, którego mieszkańcy albo szli harować na pola naftowe, albo zaciągali się do wojska. Zaprawieni w boju weterani, byli w Somalii, w Zatoce, a ostatnio w Nigerii.

Raporty sprawnościowe z zaawansowanego kursu sztuki wojennej w Fort Benning w Georgii. Jon przejrzał je ze wzmożonym zainteresowaniem. Nichols ukończył szkolenie z pierwszą, a Drake z drugą lokatą. Zimni, twardzi i hardzi, przeszli następnie kilka intensywnych kursów walki wręcz i...

Zniknęli.

Dopiero teraz zrozumiał, co Klein miał na myśli, mówiąc, że z akt usunięto mnóstwo danych. W okresie ich pięcioletniej służby były miesiące, których po prostu nie odnotowano w dokumentach. Wyglądało to tak, jakby Nichols i Drake mieli przerwy w życiorysie. Brakowało rozkazów wyjazdu, brakowało wszystkiego.

Jon wiedział, jak pracują wojskowi i domyślał się, gdzie tamci przepadali. W amerykańskiej armii działały tak zwane jednostki specjalne. Najbardziej jawną z nich byli rangersi. Ale były też inne, do których werbowano najbardziej doświadczonych i zaprawionych w boju żołnierzy. W Wietnamie operowali w Long Range Reconnaissance Patrols, Patrolach Dalekiego Zwiadu; w innych częściach świata nie mieli nawet nazwy.

Smith słyszał o trzech takich jednostkach, lecz podejrzewał, że musi być ich więcej. Nie znał nikogo, kto by w nich służył, nie miał też czasu ani możliwości, żeby rozpoczynać polowanie od zera. Mógł zrobić tylko jedno: zatelefonować pod numer, który Peter Howell wyciągnął od umierającego Travisa Nicholsa.

Przez godzinę rozważał jeden plan działania po drugim. Z każdego z nich brał kilka szczegółów i przenosił je do innego, tak żeby stworzyć w miarę spójną całość. Potem wielokrotnie je przeanalizował, szukając słabych punktów, eliminując wątpliwości i próbując zapewnić sobie jak największą przewagę. Wiedział, że z chwilą, kiedy zatelefonuje pod numer, który oficjalnie nie istniał, jego życie będzie zależało wyłącznie od słów, jakie wypowie, i od kroków, jakie następnie podejmie.

Owady i ptaki rozpoczęły swoją nocną litanię. Gdy wstał, żeby zamknąć okno, zadzwonił telefon.

– Jon? Mówi Randi.

– Randi! Która u was godzina?

– Nie wiem, straciłam poczucie czasu. Posłuchaj, Sasza złamał zabezpieczenia tego laptopa. Mam wszystkie e-maile i całą resztę.

Po jej głosie poznał, że jest bardzo podekscytowana.

– Musisz mi je przekazać, Randi – odrzekł spokojnie. – I żadnych pytań, nie teraz.

– Prosiłeś mnie o przysługę. Zrobiłam, co chciałeś. Z tego, co tu widzę, to prawdziwa bomba. Są wzmianki o Bioaparacie, o czymś, co nazywają Przymierzem Kasandry...

– Randi, jeszcze tego nie widziałem – przerwał jej z naciskiem Jon. – Dlatego musisz mi to jak najszybciej przysłać. Spróbuję się w tym rozeznać.

– Ale powiedz mi jedno. Ta cała sytuacja, to, co się teraz dzieje, dzieje się tu, w Rosji? Czy znowu coś... uciekło?

Jón dobrze znał jej determinację. Wiedział, że Randi nie robi tego dla chwały. Była po prostu inteligentną agentką i wykonywała swoje zadanie. Musiał przekonać ją, że działają we wspólnym interesie.

– Tak – odrzekł. – Coś uciekło.

Randi nie mogła wydobyć z siebie głosu.

– Grozi nam drugi... Hades? Boże, nie, tylko nie to!

– Nie, nie, uspokój się. Mamy problem tutaj, w Stanach. Wierz mi, zmobilizowaliśmy wszystkie siły. Rozkazy nadchodzą z najwyższego szczebla. Rozumiesz? Z najwyższego. – Odczekał, aż to do niej dotrze. – Te maile bardzo mi pomogą. Uwierz mi: nic więcej nie możesz zrobić. Przynajmniej na razie.

– Rozumiem, że nie chcesz, żebym zawiadomiła Langley.

– Niech Bóg broni. Zaufaj mi. Proszę.

– Nie chodzi o zaufanie – odrzekła po chwili wahania. – Po prostu nie chcę... Nie zniosłabym drugiego Hadesu.

– Nikt by tego nie zniósł. I nikt nie będzie musiał.

– Będziesz mnie przynajmniej informował?

– W miarę możliwości. Dużo się tu dzieje.

– Dobrze. Ale pamiętaj, że obiecałeś.

– Na pewno nie dowiesz się tego z CNN.

– Wysyłam ci pocztę. Co zrobić z laptopem?

Jon zagryzł wargę. Zgodnie z prawem, powinien zwrócić komputer Kirowowi. Ale jeśli Lara Telegin nie była jedyną zdrajczynią? Jeśli maile wpadną w niepowołane ręce? Nie, nie mógł ryzykować.

– Na pewno macie tam jakiś sejf – odrzekł. – Najlepiej taki, do którego trudno się włamać.

– Mamy sejf-pułapkę. Każdego włamywacza czeka paskudna niespodzianka.

– Bardzo dobrze. I jeszcze jedno: telefon.

– Ta komórka? Znaleźliśmy w niej tylko rosyjskie numery wojskowe. Prześlę ci spis.

Usłyszawszy głośny pisk, Jon zerknął na komputer. Na ekranie monitora przesuwały się nowe wiadomości.

– Twoja poczta doszła – powiedział.

– Mam nadzieję, że ci pomoże. – Randi zawahała się i dodała: – Powodzenia, Jon. Będę o tobie myślała.

Jeden po drugim, Smith przejrzał wszystkie maile. Nadawcą był ktoś o pseudonimie Sfinks, odbiorcą Mefisto.

Czytając, powoli zrozumiał potworność tego, co tamci nazywali Przymierzem Kasandry. Lara Telegin – Sfinks – kontaktowała się z Mefistem od ponad dwóch lat, przekazując mu ściśle tajne informacje na temat Bioaparatu, jego pracowników i strażników ze służby ochrony wewnętrznej. W ostatnich e-mailach wspominano o Juriju Dance i Iwanie Berii.

Komu to wszystko sprzedawała? Kim jest Mefisto?

Czytał dalej. Nagle zauważył coś i przewinął ekran do góry. List gratulacyjny. Mefisto otrzymał oficjalną pochwałę. Uroczystość odbyła się w bardzo szczególnym dniu.

W Dniu Kombatanta…

Za pomocą kodów dostępu Amerykańskiego Wojskowego Instytutu Chorób Zakaźnych wszedł na stronę Pentagonu i wystukał datę. Komputer natychmiast wyświetlił informacje na temat ceremonii, łącznie ze zdjęciami. Było tam zdjęcie prezydenta Castilli wręczającego list pochwalny. I zdjęcie żołnierza, który list ten odbierał.

– Jesteś pewny?

Klein miał zmęczony głos, ale może była to wina złego połączenia.

– Tak, panie dyrektorze – odrzekł. – W liście jest konkretna data, a tego dnia odbyła się tylko jedna uroczystość. I wręczono tylko jeden list. Nie ma mowy o pomyłce.

– Rozumiem… Zważywszy nowe okoliczności, czy opracowałeś już może plan działania?

Po telefonie od Randi, Jon ślęczał nad planem dwie godziny. Szybko przedstawił go Kleinowi.

– Bardzo niebezpieczne – wymamrotał cicho dyrektor. – Czułbym się o wiele lepiej, gdybyś nie szedł sam.

– Proszę mi wierzyć, że chciałbym mieć w odwodzie Howella, ale nie zdążę go ściągnąć. Poza tym przyda mi się w Europie.

– Na pewno chcesz jechać tam już teraz? Zaraz?

– Kiedy tylko dostanę rzeczy, o które prosiłem.

– To żaden problem. Aha, Jon, i nadajnik. Będziesz miał przy sobie nadajnik.

Smith popatrzył na kółeczko z włókna szklanego, maleńki światłowód, który wyglądał identycznie jak plaster na drobne skaleczenia po goleniu.

– Jeśli coś pójdzie nie tak, będzie pan wiedział, jak daleko dotarłem.

– Nawet o tym nie myśl.

Odłożywszy słuchawkę, Jon spróbował się uspokoić. Pomyślał o tym, co zdarzyło się do tej pory, o ludziach, którzy poświęcili życie na ołtarzu Przymierza Kasandry. Potem ujrzał Jurija Dankę idącego ku niemu przez plac Świętego Marka… i Katrinę, jego żonę.

Bez wahania podniósł słuchawkę telefonu, włączył szyfrator i wybrał numer. Ci, którzy próbowaliby go namierzyć, musieliby skakać po całym kraju, z jednej strefy telefonicznej do drugiej.

Sygnał. Ktoś podniósł słuchawkę i Jon usłyszał upiorny, zniekształcony elektronicznie głos.

– Tak?

– Mówi Nichols. Jestem w domu. Ranny. Potrzebuję pomocy.

# Rozdział 26

Generał Frank Richardson strącił cygaro tlące się w popielniczce.
– Powtórz.

Niewyraźny, przerywany głos:

– …Nichols… Ranny… Pomocy.

Richardson kurczowo zacisnął palce na słuchawce telefonu.

– Udaj się do punktu Alfa. Powtarzam: udaj się do punktu Alfa. Zrozumiałeś?

– Zrozumiałem.

Połączenie zostało przerwane.

Generał patrzył na słuchawkę, jakby spodziewał się, że telefon zadzwoni ponownie. Ale ciszę w gabinecie zakłócało jedynie tykanie zegara na kominku i przytłumiony warkot dżipów patrolujących teren wokół Fortu Belvoir.

Nichols… Ranny… Niemożliwe!

Żeby ukoić nerwy, zaciągnął się dymem z cygara. Jak na doświadczonego dowódcę przystało, szybko dokonał przeglądu dostępnych opcji i podjął decyzję. Pierwszy telefon: do kompanii podoficerskiej. Odpowiedział mu rześki, czujny głos.

Drugi telefon: do zastępcy dyrektora Agencji Bezpieczeństwa Narodowego, Anthony'ego Price'a. On też nie spał i na szczęście był niedaleko, w swoim domu w Alexandrii.

Czekając na przyjazd gości, Richardson przesłuchał taśmę. Chociaż aparat wyposażono w najnowocześniejszy sprzęt do rejestrowania rozmów, jakość nagrania pozostawiała wiele do życzenia. Nie potrafił określić, czy jest to telefon miejscowy, czy zamiejscowy. Nie sądził, żeby „Nichols" był gdzieś daleko – skoro zgodził się na ewakuację z punktu Alfa.

Ale Nichols nie żyje!

Z rozmyślań wyrwało go pukanie do drzwi. Jego gość, sierżant Patrick Drake, rosły, atletycznie zbudowany mężczyzna w wieku trzydziestu pięciu lat, miał krótko ostrzyżone blond włosy i jasnoniebieskie oczy. Bluzę jego polowego munduru rozpychały potężne muskuły.

– Melduję się, panie generale – powiedział, salutując.

– Spocznij – odrzekł Richardson. Wskazał barek w kącie gabinetu. – Niech pan naleje sobie coś mocniejszego. Przyda się panu.

Kwadrans później adiutant wprowadził do pokoju Anthony'ego Price'a.

– Dobry wieczór, Tony.

Price spojrzał na Drake'a i uniósł brwi.

– Co się dzieje, Frank?

– Co się dzieje? Zaraz zobaczysz. – Generał wcisnął klawisz magnetofonu.

Tamci słuchali, a on obserwował ich twarze. Nie zauważył nic oprócz szczerego zdumienia, a w przypadku Price'a wyraźnego zaniepokojenia.

– Jak, do diabła, Nichols mógł zadzwonić? – krzyknął Price i spojrzał na Drake'a. – Żołnierzu, mówiliście przecież, że on nie żyje!

– Z całym szacunkiem, panie dyrektorze – odparł beznamiętnie sierżant – ale Nichols zginął. Panie generale, widziałem, jak Travis obrywa nożem w brzuch. Dobrze pan wie, że nikt z tego nie wyjdzie, chyba że natychmiast otrzyma pomoc medyczną. On nie miał na to żadnych szans.

– Powinien był pan sprawdzić, czy na pewno umarł – warknął Price.

– Wystarczy, Tony! – przerwał im Richardson. – Pamiętam pański raport, sierżancie, ale zechce pan przedstawić szczegóły dyrektorowi Price'owi.

– Tak jest. – Drake stanął przodem do Price'a. – Nasz kontakt, Franco Grimaldi, był nieostrożny. Przez niego Peter Howell zauważył zasadzkę. Howell powalił go, a potem zaatakował nas. Zdołał odebrać Nicholsowi broń i zastrzelić Grimaldiego. Musiałem uciekać, nie miałem wyboru. To była tajna operacja. Gdyby coś poszło nie tak, miałem wycofać się i czekać na lepszą okazję.

– Która nigdy nie nadeszła – dodał z sarkazmem Price.

– Wojna jest kapryśna, panie dyrektorze – odrzekł chłodno sierżant.

– Dość tej gadaniny! – warknął Richardson. – Tony, Drake wykonywał rozkazy. Operację szlag trafił, ale to nie jego wina. Teraz chodzi o to, kto podszywa się pod Nicholsa.

– Jak to kto? – odparł Price. – Peter Howell, to oczywiste. Nichols zdradził mu przed śmiercią numer kontaktowy.

Richardson spojrzał na Drake'a.

– Sierżancie?

– Zgadzam się co do numeru, panie generale. Zdradził mu również namiary punktu ewakuacyjnego Alfa. W przeciwnym razie ten ktoś by o nie spytał. Ale nie sądzę, żeby to był Howell.

– Dlaczego?

– Howell mieszka w Stanach, panie generale. Chociaż już się wycofał, od dawna podejrzewaliśmy, że bierze udział w niektórych operacjach; jak się okazało, współpracował ze Smithem w Programie Hades. Myślę, że na prośbę Smitha wziąłby udział w kolejnej, pod warunkiem, że nie musiałby działać na terenie Stanów Zjednoczonych. Dlatego to on był w Palermo, a nie Smith. Moim zdaniem telefonował ten ostatni.

Richardson kiwnął głową.

– Moim też.

– Smith... – wymamrotał Price. – Kręci się jak gówno w przerębli. Najpierw jest w Moskwie i znika Beria. Teraz jest tu... Frank, musisz z nim skończyć, raz na zawsze.

– Tak – odrzekł generał. – Dlatego kazałem mu udać się do punktu Alfa. – Spojrzał na Drake'a. – Gdzie będzie pan na niego czekał, sierżancie.


W adidasach, czarnych spodniach, czarnym golfie i ciemnej ortalionowej kurtce, Jon wyślizgnął się z domu i wsiadł do samochodu. Wyjeżdżając z miasta, nieustannie zerkał w lusterko. Cichymi, podmiejskimi ulicami nie jechał za nim żaden samochód. Na waszyngtońskiej obwodnicy też nikt nie siedział mu na ogonie.

Potomac i szosa do hrabstwa Fairfax w Wirginii. O tej porze ruch był mały, dlatego szybko minął Viennę, Fairfax i Falls Church. Na południe od Alexandrii ponownie napotkał rzekę i jechał jej brzegiem aż do granicy hrabstwa Prince William. Tu bogaty, rozległy krajobraz ustępował miejsca długim odcinkom gęstego lasu. Dojeżdżając do granicy hrabstwa, zobaczył punkt Alfa.

Wirgińską elektrownię i stację pomp zbudowano w latach trzydziestych, kiedy węgiel był tani i kiedy nikt nie przejmował się zanieczyszczeniem środowiska. Powstanie nowych, „czystszych" sposobów wytwarzania energii oraz głośne protesty Zielonych wystarczyły, żeby na początku lat dziewięćdziesiątych elektrownię zamknięto. Od tamtej pory wszystkie próby jej zmodernizowania rozbijały się o rafy budżetowe. I teraz stała tam, nad brzegiem Potomacu, mroczna i zwalista jak porzucona fabryka.

Jon skręcił w asfaltową dwupasmówkę i zgasiwszy reflektory, wjechał na szosę prowadzącą do bramy. Zaparkował pod drzewami czterysta metrów od ogrodzenia, włożył plecak i resztę drogi pokonał biegiem.

Pierwszą rzeczą, jaką zauważył, dotarłszy do płotu, był błyszczący drut kolczasty na jego szczycie. I wielka, nienosząca śladów rdzy kłódka, spinająca ciężki łańcuch na bramie. Najbliższa okolica była dobrze oświetlona halogenami, w których blasku asfalt na opustoszałym parkingu lśnił jak w zimie.

Zamknięta, a jednak czynna...

Jon widywał już takie budowle. Zaniedbane, porzucone i zrujnowane, były doskonałym miejscem do szkolenia żołnierzy z jednostek specjalnych, do ćwiczeń w warunkach niemożliwych do odtworzenia na wojskowych poligonach. Wirgińska elektrownia i stacja pomp miała w sobie to specyficzne coś: była zamknięta, a jednak czynna.

Doskonała kryjówka. Doskonały punkt Alfa.

Smith okrążył cały teren, zanim znalazł przejście w miejscu, gdzie ogrodzenie stykało się z wodą. Ostrożnie stąpając po śliskich kamieniach, obszedł siatkę, przebiegł przez parking i przywarł do najbliższej ściany. Tam znieruchomiał i powiódł wokoło wzrokiem, żeby ustalić, gdzie jest. Nie dostrzegł ani nie usłyszał niczego, oprócz cichego nawoływania nocnych ptaków i zwierząt na brzegu rzeki. Jednak coś mówiło mu, że nie jest tu sam. Jego telefon wprawił sieć w drżenie. Teraz powinien wejść na nią pająk. Już zaraz. Za chwilę.

Jon ruszył wzdłuż ściany, szukając wejścia.


Dwa piętra wyżej, czatujący za wybitym oknem sierżant Patrick Drake śledził go przez wyposażoną w noktowizor lornetkę. Dostrzegł Smitha w chwili, gdy ten dotarł do końca metalowej siatki na brzegu rzeki. Wiedział, że to najlepsze i najlogiczniejsze wejście, a według informacji z dossier, Smith był człowiekiem bardzo logicznym. Logiczność jest u żołnierza cechą godną podziwu, lecz z drugiej strony żołnierz logiczny to żołnierz, którego ruchy łatwo przewidzieć. Przewidywalność ta naraża go często na śmiertelne niebezpieczeństwo.

Drake'a przywieziono do elektrowni śmigłowcem. Potem miał czekać na niego samochód. Przybył na miejsce dużo wcześniej, żeby zapoznać się z terenem, wybrać najlepsze miejsce do przeprowadzenia akcji oraz punkt, z którego mógłby wygodnie śledzić cel.

Zgodnie z przewidywaniami Smith stał teraz przed drzwiami. Już naciskał klamkę, już je otwierał...

Drake przebiegł przez opustoszałe pomieszczenie dawnej przepompowni. Dzięki gumowym podeszwom butów poruszał się bezszelestnie po zakurzonej betonowej podłodze.

Na schodach dobył broni. Miał colta woodsmana z tłumikiem, pistolet przeznaczony do walki na małe odległości. Przed oddaniem strzału chciał widzieć jego twarz. Miał nadzieję, że widok jego przerażonych oczu złagodzi ból po stracie Nicholsa.

A może pierwszą kulę wpakuje mu w brzuch, żeby poczuł się tak jak Travis?

Przystanął na półpiętrze i ostrożnie otworzył drzwi do drugiej przepompowni. W blasku księżyca, sączącym się przez wysokie okna, zryta dziurami podłoga wyglądała tak, jakby pokrywała ją warstwa lodu. Przeskakując zwinnie między wspornikami, zajął pozycję z doskonałym widokiem na wciąż jeszcze zamknięte drzwi. Zważywszy, którędy Smith wszedł do budynku, prędzej czy później musiał trafić do tej hali. Jak na dobrego żołnierza przystało, najpierw sprawdzi każdy zakamarek, żeby upewnić się, czy nikt nie zaskoczy go od tyłu. Ale tu, w tym pomieszczeniu, nie pomoże mu nawet najbardziej logiczne zachowanie.

Z klatki schodowej dobiegł go odgłos cichych kroków. Odbezpieczywszy colta, Drake wycelował w drzwi. Teraz pozostawało mu tylko czekać.


Jon patrzył na metalowe drzwi pokryte starą, obłażącą już, czerwoną farbą. Punkt Alfa. Tu miał dotrzeć Travis Nichols. Tu miał czekać na niego właściciel tego upiornie zniekształconego głosu.

Ale na pewno nie sam. Przyszedłby ze wsparciem. Tylko z jak dużym?

Zdjął plecak. Poszperał w środku i wyjął mały kulisty przedmiot podobny do gumowej piłki. Potem odbezpieczył sig sauera i pchnął nogą drzwi.

Miał włączony noktowizor i wpadająca przez okna poświata na chwilę go oślepiła. Przekroczył próg i w tym samym momencie coś twardego uderzyło go w pierś. Zatoczył się do tyłu i upuścił plecak. Drugi cios rzucił go na ścianę.

Pierś paliła go i bolała, z trudem chwytał oddech. Próbował stanąć, lecz nogi załamały mu się w kolanach. Osuwając się na podłogę, zobaczył, jak zza wspornika wypływa mroczny cień.

Kciukiem prawej ręki wyjął zawleczkę, wziął słaby zamach, rzucił granat, zamknął oczy i szybko zatkał sobie uszy.


Drake szedł ku niemu z pewnością myśliwego, który wie, że trafił zwierzę prosto w serce – w dodatku dwa razy. Oba pociski utkwiły w piersi. Jeśli Smith jeszcze żyje, na pewno wkrótce umrze.

Właśnie rozkoszował się tą myślą, gdy nagle zobaczył, że szybuje ku niemu mały czarny przedmiot. Miał znakomity refleks, jednak tym razem nie zdążył zasłonić sobie oczu. Granat eksplodował, oślepiając go jak supernowa. Podmuch wybuchu przygniótł go do podłogi.

Drake był młody i bardzo wysportowany. Podczas szkolenia z ostrą amunicją i podczas licznych misji w terenie przeżył niejedną eksplozję. Gdy tylko upadł, natychmiast osłonił sobie głowę przed odłamkami. Nie wpadł w panikę, gdy otworzywszy oczy, zobaczył jedynie jaskrawą biel. Wiedział, że za kilka sekund odzyska zdolność widzenia. Wiedział też, że trafił Smitha dwa razy. I że wciąż ma w ręku pistolet. Musiał tylko chwilę zaczekać.

Wtedy usłyszał odległe zawodzenie policyjnych syren. Zaklął i chwiejnie wstał. Chociaż widział podwójnie, zdołał dotrzeć do okna, a gdy tam dotarł, wzrok polepszył mu się na tyle, że dostrzegł dwie małe czerwone kropeczki migoczące między drzewami za bramą.

— Cholera jasna! — ryknął. Smith miał wsparcie! Jakie? Ilu ich jest?

Szybko zamrugał i podbiegł do drzwi.

Ale Smitha już tam nie było!

Syreny zawodziły coraz głośniej. Klnąc, chwycił jego plecak i wypadł na schody. Zdążył wybiec na dwór w chwili, gdy przed bramę zajechały dwa radiowozy.

Proszę bardzo, pomyślał, niech tu przyjdą. Znajdą tylko zwłoki.


Patrząc na wystające z gniazda przewody, Megan Olson walczyła z rozpaczą. Nie wiedziała już, ile kombinacji wypróbowała, ile kabli podłączyła do różnych terminali. Jak dotąd bezskutecznie. Pokrywa ani drgnęła.

Jedynym pocieszeniem było to, że udało jej się naprawić mikrofon. Powinien zadziałać, ale nie chciała jeszcze tego sprawdzać. Nie teraz.

Uspokój się. Na pewno jest stąd jakieś wyjście, musisz je tylko znaleźć.

Do szału doprowadzało ją to, że po drugiej stronie pokrywy, niecałe trzydzieści centymetrów dalej, jest dźwignia awaryjnego otwierania luku. Wystarczyło, żeby Reed ją pociągnął.

Ale nie, porzucił ją na pastwę losu, chciał, żeby umarła. Jak pozostali...

Bez względu na to, jak bardzo się starała, nie mogła odpędzić od siebie myśli o horrorze, jaki rozpętał na pokładzie wahadłowca. Od kilku godzin podsłuchiwała jego krótkie, lapidarne rozmowy z centrum kontroli lotów w Houston. W jednej z nich podał plastyczny opis ciał załogi. Po symptomach domyśliła się, że może to być tylko jedno: ospa prawdziwa lub jakaś jej odmiana.

Ale jak zdobył wirusa?

Dostał go od Treloara! W Bioaparacie doszło do kradzieży, a Treloar przeszmuglował próbkę wirusa do Stanów: wiedziała to od Kleina. Tylko jak Treloar dostarczył próbkę na przylądek? Przecież zginął niemal zaraz po przybyciu do Waszyngtonu.

Wtedy przypomniała jej się tamta noc, noc przed startem, kiedy to nie mogąc zasnąć, poszła na spacer, żeby popatrzeć z daleka na platformę startową.

Widziała Reeda. I jego tajemniczego gościa, który dał mu coś przed odjazdem. Czyżby właśnie wtedy doszło do jakiejś wymiany? Tak, na pewno.

Jeśli tak, wirus musiałby pozostawać w stanie uśpienia do chwili, gdy weszli na orbitę: Reed mógł ukryć go w zamrażalniku.

Laboratorium! I ta dziwna wiadomość, Bóg wie skąd. Reed zmienił harmonogram doświadczeń i zajął fabryczkę jako pierwszy. Wyjaśnił to wszystko tak gładko i przekonująco, że nikt – nawet ona – nie śmiał się z nim spierać.

Nie podejrzewałaś nic nawet wtedy, kiedy Stone pokazał ci komputerowy numer tego przekazu: numer Reeda. Zastanowiło cię tylko, jakim cudem mógł wysłać wiadomość do samego siebie...

Pokręciła głową. Podświadomie coś wyczuwała, lecz nie zaufała instynktowi. Uznawszy, że to seria przypadków, wolała uwierzyć w uczciwość człowieka, który otworzył jej drogę do gwiazd.

Dręczyło ją tylko pytanie, dlaczego Reed macza palce w tak barbarzyńskim dziele. Zdawała sobie sprawę, że nawet gdyby przeanalizowała wszystko to, co o nim wiedziała, nie uzyska na nie odpowiedzi. Było w nim coś, czego nie dostrzegła. Czego nie dostrzegł nikt.

Jeszcze przed paroma godzinami kurczowo trzymała się nikłej nadziei, że Reed wróci. Nie wierzyła, że mógłby zabić ją z zimną krwią. Ale w miarę upływu czasu, wysłuchawszy dziesiątków rozmów, jakie przeprowadził z Houston, powoli pogodziła się z tym, że uważał ją już za martwą.

Po raz setny spojrzała na wystające z gniazda kable. Z rozmów wiedziała, jak Harry Landon zamierza sprowadzić prom na Ziemię. Co więcej, wiedziała również, jak długo to potrwa. Miała czas na opracowanie planu ucieczki. A gdy tylko ucieknie, natychmiast pójdzie do zapasowego centrum łączności w dolnej ładowni.

A gdyby nie poradziła sobie z okablowaniem i gdyby zabrakło jej czasu, miała jeszcze jedno wyjście. Gdyby je wybrała, luk na pewno by się otworzył. Z tym że nie było gwarancji, czy by to przeżyła.


Jon wstał, zatoczył się, zerwał z siebie kurtkę i kevlarową kamizelkę kuloodporną. Kamizelka mogła powstrzymać każdy pocisk, z pociskiem kaliber 9 włącznie, i chociaż bez trudu stawiła opór kulom Drake'a – strzelał z kolta 556 – Smith czuł się tak, jakby kopnął go muł.

Wsiadł do samochodu i włączył odbiornik GPS. Na małym ekranie z mapą hrabstwa Fairfax natychmiast ukazała się błękitna świetlista kropeczka.

Podniósł słuchawkę telefonu.

– Klein.

– To ja, panie dyrektorze.

– Jon! Żyjesz? Zameldowano mi o jakiejś eksplozji.

– To moje dzieło.

– Gdzie jesteś?

– Przed elektrownią. Cel się porusza, wygląda na to, że piechotą. Nie wiem, kogo pan tu przysłał, ale odwalili kawał dobrej roboty. Przyjechali w samą porę.

– A Drake? Połknął haczyk?

Jon zerknął na pulsującą kropeczkę.

– Tak. Wciąż biegnie.


Pokonanie niecałych dwóch kilometrów od elektrowni do leśnego parkingu na skraju opustoszałego ośrodka wypoczynkowego, gdzie czekał samochód, zajęło sierżantowi pięć minut.

Czujnie wypatrując oznak ewentualnego pościgu, dojechał na przedmieścia Alexandrii i zaparkował przed motelem – przed ostatnim w rzędzie pawilonem. Otworzył drzwi i zastał tam generała Richardsona i Anthony'ego Price'a.

– Melduj, chłopcze – rzucił generał.

– Cel zneutralizowany – odrzekł dziarsko Drake. – Dwa trafienia w pierś.

– Na pewno? – spytał Price.

– Czego ty jeszcze chcesz, Tony? – warknął Richardson. – Żeby podał ci na tacy jego głowę? – Spojrzał na Drake'a. – Spocznij, chłopcze. Dobrze się spisałeś.

– Dziękuję, panie generale.

Price wskazał plecak.

– A to co?

Sierżant rzucił plecak na łóżko.

– Smitha.

Otworzył go i wyjął zawartość: dwa zapasowe magazynki, mapa drogowa, telefon komórkowy, magnetofon kasetowy i mały kulisty przedmiot, który natychmiast przykuł uwagę Price'a.

– Co to jest?

– Granat rozbłyskowy – odrzekł Drake, udając, że nie widzi jego przerażonej miny. – Wszystko w porządku, jest zabezpieczony.

– Niech pan zostawi nas samych, sierżancie.

Gdy Drake wyszedł do łazienki, Price chwycił Richardsona za ramię.

– Dość tego „chłopcze"! Dość tego żołnierskiego pieprzenia! Po cholerę tu przyjechaliśmy? Drake mógł do nas zadzwonić.

Generał wyszarpnął rękę.

– Ja tak nie pracuję, Tony. W Palermo straciłem żołnierza. Miał imię i nazwisko: Travis Nichols. I gdybyś już zdążył zapomnieć, przypominam ci, że Smith podszedł nas na tyle blisko, że zadzwonił do mnie, do Fort Belvoir, pod numer, za który ręczyłeś!

– Numer był czysty! – odparował Price. – Twój chłopak go zdradził.

Richardson pokręcił głową.

– Jak na kogoś, kto zrobił to co ty, nie lubisz brudzić sobie rąk, co? Wolisz wydawać rozkazy, wysyłać innych na śmierć i oglądać to w telewizji jak jakąś wielką grę. – Generał nachylił się ku niemu. – Ale ja nie gram w żadną grę, Tony. Robię to, bo w to wierzę. Robię to dla kraju. A ty? Czy ty w ogóle w coś wierzysz?

– W to samo co ty – odparł Price.

Richardson głośno prychnął.

– Wysłałeś sobie łóżko piórkami z Bauer-Zermatt, co? Kiedy tylko damy światu przedsmak tego, do czego zdolny jest nasz wirus, wszyscy zażądają szczepionki. Tak się przypadkiem złoży, że w Bauer-Zermatt dojdzie do małego przecieku, z którego będzie wynikało, że szczepionka jest już prawie gotowa, a wówczas akcje firmy błyskawicznie wzrosną. Tak z ciekawości, Tony. Ile akcji dał ci Bauer?

– Milion – odrzekł spokojnie Price. – Z tym że niczego mi nie dał. Ja na nie zapracowałem. Nie zapominaj, że to ja znalazłem Berię, który ubezpieczał was i pilnował, żeby nikt nie zwąchał, co dzieje się na Hawajach. Więc nie wycieraj mi teraz tyłka swoim bohaterstwem!

Popatrzył na łóżko, na rzeczy z plecaka.

– Lepiej pakujmy się i… – Urwał.

– Co się stało? – spytał Richardson.

Price wziął magnetofon, uważnie obejrzał obudowę i otworzył klapkę.

– Nie, tylko nie to… – wymamrotał.

– Tylko nie co? – spytał generał. – Smith myślał, że przyznamy się do winy, chciał to nagrać.

– Może…

Price wyjął z komory kasetę i pociągnął za jedną z przytrzymujących ją szpilek. Komora wyszła z obudowy.

– A może i nie! – Wściekle wykrzywił twarz. – Wiedziałem, że skądś to znam! Spójrz!

W magnetofonie tkwił maleńki nadajnik.

– Najnowszy model! – syknął Price. – Ten twój chłopak! Smith go podpuścił! Wiedział, że jeśli coś pójdzie nie tak, zabójca zabierze plecak. Ktoś słyszał każde słowo, które tu padło!

– Sierżancie! – ryknął generał.

Drake wypadł z łazienki z pistoletem w ręku. Richardson podszedł do niego i pokazał mu wybebeszony magnetofon.

– Powiedz to jeszcze raz, chłopcze: czy Smith na pewno nie żyje?

Sierżant natychmiast rozpoznał nadajnik.

– Panie generale, nie wiedziałem…

– Czy on nie żyje?

216

– Nie żyje, panie generale!

– Znaczy to tylko tyle, że nie powie nam, gdzie jest odbiornik – zauważył Price. – Frank, jesteś wierzący? Bo chyba tylko modlitwa nam pozostała.


Otworzyły się drzwi. Szybko ruszyli do samochodu.

Siedzący w samochodzie Jon obserwował ich z odległości piętnastu metrów.

– To Richardson, Price i Drake – powiedział do słuchawki telefonu.

– Wiem – odrzekł Klein. – Richardsona i Price'a poznałem po głosie. Prezydent też.

Jon zerknął na wbudowany w fotel odbiornik, który przekazywał rozmowę spiskowców do Camp David.

– Wkraczam do akcji, panie dyrektorze.

– Nie. Rozejrzyj się.

Dwa samochody właśnie blokowały wjazd na motelowy parking, dwa inne bramę od zaplecza.

– Kto to jest?

– Nieważne. Zdejmą Richardsona i Price'a. Przywaruj tam, zaczekaj, aż skończą i zmykaj. Jutro wczesnym rankiem masz być w Białym Domu.

– Panie dyrektorze…

Przednia szyba eksplodowała w fontannie odłamków szkła. Smith rzucił się na fotel pasażera i w tym samym momencie w samochód trafiły kolejne dwa pociski.


– Mówiłeś, że on nie żyje! – wrzasnął Price.

– I zaraz umrze – mruknął ponuro Richardson. – Wsiadaj. Sierżancie, tym razem niech pan nie zawali.

Drake nawet się nie odwrócił. Zauważył ten samochód, gdy tylko wyszli z pawilonu. Miał zgaszone reflektory i parkował w cieniu wielkiego pojemnika na śmieci – bardzo sprytne. Ale ktoś tu zapomniał o księżycu! Zimna, srebrzysta poświata zalewała i wóz, i jego wnętrze. Drake wystrzelił, zanim tamten zdał sobie sprawę, co się dzieje. A teraz sierżant pędził przed siebie, żeby go dobić.

Był zaledwie cztery i pół metra od celu, gdy nagle oślepiło go jaskrawe światło. Usłyszał ryk silnika i dopiero wtedy zdał sobie sprawę, co się dzieje. Był szybki, lecz nie na tyle szybki, żeby zdążyć. W chwili, gdy skoczył w bok, dwie tony zimnego metalu staranowały go i wyrzuciły w powietrze jak z katapulty.

Jon wyprostował się i wbił nogą pedał gazu. Kątem oka dostrzegł ciemne sylwetki ludzi wysypujących się z samochodów przed i za motelem, lecz to go nie powstrzymało. Zobaczył, że Richardson i Price wsiadają do wozu i ruszają na wstecznym. Szarpnął kierownicą i skierował maszynę prosto na nich. Przez ułamek sekundy widział jeszcze twarz generała za przednią szybą, potem poczuł wstrząs i samochody sczepiły się ze sobą w plątaninie metalu.

Ściskając kierownicę, próbował zepchnąć ich wóz na pobocze. Zerknął przed siebie, zobaczył dwa samochody blokujące wyjazd z parkingu, gwałtownie skręcił, kopnął pedał hamulca i wpadł w kontrolowany poślizg.

Samochodem szarpnęło, zakołysało i w tej samej chwili Richardson też zobaczył blokadę.

– Frank! – wrzasnął przeraźliwie Price.

Generał zahamował, lecz było już za późno. W chwili, gdy zasłonił sobie twarz rękami, wóz wbił się w ustawione pod kątem limuzyny. Sekundę później Richardson wypadł przez przednią szybę i wystrzępiony kawał blachy rozdarł mu szyję.

Jon wyskoczył z samochodu i puścił się biegiem. Zobaczył jeszcze ciało generała rozciągnięte bezwładnie na masce i w tym samym momencie pochwyciły go czyjeś silne ręce.

– Za późno, panie pułkowniku!

Stawiał opór, lecz odciągnięto go do tyłu. Kilkanaście sekund później rzucił ich na asfalt podmuch potężnej eksplozji.

Krztusząc się i kaszląc, z trudem wziął głębszy oddech i podniósł głowę. Trzy samochody pochłonęła gigantyczna kula ognia. Jon powoli przetoczył się na bok, nie zwracając uwagi na pierzchające wokoło cienie i nawołujące się głosy. Ktoś dźwignął go z ziemi i zobaczył przed sobą młodego mężczyznę o twarzy ulicznego oprycha.

– To już nie pańska sprawa, panie pułkowniku.

– Kim… jesteście?

Mężczyzna wcisnął mu do ręki kluczyki.

– Za rogiem stoi chevrolet. Niech pan wsiada i jedzie. Aha, panie pułkowniku? Dyrektor Klein przypomina panu o spotkaniu w Białym Domu.

# Rozdział 27

Odrętwiały i wyczerpany, zdołał jakoś dojechać do Bethesda. Wszedł do domu, w drodze do łazienki ściągnął z siebie ubranie, odkręcił prysznic i długo stał pod strumieniem gorącej, szczypiącej wody.

Jej szum zagłuszył krzyki i odgłos nocnych eksplozji, ale bez względu na to, jak bardzo się starał, nie potrafił wymazać z pamięci widoku limuzyny

Richardsona wpadającej na blokadę, ognistej kuli pochłaniającej trzy samochody, widoku generała i Price'a, płonących jak ludzkie pochodnie.

Wszedł do sypialni i legł nago na łóżku. Zamknął oczy, nastawił swój biologiczny budzik i wreszcie uległ zmęczeniu, które porwało go i zaniosło do długiego, czarnego tunelu. Czuł, że się unosi, że koziołkuje w przestworzach jak astronauta z zerwaną liną, który koziołkować tak będzie po wsze czasy. Nagle na coś wpadł i obudził się gwałtownie, by stwierdzić, że rozpaczliwie maca ręką po blacie szafki w poszukiwaniu pistoletu.

Ponownie wziął prysznic i szybko się ubrał. Szedł już do drzwi, gdy przypomniał sobie, że nie sprawdził wiadomości w elektronicznej sekretarce. Szybko przejrzał je i znalazł kilka słów od Petera Howella. Peter kazał mu zajrzeć do skrzynki pocztowej.

Jon włączył komputer, uruchomił program szyfrujący, ściągnął plik, otworzył go i zdębiał. Zrobił kopię, zaszyfrował i zapisał tekst, po czym wysłał Howellowi e-maila: Dobra robota – więcej niż dobra. Wracaj do domu. Masz u mnie kielicha. J.S.

Wyszedł o świcie i opustoszałymi ulicami dojechał do zachodniej bramy Białego Domu. Wartownik sprawdził jego nazwisko w komputerze i podniósł szlaban. Czekający pod kolumnadą kapral piechoty morskiej zaprowadził go cichymi korytarzami do zachodniego skrzydła, gdzie w małym, zagraconym pokoju mieścił się gabinet Nathaniela Kleina.

Smith był zaskoczony wyglądem dyrektora. Szef Jedynki był nieogolony i miał na sobie wygnieciony garnitur, w którym chyba spał. Znużonym gestem wskazał Jonowi krzesło.

– Odwaliłeś kawał wspaniałej roboty – zaczął cicho. – Amerykanie mają u ciebie wielki dług wdzięczności. Rozumiem, że wyszedłeś z tego cało.

– Poobijali mnie tylko i posiniaczyli.

Klein przestał się uśmiechać.

– Nic nie słyszałeś, prawda?

– Nie. Co miałem słyszeć?

Klein kiwnął głową.

– To dobrze. To dobrze… Nasza blokada informacyjna jest jednak szczelna. – Wziął głęboki oddech. – Osiem godzin temu Harry Landon, główny kontroler lotu „Discovery", powiadomił nas, że na pokładzie wahadłowca doszło do katastrofy. Gdy prom nawiązał z nimi łączność, okazało się, że… że cała załoga nie żyje. Cała załoga z wyjątkiem jednego astronauty.

Popatrzył ze smutkiem na Smitha i drżącym, bolesnym głosem dodał:

– Megan zginęła.

Jon poczuł, że sztywnieją mu wszystkie mięśnie. Chciał coś powiedzieć, lecz zabrakło mu słów.

– Jak to? Co się stało? – Głos, którym wypowiedział te słowa, nie był jego głosem. – Pożar?

Klein pokręcił głową.

– Nie. Wszystkie systemy orbitera funkcjonują normalnie. Coś dostało się na pokład, coś ich… zabiło.

– Kto przeżył?

– Dylan Reed.

Jon podniósł wzrok.

– Tylko on? Na pewno?

– Przeszukał cały wahadłowiec. Znalazł wszystkich. Bardzo mi przykro.

Nie pierwszy raz jego bliscy umierali śmiercią nagłą i gwałtowną, dlatego Jon wiedział, że zareagował typowo, jak człowiek, który ocalał: podświadomie wrócił myślą do chwili, kiedy widział ją ostatni raz, do kawiarenki niedaleko kompleksu NASA w Houston.

Żyła i nagle umarła. Tak po prostu.

– Landon i jego ludzie wyrywają sobie włosy z głowy – ciągnął Klein. – Nie mają pojęcia, co się tam stało.

– Jak Reed przeżył?

– Był w skafandrze do spacerów kosmicznych. Pewnie przygotowywał jakiś eksperyment.

– A reszta załogi miała na sobie zwykłe kombinezony – myślał głośno Smith. – Bez żadnego zabezpieczenia… Powiedział pan, że to nie pożar, że coś dostało się na pokład.

– Jon…

– Tuż przed startem Reed się z kimś widział – przerwał mu Smith. – Megan panu o tym mówiła. Już wcześniej podejrzewał pan, że łączyło go coś z Treloarem… – Zmarszczył czoło. – Jak wyglądają zwłoki?

– Reed mówił Landonowi, że są rozdęte, pokryte wrzodami, że krwawią ze wszystkich otworów.

Jon poczuł lekkie mrowienie w palcach. Coś sobie skojarzył.

– Dostałem wiadomość od Howella – powiedział. – Odbył długą pogawędkę z Herr Weizselem. Weizsel był tak chętny do pomocy, że zabrał Petera do swojego domu i połączył się przez komputer z siecią Offenbach Bank. Wygląda na to, że Iwan Beria był ich klientem od wielu lat, że łączyła ich bardzo owocna współpraca, zwłaszcza odkąd znalazł stałą pracę. Wie pan gdzie? W Bauer-Zermatt A.G.

Klein zdębiał.

– W tym farmaceutycznym gigancie?

Jon kiwnął głową.

– W ciągu ostatnich trzech lat Bauer-Zermatt przesyłał Berii pieniądze aż dziesięć razy. Dwóch z ostatnich trzech przelewów dokonano tuż przed śmiercią Jardeniego i Adama Treloara.

– A ten trzeci przelew?

– To były pieniądze za kontrakt na mnie.

– Masz na to dowody? – spytał Klein po chwili milczenia.

Niczym dający szacha arcymistrz, Jon wyjął z kieszeni komputerową dyskietkę.

– Jak najbardziej.

Klein pokręcił głową.

– No dobrze, zgoda. Bauer-Zermatt płaci… płacił Berii za zabójstwa na zlecenie. Kazali mu zabić tego rosyjskiego strażnika i Treloara. To łączy ich ze skradzionym wirusem. Ale są dwa pytania: po co im ospa? I kto z Bauer-Zermatt zlecał i płacił za te wszystkie zabójstwa? – Klein wskazał dyskietkę. – Jest tam jego nazwisko?

– Nie – odparł Jon. – Ale łatwo je odgadnąć, prawda? Tylko jeden człowiek mógł zaangażować kogoś takiego jak Beria: sam Karl Bauer.

Klein wypuścił nosem powietrze tak gwałtownie, że aż zagwizdało.

– No, dobrze… Ale znaleźć na to dowód, znaleźć potwierdzenie wypłat, to zupełnie inna sprawa.

– Żadnych potwierdzeń nie ma i nie będzie – odrzekł beznamiętnie Smith. – Bauer jest za ostrożny, żeby zostawiać za sobą tak wyraźne ślady… – Zawiesił głos. – Ale fakt, po co im był ten wirus? Na szczepionkę? Nie. Szczepionkę robić umiemy. Chcieli się nim pobawić? Zmodyfikować go genetycznie? Może. Tylko po co? Wirusa ospy prawdziwej badano przez wiele lat. Nie można go wykorzystać jako broni biologicznej. Ma za długi okres wylęgania. Efekty nie są stuprocentowo pewne. Mimo to Bauer chciał go zdobyć tak bardzo, że posunął się aż do morderstwa. Dlaczego?

Spojrzał na Kleina.

– Wie pan, jak umiera się na ospę prawdziwą? Pierwszym objawem jest wysypka na podniebieniu, która rozprzestrzenia się na twarz, przedramiona, wreszcie na resztę ciała. Pęcherzyki ropieją i pękają, tworzą się strupy, strupy też pękają. W końcu człowiek krwawi ze wszystkich otworów ciała.

– Tak samo jak oni! – szepnął Klein. – Jak załoga „Discovery". Umarli dokładnie tak samo! Chcesz powiedzieć, że Bauer przemycił na pokład ten skradziony wirus?

Jon wstał, próbując nie myśleć o Megan, o tym, jak konała, o jej strasznych ostatnich chwilach.

– Tak, właśnie to chcę powiedzieć.

– Ale…

– W kosmosie, w stanie nieważkości, można modyfikować komórki, bakterie i wirusy w sposób, o jakim na Ziemi można tylko pomarzyć. Wyplenilíśmy czarną ospę, ale dwie próbki wirusa zachowaliśmy: jedną tutaj, w Stanach, drugą w Rosji. Zrobiliśmy tak rzekomo dlatego, że nie mieliśmy sumienia skazywać go na całkowitą zagładę. Ale prawda jest dużo mroczniejsza: po prostu nie wiedzieliśmy, kiedy wirus może się nam przydać. Bo niewykluczone, że kiedyś, za wiele lat, znajdziemy sposób na przekształcenie go w broń. A jeśli broń tę wynajdzie ktoś inny, będziemy – oby – mieli przynajmniej materiał na szczepionkę...

Ale Bauer nie chciał tak długo czekać. Odkrył metodę, która – jego zdaniem – mogłaby zadziałać. Może dopracował ją w pięćdziesięciu, sześćdziesięciu procentach, ale na pewno nie w stu. Nie był jej całkowicie pewien. Prawidłowość swego rozumowania mógł sprawdzić jedynie w specyficznych, bardzo wyjątkowych warunkach, w których bakterie mnożą się błyskawicznie. Musiał przeprowadzić doświadczenie na pokładzie wahadłowca. I je przeprowadził.

– Jeśli masz rację – powiedział spięty Klein – Dylan Reed jest jego wspólnikiem.

– Tylko on przeżył, prawda? Szef medycznego programu NASA. Ktoś, kto był odpowiednio ubrany, gdy na pokładzie „Discovery" rozpętało się piekło.

– Myślisz, że wymordował swoją własną załogę?

– Otóż to.

– Na miłość boską, dlaczego?

– Z dwóch powodów. Żeby pozbyć się świadków i... – Jonowi załamał się głos. – Żeby przeprowadzić kontrolowany eksperyment na ludziach i określić szybkość, z jaką wirus zabija.

Klein osunął się na krześle.

– To szaleństwo.

– Tylko dlatego, że szaleńcem jest ten, kto ten eksperyment opracował – odparł Smith. – Nie szaleńcem, który wpada w furię i toczy pianę z ust. Ale szaleńcem podstępnym, złośliwym i wyrachowanym.

– Bauer...

– I Richardson, i Price, i Treloar, i Lara Telegin...

– Żeby dopaść Bauera, musimy mieć mocne dowody, Jon. Moglibyśmy sprawdzić jego korespondencję, rozmowy telefoniczne...

Smith pokręcił głową.

– Nie ma czasu. Widzę to tak: trzeba założyć, że na pokładzie wahadłowca jest broń biologiczna i że broń ta jest w posiadaniu Reeda. Bauer i jego wspólnicy zechcą zniszczyć wszystkie dowody tego, co tam zaszło. Jestem też przekonany, że nie znajdziemy również żadnych dowodów na jego współpracę z Richardsonem i Price'em. Ale Bauer zrobi wszystko, żeby prom bezpiecznie wylądował. Musi dopaść Reeda i odebrać od niego wirusa. Kiedy NASA chce sprowadzić ich na Ziemię?

– Za około osiem godzin – odrzekł Klein. – Muszą zaczekać, aż orbiter znajdzie się na trajektorii umożliwiającej lądowanie w Edwards.

Smith nachylił się ku niemu.

– Panie dyrektorze, czy może mi pan załatwić spotkanie z prezydentem? Teraz, natychmiast.


Dwie godziny później, po rozmowie z Castillą, Jon i Klein przeszli do małej sali konferencyjnej za Gabinetem Owalnym. Gdy czekali, aż prezydent skończy naradę, do Kleina zadzwonił Harry Landon z centrum kontroli lotów w Houston.

– Mam dla pana informację, o którą pan prosił.

Klein wysłuchał go, podziękował i spytał:

– Jak przebiegają przygotowania do wejścia w atmosferę?

– Próbujemy sprowadzić go najłagodniej, jak umiemy – odrzekł Landon. – Jak dotąd przeprowadzaliśmy ten manewr tylko w symulatorze. Ale ściągniemy ich. Ma pan na to moje słowo.

– Dziękuję. Będę w kontakcie.

Klein spojrzał na Smitha.

– Landon zadzwonił do wszystkich osób z Czarnej Księgi. I do kogoś, o kogo Reed osobiście go prosił.

– Niech zgadnę: do Karla Bauera.

– Właśnie.

– To logiczne. Bauer chce tam być, żeby odebrać od Reeda swoje nowe dziecko.

Klein skinął głową i wskazał ekran monitora, na którym nagle pojawił się obraz.

– No to zaczynamy.


Mimo zrytego głębokimi bruzdami czoła i zmarszczek w kącikach oczu, z twarzy siedzącego za biurkiem prezydenta bił spokój i opanowanie. Czekając na przybycie ostatniego członka grupy doradczej, ogarnął wzrokiem obecnych w gabinecie.

Centralną Agencję Wywiadowczą reprezentował Bill Dodge, człowiek chłodny i ascetyczny, który z niewzruszoną miną przeglądał właśnie ostatnie doniesienia z NASA.

Obok niego siedziała Martha Nesbitt, doradczyni do spraw bezpieczeństwa narodowego. Wieloletnia pracownica Departamentu Stanu, Marti, jak ją nazywano, słynęła z szybkości oceny sytuacji, podejmowania decyzji i wcielania ich w życie.

Siedzący naprzeciwko niej sekretarz stanu, Gerald Simon, strzepywał z szytego na miarę garnituru niewidzialne pyłki, co oznaczało, że miotają nim sprzeczne odczucia.

Prezydent odchrząknął.

– Mam nadzieję, że mieliście dość czasu na zebranie myśli, ponieważ w tych okolicznościach decyzję musimy podjąć natychmiast, tu i teraz. Za mniej więcej godzinę „Discovery" znajdzie się w punkcie, w tak zwanym okienku, umożliwiającym wejście w atmosferę. Cztery godziny później rozpocznie się manewr schodzenia. Po siedemdziesięciopięciominutowym locie wahadłowiec wyląduje w bazie Edwards. Pytanie jest proste: czy chcemy na to lądowanie pozwolić?

– Można, panie prezydencie? – odezwała się Martha Nesbitt. – Kiedy stracimy techniczną możliwość zniszczenia orbitera?

– Możemy to zrobić w każdej chwili – odrzekł Castilla. – Z oczywistych względów nie upubliczniliśmy faktu, że wahadłowiec ma na pokładzie silny ładunek autodestrukcyjny. Dzięki satelitom telekomunikacyjnym jesteśmy w stanie uaktywnić go w dowolnym momencie, nawet w trakcie przyziemienia.

– Panie prezydencie – wtrącił Bill Dodge – ten ładunek miał posłużyć do zniszczenia wahadłowca w przestrzeni kosmicznej, żeby nie dopuścić do ewentualnego skażenia atmosfery.

– To prawda – zgodził się z nim Castillo.

– Prawdą jest również i to – dodał Gerald Simon – że nie mamy pojęcia, co się tam stało. – Popatrzył po twarzach zebranych. – Pięcioro oddanych swej pracy ludzi nagle umarło. Nie wiemy dlaczego. Ale jeden z nich ocalał. Po bitwie zawsze zbieramy ciała poległych. A jeśli jest wśród nich ktoś żywy, idziemy tam i go ratujemy.

– Popieram – wtrąciła Martha Nesbitt. – Po pierwsze, zgodnie z ostatnimi doniesieniami, wszystkie urządzenia wahadłowca pracują normalnie. Po drugie, NASA wciąż bada, co mogło zabić załogę. Koncentrują się na pożywieniu i na zapasach płynów. Wiemy, że w stanie nieważkości bakterie mnożą się szybko i gwałtownie. Dlatego jest całkiem możliwe, że coś, co jest zupełnie nieszkodliwe na Ziemi, przeszło jakąś straszliwą mutację i zaatakowało ich, zanim zdążyli zareagować.

– Ale czy właśnie dlatego nie powinniśmy wysadzić promu w powietrze? – spytał Gerald Simon. – Muszę patrzeć na to z perspektywy bezpieczeństwa narodowego. Wiemy, że na pokładzie „Discovery" jest coś groźnego, i chcemy to coś sprowadzić na Ziemię? Na jakie niebezpieczeństwo narażamy siebie i cały świat?

– Może na żadne – odparł Bill Dodge. – To nie jest film science fiction o wirusie z Andromedy, Gerry. Ani serial Z archiwum X o tajemniczej pladze, która nawiedziła prom. To, co zabiło tych ludzi, przyszło stąd, z Ziemi. Ale na Ziemi to coś nie miało tak zabójczych właściwości. Kiedy ponownie znajdzie się w warunkach naszej grawitacji, po prostu zdechnie, i tyle.

– Postawiłbyś na to życie obywateli naszego kraju? – odparował Simon. – Albo życie mieszkańców całej Ziemi?

– Myślę, że przesadzasz, Gerry.

– A ja myślę, że za dużo w tobie kawaleryjskiej fantazji!

– Panie i panowie! – uciszył ich prezydent. – Wymiana zdań, pytania, komentarze, proszę bardzo. Ale nie chcę tu kłótni ani docinków. Nie mamy na to czasu.

– Czy NASA ma możliwość ustalenia, co się tam stało? – spytała doradczyni do spraw bezpieczeństwa narodowego.

Castilla pokręcił głową.

– To samo pytanie zadałem Harry'emu Landonowi. Chociaż doktor Reed jest lekarzem, nie miał czasu ani sprzętu, żeby przeprowadzić odpowiednie badania. Dysponujemy jedynie ogólnym opisem zwłok, ale to nie wystarczy, żeby ustalić przyczynę śmierci.

Rozejrzał się po gabinecie.

– Tylko jedno mogę powiedzieć na pewno: Harry Landon nie dopuszcza do siebie myśli, że moglibyśmy zniszczyć prom. Dlatego nie zaprosiliśmy do dyskusji ani jego, ani nikogo z NASA. Znacie wszystkie fakty i musimy teraz przeprowadzić głosowanie. Bill, zaczniemy od ciebie: sprowadzamy wahadłowiec na Ziemię czy… przerywamy misję?

– Sprowadzamy go.

– Marti?

– Przerywamy.

– Gerry?

– Przerywamy.

Castilla złączył czubki palców.

– Panie prezydencie – odezwał się Bill Dodge. – Rozumiem, dlaczego koledzy głosowali tak, jak głosowali. Ale nie możemy zapominać o tym, że na pokładzie „Discovery" jest żywy człowiek.

– Nikt o tym nie zapomina, Bill… – zaczęła Marti Nesbitt.

– Pozwól mi skończyć, Marti. Myślę, że mam rozwiązanie. – Dodge popatrzył po twarzach kolegów. – Jak wiecie, sprawuję kilka funkcji. Kieruję między innymi wydziałem bezpieczeństwa kosmicznego; przed tym tragicznym wypadkiem kierował nim Frank Richardson. Od dawna zakładaliśmy, że na pokładzie promu, czy też statku bezzałogowego, może dojść do tragicznego wypadku z groźnymi bakteriami lub wirusami. Z oczywistych względów najwięcej uwagi poświęciliśmy wahadłowcowi i żeby się jakoś zabezpieczyć, zbudowaliśmy specjalne lądowisko.

– Lądowisko? – spytał Gerald Simon. – Niby gdzie?

– Na terenie poligonu doświadczalnego naszych sił powietrznych w Groome Lake, dziewięćdziesiąt sześć kilometrów na północny wschód od Las Vegas.

– Co to za lądowisko? – spytał prezydent. – Możesz mówić konkretniej?

Dodge wyjął z teczki kasetę.

– Najlepiej będzie, jeśli zobaczycie państwo sami.

Włożył kasetę do magnetowidu pod telewizorem i wcisnął klawisz. Po zaśnieżonej rozbiegówce na ekranie ukazał się obraz pustyni.

– Mało co widać – zauważyła doradczyni do spraw bezpieczeństwa narodowego.

– Otóż to – odrzekł Dodge. – Zapożyczyliśmy ten pomysł od Izraelczyków. Mają u siebie prawie samą pustynię i niewiele miejsc, w których mogą ukryć swoje myśliwce. Dlatego zbudowali podziemne hangary i pasy startowe, które nie przypominają zwykłych pasów i mają pewną wyjątkową cechę.

Pustynny teren na ekranie telewizora zaczął opadać pod coraz ostrzejszym kątem. Dodge zatrzymał taśmę.

– W tym miejscu pas się urywa, ale tylko pozornie. Pod ziemią zamontowano system podnośników hydraulicznych. Tak naprawdę pas kończy się sześćset metrów dalej, w podziemnym bunkrze.

Kamera sunęła w dół. Po obu stronach rampy rozbłysły światła i z mroku wychynęły zarysy olbrzymiego betonowego hangaru.

– To jest komora główna – wyjaśnił Dodge. – Ściany mają metr osiemdziesiąt grubości i są ze zbrojonego betonu. Cyrkulację powietrza zapewnia system klimatyzacji podobny do tych, jakie stosuje się w gorącej strefie laboratoriów biochemicznych. Kiedy prom wyląduje, zamkną się hermetyczne wrota. Na doktora Reeda będą czekali ludzie ze specjalnej grupy operacyjnej, którzy zaprowadzą go do komory odkażającej. Członkowie innej grupy pobiorą próbki z pokładu wahadłowca, żeby ustalić, czy coś tam jest.

– A jeśli znajdą jakieś paskudztwo? – spytał sekretarz stanu.

Podziemny hangar na ekranie stanął w płomieniach.

– Siła tego ognia jest równa sile wybuchu trzech napowietrznych bomb paliwowych. Płomienie i temperatura zniszczą wszystko. Dosłownie wszystko.

Dodge wyjął kasetę z magnetowidu.

– Pytania? – rzucił Castilla. – Uwagi?

– Bill, czy komorę poddano już jakimś próbom? – spytała Martha Nesbitt.

– Wahadłowca w niej jeszcze nie zniszczyliśmy, ale tak, wojsko paliło tam czołgi, a lotnicy rakiety wspomagające klasy Titan. Zapewniam, że w tych warunkach nie przetrwa absolutnie nic.

– To mi się podoba – powiedział Gerald Smith. – Równie ważne, jak uratowanie doktora Reeda, jest ustalenie, co się tam stało. Jeśli jesteśmy w stanie tego dokonać i w razie konieczności zniszczyć prom, zmienię zdanie i będę głosował za sprowadzeniem wahadłowca na Ziemię.

Pozostali pokiwali głowami i przez gabinet przetoczył się szmer pełnych aprobaty głosów.

– Muszę to spokojnie przemyśleć. – Castilla wstał. – Proszę wszystkich o pozostanie. Zaraz wracam.


Prezydent wszedł do sali konferencyjnej i machnął ręką w stronę monitora.

– Wszystko widzieliście i słyszeliście. No i?

– Ciekawy zbieg okoliczności, prawda? – zauważył Klein. – W Lake Groome jest lądowisko, które nie tylko idealnie odpowiada potrzebom chwili, ale i o którym nikt dotąd nie słyszał.

Castilla pokręcił głową.

– Nawet nie podejrzewałem, że coś takiego istnieje. Dodge musiał wytrzasnąć pieniądze z lewego budżetu. Nic o tym nie wiedzieliśmy, ani Kongres, ani ja.

– Panie prezydencie – odezwał się Jon. – Ten kompleks zbudowano tylko po to, żeby ukryć wahadłowiec, odebrać próbkę wirusa i zniszczyć orbiter.

– Też tak uważam – poparł go Klein. – Bauer przygotowywał tę operację od wielu lat. Budowa kompleksu musiała trwać, Richardson potrzebował dużo czasu. A Bauer nie zaangażowałby się w projekt, gdyby nie miał wspólnika, któremu mógłby całkowicie zaufać. Stanowisko generała Richardsona w kwestii podpisanego przez pana układu o broni biologiczno-chemicznej jest powszechnie znane. Walczył z panem na każdym kroku.

– I w końcu przekroczył granicę między patriotyzmem i zdradą – dodał Castilla. – Znam wasz plan. Ale muszę spytać raz jeszcze: czy „Discovery" powinna wylądować?


Gdy wszedł do gabinetu, zwróciły się ku niemu trzy pełne oczekiwania twarze.

– Marti, panowie, dziękuję za cierpliwość – zaczął. – Po dokładnym przeanalizowaniu sytuacji zdecydowałem, że wahadłowiec wyląduje w Groome Lake.

Bill Dodge, Martha Nesbitt i Gerald Simon zgodnie pokiwali głowami.

– Bill, chcę mieć szczegółowy plan tego kompleksu oraz projekt akcji ratowniczej.

– Dostarczę go w ciągu godziny, panie prezydencie – odrzekł rzeczowo dyrektor CIA. – Chciałbym również przypomnieć, że doktor Reed prosił o ściągnięcie doktora Karla Bauera. Moim zdaniem to rozsądny pomysł. Bauer jest światowym autorytetem w dziedzinie katastrof chemiczno-biologicznych. Współpracował już z Pentagonem – brał udział w projektowaniu kompleksu w Groome Lake – i został dokładnie prześwietlony. Byłby nieocenionym obserwatorem i doradcą.

Pozostali się z nim zgodzili.

– W takim razie kończymy – rzekł Castilla. – Moi asystenci będą informowali was na bieżąco. Za dwie godziny Air Force One odlatuje do Nevady.

# Rozdział 28

Wysławszy do Reeda rozkaz zmiany harmonogramu eksperymentów na pokładzie „Discovery", doktor Karl Bauer natychmiast wsiadł do swego odrzutowca i poleciał na wschód, do Pasadeny, gdzie niedaleko Laboratorium Napędów Odrzutowych rozciągał się kompleks badawczy koncernu Bauer-Zermatt.

Wiedząc, że wahadłowiec może wylądować tylko na poligonie doświadczalnym w Groome Lake, postarał się, żeby jego obecność w Kalifornii wydała się zupełnie przypadkowa. Plan lotu został zgłoszony już przed trzema dniami, a personel z Pasadeny uprzedzono o jego przybyciu.

I to właśnie tam, w gabinecie z oknami wychodzącymi na odległe góry San Gabriel, po raz pierwszy zatelefonował do niego Harry Landon. Gdy główny kontroler lotu wyjaśnił mu, co zaszło na pokładzie „Discovery", Szwajcar udał, że jest zaszokowany i głęboko zatroskany. Nie mógł powstrzymać uśmiechu, gdy Landon przekazał mu prośbę Reeda. Odrzekł, że tak, oczywiście, że chętnie służy pomocą i natychmiast przybędzie do Groome Lake. Zasugerował też, żeby Landon skontaktował się z generałem Richardsonem, który może za niego poręczyć.

I wtedy Landon łamiącym się głosem odrzekł, że Richardson i Price zginęli w wypadku samochodowym: generał stracił panowanie nad kierownicą, ich wóz wpadł w poślizg. Tym razem zaszokowanie Bauera było jak najbardziej autentyczne. Podziękował Landonowi, wszedł na stronę CNN i wczytał się w szczegóły. Wynikało z nich, że śmierć Richardsona i Price'a była rzeczywiście przypadkowa.

Dwóch świadków mniej, pomyślał. Bardzo dobrze.

I tak uważał, że wypełnili już swoje zadanie. Szczególnie przydali mu się w usunięciu tego wścibskiego Smitha. Całą resztę mógł zrobić sam.

Chociaż od centrum łącznościowego na Hawajach dzieliła go spora odległość, wciąż miał możliwość przechwytywania rozmów „Discovery" z centrum kontroli lotów w Houston. W jego biurko wbudowano mały, lecz silny odbiornik radiowy, podłączony do laptopa. Ekran laptopa wyświetlał aktualne położenie i trajektorię wahadłowca, a przez słuchawki słychać było wszystkie komunikaty. NASA postępowała zgodnie z jego przewidywaniami. Zerknąwszy na zegarek, pomyślał, że – jeśli nie dojdzie do żadnych komplikacji – prom powinien wejść w atmosferę za niecałe cztery godziny.

Zdjął słuchawki, wyłączył komputer i odbiornik. Za kilka godzin miał wejść w posiadanie zupełnie nowej formy życia, istoty, którą sam stworzył, która na wolności byłaby najkoszmarniejszą plagą, jaka kiedykolwiek nawiedziła Ziemię. To, że nikt – a przynajmniej nieprędko – nie skojarzy jego nazwiska z nową odmianą wirusa, było mu obojętne. Pod tym względem miał umysł kolekcjonera dzieł sztuki, który kupił arcydzieło tylko po to, żeby ukryć je przed światem. Radość, dreszcz podniecenia i odurzenie płynęło nie z wartości pieniężnej nabytku, tylko stąd, że było to dzieło unikalne i należało wyłącznie do niego. I tak samo jak kolekcjoner, miał być jedynym, który będzie na nowego wirusa patrzył, który będzie go obserwował i badał jego tajemnice. Zbudował już dla niego dom, w specjalnie wydzielonej części laboratorium na Hawajach.

Znajdujący się dziewięćset sześćdziesiąt kilometrów na zachód od Missisipi Air Force One kontynuował lot.

Prezydent Stanów Zjednoczonych i jego zespół roboczy z Gabinetu Owalnego przebywali w sali konferencyjnej na górnym pokładzie, przeglądając najświeższe doniesienia z centrum kontroli lotów w Houston. „Discovery" zbliżała się do „okienka", przez które miała wejść w ziemską atmosferę. Według Harry'ego Landona, wszystkie systemy pokładowe funkcjonowały prawidłowo. Chociaż w fotelu dowódcy orbitera siedział Dylan Reed, wahadłowcem sterowały komputery z Houston.

Z niewidocznych głośników popłynął głos Landona:

– Panie prezydencie?

– Jesteśmy, doktorze – powiedział do mikrofonu Castilla.

– „Discovery" zbliża się do „okienka". Muszę poinformować oficera bezpieczeństwa, czy ma odbezpieczyć ładunek autodestrukcyjny, czy nie.

Prezydent popatrzył na towarzyszących mu współpracowników.

– Gdyby go odbezpieczył, jakie byłyby tego następstwa?

– Bylibyśmy przygotowani na ewentualną… awarię, panie prezydencie. Jeśli oficer nie zrobi tego teraz, potem będzie za późno.

– Zaraz się tym zajmiemy. Za chwilę przekażę panu decyzję.

Castilla wyszedł z sali, minął kabinę funkcjonariuszy Secret Service i zajrzał do najważniejszego pomieszczenia na pokładzie Air Force One: do centrum łączności. W boksie wielkości jachtowej kuchni pełniło służbę ośmiu specjalistów pracujących na sprzęcie, który zaawansowaniem technicznym o lata świetlne wyprzedzał wszystko to, co było dostępne na rynku. Zabezpieczone przed impulsami magnetycznymi urządzenia mogły odbierać i wysyłać zaszyfrowane przekazy do wszystkich amerykańskich instytucji cywilnych i wojskowych na całym świecie.

Jeden z techników poderwał wzrok.

– Słucham, panie prezydencie.

– Muszę wysłać wiadomość – odrzekł cicho Castilla.

Edwards leży sto dwadzieścia kilometrów na północny wschód od Los Angeles, na skraju pustyni Mojave. Jest bazą samolotów myśliwskich i bombowców pierwszego uderzenia oraz lądowiskiem wahadłowców kosmicznych. Pełni również funkcję, o której mało kto wie: stacjonuje tam RAID, jeden z sześciu amerykańskich oddziałów Nagłego Ataku i Przenikania, które wkraczają do akcji w przypadku katastrofy biologiczno-chemicznej.

Ta ściśle tajna grupa operacyjna wypełnia zadania podobne do tych, jakie wypełniają żołnierze z NEST, z tak zwanego Gniazda, którzy poszukują zagubionej lub skradzionej broni nuklearnej. Żołnierze NAP-u kwaterowali w podobnym do bunkra budynku w zachodnim sektorze lądowiska, niedaleko hangaru, gdzie stał potężny C-130 i trzy śmigłowce typu Komancz, gotowe w każdej chwili przerzucić ich na miejsce akcji.

Sala gotowości bojowej miała wielkość boiska do koszykówki i zbudowano ją z żużlowych bloków. Wzdłuż jednej ze ścian ciągnął się rząd dwunastu przedzielonych zasłonami boksów. W każdym z nich wisiał hermetyczny skafander podobny do tych, jakich używają żołnierze wojsk chemicznych; stały tam również butle ze sprężonym powietrzem, broń i skrzynki z amunicją. Jedenastu członków grupy spokojnie sprawdzało stan uzbrojenia. Tak samo jak żołnierze oddziału antyterrorystycznego SWAT, mieli do dyspozycji szeroki asortyment broni palnej, od karabinów automatycznych poczynając, na strzelbach, rewolwerach i pistoletach kończąc. Ale w przeciwieństwie do SWAT-u, nie było wśród nich strzelca wyborowego. Ludzie ci prowadzili walkę, stając twarzą w twarz z wrogiem; zabezpieczenie miejsca akcji należało do piechoty lub wyposażonych w broń długą żołnierzy SWAT-u.

Dwunasty członek grupy, komandor porucznik Jack Riley, wysoki, szczupły mężczyzna, z którym Smith szkolił się w Amerykańskim Instytucie Chorób Zakaźnych, a potem walczył w operacji „Pustynna Burza", przebywał w swoim prowizorycznym gabinecie na końcu sali. Zerknął ponad ramieniem siedzącego przy konsolecie łącznościowca i ponownie spojrzał na Smitha.

– Wahadłowiec już schodzi – rzucił. – Zaczyna być krucho z czasem.

– Wiem – odrzekł Jon.

On też nieustannie obserwował ruch wskazówek zegara. Odlecieli z Kleinem z Waszyngtonu dwie godziny przed prezydentem i jego współpracownikami. Castilla zadzwonił do Rileya z samolotu i nie wdając się w szczegóły, zawiadomił go, że na pokładzie wahadłowca doszło do katastrofy. Powiedział mu również, że do Edwards leci już Smith i że to właśnie on przekaże mu dalsze rozkazy.

– Co z komanczami?

– Piloci czekają w kabinach – odrzekł Riley. – Muszę mieć tylko dwie minuty na rozruch silników.

– Panie komandorze – przerwał im łącznościowiec. – Telefon z Air Force One.

Riley podniósł słuchawkę, przedstawił się i przez chwilę uważnie słuchał.

– Tak jest, zrozumiałem, panie prezydencie. Tak, już tu jest. – Podał słuchawkę Jonowi.

– Tak?

– Jon? Mówi Castilla. Za mniej więcej godzinę będziemy w Groome Lake. Jak sytuacja u was?

– Jesteśmy gotowi do akcji, panie prezydencie. Czekamy tylko na plany.

– Właśnie je przesyłamy. Niech pan do mnie zadzwoni, kiedy je przeanalizujecie.

Zanim Jon zdążył odłożyć słuchawkę, łącznościowiec ruszył ku nim z plikiem faksów.

– To mi przypomina spalarnię... – wymamrotał Riley.

Były to plany prostokątnego pomieszczenia długości czterdziestu dwóch, szerokości dwunastu i wysokości osiemnastu metrów. Jego ściany zbudowano ze zbrojonego betonu. Część stropu była uchylną rampą, która zamykała się hermetycznie, gdy wahadłowiec wjechał do środka. Na pierwszy rzut oka komora wyglądała jak podziemny garaż lub jak magazyn, ale już po chwili Jon zobaczył to, co od razu dostrzegł Riley: wszystkie ściany były naszpikowane dyszami rur gazowych. Gaz bił z nich pod ciśnieniem i gdy go zapalano, w komorze rozpętywało się ogniste piekło.

– Przyjmujemy, że wahadłowiec jest czysty od zewnątrz, tak? – spytał Riley. – Nic się stamtąd nie wydostało?

– Nawet gdyby mogło – odrzekł Jon – gorąco powstałe w wyniku przejścia przez atmosferę wysterylizowałoby całe poszycie. Nie, nas interesuje pokład.

– Nasza specjalność.

– Tak, ale niewykluczone, że tym razem będziecie mieli konkurencję.

Riley odciągnął go na bok.

– Jon, ta operacja jest jakaś dziwna. Najpierw dzwoni prezydent i każe mi postawić na nogi wszystkich ludzi. Mówi, że polecimy na jakieś zadupie, do Groome Lake czy gdzieś, i że wahadłowiec będzie lądował tam awaryjnie, bo istnieje groźba skażenia biochemicznego. A teraz wygląda na to, że chcecie to cholerstwo spalić.

Smith odprowadził go dalej, tak żeby nie słyszeli ich pozostali. Chwilę później jeden z członków grupy operacyjnej trącił łokciem drugiego i szepnął:

– Spójrz na Rileya. Wygląda tak, jakby miał się zaraz zesrać.

I rzeczywiście: Jack Riley bardzo żałował, że spytał Jona, co jest na pokładzie orbitera.

Megan Olson pogodziła się z tym, że wykorzystała już wszystkie możliwości. Kable w końcu ją pokonały. Nie poskutkowała żadna kombinacja. Pokrywa ani drgnęła.

Cofnąwszy się, wytężyła słuch. Z komunikatów centrum kontroli lotów wynikało, że już za kilka minut wahadłowiec wejdzie w górną warstwę atmosfery. Tyle właśnie czasu pozostało jej na podjęcie decyzji.

Zmusiła się do spojrzenia na ładunki wybuchowe, rozmieszczone na czworokątnej pokrywie luku. Podczas szkolenia instruktorzy wyjaśnili jej, że dla załogi są zupełnie nieprzydatne. Że żaden astronauta nigdy ich nie odpali. Że zainstalowano je tam na wypadek, gdyby załoga naziemna musiała wejść do promu podczas awaryjnej ewakuacji.

Po wylądowaniu, podkreślali. Dopiero po wylądowaniu. I tylko wtedy, gdyby zaklinowały się luki główne. Ostrzegli ją, że ładunki są wyposażone w zapalnik czasowy, żeby załoga naziemna miała czas na ucieczkę.

– Mają działanie kumulacyjne – mówili – ale w chwili wybuchu lepiej być co najmniej piętnaście metrów dalej.

Stanąwszy na przeciwległym końcu śluzy, Megan znalazłaby się cztery, najwyżej cztery i pół metra od nich.

Jeśli chcesz to zrobić, zrób to teraz!

Z treningów w KC-135 wiedziała, że podczas przechodzenia przez atmosferę będzie rzucało jeszcze gorzej niż podczas startu. Carter mówił, że człowiek czuje się wtedy jak na grzbiecie byka na rodeo, że trzeba się mocno przypiąć pasami do fotela. Gdyby pozostała w śluzie, ciskałoby ją po wszystkich ścianach i straciłaby przytomność. Mogło ją spotkać coś gorszego. Na pewno rozdarłby się skafander i nawet gdyby przeżyła przejście przez atmosferę, zabiłoby ją to, czym Reed zabił jej kolegów. Musiała dostać się do laboratorium, znaleźć ten potworny wirus i zniszczyć go, zanim wahadłowiec znajdzie się za blisko Ziemi.

Chociaż serce waliło jej jak młotem, ogarnął ją dziwny spokój. Skupiła uwagę na sześciokątnych śrubach pokrywy luku. Każdą z nich pomalowano na czerwono, każda z nich miała na wierzchu małe żółte wybrzuszenie. Ukucnęła i dotknęła wybrzuszenia na śrubie w prawym dolnym rogu. Z poszycia luku wysunął się maleńki panel z wyświetlaczem. Na wyświetlaczu migały dwa okienka z napisami UZBROJONY i ROZBROJONY. Ostrożnie i niezdarnie – była w grubych rękawicach – przycisnęła to z napisem UZBROJONY.

Cholera!

Zegar automatycznie ustawił się na sześćdziesiąt sekund: miała mniej czasu, niż myślała. Szybko uzbroiła drugi ładunek. Odepchnąwszy się od podłogi, podpłynęła do góry, przytrzymała się sufitu i uzbroiła dwa ostatnie. Gdy skończyła, pozostało jej zaledwie dwadzieścia sekund.

Zrobiła dwa kroki i odpłynęła pod przeciwległą ścianę śluzy, jak najdalej od luku. Chociaż opuściła ciemną przesłonę, wciąż widziała pulsujące w nakrętkach światełka. Wiedziała, że powinna stanąć do nich tyłem, a przynajmniej bokiem, żeby podmuch eksplozji nie uderzył jej w twarz. Ale nie mogła. Mijały sekundy, a ona nie potrafiła oderwać od nich wzroku.

Siedzący na pokładzie pilotażowym Dylan Reed odbierał ostatnie komunikaty z centrum kontroli lotu w Houston.

– Jesteś dokładnie na trajektorii – mówił Harry Landon. – Kąt natarcia prawidłowy.

– Nie widzę zegarów – odrzekł Reed. – Kiedy zaniknie łączność?

– Za piętnaście sekund.

Utrata łączności podczas wejścia w atmosferę była zjawiskiem zupełnie normalnym. Przerwa trwała około trzech minut, ale nawet teraz, po tylu lotach w kosmos, należała do najbardziej denerwujących faz misji.

– Jesteś przypięty? – spytał Landon.

– Na tyle, na ile mogę. Skafander przeszkadza, jest za duży.

– Trzymaj się. Sprowadzimy cię najłagodniej, jak się da. Dziesięć sekund… Powodzenia, Dylan. Pogadamy, kiedy zejdziesz niżej. Siedem… Sześć… Pięć…

Reed zamknął oczy. Zaraz po nawiązaniu łączności będzie musiał wrócić do laboratorium i…

„Discovery" gwałtownie zadarła pysk i przeciążenie omal nie zrzuciło go z fotela.

– Cholera jasna! Co to jest?

– Dylan? Co się stało?

– Harry, był jakiś…

Głos raptownie zanikł. Słychać było tylko cichy szum eteru. Landon odwrócił się błyskawicznie do siedzącego obok technika.

– Puść to jeszcze raz! Szybko!

Cholera jasna! Co to jest?

Dylan? Co się stało?

Harry, był jakiś...

– Wybuch! – dokończył szeptem Landon.

Prezydencka grupa robocza była wciąż w sali konferencyjnej na pokładzie Air Force One, gdy wpadł tam jeden z łącznościowców. Castilla przebiegł wzrokiem depeszę i zbladł.

– To nie pomyłka? – spytał.

– Doktor Landon jest stuprocentowo pewien, panie prezydencie – odrzekł oficer.

– Połączcie mnie z nim. Natychmiast!

Popatrzył na swoich współpracowników.

– Na pokładzie wahadłowca doszło do eksplozji.


Śruby wystrzeliły w jej stronę jak z katapulty, wbijając się w wewnętrzne poszycie śluzy. Ale ponieważ wszedłszy w górną warstwę atmosfery, orbiter stanął dęba, pokrywa luku, która trafiłaby prosto w nią, śmignęła w lewo, odbiła się od ściany kilka centymetrów od niej i grzmotnęła w ścianę przeciwległą.

Bez chwili namysłu Megan poszybowała do luku i chwyciła pokrywę obiema rękami. Przytrzymała ją, odciągnęła i pozwoliła jej odpłynąć.

Wyszedłszy ze śluzy, dotarła na pokład mieszkalny i ruszyła w stronę tunelu prowadzącego do laboratorium.


Odstrzeliła pokrywę! Ta suka odstrzeliła pokrywę luku!

Domyślił się tego, gdy tylko poczuł wstrząs. Ostatecznym potwierdzeniem domysłu było mruganie lampek na konsolecie, mruganie, które mówiło, że doszło do uszkodzenia luku śluzy.

Rozpiął pasy, podpłynął do drabinki i, niczym pływak, zanurkował do otworu głową w dół. Na odnalezienie Megan miał tylko dwie minuty. Potem będzie za bardzo rzucało, poza tym prom odzyska łączność z Ziemią. Nie miał wątpliwości, że nawet jeśli technicy z Houston nie słyszeli wybuchu, na pewno zarejestrowały go ich instrumenty. Harry Landon zasypie go pytaniami, domagając się meldunków i wyjaśnień.

Sunął ukradkiem w dół drabinki. Megan. Musiał przyznać, że ją podziwia. Odpalić ładunki, coś takiego. Miała więcej odwagi, niż myślał. Ale istniało duże prawdopodobieństwo, że już nie żyje. Widział skutki eksplozji w przestrzeni małej i zamkniętej jak ta przeklęta śluza.

Dotarł na pokład mieszkalny i już miał pójść dalej, gdy nagle kątem oka dostrzegł jakiś ruch.

Boże, ona żyje!

Stojąca tyłem do niego Megan zmagała się w kołem dociskowym na drzwiach do tunelu. Podpłynąwszy do szafki z narzędziami, Reed otworzył szufladę i wyjął specjalnie zaprojektowaną piłę.


Lecąc w śmigłowcu prowadzącym, Jon przyglądał się posępnym twarzom żołnierzy grupy operacyjnej NAP. Teraz byli w kombinezonach lotniczych, ale przed zejściem do podziemnego hangaru w Groome Lake mieli przebrać się w hermetyczne skafandry.

Jon poprawił mikrofon.

– Daleko jeszcze?

Riley podniósł palec i zamienił kilka słów z pilotem.

– Czterdzieści minut – odrzekł. – Ci z Groome Lake muszą już mieć nas na radarze. Jeszcze parę kilometrów i napuszczą na nas śmigłowce, może nawet F-16.

Uniósł brew.

– Na co ten prezydent czeka? Air Force One usiadł prawie pół godziny temu.

Jak na zawołanie w słuchawkach Jona odezwał się czyjś głos:

– Drozd do Jedynki, Drozd do Jedynki.

– Tu Jedynka – odpowiedział natychmiast Smith. – Słyszę cię, Drozd. – Drozd był kryptonimem Nathaniela Kleina.

– Jon?

– Tak, panie dyrektorze. Zastanawialiśmy się właśnie, kiedy się pan odezwie.

– Zaszło coś… nieprzewidzianego. Prezydent udzielił wam zgody na lądowanie. Ze względu na charakter misji ty i twoi ludzie zostajecie przydzieleni do jego grupy.

– Tak jest. Wspomniał pan, że zaszło coś nieprzewidzianego.

Klein jakby się zawahał.

– Tuż przed utratą łączności z wahadłowcem Harry Landon rozmawiał z Reedem. Ostatnią rzeczą, jaką usłyszał, był odgłos eksplozji, którą zarejestrowały też instrumenty w centrum kontroli lotów.

– Orbiter jest cały?

– Jeśli wierzyć komputerom, „Discovery" jest wciąż na prawidłowej trajektorii. Do wybuchu doszło w śluzie powietrznej. Z niewiadomych powodów odpaliły ładunki awaryjnego otwierania luku.

– W śluzie… Gdzie był wtedy Reed?

– Na pokładzie pilotażowym. Ale Landon nie wie, czy są jakieś zniszczenia. Nie wie nawet, czy Reed żyje. „Discovery" wciąż milczy.

# Rozdział 29

Ostatnią rzeczą, jaką Megan usłyszała na kilka sekund przed wybuchem ładunków, była rozmowa między Reedem i Harrym Landonem. Dotarłszy na pokład mieszkalny, zdała sobie sprawę, że Reed na pewno zejdzie na dół, żeby zajrzeć do śluzy i upewnić się, czy Megan nie żyje, czy jest tylko ranna – byłby zadowolony i z jednego, i z drugiego. Kiedy stwierdzi, że nikogo tam nie ma, zacznie jej szukać.

Wiedziała, że na pokładzie orbitera nie ma stuprocentowo bezpiecznej kryjówki. Wahadłowiec był na to za mały. Istniała tylko jedna droga ucieczki: przez pokład mieszkalny. Podpłynęła do luku, chwyciła za koło dociskowe i zaczęła nim obracać.

Pamiętała, że stoi tyłem do drabinki łączącej wszystkie trzy pokłady. Gdyby Reed próbował ją zaskoczyć, nie usłyszałaby, że nadchodzi. Małe lusterko, które umocowała na podłodze pod pokrywą luku, miało uratować jej życie.

Widziała w nim, jak Reed wpływa na pokład głową w dół, jak się waha, jak patrzy w jej stronę, jak ku niej rusza. Widziała, jak przystaje przy szafce z narzędziami i jak wyjmuje z szuflady piłę.

Już dawno odkręciła koło, mimo to nie odrywała od niego rąk, jakby się zaklinowało. Reed był coraz bliżej. Sunął w jej stronę z piłą w wyciągniętej ręce. Piła wyglądała jak szpiczasty pysk marlina.

Megan opuściła lewą rękę. Z pokrywy luku sterczał przycisk, który – po odkręceniu koła dociskowego – otwierał zamek. Nie odrywając wzroku od lusterka, oceniała dzielącą ich odległość. Musiała wyczuć odpowiedni moment.

Reed patrzył, jak Megan zmaga się z zaklinowanym kołem. Podniósłszy piłę, podpłynął bliżej. Ponieważ Megan stała, wybrał miejsce między szyją a ramieniem. Zęby piły przetną tworzywo jak papier, co doprowadzi do natychmiastowej dekompresji. Powietrze ze skafandra uleci, a przez rozcięcie wpłynie do środka to skażone. Wystarczą dwa, trzy wdechy i wirus dotrze do płuc.

W stanie nieważkości nie można poruszać się szybko, dlatego gdy Reed zaczął opuszczać piłę, wyglądało to jak na filmie puszczonym w zwolnionym tempie. W tej samej chwili Megan odepchnęła się i odsunęła od luku. Jednocześnie wcisnęła przycisk i gdy Reed wpłynął w przestrzeń, którą przed sekundą zajmowała, ciężka pokrywa luku odskoczyła z ledwo słyszalnym sykiem. Uderzyła go w hełm, odrzuciła mu do tyłu głowę i otwierając się na oścież, pociągnęła go za sobą. Reed wypuścił piłę i narzędzie powoli odpłynęło.

Oszołomiony próbował chwycić Megan za rękę, lecz ona wyminęła go, zanurkowała do tunelu, wymacała drugi przycisk i grzmotnęła w niego ręką. Pokrywa zaczęła się zamykać.

Szybciej! Szybciej!

Pokrywa sunęła centymetr po centymetrze i zdawało się, że nigdy się nie zamknie. Gdy tylko pokonała połowę drogi, Megan chwyciła za koło i mocno pociągnęła.

Dostrzegła metaliczny błysk i ostrze piły śmignęło tuż koło jej rękawa. Zanim Reed zdążył wyciągnąć je ze szpary, żeby zadać kolejny cios, zdołała zamknąć pokrywę i zakręcić kołem, a gdy trzasnął zamek, błyskawicznie zablokowała go dźwignią awaryjnego otwierania luku.

– Sprytna dziewczynka. – Usłyszała jego chrapliwy głos i serce podjechało jej do gardła. – Słyszysz mnie? Pewnie i nadajnik już naprawiłaś.

Wcisnęła przycisk na obudowie nadajnika i w słuchawkach zatrzeszczało.

– Słyszę twój oddech – mówił Reed. – Wentylujesz się.

– Ja ciebie też słyszę, ale nie za dobrze – odrzekła. – Musisz mówić głośniej.

– Cieszę się, że nie straciłaś poczucia humoru. To, co zrobiłaś, było bardzo ryzykowne. Udawałaś, że nic nie widzisz, co? Czekałaś na mnie…

– Dylan… – Nie wiedziała, jak zacząć.

– Myślisz, że jesteś bezpieczna. Zamek zatrzaśnięty, nie mogę tam wejść. Ale jeśli się opanujesz i spokojnie pomyślisz, zrozumiesz, że mogę.

Próbowała odgadnąć, o co mu chodzi, ale nic nie przychodziło jej do głowy.

– Megan, bez względu na to, co knujesz, nie wyjdziesz stąd żywa.

Przeszedł ją dreszcz.

– Ty też nie wygrasz – odparła. – Zniszczę to paskudztwo.

– Doprawdy? Megan, nie masz najmniejszego pojęcia, co to jest.

– Owszem, mam! I znajdę to!

– Na niecałe sześćdziesiąt sekund przed lądowaniem? Wątpię. Zaraz rozpoczniemy ostatnią fazę przyziemienia. I wiesz co? Nawet gdybyś to znalazła, co byś z tym zrobiła? Wyrzuciłabyś przez śluzę na odpadki? Niezły pomysł, pod warunkiem, że bylibyśmy w kosmosie. Ale ponieważ nie wiesz, nad czym pracowałem, skąd pewność, że to coś zginęłoby w ziemskiej atmosferze? Może wprost przeciwnie: może by się rozprzestrzeniło? Nie widziałaś zwłok kolegów, prawda? Może to i lepiej. Ale gdybyś je widziała, do głowy by ci nie przyszło, żeby wyrzucać za burtę żywego wirusa!

Zachichotał.

– Myślisz, że się przejęzyczyłem? Ależ skąd. Pewnie głowisz się teraz, co to za wirus? Gdzie go ukryłem? Jak go zakamuflowałem? Tyle pytań i brak czasu na odpowiedzi. Za chwilę czeka nas kolejna porcja wstrząsów. Na twoim miejscu znalazłbym coś, czego można się przytrzymać, i to szybko.

Cichy trzask i Reed przerwał łączność. Kadłub wahadłowca wpadł w silną wibrację: prom wbił się w kolejną warstwę atmosfery. Nie patrząc za siebie, Megan ruszyła tunelem do laboratorium.

Reed wszedł na pokład pilotażowy i zdążył przypasać się do fotela dowódcy, tuż zanim wahadłowcem wstrząsnęła fala turbulencji. Orbiter zadygotał i lekko zadarł dziób. Zerknąwszy na wskaźniki, Reed stwierdził, że odpaliły silniki manewrowe, które miały wyhamować prom na tyle, żeby uległ sile grawitacji. Gdyby wszystko poszło dobrze, siła ciążenia ściągnęłaby go z orbity i wprowadziła na łagodną ścieżkę schodzenia.

Prędkość spadła z dwudziestopięciokrotnej prędkości dźwięku do dwukrotnej i wstrząsy przeszły w gwałtowne wibracje. Potem wibracje ustąpiły i wahadłowiec rozpoczął serię podwójnych zakrętów wyhamowujących. Przerwa w łączności dobiegła końca i w słuchawkach ponownie zabrzmiał zdenerwowany głos Landona:

– „Discovery", czy mnie słyszysz? Dylan, słyszysz mnie? Nasze instrumenty zarejestrowały wybuch na pokładzie orbitera. Czy możesz to potwierdzić? Nic ci nie jest?

Nie teraz, Harry, nie mam na to czasu.

Wyłączył nasłuch, spojrzał na konsoletę sterowniczą i odszukał wzrokiem jeden z przełączników. Powiedział Megan, że w laboratorium nie będzie bezpieczna, że w każdej chwili mógłby tam wejść. Ciekawiło go, czy domyśliła się jakim sposobem. Pewnie nie. Choć inteligentna i zdolna, była nowicjuszką. Skąd mogła wiedzieć, że rygiel na drzwiach do tunelu można otworzyć stąd, z kabiny pilotażowej?


Czas uciekał, dlatego musiała improwizować. Pośrodku laboratorium stało coś, co wyglądało jak współczesna ława tortur połączona z supernowoczesnym fotelem. Było to urządzenie do badania procesów fizjologicznych w przestrzeni kosmicznej. Nazywali je saniami. Przypasanych do fotela członków załogi poddawano w nich testom na wytrzymałość stawów i mięśni, badano, jaki wpływ ma stan nieważkości na oczy i ucho wewnętrzne.

Położyła się w fotelu, zapięła pasy i zaczekała, aż wstrząsy ustaną. Potem wstała, choć z wielkim trudem. Wstała i natychmiast poczuła silny zawrót głowy wywołany gwałtowną zmianą objętości krwi. Wiedziała, że musi upłynąć kilka minut, zanim wszystko wróci do normy. Wróciłoby znacznie szybciej, gdyby miała pod ręką trochę wody i tabletki solne.

Ale ich nie masz. A czas ucieka!

Popatrzyła na dziesiątki półek zastawionych aparaturą i sprzętem.

Myśl! Gdzie mógł to położyć?

Miernik przyspieszenia, zespół urządzeń punktu krytycznego… Nie. Moduł do badania przedsionka serca w warunkach grawitacji… Też nie.

Wirus… Reed zmienił harmonogram eksperymentów, wszedł tu jako pierwszy. Był w Bioracku!

Podeszła do Bioracku i pstryknęła przełącznikami. Zaświecił ekran wyświetlacza. Był pusty.

Reed skasował wszystkie zapisy.

Zerknęła na komorę badawczą. Też była pusta.

To tutaj pracowałeś, sukinsynu. Ale gdzie to schowałeś?

Zajrzała do obu inkubatorów, pod konsoletę sterowniczą i pod zasilacz. Zasilacz pracował, zanim uruchomiła Biorack...

Bo lodówka jest włączona!

Otworzyła drzwiczki i sprawdziła jej zawartość. Wszystko leżało na swoim miejscu. Niczego nie zabrano, niczego nie dodano. Pozostawał więc zamrażalnik.

Wyciągnęła szufladę i szybko ogarnęła ją wzrokiem. Na pierwszy rzut oka tu też niczego nie brakowało. Zawiedziona otworzyła szufladę z probówkami i sprawdziła naklejki. Potem otworzyła drugą i trzecią. W trzeciej znalazła probówkę bez naklejki.


Gdy tylko wahadłowiec odzyskał stabilność, Reed rozpiął pasy. Wprowadził do komputera program, ustawił czas i uruchomił sekwencję otwierania luku. Wyliczył, że powinien dotrzeć do tunelu w chwili, gdy komputer otworzy rygiel.

Zszedł po drabinie na pokład mieszkalny. Na trzask bolców musiał czekać tylko kilka sekund. Zakręcił kołem dociskowym, pociągnął za nie, wszedł do tunelu i chwilę później pchnął drzwi do laboratorium. Megan stała przy Bioracku. Przeszukiwała zamrażalnik.

Po cichu podszedł bliżej. Uderzył ją ręką w piersi, jednocześnie podciął jej nogi. Grawitacja zrobiła resztę. Megan upadła ciężko na ramię i przetoczyła się po podłodze.

– Nie wstawaj, szkoda fatygi – powiedział do mikrofonu. – Słyszysz mnie?

Gdy kiwnęła głową, wyciągnął szufladę z probówkami. Wiedział, gdzie ukrył zmutowanego wirusa i wirus oczywiście tam był. Schował probówkę do kieszeni i zapiął rzep. Megan przewróciła się na bok, żeby go widzieć.

– Dylan, jest jeszcze czas, możesz to powstrzymać.

Pokręcił głową.

– Dżina nie da się wsadzić z powrotem do butelki. Ale przynajmniej umrzesz, wiedząc, że to był nasz dżin.

Nie spuszczając jej z oczu, ruszył tyłem do wyjścia. Wszedłszy do tunelu, zamknął drzwi i trzasnął ryglem.

Nad Biorackiem był zegar. Do przyziemienia pozostało dwadzieścia minut.

# Rozdział 30

Od lądowania Air Force One w Groome Lake w Nevadzie upłynęło niewiele ponad sześćdziesiąt minut. Maszyna, eskortowana przez dwa myśliwce przechwytujące F-15, usiadła na pasie startowym, który przed dziesięcioma laty zbudowano dla nowych wówczas bombowców B-2. Agenci służby bezpieczeństwa powietrznych sił zbrojnych poprowadzili prezydenta i towarzyszących mu współpracowników do oddalonego o dwa i pół kilometra kompleksu.

Mimo gorąca Castilla uparł się, żeby przejść wzdłuż pasa piechotą, następnie zszedł rampą do podziemnego hangaru. Zszedł i długo rozglądał się wokoło. Gładkie, betonowe ściany, najeżone dyszami rur gazowych, skojarzyły mu się ze ścianami gigantycznego krematorium.

Którym hangar w rzeczywistości był...

Wskazał ręką przypominającą kokon rurę. Miała dwa metry czterdzieści centymetrów wysokości, metr pięćdziesiąt szerokości i, niczym wielka pępowina, ciągnęła się od jednej ze ścian do połowy szerokości hangaru.

– Co to? – spytał.

Odwrócił się, słysząc szum elektrycznego silnika. Jeden z agentów jechał ku nim wózkiem golfowym. Tuż obok niego siedział doktor Karl Bauer. Gdy wózek stanął, Bauer wysiadł i skinąwszy głową towarzyszącym Castilli współpracownikom, ruszył prosto do prezydenta.

– Panie prezydencie – zaczął posępnie. – Cieszę się, że pana widzę, choć żałuję, że spotykamy się w tak tragicznych okolicznościach.

Castilla wiedział, że jego słabym punktem są oczy. Zawsze go zdradzały. Próbując zapomnieć o tym, co powiedzieli mu Smith i Klein, zmusił się do uśmiechu i uścisnął rękę człowiekowi, którego kiedyś szanował i wielokrotnie przyjmował w Białym Domu.

Ty potworze pieprzony...

– Ja również się cieszę. Dziękuję, że zechciał pan przyjechać, jestem panu wdzięczny. – Ponownie wskazał sterczącą ze ściany rurę. – Może pan mi powie, co to jest.

– Oczywiście.

Podeszli bliżej. Zajrzawszy do kokonu, prezydent stwierdził, że część hangaru jest odcięta od reszty i tworzy coś w rodzaju szerokiej na metr osiemdziesiąt śluzy.

– Ten kokon to rodzaj przenośnego tunelu – wyjaśnił Bauer. – Osobiście go zaprojektowałem i wykonałem. Można go przewieźć do dowolnego miejsca na świecie, w kilka godzin zmontować i zdalnie połączyć z samolotem, wahadłowcem czy innym pojazdem, na którego pokładzie doszło do skażenia. Jego jedynym celem jest wydobycie człowieka ze strefy, do której wejście jest trudne lub niemożliwe. Taką sytuację mamy właśnie teraz.

– Ale dlaczego tam po prostu nie wejść? W skafandrach ochronnych to chyba możliwe.

– Tak, panie prezydencie, możliwe. Ale czy aby na pewno rozsądne? Nie wiemy, co przedostało się na pokład orbitera. Ocalał tylko jeden człowiek, doktor Reed. Najlepszym rozwiązaniem byłoby wydobycie go z wahadłowca i poddanie procesowi odkażania. Nie ma sensu wysyłać tam ludzi. Dzięki mojemu kokonowi zmniejszymy ryzyko wypadku i szybko dowiemy się, co tam zaszło.

– Ale doktor Reed tego nie wie – drążył prezydent. – Nie wie też, z czym mamy do czynienia.

– Nie jestem tego pewien – odparł Bauer. – Ludzie, którzy coś takiego przeżyją, często wiedzą i pamiętają więcej, niż się im zdaje. Tak czy inaczej, wyślemy na pokład robota. Pobierze próbki i natychmiast je zbadamy. Jest tu znakomicie wyposażone laboratorium. W ciągu godziny będę w stanie powiedzieć panu, co zabiło tych nieszczęśników.

– Tymczasem wahadłowiec będzie stał w hangarze. Wahadłowiec skażony…

– Tak, oczywiście, jeśli wyda pan taki rozkaz, można go natychmiast spalić. Ale proszę pamiętać, że są tam ciała członków załogi. Jeśli jest jakakolwiek szansa, żeby je wydostać i godnie pogrzebać, myślę, że powinniśmy się wstrzymać.

Castilla czuł, że zaraz wybuchnie. Nie mógł tego znieść. Ten rzeźnik troszczył się o swoje ofiary!

– Słusznie. Proszę, niech pan mówi dalej.

– Gdy kokon zostanie połączony z orbiterem, wejdę do niego tamtym końcem, zza ściany – tłumaczył Bauer. – Na przeciwległym końcu jest mała komora odkażająca, którą sprawdzę, zamknę i zahermetyzuję. Dopiero wtedy doktor Reed otworzy właz.

Wskazał rury biegnące po suficie i wzdłuż kokonu.

– To są przewody elektryczne i rury doprowadzające środek odkażający. Komora jest wyposażona w lampy ultrafioletowe, których światło zabija wszystkie znane nam bakterie; środek odkażający zastosujemy jedynie na wszelki wypadek. Doktor Reed rozbierze się. On i jego skafander – oczywiście z wyjątkiem próbki – zostanie poddany dekontaminacji.

– Skafander też? Dlaczego?

– Ponieważ w komorze nie ma urządzeń, które umożliwiłyby jego zniszczenie.

Prezydent pamiętał o pytaniu Kleina. Odpowiedź Bauera była bardzo istotna, lecz należało wydobyć ją bez wzbudzania najmniejszych podejrzeń.

– Skoro odkazi pan skafander, jak wyniesie pan próbkę?

– W komorze jest specjalny podajnik – wyjaśnił Bauer. – Doktor Reed położy próbkę na tacy, która po wciągnięciu trafi bezpośrednio do komory badawczej z rękawicami; dzięki temu jej zawartość nie zetknie się z nieskażonym powietrzem. W komorze przeniosę próbkę do hermetycznego pojemnika, a pojemnik wyjmę.

– I zrobi pan to wszystko sam.

– Jak pan widzi, w śluzie jest dość ciasno. Tak, panie prezydencie, będę pracował sam.

Żeby nikt nie widział, co tak naprawdę robisz.

Castilla zrobił krok do tyłu i jeszcze raz popatrzył na kokon.

– Wygląda imponująco. Miejmy nadzieję, że nas nie zawiedzie.

– Na pewno nie, panie prezydencie. Uratujemy przynajmniej jednego z tych dzielnych śmiałków.

Castilla spojrzał na swoich współpracowników.

– Cóż, chyba już wszystko widzieliśmy.

– Proponuję, żebyśmy przeszli do schronu – powiedział dyrektor CIA, Bill Dodge. – Wahadłowiec wyląduje za piętnaście minut. Obejrzymy to na monitorach.

– Czy nawiązano łączność z doktorem Reedem?

– Nie, panie prezydencie. „Discovery" wciąż milczy.

– Wiadomo już coś o tym wybuchu?

– Wciąż nad tym pracujemy – odrzekła Martha Nesbitt. – Ale najważniejsze, że nie wpłynęło to na trajektorię lotu.

Ruszyli do schronu. Castilla obejrzał się przez ramię.

– A pan, doktorze? Nie idzie pan z nami?

Bauer zrobił stosownie posępną minę.

– Nie, panie prezydencie. Moje miejsce jest tutaj.


Przytrzymawszy się obudowy miernika przyspieszenia przestrzennego, Megan zdołała wreszcie wstać. Od uderzenia bolało ją w piersi, a od chwili upadku czuła przeszywający ból w krzyżu.

Czas ucieka! Szybko!

Chwiejnie podeszła do „sań". Nie miała wątpliwości, że Reed uruchomi sekwencję autodestrukcyjną promu, żeby zatrzeć ślady swej potwornej działalności. Tylko tak mógł zapewnić sobie bezpieczeństwo. Dlatego jej tu nie zabił. Popatrzyła na „sanie", wiedząc, że są jej jedyną nadzieją.

W laboratorium nie było radiostacji. Ale podczas badań medycznych czujniki na ciele członków załogi podłączano przewodami nie tylko do instrumentów na pokładzie promu, ale i do przekaźnika, który przesyłał rezultaty testów bezpośrednio do lekarzy czuwających w centrum kontroli lotów w Houston. Usiadła w fotelu, przykleiła czujniki do kostek u nóg i do nadgarstka, po czym wolną ręką podłączyła mikrofon do nadajnika w skafandrze. O ile wiedziała, przekaźnik wysyłał sygnał cyfrowy, ale z drugiej strony nikt nie powiedział jej, że nie wysyła również sygnału głosowego.

Boże, modliła się w duchu, włączając zasilacz. Spraw, żeby ktoś mnie tam usłyszał.

W słuchawkach Jona zatrzeszczało i zabrzmiał w nich głos pilota śmigłowca prowadzącego:

– „Komandos" do „Zwierciadła", „Komandos" do „Zwierciadła".

Sekundę później odezwała się wieża kontroli lotów w Groome Lake:

– „Komandos", tu „Zwierciadło". Jesteście w zamkniętej przestrzeni powietrznej. Proszę o natychmiastową identyfikację.

– Szarża – odrzekł spokojnie pilot. – Powtarzam, Szarża.

Szarża była kryptonimem prezydenta Stanów Zjednoczonych.

– „Komandos", tu „Zwierciadło". Kod przyjęty. Możecie lądować na pasie R27L.

– R27L, przyjąłem. Siadamy za dwie minuty.

– Gdzie jest wahadłowiec? – spytał Jon.

Pilot przełączył się na częstotliwość NASA.

– Ląduje za trzynaście minut.

Harry Landon nie odrywał wzroku od gigantycznego ekranu w centrum kontroli lotów. Łagodnie opadając w dół, sunęła po nim mała czerwona kropeczka. Za kilka minut, gdy prom wejdzie w zasięg satelitów telekomunikacyjnych krążących na niskiej orbicie, na ekranie miał ukazać się obraz. Potem, gdy „Discovery" znajdzie się bliżej, powinny przejąć go kamery samolotów rozpoznania powietrznego.

– Panie doktorze?

– Co jest?

– Nie jestem pewien – odrzekł skonsternowany łącznościowiec. – Odebraliśmy to przed chwilą.

Landon spojrzał na wydruk.

– Przekaz z laboratorium… – Pokręcił głową. – To jakaś usterka. Reed jest na pokładzie pilotażowym. Znaczyłoby to, że w „saniach" siedzi ktoś inny. – Nie musiał dodawać, że ktoś żywy.

– Właśnie – odrzekł łącznościowiec. – Ale proszę spojrzeć. Przyrządy są włączone. Jest tu nawet elektrokardiogram. Niewyraźny, ale jest.

Landon nasunął na nos okulary. Technik miał rację: elektrokardiograf rejestrował pracę serca żyjącego organizmu.

– Co to, do diabła, jest?

– Niech pan posłucha tego. To ostatni fragment nagrania. Nie wyłączaliśmy magnetofonów, bo…

Landon chwycił słuchawki.

– Puść!

Od chwili ogłoszenia alarmu odebrał tyle przekazów, że z szumów i syków eteru potrafił bezbłędnie wyłowić to, co go interesowało. I teraz, w burzy elektronicznych trzasków i potrzaskiwań, usłyszał coś prawie niesłyszalnego, coś, co brzmiało jak… głos człowieka.

– Tu… „Discovery"… Laboratorium… żyję. Powtarzam, ja żyję. Pomóżcie mi…


Jack Riley i jego oddział wyskoczyli ze śmigłowca, nie czekając, aż wirnik zmniejszy obroty. Jon zerknął na wielkie hangary: miały pomalowane na brązowo dachy i wtapiając się w pustynny krajobraz, stały tam rzędem niczym gigantyczne żółwie. Na południu i zachodzie rozciągały się góry; na północnym wschodzie była tylko pustynia. Nawet mimo warkotu maszyn i nawoływań ludzi, w bazie panował upiorny bezruch.

Żołnierze przenieśli sprzęt do podstawionych ciężarówek i szybko odjechali. Smith i Riley ruszyli za nimi dżipem.

W jednym z hangarów ustawiono przepierzenia, żeby członkowie grupy operacyjnej mogli się spokojnie przebrać – i, jak podejrzewał Jon, żeby nie domyślili się, co ich wkrótce czeka. Zgodnie z obietnicą Rileya zainstalowano już konsoletę łącznościową.

– Panie pułkowniku – zameldował czuwający przy niej technik. – Drozd na linii.

Smith włożył słuchawki.

– Co u was, Jon? – odezwał się Klein.

– Właśnie przebieramy się w kombinezony. Co z wahadłowcem?

– Kiedy dotrzecie na miejsce, już tam będzie.

– A Bauer?

– Niczego nie podejrzewa. Jest już w skafandrze, szykuje się do podłączenia kokonu.

Kokon – Smith widział tylko jego plany i zdjęcia.

– Jon, muszę ci coś powiedzieć – ciągnął Klein. – Kilka minut temu Landon odebrał przekaz z wahadłowca, z laboratorium. Ktoś wzywał pomocy. Analizujemy nagranie. Nie chcę rozbudzać w tobie nadziei, ale ten głos brzmiał jak głos Megan.

Jona ogarnęła niewysłowiona radość, jednocześnie zdał sobie sprawę, że wiadomość ta może grozić śmiertelnie niebezpiecznymi konsekwencjami.

– Landon powiedział o tym Reedowi?

– Chyba nie, wciąż nie mamy łączności. Ale powiem mu, żeby trzymał język za zębami. Zaczekaj.

Smith próbował opanować miotające nim uczucia. Myśl, że Megan żyje, budziła nadzieję. Ale gdyby dowiedział się o tym Reed, mógłby zabić ją, zanim zdążyłaby wyjść z wahadłowca.

– Jon? Wszystko w porządku. Landon mówi, że łączności wciąż nie ma. Kazałem mu milczeć. Zupełnie zgłupiał, ale obiecał, że nie piśnie ani słowa.

– Są już wyniki analizy tego głosu?

– Są, ale niejednoznaczne.

– Może mi pan puścić tę taśmę?

– To same szumy i trzaski.

Jon zamknął oczy i wytężył słuch.

– To ona, panie dyrektorze – powiedział po chwili. – Megan żyje.

# Rozdział 31

„Zwierciadło", tu „Oko". Jak mnie słyszycie?

– „Oko", słyszymy cię głośno i wyraźnie. Co widzisz?

– „Discovery" właśnie przebiła powłokę chmur. Kąt natarcia prawidłowy. Kąt schodzenia prawidłowy. Szybkość dobra. Jest dokładnie na ścieżce schodzenia.

– Przyjąłem. Nie przerywaj obserwacji. Bez odbioru.

Rozmowie „Oka", jednego z myśliwców przechwytujących, które miały eskortować wahadłowiec, z wieżą kontroli lotów w Groome Lake przysłuchiwała się spora grupa ludzi.

Przebywający w schronie prezydent rozejrzał się wokoło. Wszyscy wbijali wzrok w ekrany monitorów, pokazujące szybujący prom. Na ekranie innego monitora widział Karla Bauera, który szykował się właśnie do wyjścia z komory odkażającej. Castilla wziął głęboki oddech. Już niedługo. Już wkrótce…

Bauer wszedł do krótkiego korytarza między komorą i masywnymi drzwiami prowadzącymi do kokonu. Dotarłszy na miejsce, spojrzał w obiektyw zamontowanej na ścianie kamery i skinął głową. Drzwi powoli się otworzyły, odsłaniając wykutą w betonie niszę. Do jej brzegów hermetycznie przymocowano kokon. Bauer wszedł do niego i drzwi natychmiast zaczęły się zamykać.

Stał w długim, błękitnie oświetlonym korytarzu. Gdy trzasnął rygiel, ruszył przed siebie wyłożonym gumą chodnikiem. Ściany kokonu były zrobione z grubego półprzezroczystego plastiku i widział przez nie zarys olbrzymiego hangaru, zalanego światłem olbrzymich reflektorów. Zbliżając się do śluzy, usłyszał przytłumiony łoskot. Opuszczono rampę i do hangaru wpadło jeszcze więcej światła. Bauer wyobraził sobie, że gdzieś tam, ponad tą jaskrawą światłością, są gwiazdy.

– Mówi Bauer – powiedział do mikrofonu. – Jak mnie słyszycie?

– Słyszymy pana, panie doktorze – odrzekł technik ze schronu obserwacyjnego.

– Czy wahadłowiec wylądował?

– Tak, jest już na Ziemi.

– To dobrze. – Bauer wszedł do śluzy.

Smith, który słyszał tę rozmowę, będąc na przeciwległym końcu bazy, spojrzał na Jacka Rileya.

– Ruszamy.

Żołnierze wsiedli do dwóch krytych brezentem ciężarówek. Jon wolałby pojazdy zwrotniejsze i szybsze, lecz w ciężkich obszernych skafandrach na pewno by się w nich nie pomieścili.

Wrota otworzyły się i prowadzony przez Rileya konwój wyjechał w pustynną noc. Podskakując i kiwając się na twardej ławce, Jon ściskał w ręku mały, podobny do palmtopa monitor. Prom leciał na wysokości dziewięciuset metrów. Miał już lekko zadarty dziób i wypuszczone podwozie. Megan. Smith nie mógł przestać o niej myśleć. Czuł, że w pierwszym odruchu zechce wpaść na pokład orbitera, żeby jak najszybciej ją odnaleźć. Ale robiąc to, naraziłby Megan na śmiertelne niebezpieczeństwo. Nie. Najpierw musiał unieszkodliwić Reeda. Dopiero wtedy mógł wyruszyć na poszukiwania.

Klein był przeciwny jego planom. On też bał się o Megan, lecz uważał, że Jon za bardzo ryzykuje.

– Nie ma gwarancji, że ona jeszcze żyje – mówił. – Zanim cię tam wyślę, musimy wiedzieć, co to za świństwo.

– Na pewno się szybko dowiemy – odparł ponuro Jon.

W słuchawkach zabrzmiał głos Rileya:

– Jon, spójrz na południowy wschód.

Smith odwrócił głowę i zobaczył jaskrawe, szybko opadające światła. I migające światła pozycyjne eskortujących prom odrzutowców. Riley sczytywał wysokość lotu:

– Sto pięćdziesiąt metrów… Sześćdziesiąt metrów… Na pasie!

Oni jechali pasem równoległym. Przednie koło podwozia dotknęło ziemi i wahadłowiec pochylił się lekko na dziób. W tej samej chwili otworzył się spadochron hamujący.

– Nadciąga kawaleria – rzucił Riley.

Na pas wjechały trzy wozy straży pożarnej i wóz techniczny ze zbiornikiem na resztki trującego paliwa. Pojazdy trzymały się w odległości pięćdziesięciu metrów od promu.

– Dobra, Jack – powiedział Jon. – Za nimi.

Dżip Rileya skręcił z pasa dobiegowego na startowy. Ciężarówki skręciły za nim.

– Gazu! – krzyknął Jon, widząc, jak wahadłowiec zbliża się do opuszczonej już rampy.

Riley przyspieszył. Dżip dojechał na miejsce w chwili, gdy prom zniknął pod ziemią.

– Jon!

Ale Jon już wyskoczył z ciężarówki, już pędził w dół rampy. Pokonawszy dwie trzecie drogi, poczuł, że rampa zadygotała i zaczęła się powoli podnosić. Biegnąc najszybciej, jak umiał, dotarł do jej końca, by stwierdzić, że od podłogi hangaru dzieli go wysokość co najmniej trzech metrów. Wziął głęboki oddech, skoczył, wylądował ciężko na ugiętych kolanach, upadł i przetoczył się na plecy. Spojrzał do góry. Rampa zamknęła się i hermetycznie uszczelniła. Niebo zniknęło.

Jon wstał i popatrzył na kokon, który wił się w jaskrawym świetle jak koszmarny biały robak. W jego trzewiach ktoś był. Ktoś przystanął i powoli odwrócił się w jego stronę.


Obserwując zjeżdżający w dół wahadłowiec, Karl Bauer spojrzał na rampę. Przez chwilę wydawało mu się, że ktoś z niej zeskoczył, lecz gdy rampa zamknęła się z głośnym łoskotem, pomyślał, że to tylko wyobraźnia. Hangar był odcięty od świata.

– Mówi Bauer.

– Słyszymy, pana, doktorze – odrzekł technik. – Wszystko w porządku?

– Tak. Za chwilę przymocuję kokon do orbitera. Kiedy doktor Reed wyjdzie, zamknę właz. Czy mnie zrozumieliście?

– Tak, panie, doktorze, zrozumieliśmy. Powodzenia.


Bauer ruszył do włazu i jego sylwetka rozmyła się wkrótce za warstwą półprzezroczystego plastiku. Ostrożnie, tak żeby Szwajcar go nie zauważył, Jon zrobił pierwszy krok w stronę wahadłowca, gdy nagle dostrzegł idealnie okrągły otwór w betonie. Potem kolejny, i jeszcze jeden. Było ich mnóstwo. Z otworów tych miały wytrysnąć zasilane gazem płomienie.


Dylan Reed pozostał w fotelu, dopóki na konsolecie nie zapaliła się lampka oznaczająca, że wszystkie systemy pokładowe orbitera zostały wyłączone. Przejście przez atmosferę wyczerpało go nerwowo. Na przylądku uczestniczył w symulacji lądowania awaryjnego; specjaliści z NASA chcieli mu udowodnić, że w razie potrzeby potrafią posadzić prom na każdym skrawku ziemi. Uśmiechnął się wtedy, powiedział, że to cudownie i pomyślał: bosko. Nie ma to jak dziesięcioletni wrak, zbudowany przez zwycięzcę przetargu na najtańszą ofertę, który pędzi w dół z kilkuset litrami wysokooktanowego paliwa na pokładzie. Mimo to zdarzył się cud: komputery i orbiter nie zawiodły.

Wstał, zszedł na pokład mieszkalny i zerknął na drzwi, za którymi biegł tunel do laboratorium. Ciekawiło go, czy Megan przeżyła. Ale nie miało to najmniejszego znaczenia. Już nigdy w życiu nie dane jej będzie zobaczyć znajomej twarzy.

Na czas przejścia przez atmosferę celowo przerwał łączność z Houston. Nie mógłby znieść pytań i lamentów Landona. Nie chciał też się rozpraszać. Stanąwszy przed włazem wyjściowym, wprowadził alfanumeryczny kod, który odblokowywał rygle. Teraz ktoś musiał otworzyć właz od zewnątrz.

Spojrzał na kieszeń spodni, do której schował probówkę z wirusem. Nagle zapragnął się jej pozbyć.

Szybciej! – pomyślał niecierpliwie.

Orbiter drgnął i lekko się zakołysał. Po chwili drgnął jeszcze raz. Zza burty dobiegł stłumiony syk powietrza: kokon przywarł do poszycia promu. Reed zerknął na zamontowany nad włazem wyświetlacz. Płonęło na nim zielone światełko. Procedura dokowania dobiegła końca.

Właśnie zmieniał częstotliwość radiową, gdy nagle, bez żadnego ostrzeżenia, właz otworzył się i Reed ujrzał przed sobą zamaskowaną twarz Karla Bauera.

– Ty tu? – wykrzyknął.


Zgodnie z pierwotnym planem, Bauer miał czekać na Reeda za komorą odkażania, jednak po śmierci Richardsona i Price'a, naukowiec postanowił ten plan ulepszyć. Operując dźwigniami tablicy sterowniczej, podniósł i ustawił kokon w taki sposób, żeby jego koniec przywarł do burty promu. Gdy proces hermetyzacji dobiegł końca, odczekał chwilę, żeby wczuć się w nową rolę, po czym otworzył właz. Omal się nie uśmiechnął, widząc minę Reeda.

– Co ty tu robisz? Co się stało?

Gestem ręki Bauer kazał mu cofnąć się w głąb wahadłowca i wszedł na pokład.

– Richardson nie żyje – rzekł bez ogródek. – Price też.

– Nie żyje? Ale jak…

Nadeszła pora na pierwsze kłamstwo.

– Prezydent wie o wirusie.

Reed gwałtownie pobladł. Widać to było nawet za przesłoną jego hełmu.

– Niemożliwe!

– Możliwe. Posłuchaj. Możemy jeszcze z tego wyjść. Słuchasz mnie?

Reed kiwnął głową.

– Dobrze. Daj próbkę.

– Ale jak ją wyniesiemy?

– Ja ją wyniosę. Posłuchaj, Dylan. Nie mam pojęcia, co Castilla wie o Richardsonie i Prisie. Niewykluczone, że już ich z tobą skojarzyli. Mimo to, nie możemy zmarnować szansy. Jeśli cię przeszukają, wszystko przepadnie. Ale mnie nikt nie śmie tknąć.

– A co będzie ze mną? – spytał spanikowany Reed.

– Nic. Masz moje słowo. Kiedy to się skończy, zostaniesz bohaterem, jedynym, który ocalał z tej tragicznej misji. Daj próbkę.

Reed ostrożnie włożył rękę do kieszeni i podał mu probówkę. I odskoczył do tyłu, gdy Bauer spokojnie otworzył ją i wylał jej śmiercionośną zawartość na stalowy blat.

– Zwariowałeś? – wrzasnął. – To wszystko, co mamy!

– Czy powiedziałem, że tak to zostawimy? – odrzekł Szwajcar.

Wyjął wacik i maleńki ceramiczny pojemnik wielkości kapsułki z witaminą. Pochyliwszy się nad blatem, zanurzył wacik w rozlanej cieczy i zamknął go w hermetycznym pojemniku. Zaskoczony Reed obserwował go bez słowa. Nic z tego nie rozumiał.

– Wyniesiesz to ot tak, po prostu? – spytał. – Jak przejdziesz przez komorę?

– Ta kapsułka jest zrobiona ze spieków ceramicznych – odrzekł Bauer. – Z takich samych, jak płytki, które chronią brzuch wahadłowca w czasie przejścia przez atmosferę. Spokojnie, Dylan. To część mojego nowego planu.

– Ale co będzie ze mną? – wykrztusił Reed. Coś mu się tu nie podobało.

Kątem oka dostrzegł błysk skalpela, który przeciąwszy powłokę skafandra, rozpłatał mu ciało.

– Nie! – krzyknął, zataczając się do tyłu.

– Mój plan zakłada brak jakichkolwiek świadków – dodał Bauer. – Gdybym pozwolił ci stąd wyjść, prowadzący śledztwo rozerwaliby cię na strzępy. A ponieważ jesteś w gruncie rzeczy człowiekiem słabym, w końcu byś wszystko wygadał. Ale jeśli umrzesz, będę mógł napisać ostatni, bardzo zresztą smutny rozdział historii lotu „Discovery".

Spokojnie odszedł na bok, gdy zrozpaczony Reed próbował się na niego rzucić. Reed upadł i dostał gwałtownych drgawek. Jego skręcane konwulsjami ciało wygięło się w łuk. Zafascynowany Bauer obserwował, jak stworzony przez niego organizm sieje śmierć. Nie odrywał od Reeda wzroku nawet wtedy, gdy uruchamiał sekwencję autodestrukcyjną.

# Rozdział 32

To nie będzie gaz. Jeśli nie gaz, to co?

Myślał o tym, wbiegając pod lewe skrzydło wahadłowca. Albo Bauer o tym nie wiedział, albo przeoczył fakt, że na pokład można było wejść nie tylko przez kokon. Wdrapał się na koło podwozia, przytrzymał golenia, podważył małą klapę, wsunął pod nią rękę, wymacał korbę, wetknął ją do gniazda i zaczął obracać. Powoli, centymetr po centymetrze, otworzył się spory luk.

Po chwili Jon był już w magazynie za laboratorium. Przykucnął obok pojemników, w których przechowywano zapasy i materiały do doświadczeń. Tuż za nimi znajdował się owalny właz, przypominający włazy na okręcie podwodnym: tylne wejście do laboratorium.

Przerażona Megan patrzyła na coraz szybciej obracające się koło dociskowe. Półleżąc na „saniach", czuła narastające zawroty głowy i mdłości. Mimo mocno zapiętych pasów, przejście przez atmosferę dało jej się we znaki. Była poobijana i posiniaczona.

Jeszcze nie jest za późno. Jeszcze mogę się stąd wydostać.

Chwyciwszy się tej myśli, wstała z fotela i chwiejnie ruszyła do głównego wyjścia, lecz po kilku nieudanych próbach, zdała sobie sprawę, że albo jest zbyt osłabiona, albo drzwi są zablokowane od zewnątrz.

Z trudem powstrzymując łzy, rozpaczliwie próbowała coś wymyślić. I właśnie wtedy usłyszała dochodzące z magazynu odgłosy.

Reed. Dlaczego wrócił? I dlaczego akurat tędy?

W panice rozejrzała się za czymś, co mogłoby posłużyć za broń, lecz niczego takiego nie znalazła. Puściły uszczelki i usłyszała syk powietrza. Gdy odskoczyła pokrywa włazu, stanęła za nią i wzięła zamach obiema rękami. Jedyną obroną był teraz atak przez zaskoczenie.

Najpierw ukazała się noga, ręce, wreszcie hełm. Już miała zadać cios, gdy nagle spostrzegła, że zamiast hełmu skafandra kosmicznego, z luku wystaje hełm kombinezonu chemicznego. Opuściła ręce.

– Megan!

Próbowała chwycić go za ramię, lecz rękawice ześlizgnęły się po śliskim tworzywie. Jon objął ją i przytulił, zetknęły się przesłony ich hełmów. Nie mogła oderwać od niego oczu. Oparła mu głowę na ramieniu i zapłakała, wiedząc, że właśnie odzyskała wszystko to, z czym się przed sekundą pożegnała. Płacząc, zrobiła krok do tyłu, żeby go lepiej widzieć.

– Skąd wiedziałeś?

– Usłyszeli cię w Houston. Ledwo, ledwo, ale usłyszeli. Wiedzieliśmy, że żyjesz.

– Przyszedłeś po mnie…

Spojrzeli sobie w oczy.

– Chodź – powiedział. – Musimy się stąd wydostać.

– Ale Reed…

– Wiem. To wspólnik Bauera.

– Jakiego Bauera?

– Człowieka, którego widziałaś z nim w noc przed startem. Bauer jest na pokładzie. Przyszedł po próbkę wirusa, którego Reed zmutował w stanie nieważkości. Ale wyjdzie stąd dopiero wtedy, kiedy zatrze wszystkie ślady tego, co tu zaszło.

Powiedział jej szybko, gdzie stoi prom i dlaczego go tu ukryto, opowiedział jej o gigantycznej komorze krematoryjnej.

Megan pokręciła głową.

– Nie – powiedziała. – On to zrobi inaczej.

– Jak?

Megan wskazała wyświetlacz nad pokrywą luku.

– Uruchomił sekwencję autodestrukcyjną. Nie da się jej przerwać. Za niecałe cztery minuty prom eksploduje.


Siedemdziesiąt sekund później wyszli z wahadłowca tą samą drogą, którą Smith dostał się na pokład. Megan zadrżała, rozglądając się po gigantycznej komorze. Jon zamykał luk.

– Co ty robisz?

– Na wszelki wypadek, żeby nikt za nami nie wyszedł. – Zeskoczył na koło, z koła na podłogę. – Chodź.

Idąc tak szybko, jak pozwalały im na to niewygodne kombinezony, obeszli skrzydło. Megan przystanęła i głośno wciągnęła powietrze. Zobaczyła kokon, którego jeden koniec przywierał do dolnego włazu wahadłowca, a drugi do niszy w przeciwległej ścianie.

– Tamtędy? – spytała.

– To jedyna droga.

Właz był już zamknięty. Bauer gdzieś przepadł. Jon nie widział go ani w kokonie, ani w komorze odkażającej. Z kieszeni skafandra wyjął nóż sprężynowy i kilkoma zamaszystymi uderzeniami wyciął w kokonie otwór.

– Wchodź.

Weszli. Megan czuła na ramieniu dotyk jego ręki i znieruchomiała, gdy nagle ją zabrał. Odwróciła się. Smith patrzył na właz.

– Jon, nie mamy czasu!

Wtedy za przesłoną hełmu zobaczyła jego bezlitosną twarz, jego smutne oczy. Wyobraziła sobie, jak wyglądają ciała jej kolegów, jak straszną śmiercią musieli umierać, i jego gniew stał się jej gniewem, Wiedziała już, co Jon chce zrobić.

— Idź — rzucił. — Nie zatrzymuj się i nie oglądaj za siebie. Tam są drzwi przeciwwybuchowe, widzisz? Zaraz za nimi jest komora odkażania.

— Jon…

— Idź, Megan.

Nie myślał ani o uciekającym czasie, ani o tym, jakie ma szanse wyjść z komory cało. Wiedział, że ludzie tacy, jak Bauer, bogaci i wpływowi, rzadko kiedy płacą za swoje zbrodnie — zwłaszcza że ci, którzy mogliby go oskarżyć, już nie żyli. Co gorsza, wiedział również, że Bauer spróbuje ponownie. Że gdzieś, kiedyś, dojdzie do zawarcia kolejnego Przymierza Kasandry.

Przebiegł przez komorę dekontaminacyjną wielkości kabiny prysznicowej, stanął przed włazem i przez prostokątny iluminator zobaczył artretycznie wygięte zwłoki Reeda. Zobaczył również Bauera, który zbierał coś wacikiem do ceramicznej kapsułki.

Sukinsyn. Wcale nie zamierzał wynosić całej próbki. Nie musiał. Wystarczyłaby kropla. Kroplę mógł ukryć w zakamarkach skafandra. Ukryć i odtworzyć z niej potwora.

Jon przykucnął, otworzył panel i wcisnął przycisk, blokując rygle. Wyprostował się w chwili, gdy Bauer odwrócił głowę.

— Nie, to niemożliwe…

Poruszał ustami, ale Jon usłyszał go dopiero wtedy, gdy zmienił częstotliwość nadawania

— …tu robisz?

Smith nie odpowiedział. Bez słowa patrzył, jak Szwajcar podchodzi spiesznie do włazu, jak wprowadza kod, jak wyraz niedowierzania na jego twarzy ustępuje miejsca wyrazowi przerażenia.

— Co pan tu robi? — wrzasnął. — Niech pan to otworzy!

— Nie, doktorze — odparł Jon. — Chyba zostawię pana sam na sam z tym, co pan stworzył.

Bauer miał wykrzywioną strachem twarz.

— Posłuchaj, Smith…

Jon ponownie zmienił częstotliwość i odszedł. Zdawało mu się, że słyszy, jak Szwajcar wali pięściami w pokrywę włazu, lecz wiedział, że to złudzenie.

— Bunkier, tu Smith. Gdzie jest Megan?

W słuchawkach zatrzeszczało, zaszumiało, wreszcie odezwał się w nich znajomy głos:

— Jon, tu Klein. Megan jest już bezpieczna, przechodzi odkażanie. Mówi, że ładunki są uzbrojone.

– To robota Bauera.

– Gdzie on jest?

– Został na promie.

– Rozumiem – odrzekł po chwili wahania Klein. – Otwieramy drzwi przeciwwybuchowe. Masz tylko kilka sekund, Jon. Szybko!

Za kokonem rozwierały się już potężne wrota. Nie odrywając od nich wzroku, zlany potem Smith zmusił się do jeszcze szybszego biegu i po chwili zobaczył ukrytą za nimi betonową niszę.

Nagle wrota znieruchomiały i zaczęły się zamykać. Wciąż dzieliło go od nich co najmniej piętnaście kroków.

– Co jest? – rzucił.

– Zamykają się automatycznie! – krzyknął Klein. – Na pięć sekund przed wybuchem! Uciekaj!

Jon wytężył mięśnie. Jeden krok, jedna sekunda. Drugi krok, druga sekunda…

Wrota nieubłaganie sunęły w dół, zmniejszając wielkość prześwitu między ich brzegiem i podłogą. Ostatnim desperackim wysiłkiem Jon rzucił się przed siebie i przecisnął przez szparę na chwilę przed tym, gdy musnąwszy go w plecy, z łoskotem się zatrzasnęły.

Sekundę później ziemia zadrżała, podłoga stanęła dęba i w drzwi grzmotnęła niewidzialna pięść eksplozji. W ostatnim przebłysku świadomości Jon poczuł, że coś miażdży mu pierś.


Otworzył oczy. Wszędzie biel. Białe ściany, biały sufit, białe prześcieradło. Żołnierskim nawykiem przez chwilę ani drgnął, a potem ostrożnie poruszył głową, rękami, nogami i stopami. Czuł się tak, jakby pokonał w beczce wodospad Niagara.

Otworzyły się drzwi i wszedł Klein.

– Gdzie ja jestem? – wyszeptał Jon.

– Z radością donoszę, że w krainie żywych – odrzekł dyrektor. – Lekarz mówi, że nic ci nie będzie.

– Jak…

– Zaraz po wybuchu do komory zszedł Riley ze swoimi ludźmi. Odkazili cię i wynieśli.

– Co z Megan?

– Jest cała i zdrowa. Tak samo jak ty.

Jon poczuł, że ręce i nogi zamieniają mu się w rozedrganą galaretę.

– To już koniec.

Gdzieś z oddali dobiegła odpowiedź Kleina:

– Tak. Przymierze Kasandry zostało zerwane.

# Epilog

Media doniosły, że generał Frank Richardson i dyrektor Agencji Bezpieczeństwa Narodowego Anthony Price zginęli w tragicznej katastrofie samochodowej; zawiodły hamulce. Richardsonowi urządzono żołnierski pogrzeb na cmentarzu w Arlington, Price'a pochowano w New Hampshire, w rodzinnej kwaterze. Tłumacząc się wcześniejszymi zobowiązaniami – zagraniczne wizyty – prezydent Castilla w pogrzebach nie uczestniczył.

Kolejne doniesienia mówiły o katastrofie prywatnego samolotu odrzutowego. Maszyna, własność koncernu farmaceutycznego Bauer-Zermatt, leciała na Hawaje i dziewięćset sześćdziesiąt kilometrów od celu podróży wpadła do Pacyfiku. Na jej pokładzie był tylko jeden pasażer: doktor Karl Bauer.

Prezydent Castilla i cały naród pogrążył się w żałobie po największej tragedii kosmicznej od czasów „Challengera". Dochodzenie ustaliło, że eksplozję na pokładzie „Discovery" wywołała pompa paliwowa, która zawiodła podczas lądowania w bazie Edwards.

– Co będzie z Megan? – spytała Randi Russell.

Byli na małym cmentarzu, z którego roztaczał się widok na Moskwę i na przepływającą przez miasto rzekę.

– Megan to już nie Megan – odrzekł Jon. – Ma nowe nazwisko, nową twarz, nową tożsamość. Przeżyła, lecz zaliczono ją do umarłych. Nie było wyboru. Musiała zrezygnować z dotychczasowego życia, żeby prawda nigdy nie wyszła na jaw.

Randi kiwnęła głową. W CIA krążyły plotki, że przeżył nie tylko Reed. Ale po jakimś czasie przestały krążyć. Gdy Smith przyleciał do Moskwy, poprosiła go o szczerą rozmowę. Megan Olson była ich wieloletnią przyjaciółką, jej i Sophii. Uważała, że ma prawo wiedzieć, czy przeżyła.

– Dzięki, Jon.

Smith popatrzył ponad rzędami nagrobków.

– Bez twojej pomocy wszystko skończyłoby się inaczej – powiedział cicho.

Podszedł bliżej i złożył kwiaty na grobie Jurija Danki.

– Gdzie byśmy teraz byli, gdyby nie nasi bohaterowie?

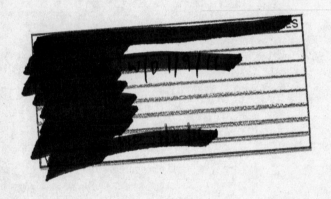

**WYDAWNICTWO AMBER** Sp. z o.o.
00-108 Warszawa, ul. Zielna 39, tel. 620 40 13, 620 81 62
Warszawa 2003. Wydanie II
Druk: Těšinská Tiskárna, a.s., Český Těšín